木隣

목린

筆名 **최겸아**

장편소설

下

목린 木隣 下

초판 1쇄 인쇄일 | 2021년 11월 17일
초판 1쇄 발행일 | 2021년 11월 25일

지은이 | 최겸아
펴낸이 | 박성면
펴낸곳 | (주)동아

출판등록 | 제406 - 3960100251002007000071호
주소 | 경기도 파주시 문발로 115, 세종대학교출판부 206호
전화 | (031)8071 - 5201
팩스 | (031)8071 - 5204
E - mail | bear6370@hanmail.net

정가 | 12,000원

ISBN 979 - 11 - 6302 - 545 - 0 (04810)
       979 - 11 - 6302 - 543 - 6 (set)

木隣
목린

筆名
최겸아

장편소설

下

동아

차 례

12장 下 ··· 007

13장 ··· 026

14장 ··· 075

15장 ··· 109

16장 ··· 144

17장 ··· 188

18장 ··· 224

19장 ··· 244

20장 ··· 262

21장 ··· 293

22장 ··· 345

23장 ··· 386

24장 ··· 425

후기 ··· 474

12장 下

"오라버니."

"혜영아!"

쉴 수 있는 틈이 생겨 사내들과 편하게 대화를 나누고 있던 언영은 달려오는 누이를 향해 두 팔을 뻗으며 무릎을 굽혔다. 혜영이 손에 잡히자 몸을 일으키며 그녀를 하늘 높이 들어 올리고 싱글싱글 웃었다.

"우리 혜영이 무슨 일이야?"

"오라버니, 목린 님께서 오라버니를 찾고 계셔요."

"정말? 목린이가 나를 찾아?"

혜영이 끄덕이자 주변에서 남매의 대화를 경청하고 있던 모든 이들이 격렬하게 기뻐했다. 정겹게 언영의 어깨를 두드리고 그를 한쪽 팔로 끌어안았다.

"야, 축하한다!"

"축하드립니다!"

"저희가 마무리 지을 테니 어서 가 보십시오, 형님!"

그도 그럴 것이, 여기 있는 이들은 대부분 한때 언영이 목린의 얼굴 한번 눈에 담겠다고 바다를 쉼 없이 목숨 걸고 건너던 그때부터 이미 그와 돈독한 우애를 쌓던 사람들이었다. 늘 언영이 먼저 달려가는 모습만 구경하다가 수줍음 많은 형수님이 먼저 그를 찾는 날을 맞이하니 제 일처럼 감동한 것이다. 물론 목린이 직접 제 발로 걸어왔으면 더 기뻤겠지만, 이마저도 어마어마한 수확이었다. 축제 분위기가 이어졌다.

"너는 나 따라와."

좋아서 입을 못 다무는 언영이 현오의 어깨를 덥석 잡고 끌어당겼다. 현오는 옳다구나 하고 기분 좋게 끌려갔다.

혜영이 앞장서서 걸어가고 그 뒤를 언영과 현오가 잇따라 이동했다. 기대와 흥분으로 부푼 언영의 어깨가 마치 평소보다 훨씬 위풍당당해 보이는 착각을 일으켰다.

"목린이가 무슨 일로 나를 찾을까."

지난번에 목린이 먼저 그를 찾았을 때는 사라진 서간의 행방을 위해서였다. 요즘엔 그런 뒤숭숭한 일도, 두 사람 사이가 멀어질 기미도 보이지 않았으니, 기대할 만할 것이다. 보고 싶어서 불렀다면……. 상상만 해도 황홀해서 언영은 얼른 허리춤의 호리병을 땄다.

굳이 동반자로 현오를 고른 건 그가 가장 친한 벗인 탓도 있지만, 그가 가장 여인을 잘 알기 때문이었다.

"아까도 말했지만 언영아, 다시 축하한다. 부인께서 먼저 다가오시는 날도 생기는구나."

현오야말로 가장 언영을 근처에서 자주 지켜보던 사람이었다. 그는 언영 못지않게 미소를 보이며 내심 속으로 생각했던 말을 고백했다.

"이제야 솔직히 말하는데 나는 사실 예전에 믿기 힘들었거든. 너는 그렇다 쳐도 목린 님께서도 네게 마음이 있다는 게."

"초족은 수줍음이 엄청 많은 부족이야."

"그건 알지만, 오죽하면 내가 목린 님은 너한테 감정 없는데, 너 혼자 오해하고 있다고 의심까지 했겠어."

언영의 얼굴이 확 일그러졌다. 무표정일 때는 가차 없는 벗의 안색을 살피며 현오는 어색하게 웃었다. 부러 언영의 어깨를 정답게 꽉 내려쳤다.

"에이, 옛날 일이니까 표정 풀고."

"그런데요."

앞장서서 길을 안내하고 있던 혜영이 휘릭 고개를 돌리며 끼어들었다.

"표정을 보니 기분이 엄청나게 상하신 것 같아요."

"흐음."

현오는 오묘하게 얼굴을 찌푸렸다. 갑자기 안 좋은 예감이 그의 뇌리를 스치고 지나갔다.

안 그래도 주변 분위기가 조금 이상야릇하다. 이상하게 평소보다 거리에 사람이 많이 줄어든 느낌이다.

한편 옆에서 나란히 걷던 언영은 간단히 말했다.

"수줍어하는 표정이야."

"글쎄, 그건 너무 넘겨짚는 것 같은데. 마음의 준비를 해두는 게 좋을걸. 애초에 네가 정말 보고 싶었다면 두 발로 직접 오셨을 텐데 말이지……."

오랜 친우가 너무 여유롭게 사는 것 같아 현오는 조심스럽게 생각을 바깥으로 내뱉었다. 하지만 그것도 잠시, 앞에 목린으로 추정되는 여인이 길을 가로막고 있어 잔소리는 다음으로 미루기로 했다.

"저기 계신……."

검지를 내밀기 위해 치켜들었던 현오의 팔이 순간 후들거렸다. 얼른 팔꿈치를 오므려 손으로 입을 가렸다.

"……야, 주언영. 너 오늘 아침에 목린 님 머리 땋아 줬다고 자랑하지 않았냐."

"맞아."

"혹시…… 결과물이 저거냐?"

짝짝이로 묶인 양쪽 머리는 우습다 못해 무서워 보였다. 그걸로도 모자라 아래로는 남은 머리가 땋아져 있었는데, 잔뜩 엉킨 상태가 멀리서 봐도 가관이었다.

목린은 그 머리를 가슴께 앞으로 가져와 손으로 꼼지락거리며 풀고 있었지만 영 희망이 보이지 않았다. 최악의 경우 부득이하게 잘라 내야 하는 상황도 고려해 봐야 할 분위기였다.

목린의 눈이 표독스럽게 빛났다. 그녀는 언영이 걸어오는 방향을 노려보고 있었다. 현오는 그녀가 저런 표정을 지을 수 있음에 경악했다. 목린 주변에서 흐르는 무서운 기가 느껴졌다. 저건 아무 때나 나올 수 있는 것이 아니었다.

나머지 귀혈족도 불길한 분위기를 알아차리긴 마찬가지였다. 훈련장의 여인들은 마치 저들이 죄인인 것처럼 고개를 수그리고 있었고, 지나가던 행인들은 자리에 멈춰서 사태를 관망 중이었다. 오는 길에 인적이 드물었던 연유가 이것이 아니었을까 싶었다.

여기서 오로지 언영만이 둔감했다.

"왜? 예쁘기만 한데."

"물론 목린 님은 저렇게 계셔도 미인이시지만……. 저건 좀……."

"눈부시기만 한데?"

"야……."

말을 말자. 현오는 이를 악물었다.

세 사람은 목린의 지척까지 다가왔다. 눈치를 보던 혜영은 누이들이 있는 쪽으로 쪼르르 뛰어갔다. 그래서 으스스한 분위기의 목린과 마주하는 이는 이제 언영과 현오뿐이었다. 될 수만 있다면 현오도 굴을 파고 들어가고 싶었다.

"머리가 엉켜서 풀리지 않아요."

목린이 포기한 듯 머리를 손에서 놓았다. 가까이서 보니 그녀의 머리는 더욱더 엉망이었다. 그녀가 내뱉는 음절 하나하나에 냉담함이 흘러넘쳤다.

"땅을 줄 안다고 하셨잖아요."

"모른다고 하면 안 된다고 할 것 같아서 그랬어."

언영은 이 상황에 하등 어울리지 않는 다정다감한 미소와 함께 답했다. 분위기가 한층 더 가라앉았다. 현오의 등골이 싸해졌다.

"야, 정말 화나신 것 같아······."

현오가 언영의 어깨를 툭툭 치며 속삭였다. 언영이 뭐라 말하려 입술을 뗐는데, 훈련장에 있던 여인들이 더 빨랐다. 두 손을 모으고 절박하게 사과했다.

"목린 님, 죄송해요. 저희는 초족 문화 중의 하나인 줄 알았어요."

"진실을 알았다면 바로 말해 드렸을 텐데 어떡해요."

"저도······."

화영과 혜영도 따라 했다. 이들의 말은 진실이었다. 그래서 목린의 머리를 보고 대놓고 웃은 이는 아직 비웃음을 제대로 조절할 줄 모르는, 나이가 매우 어린 선영뿐이었다.

"······괜찮아요. 여러분은 잘못 없어요."

연달아 사과를 뱉는 이들에게 목린은 선뜻 용서를 내밀었다. 하지만 그녀의 눈은 처음부터 끝까지 언영의 얼굴에 꽂혀 있었다. 사람이 이렇게 변할 수 있구나. 현오는 내심 감탄했다. 하지만 그 다음 언영의 발언을 듣고 지금이 이렇게 넋 놓고 있을 때가 아님을 깨달았다.

언영이 평범한 투로 물었다.

"왜 화난 거야?"

"왜······ 화났냐고요?"

현오가 손으로 이마를 짚었다.

"왜 화났냐고요? 머리를…… 이따위로 묶어 줘 놓고 그런 말이 나와?"

"이따위……."

다인이 손으로 입을 가렸다. 순하기 그지없는 목린의 입에서 나왔다곤 믿을 수 없을 정도로 험한 단어였다. 그러나 언영은 그 어떤 이상함도 느끼지 못했다.

"내 눈엔 정말 아름다운데……."

"아아아악!"

목린이 이제껏 들려주지 않은 괴성을 지르며 달려 나갔다.

"잠깐만! 잠깐만, 목린아! 아야! 내 말 좀 들어 봐!"

목린은 손바닥으로 언영의 몸을 쉬지 않고 때리기 시작했다. 그래 봤자 하등 아프진 않았지만 언영은 몸을 움츠렸다.

"나 정말 모르겠어! 눈이 멀 것 같이 예쁜데 왜 그래!"

"정말! 나빴어! 너무 미워!"

머리는 목린이 가진 뿌듯한 자부심이었다. 다른 일에는 겸손하기 그지없지만 곱게 땋은 머리만큼은 자랑스럽게 뽐낼 줄 알았다. 빙빙 돌며 머리를 자랑하면 동네 어른들이 귀엽다고 정수리를 쓰다듬어 주곤 했는데 그 기억이 그렇게도 좋았더란다.

"싸움 났다!"

주변을 둘러싼 이들이 두 팔을 번쩍 하늘을 향해 들었다. 누가 뭐래도 몸싸움은 귀혈족이 가장 좋아하는 것 중의 하나였다.

"주언영 져라!"

"목린아. 목린아, 잠깐만. 나 좀 봐. 진정하고."

언영은 입으로 목린을 만류하기는 하였으나 찰싹찰싹 날아오는 손을 곧이곧대로 맞아 주었다. 틈을 타 계속 대화를 시도하려 했다. 그러나 씩씩거리는 목린에게 협상은 안중에도 없었다.

"목린아, 잠깐 내 말 좀 들어줘."

이대로는 끝이 보이지 않았다. 결국 언영이 지는 척 수그렸던 허리를 쫙 폈다. 순식간에 언영의 덩치가 목린을 압살했다. 목린이 손을 날리다 말고 당황하는 사이 언영은 그녀의 겨드랑이 아래에 손을 끼워 넣었다. 그리고 허무할 정도로 가뿐히 그녀를 들어 올렸다.

"그러니까, 나는 그저……."

눈을 맞추고 입을 여는 그의 목소리가 퍽 진지했기에 목린도 팔을 살며시 내렸다. 그녀의 발이 가볍게 허공에서 흔들거렸다.

언영은 설명하려고 했다. 적어도 처음 의도는 그랬다. 하지만, 아까까지 울분을 토하느라 살짝 뾰로통한 목린의 얼굴을 마주하는 순간 머릿속이 갑자기 하얘졌다. 얘는 어떻게, 삐뚤어진 입술도 이렇게 귀엽고 미간에 힘을 준 것도 사랑스럽고…….

결국 대화는 집어던지고, 홀린 표정으로 언영이 믿기지 않는다는 듯 속삭였다.

"……화난 모습도 진짜 예쁘다."

"크아아아아아아악!"

더는 견딜 수 없었다. 목린이 우악스럽게 발길질을 시작했다.

목린의 조그만 발이 사타구니 부근을 후려쳤고 언영은 짧은 신음을 끄응 토해내며 그녀를 바로 땅에 내려놓았다. 그러자마자 목린은 다시 언영의 몸을 되는 대로 콩콩콩 허술하게 때렸다. 주변에서 함성이 잇따랐다.

목린이 제 딴은 열심히 움직이고 있을 때, 그녀의 뒤로 현오가 은밀한 미소를 띠며 다가왔다.

"좀 도와드릴까요?"

그가 실실 웃으며 손을 푸는 운동을 보이자 뼈에서 우두둑하는 소리가 났다. 목소리가 들릴 때까진 그가 다가오는지도 몰랐던 목린은 소스라치게 놀랐다.

"그럴 필요 없……. 현오 님은 또 서방님 때리면 가만 안 둘 거예요! 모두 서방님 때리면 안 돼요! 저만 할 거예요!"

목린은 새를 쫓아내듯 팔을 흔들며 훠이훠이 현오를 저 바깥으로 몰아냈다. 그리고 혹시라도 지금을 기회로 삼으려는 또 다른 이들을 막기 위해 양팔을 뻗어 언영을 (물론 가려지진 않았지만)가렸다.

언영은 그 모습을 헤벌쭉 웃으며 황홀하게 지켜보았다. 목린의 분통 난 얼굴에서 떨어지지 못하고 있는 그의 두 눈에선 꿀이 떨어지고 있었다. 다시 언영을 돌아본 목린이 그의 상태를 파악하고 빽빽 소리 질렀다.

"뭘 잘했다고 웃어요!"

목린의 손이 더 파닥파닥 움직였다. 찰싹찰싹. 언영이 고개를 젖히고 과장되게 울었다.

"아아아."

"엄살이잖아요! 제가 때리는 거 서방님한텐 별것도 아니면서!"

"아니야. 은근히 아파."

"거짓말! 아픈 척하면서⋯⋯."

분위기가 돌연 바뀌었다. 목린의 입에서 비명이 튀어나오면서 부터였다.

"서, 서방님! 피나요! 코에서 피나요!"

"아?"

그제야 언영도 입술까지 흘러내리는 축축한 느낌을 감지했다.

솔직히 왜 피가 나는지 아는 사람의 입장에선 당혹감보단 민망함이 훨씬 크게 번졌다. 언영은 목린의 눈길을 피하며 어색하게 피를 벅벅 아무렇게나 닦아 냈다. 그 짧은 사이에 목린의 동공에 어려 있던 부아가 모두 녹아내렸다.

"⋯⋯정말로 많이 아프셨던 거예요?"

울상 짓는 목린이 손을 뻗어 언영의 뺨을 쓰다듬었다.

"아니야. 하나도 안 아팠어."

"그러면 왜 피가 나요⋯⋯. 어, 어떡해. 저는 당연히 서방님이라면 끄떡하지 않을 줄 알고⋯⋯."

목린은 언영의 코피가 오롯이 그녀의 잘못이라고 생각하고 있었다. 결국 그녀의 뺨을 타고 눈물이 떨어지기 시작했다.

"죄송해요, 서방님. 제가 너무 나갔나 봐요. 정말 죄송해요."

"아니야, 내가 미안하지."

뭘 잘못했는지는 정확히 모르겠지만 언영이 일단 사과했다. 목린을 든든히 두 팔 안에 안았다. 목린은 언영의 가슴팍에 얼굴을 비볐다.

"아니에요. 제가 잘못했어요. 서방님은 저를 생각해서 하신 건데…… 제가 너무 화만 냈던 것 같아요."

"아니야. 다 내 잘못이야. 다신 네 머리 땋으려 하지 않을게."

"제대로 배운 다음엔 마음껏 해주셔도 괜찮아요……!"

귀혈족은 싸움을 좋아했지만, 무엇보다 정이 많은 사람들이었다. 두 사람의 다정한 화해 모습을 지켜보는 그들의 표정에서 빛이 났다. 뜨거운 함성이 주변을 메웠다. 역시 사랑이 넘치는 아름다운 부부라며, 극찬을 아끼지 않았다.

* * *

"저기, 그만 만지셔도 돼요."

"아니야. 많이 무리했잖아."

밤이었다. 결국 오랜 시간의 사투 끝에 엉켰던 머리를 풀어 낸 목린은 씻고 나서 침상 위에 축 늘어졌다. 그러자 기다렸다는 듯 언영이 바투 다가왔다. 그리고 때리느라 고생했다는 의미, 미안했다는 의미로 그녀의 손과 발을 정성스럽게 주물러 주기 시작했다.

언영의 커다란 손안에 목린의 발은 그냥 파묻혀 버렸다. 언영은 그녀의 발을 지나치게 뚫어져라 쳐다보고 있었다. 그저 발일 뿐인데. 목린은 이해할 수 없었다. 더군다나 이런 도움이 필요할 정도로 아프지도 않았다. 몸을 빼며 피하려고 했으나 언영이 너무 꽉 발목을 붙들고 있어서 소용없었다.

"아픈 건 서방님이셨는걸요."

"무슨 소리야. 갑옷을 맨손이랑 가벼운 신으로 때리는 게 더 아프지."

"그래도 전 지금 아무렇지도 않은걸요……."

목린은 언영을 물끄러미 바라보았다. 온 신경을 그녀의 아담한 발에 몰두하며, 끊임없이 발을 꾹꾹 눌러주고 쓰다듬는 그의 모습은 마치…….

"그냥 서방님께선 즐기고 계시는 것 같은데……."

"응?"

"아, 아니에요."

목린은 얼른 입술을 오므렸다.

언영은 다시 목린의 발을 아껴 주며 주물렀다. 손에 쏙 들어오는 그녀의 발이 뭐가 그리 좋은지 그의 입술 끝이 올라가려고 했다. 목린은 그런 그를 물끄러미 보다가 다시 말문을 열었다.

"그래도 서방님. 발을 계속 만지는 건 너무 이상해요."

"이상하긴 뭐가 이상해?"

"……발이잖아요……."

"우리 목린이 발 오늘 많이 고생했으니까 이렇게 만져 줘야 해. 오늘 힘드셨다고, 고생 많이 하셨다고 풀어 줘야 내일 걸어 다니지. 발 님, 오늘도 수고하셨습니다."

언영은 목린의 발을 두 손으로 소중히 쥐고 정말 사람에게 말을 걸듯 감사를 표했다. 목린은 작게 웅얼거렸다.

"아닌 것 같은데……."

그러면 왜 그렇게 발을 잡아먹을 것처럼 바라보냐는 질문이 목린의 턱까지 가득 차올랐다.

발 전체를 아우르는 이상야릇한 손길에 그녀의 솜털이 곤두섰다. 목린은 이번엔 좀 강하게 뿌리쳤다. 다리를 구부리며 피했다. 언영은 그녀를 놓아주었지만, 자리에서 일어서지는 않았다. 목린은 바닥만 내려다보며 부탁했다.

"서방님, 이제 그만해요……."

"그러면 손 주물러 줄까?"

환하게 웃으며 언영이 몸을 가까이 숙여왔다. 손이 잡힐 즈음 목린이 얼른 등 뒤로 숨겼다.

"아니, 손도 필요 없어요. 저 정말 일어날 거예요……!"

힘차게 몸을 일으켰다. 얼른 이 후끈한 자리를 피하고자 하는 요량이었다. 그런데 일어나며 올라간 발이 언영의 얼굴을 툭 치고 지나가 버렸다.

"아아!"

"죄송해요!"

정확히 어디를 때리고 지나갔는지 목린은 알지 못했다. 언영이 바로 짧은 비명과 함께 한 손에 얼굴을 묻고 고개를 숙였기 때문이다. 고통을 삭이고 있는지 그는 그 자세를 유지하며 한동안 움직이지 않았다.

분위기가 대번에 바뀌었다. 목린은 즉각 언영에게 다가가 걱정되는 마음을 잔뜩 드러냈다.

"서방님! 괜찮으세요?! 코에 맞으신 건 아니죠? 어떡해! 많이 아프세요?"

"······."

"서방니이이임······."

평소라면 '하하하하, 괜찮고말고!' 하며 웃어넘길 사람임을 알기에 목린의 마음은 단숨에 무거워졌다. 그녀는 고개를 들지 못하는 언영의 어깨를 잡고 아주 살짝 흔들었다.

다음 순간, 순진무구한 목소리로 서방님, 서방님 하던 목린의 발목이 덥석 잡혔다.

비명을 지를 틈도 없었다. 잡힌 발목이 위로 끌어당겨지면서 몸통은 반대로 뒤로 넘어갔다. 민망한 자세 탓에 부끄러워 얼른 일어나려고 했는데, 이미 그녀의 귀여운 발가락은 그의 입에 먹혀들어 간 뒤였다.

"서방님 그걸 왜 빨아요!"

쭙쭙 소리를 내며 언영은 목린의 발을 소중하게 어루만졌다. 목린과 눈을 마주치고도 화사하게 웃었다.

"얼른! 얼른 빼요!"

"조금 전에 네 발이 엄청 아야 했어. 낫게 해 줘야지."

"그건 반대쪽 발이잖아요!"

언영은 순간 제 말실수를 깨닫고 아차 싶은 표정을 지었다. 모든 게 들킨 그는 이제 뻔뻔한 표정을 짓기 시작했다.

"어떻게 발도 이렇게 예뻐. 아까부터 계속 빨아 주고 싶었어."

"원래 다른 부부도 다 하는 거예요?"

"당연하지."

언영은 막 씻고 나와 향긋한 목린의 발바닥에 코를 박고 깊게 들이마셨다. 그리고 혀를 내밀어 그 위를 쭈욱 핥았다. 경악한 목린의 두 눈동자에 공포가 차올랐다. 언영은 반대쪽 발에도 똑같이 했다.

"어디든 다 빨아먹고 싶게 생겼어."

뜨겁게 속삭이는 언영을 보며 목린의 등골이 서늘해졌다.

예전의 그, 귀혈족이 인육을 먹을지도 모른다는 그 의심이 다시 생각났다. 귀혈족의 참모습을 배우게 된 이래로 지워 버렸던 생각인데 저 소름 끼치는 발언이 다시 상기시켰다.

"안 돼요! 저 맛없어요!"

목린은 옆으로 누워 몸을 웅크리고 팔로 얼굴을 가렸다. 그리고 울먹이면서 외쳤다. 좋은 사람들이라고 인육을 먹지 않는다는 보장은 없었다. 이미 귀혈족 문화엔 목린이 상식으론 이해할 수 없는 것들이 매우 많았으므로.

그녀가 얼굴을 팔로 가려 버렸기 때문에 언영은 목린이 진정으로 떨고 있는지 알 길이 없었다. 단지 겁에 질린 목소리를 생동감 넘치게 잘 꾸민다고 속으로 감탄할 뿐이었다.

목린이, 이런 거 좋아하는구나……!

그렇다면 언영도 목린에게 맞춰 줄 생각이 있었다. 그는 먹이를 좇는 호랑이처럼 잽싸게 목린의 위에 드러누워 조그만 그녀를 팔 사이에 가두었다.

"어흥! 잡아먹겠다."

"꺄아아아악!"

찢어지는 비명을 듣고 언영은 속으로 매우 놀랐다. 그리고 정말로 간 보는 것처럼 입으로 목린의 귀를 잘근잘근 깨물고 혀로 핥기 시작했다. 그의 품 안에서 목린이 형편없이 떨고 있었다. 목린이가 이런 데에 타고난 줄은 몰랐던 언영은 내심 감탄했다.

그는 이어서 정말로 맛볼 먹이를 만지듯 목린의 엉덩이와 허리를 쓰다듬었다. 살이 많은 엉덩이 부근에 손을 오래 올려놓고 주물럭거렸다.

"밥 매번 든든하게 챙겨 준 보람이 있어. 맛있게 잘 여물었어."

옷을 찢듯이 벗겨내고 목린의 가슴을 쥐어짜며 그가 속삭였다. 이제 목린은 떨기만 할 뿐 아니라 작게 오열하기 시작했다. 울음소리마저 진짜 같았다.

"아껴 먹으려고 했지만 못 참겠는데."

언영도 몰입하여 낮고 스산하게 중얼거렸다. 목린은 이제 우느라 숨을 못 쉬고 있었다. 아니, 숨을 못 쉬는 것처럼 구는 거겠지. 언영은 속으로 그렇게 정정했다. 단단하고 두꺼운 허벅지 사이로 목린의 몸을 도망칠 수 없게 꽁꽁 가두었다. 그리고 일부러 굶주린 짐승처럼 거친 숨소리를 목린의 귀에 바짝 대고 들려주었다.

목린은 이제 콜록거리며 울었다. 너무 진짜 같은 소리 때문에 언영은 슬슬 죄책감이 차오르기 시작했다. 그냥 얼른 끝낸 다음 밤새 예뻐해 주고 싶었다.

"이제 먹어 볼까?"

그렇게 말하며 언영은 목린의 어깨를 잡아 돌렸다. 똑바로 마주본 다음, 목린이 손으로 가리고 있는 얼굴을 드러내고 다정하게 입을 맞추며 뜨거운 밤을 시작할 생각이었다.

얼추 성공했다. 목린의 손을 얼굴에서 떨어뜨리는 것까지는 원만하게 해결되었다. 그런데 그다음이 문제였다. 직접 눈으로 확인한 목린의 얼굴이 정말로 눈물범벅이었다.

'어……?'

그리고 두려움에 정복된 목린의 눈은 언영의 입이 가까이 다가오자 그대로 감겼다. 이어서 그녀의 목이 옆으로 꺾이고 팔과 다리가 힘없이 늘어졌다.

"목린아……?"

입을 맞추기 직전 다시 언영은 몸을 뒤로 뺐다.

"목린아, 왜 그래? 목린아? 괜찮아? 목린아, 눈 좀 떠 봐…….
목린아!"

언영이 목린의 겨드랑이 아래에 손을 끼워 넣고 일어나 앉았다.
목린의 몸통은 따라서 올라왔지만 팔은 흐물거렸고 목은 어색한 방향으로 축 기울어졌다.

"목린아!"

쾅!

갑자기 문이 열리는 소리에 잠들어 있던 룡과 봄비 모두 눈을 떴다. 얼굴을 삐죽 밖으로 내민 그들의 눈에는 부랴부랴 밖으로 뛰어나온 언영과 그의 팔 안에 늘어져 있는 목린이 들어왔다.

언영은 손이 너무 떨리는 나머지 도저히 목린에게 신발을 신겨 줄 수가 없었다. 앉아서 몇 번 시도해 봤지만 안 들어가서 결국 신을 아무 데나 내던졌다. 그리고 다시 목린을 제대로 업고 달려 나가기 시작했다.

"의원님!"

안 그래도 흉악한 인상의 의원은 갑작스레 찾아온 밤손님에 의해 더 피로감이 쌓여 지쳐 보였다. 그는 목린을 들고 오는 언영을 보고 미리 한숨을 쉬었다. 어쩐 시끌시끌한 밤이 될 것만 같다.

"어찌 이리 되신 겁니까."

의원은 언영을 안으로 안내했다. 지난번 목린이 초야 때 쓰러져서 데려왔던 곳과 같은 침상이었다. 그 당시 어이없어서 입을 다물지 못했는데 그래도 이번에 찾아온 사유는 조금이라도 더 말이 되지 않을까. 의원은 애써 그렇게 생각했다.

"제가 잡아먹겠다고 했습니다."

"……."

너무나도 안이한 생각이었다.

"물론 정말로 먹을 생각은 아니었습니다! 부부끼리 밤에 흔히 하는 극 같은……."

"되었습니다……. 별로 듣고 싶지 않습니다."

썩어들어 가는 상대의 표정을 보고 언영이 곧장 해명하려 하였으나, 의원은 손을 내저으며 뒤로 빠졌다.

그래도 이번엔 언영이 자신의 잘못을 인지하고 있었다.

"목린아, 미……."

깨어난 목린을 향해 언영이 사과를 시도하며 손을 뻗었다. 그러나 눈을 맞추지 못하며 매 맞는 아이처럼 떠는 목린 때문에 허사로 돌아갔다.

"목린아……!"

"많이 무서웠어요……."

"목린아, 정말 미안해. 나, 나 사람 먹어 본 적 없어. 귀혈족 중 누구도 사람을 먹어 본 적 없고."

"……흐윽."

"목린아, 울지 마! 내가 잘못했어. 다시는 그런 장난치지 않을게."

무릎을 꿇고 말을 잇는 그의 태도는 누가 보아도 진심이었다. 목린은 눈물이 글썽이는 눈으로 그의 축 처진 어깨를 살폈다. 그리고 언영의 심장을 쿵 떨어뜨리는 발언을 입 밖에 내밀었다.

"서방님의 진심은 알겠지만 다, 당분간은 각방을 쓰는 것이 좋을 것 같아요……. 무서워요……."

그렇게 언영의 인생에서 최악의 순간이 시작되었다.

13장

그날도 목린은 평소와 같은 시각에 훈련장으로 향했다. 이제는 편안해진 사람들의 얼굴이 똑같이 그녀를 반겼다. 달라진 것이 있다면 바로 그들의 중심에 놓인 술과 음식이었다.

"이게 뭐예요?"

목린의 눈이 반짝거렸다.

듣자 하니, 이 모임의 대장 역할을 도맡아 하는 분의 생일이었다. 기실 훈련 때문에 피할 뿐이지 술을 워낙 좋아하는 분이고, 하여 오늘만 잠시 본인에게 나태를 허락한 것이다.

다인은 술잔을 가슴높이로 잡아 들며 발랄하게 물었다.

"목린 님 잘 마시는 편이세요?"

"먹는 거는 다 좋아해요."

목린이 해맑게 웃으며 말하자 그 말을 들은 여인들이 까르르 폭소를 터뜨렸다. 음식에서 눈을 못 떼는 목린을 향해 손짓하며 소란을 떨었다.

"뭐해. 목린 님 눈 빠지시겠다. 얼른 먹자고."

얼마 뒤, 날씨 좋은 여름날 바닥에 사이좋게 둘러앉은 여인들에게서 웃음소리가 끊이지 않았다. 처음 가져왔던 술은 이미 다 떨어져 다시 새 걸 잔뜩 들고 왔다. 그마저도 모두 벌써 바닥이 보이기 시작해 다시 가져와야 할 지경이 되었다.

"목린 님, 목린 님."

누군가가 혀 꼬인 목소리로 목린을 불렀다.

처음엔 제일 구석에서 조금만 얻어먹겠다, 맛만 보겠다 했던 목린은 어느새 가장 가운데에 앉아 귀혈족 여인들이 주는 대로 다 받아먹고 있었다.

"네?"

대답하는 목린의 눈동자 또한 흐리멍덩했다. 순진한 그녀는 호시탐탐 기회를 엿보고 있던 귀혈족을 눈치채기엔 너무 취해 있었다.

"초야 때 한 달 동안 집에서 안 나왔잖아요. 그때 얘기 좀 해 주세요."

"맞아. 그때 주언영이 얼마나 못살게 굴었어요?"

사방에서 여인들이 키득거렸다. 목린이 부끄러워할 것 같아 물어본 적은 없지만 단언컨대 마을에 있는 모두가 궁금해했던 질문이었다.

"그리고 주언영이랑 각방 쓴다고 들었는데, 사실이에요?"

"언영이 요즘 표정이 끔찍하던데 알고 계시나요?"

사방에서 날아오는 질문을 귀로 주워 담으며 목린은 빠르게 두리번거렸다.

"저……느은……."

"천천히 하나하나 답해 줘요."

"그래요. 우선 한 달 동안 초야부터."

모두가 목린이 풀어 줄 이야기보따리를 보다 더 가까이서 듣기 위해 몸을 그녀 가까이로 기울였다. 목린은 흐릿한 눈으로 주변을 두리번거리고 있었다. 여인들을 초조하게 만들었다.

"네? 목린 님?"

"벌써 쓰러지면 안 돼요!"

"주언영이 그때 뭘 했나요?"

갑자기 목린은 뾰로통한 표정으로 시뻘게 진지 오래인 볼을 부풀렸다. 바닥을 한 번 탕 내려치며 살짝 혀가 꼬인 말투로 외쳤다. 그리고 뭐가 그리 짜증 났는지 씩씩거리기 시작했다.

"서방님은 한 거 없어요!"

그렇게 외치고는 자신 있게 제 가슴을 팡팡 두드렸다. 평소라면 상상도 못 할 다소 거만한 투로 내뱉었다.

"다. 전부 다아. 제가."

물론 눈이 다 풀려서 의도한 당당함이 보이진 않았다. 그리고 자신 있게 주변 사람들을 스윽 둘러보았다. 귀혈족 여인들은 충격을 받아 잠시 몸을 굳혔다.

"……와하하하!"

그리고 한꺼번에 등을 젖히며 깔깔거리기 시작했다.

"목린 님 밤에 그런 분이셨어요?"

"너무 멋있다!"

"주언영이 못 헤어 나올 만하네."

환호성이 곳곳에서 튀어나왔다.

"히히……."

목린은 배시시 웃었다. 그리고 또 한 잔을 목을 뒤로 젖히고 한 번에 들이켰다. 끝내주는 맛이었다.

"그러면 각방은 어쩌다가 쓰게 된 거예요?"

"각방이요오?"

"네. 그건 단지 소문인가요?"

"맞아요. 소문 아니에요. 서방님이 자꾸 제 발가락 빨아서……. 더러운 지지라서 제가 싫다고 했어요."

"맙소사."

많은 이들이 자신의 입을 틀어막았다. 목린은 이제 병째 술을 들이키기 시작했다. 거만한 손짓으로 관중을 압도했다.

"그래서 서방님은, 각방 쓰면서도 밤에 날마다 와서 발가락 하나만 빨게 해 달라고 계속 졸라요."

"어머나……."

"그러면 제가 문만 빼꼼 열고, 엄지발가락을 내밀어요. 그러면 서방님이, 그걸, 막, 빨아요. 더럽게에."

"에구머니나……."

아무도 목린이 술에 취하면 허풍을 떤다는 사실을 알지 못하였다.

언영이 소식을 듣고 찾아간 훈련장은 엉망이었다. 이제 막 해가 모습을 감춘 상태에서, 스무 명 남짓 되는 여인들이 바닥에 널브러져 있거나 주저앉았고, 그 주변에 빈 술병이 아무렇게나 나뒹굴었다.

잠시 할 말을 잃은 채 현장을 바라보던 언영은 그 틈에서 가장 익숙한 사람을 찾아냈다.

"야."

언영은 엎어져 있는 이들 중에 가장 친한 사람의 어깨를 흔들었다.

"야, 일어나."

"뭐야!"

"아악!"

누군가에게 몸이 잡히자 다인은 반사적으로 다리를 뻗어 가장 가까이 있는 남성의 사타구니를 후려쳤다. 언영이 아니라 그 옆에 있던 현오가 대신 맞았다. 단단한 갑옷도 무용하게 만드는 그 힘에 현오는 비명을 내질렀다. 제 소중한 곳을 붙잡고 사방팔방을 껑충껑충 뛰어다녔다. 그 소리에 다인은 반쯤 정신을 차렸다.

다인은 언영을 빤히 올려다보더니 말했다.

"어……. 발가락."

"내가 발가락으로 보이냐? 대체 얼마나 마셨길래 그래."

"발가락, 색시 찾으러 왔어?"

다인이 음흉하게 웃으며 물었다.

"목린이가 여기 있어?"

언영의 얼굴에 당혹감이 번졌다.

목린이 언영을 마주하기 무섭다는 이유로 각방을 쓰게 된지 며칠이 지났다. 그녀는 언영의 사과를 받아들이기는 했지만 여전히 그날의 기억 때문에, 마음이 편해질 때까지는 각방을 제안했다. 그리고 당연히 그런 목린에게 언영은 싫다고 말할 수 없었다.

혹시라도 목린이를 또 겁먹게 할까 봐 언영은 목린과의 대면을 최대한으로 피하고 있는 중이었다. 밤에 잠이 오지 않고, 주변에서도 그의 낯빛을 보고 무슨 일이 있냐고 자주 물어왔다. 그는 거의 한계에 다다르고 있는 중인데 목린은 여전히 마음이 바뀔 기미가 보이지 않았다.

이런 상황에서 늦은 밤에 목린이를 마주하기는 아무래도 껄끄럽지 않을 수 없었다.

"어디 있어?"

"음……."

허둥대는 언영과는 달리 다인은 느긋한 표정으로 주변을 살폈다. 목린을 찾는 것은 그다지 어렵지 않았다.

구석진 곳에서 어떤 조그만 여인이 두 팔을 수평으로 옆에 곧게 뻗고, 같은 자리에서 빙빙 귀엽게 돌고 있었다. 눈에 띄지 않을 수 없었다. 흔들리고 있는 땋은 머리 덕분에 어두운 시간에도 누군지 쉽게 판별할 수 있었다.

두 사람은 거의 동시에 목린을 발견했다. 다인이 저기 하고 손으로 가리킴과 동시에 언영의 몸이 날아가듯 움직였다.

"목린아!"

"와아아."

언영은 발바닥에 불이 붙은 양 뛰어갔다.

목린은 고저 없는 목소리를 내면서 별이 촘촘히 박힌 하늘을 바라보았다. 계속 도는 몸을 멈추지 않았다.

"와아아아."

"목린아! 목린아. 집에 가자."

"와아아."

언영이 다급히 목린의 몸을 안고 들어 올리려고 해도 실패했다. 멀리서는 마냥 사랑스럽게만 보였던 그 자세가, 가까이 달라붙으니 위협적으로 변했다. 조금만 다가가면 즉각 팔을 몸통에 얹어맞았다. 언영은 등을 뒤로 빼며 중얼거렸다.

"얼마나 많이 마신 거야."

"어!"

빙글빙글 돌던 목린은 언영의 그 말을 듣고는 갑자기 움직임을 뚝 멈췄다. 팔을 양쪽에 벌린 채로, 목린이 언영을 올려다보며 눈부신 햇살과 진배없이 웃었다. 언영이 숨을 들이켰다.

"서방님이다!"

더한 일은 그 이후에 연속되었다. 목린은 한껏 벌린 팔을 언영의 허리에 두르고 그의 가슴팍에 자진해서 폭삭 안겼다. 눈만 위로 빼꼼 내밀고 나 잘했냐는 듯 초롱초롱하게 올려다보았다.

"아……."

언영의 목 뒤에서 긁는 듯한 신음이 터졌다. 며칠 동안 삼켜 왔던 욕정이 한꺼번에 터졌다.

"서방니이이임……."

목린이 간드러지게 칭얼거리며 엉겼다. 언영은 벌벌 떨리는 손으로 허리춤의 호리병을 움켜쥐었다. 몇 번이나 놓칠 뻔했다. 제대로 꽉 쥐고 난 뒤에는 목을 뒤로 젖히고 한 번에 꿀꺽꿀꺽 들이켰다. 그 와중에도 자연스럽게 기대 오는 목린을 느끼며 그는 돌아 버릴 것만 같았다.

"사람들을…… 집으로 보내야……."

언영은 차마 목린을 내려다보지 못하고 정면만 보며 얼간이 같은 표정으로 더듬거렸다. 옆에서 지켜보던 현오가 마지못해 다가와 선행을 자처했다. 그가 한 손을 들며 말했다.

"야, 내가 할게."

"그래도…… 그래도 되나?"

"그래. 너 지금 좀 정상이 아닌 것 같다."

"정말 고맙다. 잊지 않을게."

언영은 현오의 말에 부정조차도 하지 않았다. 그는 목린을 마주 안았다가 몸을 숙여 그녀를 그의 어깨 위에 둘러업었다.

"어어어?"

발이 땅에서 떨어지자 목린이 호기심 넘치는 표정으로 입을 크게 벌렸다. 언영은 그런 그녀를 어화둥둥 토닥여 주며 발걸음을 뗐다. 목린의 몸에 잔뜩 밴 술 냄새마저도 지금은 황홀하게만 느껴졌다.

* * *

"몸이 떠다니는 것 같아요, 서방님……."

"그래, 그래."

방에 들어와서도 목린은 몽롱한 목소리로 쉴 새 없이 뭐라고 중얼거렸다. 언영은 대롱거리는 목린의 몸을 토닥이며 호응했다.

"저 하늘을 날고 있어요. 기분이 정말 좋아요."

"그렇게 말하니까 내 기분도 좋아."

언영은 목린을 침상 위에 바르게 눕혔다. 옷을 하나하나 벗겨 주니 목린이 귀엽게 히죽거렸다. 앞니를 드러내며 실실 웃는다. 그 모습이 귀여워 언영의 얼굴에도 편한 웃음이 잡혔다.

쪽.

갑자기 목린이 상체를 들어 언영의 뺨에 입을 맞추었다.

"……."

난생처음 벌어진 일에 언영의 입이 쩌억 벌어졌다. 돌덩이 같은 전신에 소름이 사아악 돋아났다.

본인이 한 짓의 정도를 알고는 있는지 다시 몸을 눕힌 목린은 언영을 올려다보며 순진한 표정으로 배시시 웃고 있었다.

언영은 허겁지겁 거칠게 목린에게 입술을 부딪쳤다. 각방 같은 건 머릿속에서 완전히 지워졌다.

어떻게든 입술을 떼지 않으려고 애쓰며 그는 자신의 옷을 먼저 벗어 던졌다. 너무도 급하여 찢어 뜯듯 탈의했다. 그렇게 벗겨진 옷은 아무 데나 뒤에 툭 던져 버렸다.

함께 서로를 끌어안고 반 바퀴를 돌았다. 목린이 계속 헤헤 웃으며 언영의 품에 달라붙었다. 언영에게 더 오라고, 더 가까이 붙어 달라고 앙탈을 부리듯 팔을 뻗었다. 언영은 진심으로 기뻐 입을 다물지 못했다.

"목린이 오늘 왜 이렇게 귀여워, 응? 이렇게 귀여우면 어떡해?"

그는 목린의 어깨를 와락 끌어안고 얼굴 전체에 입술을 끊임없이 찍었다. 목린은 언영의 등을 더듬더듬 만지다가 아내 그의 근육으로 꽉 조여진 엉덩이를 쓰다듬었다. 언영은 기분이 미칠 것같이 좋아 정신이 아득해졌다. 입에서 절로 탁한 신음이 터졌다. 목린의 옷을 벗기며 작고 하얀 몸을 더듬고 주물렀다. 귀여운 소리를 내며 목린이 적극적으로 응했다.

"조절…… 안 될 것 같은데, 목린아."

언영은 목린과 이마를 맞대고 발정 난 짐승처럼 헐떡이며 말했다. 언제는 조절이 됐겠느냐마는 이번엔 정말 실수로 관계 중에 목린을 죽일 수도 있겠다는 의심이 뻗어 나갔다.

그러나 목린이 지금 완전히 제정신이 아니라는 사실이 언영의 이성을 붙잡았다. 이런 상황에서 목린을 굳이 품는 건 딱히 마음이 가는 행동은 아니었다. 제정신일 땐 그가 무섭다고 피해 오던 목린이 아니던가.

언영은 목린을 내려다보며 꼴깍 침을 삼켰다. 그의 눈이 서슬 퍼렇게 빛났다.

지금의 목린은 머리부터 발끝까지 자극적이었다. 배시시 웃고 있는 얼굴은 볼을 아작 깨물어 주고 싶을 정도로 어여뻤고, 조금 전 물고 빨아서 그런지 입술 색은 야릇하게 불긋했다. 머리카락은 황홀한 모양으로 풀리기 직전이었으며, 반쯤 벗겨진 옷 틈으로 통통하고 맛있는 젖꼭지가 모습을 봉긋 내밀고 있었다. 그러면서도 그녀는 좋다고 실실 웃었다. 언영의 성기는 이미 일어서서 저 위에 듬뿍 싸게 해 달라고 소리 없는 아우성을 지르고 있었다.

언영이 고통의 신음을 흘렸다.

"하아."

짧은 인생 동안 이 정도의 고뇌를 받아들인 적이 없었다.

"목린아."

"네에?"

결국.

"……목린아. 힘들었으니까 이제 자자."

결국, 이성이 아슬아슬하게 이겼다. 당장이라도 넣고 금수처럼 흔들고 싶은데 저 몽롱한 눈을 똑바로 바라보면 너무 미안했다. 우리 목린이 정신 멀쩡할 때 많이 예뻐해 주고 사랑한다 해 줘야지. 이건 아니었다.

언영은 벗겨지다 만 목린의 옷을 다시 천천히 인내심을 갖고 입혀 주었다. 더러운 욕망이 불끈불끈 솟아오르려 하니, 눈을 질끈 감고 애써 그녀의 몸을 쳐다보지 않았다. 목린은 그의 행동을 물끄러미 바라보았다.

"자, 됐다."

조금 전에 보았던 목린의 봉긋한 가슴이 눈앞에 아른거렸지만, 나중을 생각했을 때 이러는 편이 훨씬 나았다. 나을 것이다. 언영은 그렇게 끊임없이 자신에게 되새기며 다시 옷을 입은 목린을 편한 자세로 눕혔다. 그는 팔을 쭉 뻗고 목린의 머리를 그 위에 편하게 대 주었다. 그녀의 옆에 따라 누웠다.

"너 잠들면 바로 나갈게."

"……."

목린은 천장을 바라보고 멀뚱히 누웠다. 언영은 목린의 어깨까지 이불을 덮어 주고 그녀의 몸을 천천히 토닥여 주었다. 목린의 눈이 아까보다 훨씬 초롱초롱하다. 무슨 생각을 하고 있길래 그런 건지 언영은 궁금해졌다. 그때 마침 목린의 입술이 움직였다.

"서방님."

"응?"

"서방님 가슴 큰 여자가 좋아요?"

머리에 물을 끼얹은 것처럼 언영의 정신이 맑아졌다. 오늘 밤엔 잠 다 잤다. 눈을 번쩍 뜨고 도저히 믿기지 않는다는 투로 중얼거렸다.

"그건 또 무슨……."

"단월도에 있을 땐 제 가슴이 꽤 크다고 느꼈는데 여기 오니까 아니에요. 여기 있는 모든 남자들 가슴이 다 제 것보다 큰 것 같아요."

옆에 누운 목린은 덮고 있는 이불을 쓰다듬으며 시무룩하게 털어놓았다. 말을 마친 그녀의 귀여운 입술이 우울하게 삐죽 내밀어졌다. 넋 놓고 구경하던 언영의 입술이 떨떠름하게 벌어졌다.

"왜 갑자기……. 아니, 잠깐만."

너무 어이가 없어 혼을 놓고 있었는데 덕분에 언영은 중요한 것을 놓치고 지나갈 뻔했다. 뒤늦게 예리하게 치고 들어가 추궁하 듯 물었다.

"그런데 다른 놈들 가슴은 왜 보고 있어?"

"모두 덥다고 웃통을 벗고 있는데 어떻게 안 봐요……."

목린은 여전히 뾰로통한 목소리로 답했다. 언영에겐 그다지 만 족스러운 답으로 다가오지 못했다.

"그쪽으로 고개를 안 돌리면 되잖아? 다른 놈들 걸 왜 보고 있 어. 내 게 있잖아. 내 거만 마음껏 봐."

언영은 근육밖에 없는 제 커다랗고 불뚝한 가슴을 목린의 눈앞 에 바로 갖다 댔다. 시야가 전부 그의 가슴으로 꽉 찼는데도 목린 의 반응은 크지 않았다. 초조해진 언영은 더 이를 악물고 목린의 눈앞에서 구애하듯 가슴을 살짝 흔들었다. 코가 언영의 뚜렷한 가 슴골에 짓눌려도 목린은 덤덤한 반응을 보였다. 외려 술에 취해 멍한 눈과 함께 조곤조곤 이은 말 한마디가 언영의 이성을 무참 히 잡아 뜯어갔다.

"하지만 서방님 가슴은 다른 남자들 것보다도 커서 제가 보면 주눅 들어요……."

언영은 아연실색한 표정으로 되물었다.

"……주눅 들어?"

누구에게도 뒤처지지 않는 커다란 가슴은 언영에게 성실과 근 면의 상징이었다. 한 번도 흉부에 대해 안 좋은 소리 하나 들어 본 적 없었다. 늘 자랑스러웠다.

"미, 미안해, 나는……."

언영은 말을 잇지 못했다. 한 번도 그런 관점에서 상상해 보지 못했던 탓이다.

술에 취한 목린은 이제 흐느끼고 있었다. 그의 거대한 몸통 아래에서 손등으로 흘러내리는 눈물을 쓱쓱 닦고 있었다.

"흐윽……."

"미안해. 가슴이 너무 커서…… 미안해. 응?"

언영이 목린을 다정히 안으며 말했다. 팔이 모이는 과정에서 언영의 커다란 양쪽 가슴이 모여 무척 선명한 골이 잡혔다. 목린은 겨드랑이 아래부터 어떻게든 끌어모아야만 저 모양이 가능했다. 훨씬 서글픈 얼굴로 언영의 가슴을 빤히 내려다보았다.

시선을 느낀 언영은 어색하게 몸을 살짝 뒤로 뺐다. 하지만 벌거벗은 가슴은 가려지지 않았다.

"흐윽, 서방님."

"으, 응?"

목린이 언영의 가슴을 빤히 바라보며 심각한 목소리로 말을 이었다.

"서방님 가슴이 제 가슴보다 큰 게 확실해요."

"……뭐?"

언영은 그대로 얼어붙었다.

"이것 봐요. 제 가슴은 이만큼 잡히는데 서방님 가슴은……."

아까 전까지만 해도 행복에 심취해 있던 목린은, 어느새 깊게 시무룩해졌다. 술에 취해 눈에 힘이 풀린 흐리멍덩한 표정으로 그녀는 한 손을 들어 본인의 말랑한 가슴을 쥐었다.

울먹거리는 표정으로 그리 음탕하게 구는 행위는 사내의 마음에 불을 질렀다. 그 모습을 멀거니 정신이 빼앗긴 채 구경하느라, 언영은 잽싸게 날아오는 그녀의 손을 막지 못했다. 탁, 하고 목린이 언영의 한쪽 가슴을 쥐었다.

사실 쥐었다는 표현이 썩 어울리는 말은 아니었다. 언영의 가슴은 목린의 손에 다 들어가지 않았기 때문이다. 피할 새도 없이 당해 버린 언영의 얼굴이 순진한 소년처럼 벌겋게 익었다.

"봐요. 훨씬 커요."

"자, 목린아. 진정하고……."

언영은 목린을 급하게 떼어 내 다시 제자리에 바르게 눕혔다. 목린이 스스로 제 가슴을 쥔 자극적인 모습을 애써 머릿속에서 도려내며 최대한 차분한 척 말을 이었다.

"그, 그건 네가 정면으로 누워 있고 난 아니라서 그런 거야. 이제 자야지, 목린아."

언영은 다시 목린의 자세를 제대로 잡아 주고, 이불도 입까지 덮어 주었다. 흐느적거리는 목린은 다행히 고분고분 그의 말을 따랐다. 아니, 따르는 듯했다.

"다음 날 일어나면 하나도 기억나지 않을 거야."

"……."

"그런 고민 하지 않아도 돼. 내 눈엔 내 색시 가슴이 제일 예뻐. 알았지?"

"네……."

목린은 여전히 멍한 눈으로 천장을 보며 다소곳하게 대답했다.

언영은 진심으로 안도했다.

"그래, 목린아. 그러면 이제 자자. 내일 만나자, 알았지?"

눈과 코만 빼꼼 밖으로 내민 목린이 천천히 고개를 끄덕이며 눈을 감았다. 언영은 몰래 이마에서 흐르는 식은땀을 손으로 닦았다. 그런 다음 목린과 뺨을 맞대며 가까이 달라붙었다. 그녀의 손을 조물조물하며 귓가에 계속 잘 자라고 속삭여주었다.

목린의 닫힌 눈꺼풀은 오랜 시간 다시 열리지 않았다. 목린의 허리에 팔을 두르며 옆에 누워 있던 언영은 이제 다른 방으로 자리를 옮겨야 할지, 아니면 욕심대로 조금만 더 여기에서 목린의 자는 모습을 구경할지 고민에 빠졌다. 새근새근 잠든 목린만 봐도 가슴이 뻐근해지고 사타구니가 절로 찌릿찌릿했다.

그런데 그때, 갑자기 목린의 눈이 번뜩 무섭게 뜨였다. 언영을 뿌리치며 자리에서 일어나 앉았다. 너무 당황한 언영이 그대로 휩쓸렸다.

목린이 단호한 표정으로 말했다.

"아닌 것 같아요. 저도 한 번 옆으로 누워 볼 테니 다시 가슴 잡아 봐요."

그녀의 두 눈이 초롱초롱 빛났다.

"됐어! 이게 뭐 중요하다고……."

언영은 목린의 어깨를 꾹꾹 누르며 다시 침상에 눕히려 애썼다.

"이 마을 통틀어서 서방님 가슴이 제일 큰 것 같아요."

"그건 또 무슨 소리……. 목린아!"

목린은 언영이 정성껏 입혀 줬던 유(저고리)를 다시 뜯어 버리듯 벗었다. 닭똥 같은 눈물이 그녀의 눈에서 뚝뚝 떨어졌다.

목린의 탱글탱글한 하얀 젖가슴이 바깥으로 해방되고 언영은 멍하니 그 모습을 누워서 바라보았다.

목린은 헐레벌떡 일어나 앉더니 언영의 허리에 올라타 앉았다. 언영이 경악하며 피하려고 했다. 하지만 목린의 부드러운 엉덩이가 그의 물건 위에 앉는 순간 아무 생각도 할 수 없었다. 그녀의 고샅 아래에 파묻힌 그의 성기가 울컥 반응했다.

"목린아, 거기 앉으면 안…… 아아!"

그가 목을 뒤로 꺾으며 야릇한 신음을 토해냈다. 흥분한 그의 허벅지가 달달달 떨렸다.

"흐흑, 흑."

이어서 목린이 울면서 자기 가슴을 두 손으로 열심히 주무르기 시작했을 때 언영은 지금 자신이 꿈을 꾸나 싶었다.

"흐윽……."

목린은 가는 허리를 나긋나긋하게 흔들면서 복숭아 같은 뽀얀 가슴을 귀엽게 주물럭거렸다. 언영의 숨이 거칠었다. 뇌가 터질 것 같았다. 몸이 아픈 사람처럼 떨렸다. 눈을 어디에 두어야 할지 알 수 없었다.(사실 매우 잘 알았다. 그의 눈동자가 그 어느 때보다도 활발하게 움직였다.)

그렇게 방심하고 황홀한 모습을 즐기고 있을 때, 갑자기 목린의 손이 그의 가슴으로 착 내려왔다.

"……?"

"흐윽."

언영의 가슴 양쪽에 목린의 두 손바닥이 안정적으로 안착했다. 그리고 목린은 그의 가슴을 성실하게 주물럭거리기 시작했다.

"목린아……!"

가슴 위가 불로 지지는 것처럼 뜨거웠다.

"커……. 확실히 더 커……."

"목린아! 아!"

"나쁜 서방님."

흐느끼는 목린은 점점 더 손가락의 움직임을 빠르게 했다. 언영은 목을 뒤로 젖히고 헐떡였다. 입에서 부끄러운 신음이 마구 쏟아져 나갔다. 목부터 이마까지 전부 피가 쏠려 새빨개졌다.

"아, 목린아, 그만! 아아!"

신호가 오고 있다. 언영은 곧장 알았다. 코에 느낌이 온다.

언영은 절박하게 옆으로 팔을 뻗었다. 하지만 손에 닿는 호리병이 없다. 안 돼, 안 돼! 언영은 정신없이 고개를 저으며 헐떡거렸다.

"목린아, 하아아, 그만……!"

"정말, 커……. 손에도 안 들어가."

목린은 그녀의 아담한 손에 다 들어가지 않는 불룩한 가슴을 원망스럽게 보며 울었다. 입술을 앙다물고 그것을 빤히 노려보았다. 그리고 눈물로 젖은 그녀의 눈이 이어서 그 위의 젖꼭지로 향했다.

"목린아, 안 돼!"

목린이 입을 살짝 벌리고 천천히 얼굴을 숙이기 시작했다. 언영이 기겁하며 상체를 약간 틀었다. 하지만 목린은 멈추지 않았다.

오히려 손으로 그의 몸을 더 짓누르고 혀끝을 밖으로 살짝 내밀었다. 언영의 입이 쩌억 벌어졌다. 그가 처절하게 외쳤다.

"안 돼!"

뾰록 튀어나온 언영의 젖꼭지 위에 목린의 혀가 닿았다. 괴성과 함께 언영의 코에서 검붉은 폭포가 콸콸 터졌다.

* * *

누군가가 머리를 양쪽에서 쥐고 벌려 찢는 느낌이었다.

언영의 맨가슴에 엎드린 채 잠이 든 목린은 쉽게 자리에서 일어나지 못하고 이목구비를 그의 몸에 비볐다. 이제는 익숙해지다 못해 마음이 편해지게 해 주는 그의 체향이 의지가 되었다. 각방을 쓴다는 사실조차 잊어버렸다.

머리가 많이 아팠다. 어제 분명히 많이 마시기는 했는데, 얼마나 마셨는지, 그리고 어디까지 마셨는지까지는 떠오르지 않았다. 분명 사람들이 뭔가를 물어봐서 열심히 답해 주기도 했는데, 모두 기억 속에서 사라진 지 오래다.

"좋은 아침이에요, 서방님……."

그렇게 이마에 손을 짚으며, 오늘도 평소와 다름없을 날을 예상하고 목린은 몸을 일으켰다. 그러나.

언영의 얼굴을 눈에 담은 목린의 입에서 바로 날카로운 비명이 터져 나왔다.

"서방님! 서방님! 어떡해! 서방님!"

잠든 언영의 인중과 입, 턱, 그리고 양쪽 뺨이 모두 시뻘건 피로 가득 젖어 있었다. 코에서부터 목까지 온통 시뻘겋다. 그가 고개를 좌우로 마구 젓는 과정에서 피가 아무 방향으로나 주룩주룩 흘러내린 것이다.

목린은 울부짖으며 쥐죽은 듯 자고 있는 언영의 몸을 흔들었다. 아무것도 기억하지 못하는 그녀에겐 부지불식간에 찾아온 참혹한 사고였다.

다행히 언영은 금방 깨어났다. 그는 목린의 얼굴을 눈에 담자마자 무슨 생각을 한 건지 바로 볼을 붉히며 시선을 피했다. 코 아래 얼굴이 전부 피로 젖어 있다는, 당사자에겐 분명 끔찍할 말에도 딱히 큰 반응이 없었다.

목린은 언영이 극구 만류했음에도 얼굴을 닦을 물을 퍼 왔다. 그리고 벅벅 얼굴을 문질러 닦는 그의 모습을 옆에 쪼그리고 앉아 안타까운 표정으로 지켜보았다. '그렇게 많이 흘리면서도 왜 그냥 누워 계신 거예요'라고 물었지만 언영은 멋쩍게 눈을 피할 뿐 답을 주지 않았다.

그가 물어본 것은 딱 하나였다. 어젯밤 있었던 일을 기억하지 못하는가. 목린은 못한다고 답했고, 언영은 '그러면 됐어.'라고 바로 대화를 끝맺었다.

갑작스러운 사고 탓에 그동안 두 사람 사이에 세워져 있던 벽이 모두 허물어졌다. 목린은 언제부터 각방을 썼냐는 듯 아주 자연스럽게 옆에서 언영의 팔을 잡았다. 오히려 그가 움찔 놀랐다.

"서방님, 진짜 어디 크게 아픈 거 아니에요? 의원님은 찾아가 보셨나요?"

"……."

답 없이 바닥만 내려다보는 언영 때문에 목린은 초조했다. 무슨 생각에 푹 빠져 있는지 그의 낯빛이 심각함에 잠식되어 있었다. 목린은 가만히 앉아 입술을 뻐끔거렸다. 불편한 침묵이 이어졌다.

"서방……."

"추운 지방에 가자."

참다못해 목린이 다시 말문을 열었을 때 난데없이 언영이 비장한 목소리로 선포했다. 곧게 편 허리와 딱딱한 낯빛을 보면, 전쟁을 준비하는 사람도 이보다 심각할 순 없을 것 같았다.

너무도 뜬금없는 발언에 목린은 제 귀를 의심했다.

"추운 지방이요?"

"응. 남자들이 옷을 다 갖춰 입는 그런 곳. 그래서 가슴을 보일 리 없는 그런 곳. 앞으로 매해 여름마다 나갔다 오자. 다음 주에 당장 가자고."

갑작스러운 제안에 목린이 눈을 동그랗게 뜨고 아무 말도 하지 않았다. 그게 언영을 초조하게 만들었는지, 그가 다급하게 덧붙였다. 마치 아이가 부모에게 핑계나 변명을 급하게 나열하는 투와 같았다.

"어디든 데려다주겠다고 내가 약속했잖아. 그래서 그래. 정말이야!"

목린은 눈을 깜박이며 곰곰이 생각에 잠겼다. 언영은 침을 꿀꺽 삼키며 그 모습을 심각하게 쳐다봤다. 그녀는 모르겠지만 지금 그의 등을 타고 식은땀이 떨어지는 중이었다. 여기서 거절당하면 또 무슨 변명을 대야 할지 고민하느라 턱이 빳빳하게 굳었다.

마침내 목린이 입을 열었다. 땡글땡글한 그녀의 얼굴에는 다행히 긍정적인 감정이 자리 잡고 있었다.

"그곳도 맛있는 음식 많아요?"

"물론이지!"

언영은 고민도 하지 않고 몸을 들썩이며 답했다. 목린도 마주 보며 고개를 끄덕였다.

"그러면 저는 좋아요."

언영은 당장이라도 목린을 끌어안으며 고맙다고 울고 싶을 지경이었다. 그랬기에 목린의 표정이 다시 급격히 어두워졌을 때는 쓰디쓴 참담함을 맛보았다.

"……혹시 몸이 많이 안 좋으셔서 요양으로…….."

"아니야! 그런 거 아니야. 진짜 아니야."

언영은 팔을 흔들어 대면서까지 전신을 사용하여 목린을 설득했다.

목린의 얼굴에 찜찜함의 여흔이 여전히 도사리고 있었다. 하나 완전히 의심을 거두게 하는 건 언영이 진작에 포기한 일이었다. 그렇다고 네 얼굴만 보면 몸이 흥분되고 번식 욕구가 자극되며 그게 코에서 증명된다는 사실을 목린에게 덤덤히 털어놓기에도 민망했다. 무엇보다 귀혈족인데 너무 허약한 거 아니냐며 목린이 실망할까 봐 걱정되었다.

"그런데 얼마나 추운 곳이에요?"

"음, 일단……."

데려가고 싶은 곳은 많았다. 그중에서도 가장 먼저 함께 가고픈 장소가 있었다. 그곳과 여기를 왕복하는 과정에서 또 작고 인심 좋은 마을 몇 군데를 거쳐 갈 수 있고……. 기간을 고려해도, 분위기를 고려해도 딱 알맞았다. 언영의 얼굴에 들뜬 미소가 자리 잡았다.

"따라와 봐."

아직 겨울옷을 입으려면 멀었기 때문에, 안 쓰는 방에 있는 궤에 고이 보관해 놓았다. 언영이 그 무거운 상자를 들어다가 바닥에 쿵 내려놓았다. 두 사람은 자리에 앉아 안의 내용물을 확인했다. 대충 훑어만 봐도 안에 의복이 굉장히 많이 쌓여 있음을 알 수 있었다.

"이건 꼭 걸쳐야겠고."

언영이 가장 위에 있던 옷을 펼쳐 들었다. 지금 보기엔 무척 더워 보이는, 털이 북슬북슬한 검은 갖옷이었다. 목린은 그의 살짝 뒤에 앉아 얌전히 건네받았다.

"이것도. 아, 이것도 입어야 해."

그 아래에 차례로 개어진 옷 두 벌을 보자마자 언영이 말했다. 목린을 힐끔 쳐다보며 바로 내어주고, 계속 궤의 내부를 탐색했다.

"추울 테니까 얘도 꼭 필요해."

토시를 발견하자마자 또 뒤로 건넸다. 여전히 궤 안에 수북이 쌓인 게 많아서 목린을 보지 않고 손으로만 전해 주기 시작했다.

"얘도 필수야. 동상 걸리고 싶지 않으면. 그리고 이것도."

"서방님……."

"이것도, 이것도, 이것도, 이것도, 이것도, 이것도."

어느 순간부터 언영은 옷을 뒤로 휙휙 던져 주고 있었다. 마지막 미세한 부름을 끝으로 목린은 말이 없었다. 얌전히 잘 받고 있겠거니 하고 언영은 편하게 생각했다. 안에 든 건 모조리 빼냈다. 모든 게 다 목린에게 잘 어울릴 것 같았다. 목린에게 뭐든지 다 퍼 주고 싶었다.

언영조차도 두 팔로 들기 버거웠던 묵직한 궤가 어느새 텅텅 비었다.

언영은 후련하다는 표정으로 허리를 곧추세우고 손을 탈탈 털었다. 그리고 환하게 웃으며 목린을 향해 마침내 몸을 틀었다.

"됐다. 이제 한 번 입어 볼……."

목린은 보이지 않고, 커다랗고 시커먼 게 옆에 눌러앉아 있음을 확인한 언영이 기겁하며 몸을 뒤로 뺐다.

"뭐, 뭐야."

"……."

언영이 돌아보지도 않고 휭휭 던져 준 옷을 몸으로 받은 목린은 어느새 사람의 형체를 알아볼 수 없는 언덕이 되어 있었다. 굽힌 무릎 위에 가지런히 올려놓은 손가락만 두꺼운 옷들 사이에서 빼꼼 드러났다. 살아 있는 사람임을 확인할 수 있는 유일한 흔적이었다. 목린의 이목구비는 보이지 않았다.

당황한 언영이 얼른 옷을 허겁지겁 파헤쳤다. 양손을 이용해 찢어 벌리듯 움직이자 목린의 눈 한쪽이 보였다.

"목린아!"

"서방님……. 계속 불렀는데……."

"미안해!"

언영이 더 넓게 벌리자 나머지 눈 한 짝과 귀여운 코도 간신히 바깥 공기를 받았다. 목린의 두 눈이 언영을 빤히 올려다보았다. 그 시선에 흠칫 놀란 언영이 등을 약간 뒤로 빼냈다.

그리고…….

"너무 귀여워!"

언영은 목린의 양쪽 뺨을 쥐고 잡아당겼다. 목린의 머리 위에 얹어진 올 여러 벌이 우수수 바닥에 떨어졌다.

언영의 입술이 뽈록 튀어나온 목린의 콧방울을 쉬지 않고 쪽쪽 거렸다. 한참을 그렇게 빨아 댄 뒤 그는 목린과 눈을 맞추며 행복하게 외쳤다.

"이러고 가면 따뜻하겠다!"

* * *

준비는 순조롭게 진행되었다. 밖에 나가는 일이 잦은 언영에게 여행이란 전혀 어렵거나 힘든 일이 아니었다.

어떻게 짐을 싸야 할지 몰라서 우왕좌왕하는 목린을 옆에서 도와주고, 어디에 가서 뭘 할지, 어떤 재미난 걸 볼 수 있을지 틈만 나면 들려주며 목린의 기대를 높였다. 설명을 들으며 어느새 두 눈을 반짝이는 목린을 보면 주체할 수가 없어 중간중간 호리병을 비워 냈다. 예상한 것보다 훨씬 빨리 동나는 것 같아서 언영은 슬슬 초조해지기 시작했다.

월진에게도 허락을 맡았고, 떠나기에 앞서 처리해야 하는 일은 말끔하게 끝낸 뒤였다. 모든 과정이 완벽했다. 더는 커질 일이 없을 것 같은 그의 가슴은 뿌듯함으로 인해 또 부풀어 올랐다.

그러나 어제 오후에 모든 것이 변했다.

"나하고 목린이 여행에 네가 왜 같이 끼어드는데."

"그 좋은 곳 두 사람만 누릴 수 있게 내가 가만히 놔둘쏘냐. 네가 저번에 목린 님 취하신 날에 말했잖아, 고마움을 잊지 않겠다고. 기회를 써먹는 거지."

이른 아침부터 목린과 언영의 기와집 앞에 떡하니 자리를 지키고 있는 이가 둘 있었으니. 바로 언영의 두 친우 현오와 은평이었다. 현오는 어제 갑자기 나타나 이번 유랑에 끼겠다고 난데없이 주장했다. 그래도 설마설마했는데 이렇게 당당히 집 앞에 나타날 줄은 언영도 몰랐던 차다. 게다가.

"그러면 은평이는 왜 따라오는 건데."

현오뿐만이 아니라 조용하고 자리를 알아서 피할 줄 아는 은평마저도 합세했다. 그 또한 이해되지 않았다.

"나랑 너, 목린 님 이렇게 셋이서 가면 나만 무안해질 일이 많을 거 아냐? 나도 내 편이 있어야지."

말에 올라타 있는 현오는 팔을 최대한으로 뻗어 정답게 은평의 등을 때리며 말했다. 언영이 어처구니없다는 낯빛으로 말을 이었다.

"그렇게 무안해질 것 같으면 아예……."

따라오지 않으면 될 것 아닌가.

언영이 의아스럽게 생각하는 점이 바로 이것이다. 왜 멀쩡히 서로 사랑하는 부부를 따라오느냐 이 말이다. 더군다나 현오는 여인에 대해 꽤 잘 아는 편이었다. 그런 녀석이 이렇게 눈치 없이 훼방 놓을 짓을 할 수 있다는 건가.

일부러 저러는 게 아니고서야.

하지만 머리를 굴려 봐도 언영은 딱히 현오에게 미움 살 일을…… 많이 하기는 하였지만, 그래도 귀혈족 기준으로도 이건 좀 심했다고 생각되는 짓까지 가지는 않았다.

"은평이 너 따라오고 싶어서 오는 거 맞아? 현오가 억지로 끌고 가는 건 아니지?"

어제 갑작스레 현오가 따라가겠다고 선포했을 때, 은평은 단지 가만히 옆에서 입을 다물고 있을 뿐이었다. 어떤 실마리라도 잡을 수 있을까 싶어 언영이 물었다. 은평은 팔짱을 낀 채 조용히 고개를 저었다.

"나는 춤을 연습할 수 있는 곳이라면 어디든 좋다."

"여기도 안 되는 건 아니잖아."

"여긴 머지않아 너무 더워질 테니 따라가고 싶다."

"……알았어."

이전에 부족 사람 중 한 명이 은평의 연습을 막다가, 사지가 모두 절단당할 뻔했다. 귀혈족 중 언영과 월진만이 간신히 막을 수 있었던 은평의 분노를 선명히 기억하는 언영은 금방 뒤로 물러섰다.

언영의 상한 기분을 모르는 건지 뭔지 현오는 돌담 너머를 기웃거리며 태평하게 물었다.

"그런데 목린 님께선 왜 나오지 않으시는 거야?"

"아니야. 만나기로 한 장소가 여기야. 갈 곳이 있다면서 봄비랑 함께 새벽부터 어디론가 떠났어. 이제 곧 돌아올 거야."

"이른 새벽서부터? 무슨 일인지는 몰라도 부지런하시네."

말이 끝나기가 무섭게 보이지 않는 골목 쪽에서 누군가의 움직임이 느껴졌다.

"들린다."

은평이 중얼거렸다.

하나의 말과 하나의 사람뿐이라 하기엔 다소 시끄러운 소리였다. 언영은 의아해하며 몸을 틀었다. 이윽고 상대가 모습을 드러냈을 때 현오는 말에서 떨어지지 않게 고삐를 꽉 붙들어야 했다.

"뭐야."

현오의 등이 뻣뻣이 굳었다.

"쟤, 쟤가 여기 왜 와."

목린과 봄비의 옆에는 예상치 못한 동행이 함께 붙어서 따라오고 있었다. 다인은 단순히 배웅하러 온 자처럼 보이지 않았다. 다인이 따로 타고 오는 말이나, 옆에 매달려 있는 커다란 짐 보따리를 보면 금방 무슨 상황인지 예측이 갔다.

"어?"

신나게 말을 몰고 오던 다인 또한 현오의 존재를 인식하고 그 자리에 잠깐 멈춰 섰다.

두 사람은 마치 귀신이라도 본 양 서로를 주시했다. 그 사이에서 싱글벙글한 자는 오로지 목린뿐이었다. 그녀는 이제 꽤 능숙한 자세로 봄비를 언영의 앞까지 몰고 왔다.

"서방님, 다인 님도 함께 가도 될까요?"

"……뭐?"

믿었던 목린이마저 언영의 심장을 쿵 떨어뜨렸다.

무너지는 낯빛을 띤 언영의 머릿속에서, 어젯밤 두 사람이 자기 전 나눈 대화가 새록새록 다시 피어났다.

'그, 우리가 함께 가기로 한 여행 있잖아. 갑자기 현오도 같이 가자고 하더라.'

언영은 누운 상태에서 목린의 어깨를 안고 미안한 표정으로 고백했다.

'그래요?'

'응. 뭐, 왁자지껄하고…… 좋겠지.'

언영은 영혼 없는 목소리로 천장을 바라보며 답했다. 그래서 반짝이는 목린의 눈빛을 보지 못했다.

'왁자지껄한 걸 좋아하시는군요…….'

'그렇지. 좋아하기야 하지……. 우리 부족이 원래 그렇지.'

'저는 잘 몰랐어요.'

설마, 그래서…….

"귀혈족은 왁자지껄한 걸 좋아하잖아요."

목린이 싱긋 웃으며 말했다. 안면에 순수한 뿌듯함이 감돌았다.

"그렇지……."

언영은 넋 놓고 먼 산을 바라보며 대답했다. 차마 그를 생각해 준 목린에게 화를 낼 수도 없었다.

"있잖아."

한편 아까까지 부득불 따라오겠다고 고집하던 현오의 낯빛이 갑자기 안 좋아졌다.

"나 갑자기 몸이 좋지 않……."

말을 채 끝내기도 전에, 다인이 품에 달려 있던 단검을 현오의 얼굴 쪽으로 날렸다. 현오는 당황하면서도 잽싸게 몸을 옆으로 틀었다.

다인은 나무에 박혀 버린 칼을 바라보며 시큰둥하게 중얼거렸다.

"아프긴. 멀쩡하네."

"가자. 목린아, 내 뒤에 붙어서 잘 따라와."

"봄비는 잘 할 거예요!"

목린은 한 손으로는 고삐를 잡고 다른 한 손으로 봄비의 얼굴을 가볍게 토닥거렸다. 봄비는 응답의 표시로 작게 울었다.

결국 두 사람만의 알콩달콩한 여행은 시작부터 예상치 못한 타격을 받았다.

말을 타고 마을 밖으로 나가는 다섯 명은 퍽 시선을 끌어모았다. 월진도 잘 다녀오라고 인사했고, 그 외에도 많은 이들이 즐거워하며 손을 흔들었다. 언영은 제일 선두에서 그들에게 일일이 쾌활하게 답해 주었다.

웃통을 까고 줄을 맞춰 뛰고 있던 열댓 명의 남자들 또한 우르르 몰려들었다. 두 팔을 번쩍 들고 시끌벅적하게 내질렀다. 누가 더 크게 말하나 내기를 거는 것처럼 소리 질러서 귀가 아플 지경이었다.

"잘 다녀오세요!"

"다녀오십시오!"

남자들의 벌거벗은 근육질 상체가 목린의 시야에 우두두 쏟아졌다.

"감사합니다……!"

목린은 얼굴을 수줍게 붉히며 그들의 몸을 빠르게 훑었다. 살짝 고개를 틀어 목린을 돌아보고 있던 언영은 그녀의 눈길이 향하는 곳을 보며 억장이 무너졌다. 그가 어떻게든 목린의 관심을 얻기 위해 절박하게 외쳤다.

"목린아! 이걸 봐!"

"네?"

언영은 두 팔을 수평으로 넓게 뻗은 뒤에 안으로 굽혔다. 팔뚝 근육이 터질 것 같이 바람직하게 불어났다.

"아아……."

저런 걸 왜 보여 주는 거지? 언영의 행동을 이해할 수 없는 목린은 입을 한참 동안 벌리고 생각에 잠겼다. 그리고 끝내 답이 나오지 않자, 머쓱할 때마다 보이는 영혼 없는 미소를 내보이며 짧게 고개를 끄덕였다.

"네! 봤어요!"

그것이 끝이었다.

언영의 기분이 처참해졌다.

얼굴을 붉힌다거나, 멋있다는 말이라든가. 기대하던 반응이 하나도 오지 않자 무안해진 그는 얼른 아무 일도 없었던 척 다시 앞을 바라보았다. 그러나 붉게 변한 귀는 숨기지 못했다.

룡이 그의 아래에서 마치 사람같이 피식거렸다. 언영이 으르렁거리듯 말했다.

"시끄러워."

룡이 반항하듯 울었다. 언영은 고개를 바짝 숙이고 투덜거렸다.

"시끄러워. 같은 마구간에 단둘이 살면서 아무것도 못 해 본 너
보다 내가 낫지."

룡은 순식간에 꼬리를 축 늘어뜨리며 시무룩해진 마음을 드러
냈다.

* * *

날씨는 적당히 더웠고 지저귀는 새들은 용감한 여행자들을 반
겼다.

새 소리도, 쪼르르 흐르는 냇물 소리도, 요란하게 우는 곤충 소
리도 목린의 귀에 편안하게 감겨왔다. 일주일 동안 계속된 여정은
그녀의 몸을 살짝 지치게 했지만 큰 무리가 될 정도는 아니었다.
언영을 비롯한 귀혈족 일행들은 모두 그녀의 상황을 고려하여 느
긋하게 움직이는 중이었다. 맛있는 음식도 풍족하게 먹고, 잠도
잘 잤다. 모든 과정이 즐거웠다.

"자, 우리 모두 어깨를 펴고! 드넓은 들판으로 달려 나가자! 저
높은 강산 위 용의 아가리! 다 같이 힘을 합쳐 찢어 버리자!"

귀혈족이 연이어 합창하는 저 무서운 가사의 노래도 이제 퍽
익숙해져서, 목린 역시 따라 부르진 못해도 옆에서 박자에 맞춰
얼굴을 까딱거릴 정도는 되었다.

"힘들진 않지?"

목린은 틈틈이 봄비의 목을 쓰다듬으며 그녀의 상태를 살폈다. 그러면 봄비는 언제나 걱정하지 말라는 듯 눈을 반짝이며 울었다.

하도 시도 때도 없이 봄비의 건강을 신경 써서인지, 한 번은 언영이 다가와 웃으며 봄비에 대해 하등 걱정할 필요가 없다고 해 주었다. 그래서 목린은 활짝 웃으며, 그래도 봄비가 아플 걸 상상하면 마음이 너무 아파 어쩔 수 없다고 답해 주었다. 언영은 오랜 시간 그녀를 홀린 듯 쳐다보더니 허리춤에 달린 호리병을 다시 새로 따서 벌컥벌컥 마시며 서둘러 자리를 떴다. 이제 목린은 언영이 틈만 나면 마시는 저게 뭔지 알아내기를 거의 포기한 상태였다.

근처에 냇가를 발견한 그들은 잠시 여기서 쉬고 가기로 했다.

다인은 빈 물통에 물을 채웠고, 현오는 의도적으로 그녀와 거리를 두며 더러워진 손을 씻었다. 은평은 구석에서 뻣뻣해진 몸을 풀고 있었다.

목린은 물을 마시고 싶어 하는 봄비의 소망을 들어주었다. 머리를 숙여 투명한 냇물을 뻐끔뻐끔 마시는 봄비의 목을 옆에서 쉬지 않고 쓰다듬어 주기도 했다.

주변에 위험한 게 있는지 살피고 온 언영이 돌아왔다. 그는 목린의 옆으로 와 그녀의 허리에 자연스럽게 팔을 둘렀다. 그리고 머리 위에 기대며 입술로 쉬지 않고 쪽쪽거렸다. 목린은 수줍게 웃으며 그의 팔을 쓰다듬었다.

륭은 두 사람에게 조금의 관심도 주지 않았다. 그의 흥미를 돋우는 이는 오로지 봄비뿐이었다. 목을 쭈욱 내밀어 봄비가 물 마시는 모습을 멍하니 구경했다.

"야. 그렇게 쳐다보고만 있지 말고, 멋진 모습을 좀 드러내 봐."

언영이 륭의 몸을 톡톡 치며 말했다. 그리고 그와 목린의 행복한 모습을 일부러 과시하듯 목린의 허리를 계속 쓰다듬었다.

륭은 얼굴을 틀어 언영을 쏘아보았지만, 그의 날카로운 충고를 아예 무시하진 않을 생각인 듯했다. 비장한 각오를 띤 표정으로 봄비를 향해 다시 얼굴을 튼 것이다. 성격은 그렇지 않지만, 본판은 매섭게 생긴 이 흑마가 아주 잠깐이나마 위압감을 드러냈다.

륭은 봄비의 관심을 얻어낼 생각으로 계속 앞발을 앞으로 쿵쿵 굴렀다. 흙이 막 튀겼다. 언영이 먼저 얼굴을 찌푸렸고 목린은 눈을 똥그랗게 뜨고 관찰했다. 다인과 은평, 그리고 다인을 피해서 멀찍이 서 있는 현오와 그들의 말까지 깜짝 놀라 돌아볼 정도로 요란하게 난리 쳤다. 쿵쿵쿵.

제일 마지막으로 시선을 준 건 역시나 봄비였다. 그러나 이 정도의 변화도 륭에게 기꺼웠다. 앞에서 륭이 발을 구르든 쓰러지든 무심함을 일관해도 이상할 것 없었던 그 은마는, 결국 저렇게나 노력하는 게 안쓰러워 보였는지 물을 마시다 말고 슬쩍 고개를 들었다.

륭이 무슨 꿍꿍이였는지는 본인만이 알았을 것이다. 봄비와 눈이 마주치는 순간, 륭은 다른 아무 생각도 할 수 없었다. 뭔가 묘기를 준비하던 발이 엉성하게 멈췄다. 뭘 하려고 했는지 다 까먹었다.

륭은 눈을 크게 뜨고 거칠게 숨을 쉬며 봄비를 뚫어지라 쳐다보았다. 봄비의 얼굴이 잔뜩 일그러졌다. 은마는 고개를 휙 돌리고 목린의 머리에 목을 기댔다.

옆에서 모든 상황을 지켜보던 언영이 한숨을 푹 쉬었다.

"뭐 하냐? 끝난 거야?"

"히히힝······."

"이상한 숨소리 좀 내지 마. 부끄럽게 그게 뭐야."

진심 어린 안타까움이 섞인 언영의 잔소리를 듣고 륭은 머리를 푹 수그렸다. 한편 앞에서 상황을 쭉 지켜보던 목린은 봄비의 털을 쓰다듬으며 혼자 나지막이 중얼거렸다.

"정말 서방님이랑 똑같다······."

"응?"

"아니에요!"

목린은 허리를 쫙 펴고 엉뚱한 방향을 바라보며 일부러 시선을 회피했다.

"슬슬 추워지는데 이제 옷을 챙겨 입는 게 어때?"

손에 묻은 물을 털면서 다인이 언영에게 다가와 의견을 물었다. 언영은 눈썹을 살짝 위로 들어 올렸다가, 그들의 목적지가 분명한 산을 힐끔 살폈다. 확실히 산은 나날이 그들과 가까워지고 있었다. 언영이 짧게 고개를 끄덕였다.

"좋아. 이제 슬슬 옷을 입자."

"저, 옷 얘기가 나와서 말인데요."

목린이 조심스럽게 입술을 뗐다.

안 그래도 목린의 옷이 너무 많아서 륭과 봄비가 함께 나눠 들었다. 봄비가 힘들어하는 기색이 없었음에도, 목린은 그녀 혼자만 너무 바리바리 싸 들고 온 것 같아서 오는 길에 쭉 미안했다. 언영과 다른 이들도 추운 날씨에 대비한 갖옷을 가지고 오긴 했지만 이 정도까진 아니었다.

"그렇게 많이 입을 필요가 있을까요?"

하지만 목린이 말문을 열었을 땐, 이미 언영이 봄비에게 다가가 짐 보따리를 풀고 목린의 옷을 꺼내고 있었다.

"저 그렇게 약하지 않아요. 서방님도 동의하시잖아요."

"저번에 내가 눈사람 안에 있었던 추운 겨울에 네가 기절했던 모습이 아직도 눈앞에 생생해. 그날 일만 생각하면 머릿속이 하얘져."

"그건 추워서 기절한 게 아닌데……."

"응?"

"아니에요!"

언영은 목린의 몸에 두꺼운 갖옷을 입히고, 또 그 위에 새로운 갖옷을 덮었다. 털이 수북한 세 번째 옷부터는 아예 들어가지도 않자, 미리 준비해 온 밧줄을 이용하여 그 옷을 몸에 두르게 하고 그 줄로 고정했다.

"단월도의 겨울은……."

매듭 끈을 단단히 묶으며 언영이 중얼거렸다.

"그건 겨울도 아니야."

* * *

비수처럼 날아드는 칼바람을 눈으로 맞으며 목린은 생각했다. 이렇게라도 입지 않았더라면 이미 죽은 지 오래였을 거라고.

그녀의 몸에서 바깥으로 나와 있는 부분은 커다란 두 눈과 코뿐이었다. 나머지 모든 곳은 밧줄로 칭칭 감긴 옷 수 벌에 휩싸여 파묻혀 있었다.

고개를 숙이면 발이 보이지 않을 정도로 두껍게 여러 겹을 입었고, 꽉 묶인 것 때문에 팔을 자유롭게 움직일 수 없었다. 이래서는 말을 탈 수가 없었으므로, 언영과 함께 륭의 위에 앉게 되었다. 대신 봄비가 륭이 들고 있던 짐을 함께 나누었다.

언영이 뒤에서 팔로 든든하게 잡아 주고 있었지만 뭔가 짐 보따리가 된 것 같은 상황 때문에 기분이 오묘해졌다. 움직일 수 있는 것은 까딱까딱 흔들 수 있는 발목이 전부였다.

콧구멍 앞으로 눈송이가 하나 똑 떨어졌다. 추운 날씨라 자연스럽게 녹지도 못하고 계속 그녀의 코를 간지럼 태웠다. 마침 바람이 약해져서 날아가지도 않았다.

손을 뻗어서 치울 수가 없는 상황인지라 목린이 할 수 있는 일은 어떻게든 콧김을 뿌우뿌우 내면서 멀리 날려 버리는 것뿐이었다. 조그만 애벌레처럼 변한 몸의 상체를 위아래로 뻣뻣하게 움직이며 흐읭! 흐읭! 코로 바람을 냈다. 그러나 코에 달라붙은 눈송이는 흔들거리기만 할 뿐 도무지 떨어져 나갈 기색을 보이지 않았다.

너무 간지러웠다. 쓸데없이 발목까지 파닥거리며 목린은 계속 콧김을 내뿜었다.

"흐읭! 흐으으읭!"

"목린아, 왜 그래?"

뒤에서 그녀를 바짝 안고 있던 언영이 이상한 낌새를 느끼고 얼굴을 내밀어 그녀와 눈을 맞추었다.

언영 또한 복면으로 눈 아래를 가리고 두꺼운 갖옷과 토시를 갖춰 입었지만 그래도 자유자재로 움직일 수 있는 여유가 충분했다. 그는 목린의 얼굴을 물끄러미 보다가 너무나도 쉽게 그녀의 코에 달라붙은 눈을 문질러서 떼 주었다.

"……."

간단히 소멸하는 눈을 보며 목린은 할 말을 잃었다. 허무함이 온몸에 스며들었다. 파닥거리던 발이 축 처졌다.

그런데도, 그녀가 한 마디의 불평 없이 묵묵히 일행과 함께 하는 이유는 하나였다.

목린은 다시 똑바로 앞을 보고 생각했다. 그녀의 눈동자가 열심히 주변을 구경하며 데굴데굴 굴러다녔다.

'정말 아름다워.'

이렇게 묶인 채 이동해도 그만한 가치가 있는 풍광이 눈앞에 펼쳐지고 있었다.

순백의 향연에 입이 다물어지지 않았다. 꿈속에서나 나올 법한 세상이었다. 자신의 상상력이 얼마나 터무니없이 작았는지 깨달을 정도였다. 자연은 인간의 상상력을 압살했다. 목린은 그 점에 경외심을 가지는 중이었다.

나무들도 모두 하얀 옷을 예쁘게 갖춰 입었고, 뭉실뭉실 커다란 구름이 하늘을 유랑하고 있었다.

"어어!"

눈앞에 넘실대는 순백의 땅이 비틀려 있는 것 같아서 자세히 봤더니, 하얀 늑대였다. 당황한 목린이 몸을 들썩이자 언영이 뒤에서 다급하게 잡아 주며 그녀의 귓가에 속삭였다.

"괜찮아, 괜찮아."

나무 밑으로 지나가는 늑대의 검은 눈이 무심하게 목린 일행을 쓱 흘겨보았다. 그리고 다시 정면을 보며 가던 길로 마저 향했다. 눈 위에 뽀득뽀득 작은 발자국이 길을 이었다.

"우리가 건들지 않으면 먼저 공격하지 않아."

연이어 하얀 새 떼들이 하늘을 누비고 겨울의 노래를 지저귀었다. 그들을 올려다보는 기다란 목린의 속눈썹에 계속 작은 눈꽃이 붙었다가 떨어졌다.

목린 일행은 운치를 즐기며 천천히 산에 올라갔다. 거의 정상에 다다르자 말이 지나가기 어려울 정도로 길이 좁아지기 시작했다. 길도 바위로 험난했다. 고지가 바로 코에 있었기 때문에 목린은 아쉬움을 감추지 못했지만 이 정도 올라온 것도 충분하다고 생각했다.

하지만 언영의 생각은 다른 것 같았다.

"정상까지 가 보자. 여기서 몇 걸음만 가면 돼."

코까지 올라오는 복면 탓에 목소리가 살짝 뭉쳐지긴 했지만 목린은 똑바로 들었다.

언영은 가뿐히 땅으로 풀썩 내려갔다. 그가 바닥을 밟자 뒤따르던 나머지 이들도 별 항의 없이 묵묵히 따라 했다. 말 위에 앉아 있는 이는 이제 목린뿐이었다.

팔을 쓸 수 없는 목린은 곰처럼 퍼진 몸을 불안하게 흔들었다. 그리고 그때 언영이 목린에게 가까이 와 그녀를 안았다. 떨어뜨리지 않으려는 듯 매우 신중한 움직임이었다. 두 팔을 넓게 벌려 품에 꽁꽁 가뒀다.

이어서 목린을 옆구리에 꼈다. 놀란 목린의 눈이 동글동글해졌다. 언영은 그 자세로 편하게 산을 오르기 시작했다.

갑자기 바람이 너무 심해져서 목린은 눈을 뜰 수 없었다. 언영이 계속 움직이고 있었기 때문에 그녀의 발은 그 상태에서도 대롱대롱 흔들렸다.

그러다가 어느 순간 언영이 멈췄다. 목린이 다시 눈꺼풀을 들기 전에 언영이 두 팔로 목린을 뒤에서 잡았다. 그리고 최대한 높이 들어 올렸다.

"어때, 목린아? 예쁘지?"

바람이 그쳤기 때문에 목린은 천천히 눈앞의 광경을 확인할 수 있었다.

"아……."

입에서 탄식이 절로 삐져나왔다.

땅이 보였다. 그 뒤에도 땅이 보이고, 그 뒤에도 또 땅이 보였다……. 강이 보이고, 저기 끝엔 마을이 하나 보였다. 그리고 또 땅이 보였다.

한 번도 가 보지 못한 땅. 평생 눈에 담을 수 있으리라곤 생각도 못 했던 세상. 모두 목린에게 이리 오라는 듯 팔을 벌려 환영하고 있었다.

목린은 심장이 터질 것 같았다. 너무 두근거려서 머리가 어지러울 지경이었다. 몰랐던 문, 숨겨져 있던 비밀의 문을 찾아서 처음으로 열게 된 기분이었다. 세상이 이토록 넓었구나. 이 세상엔 아름다운 곳이 이리도 많구나.

겨울의 추위도 전혀 신경 쓰이지 않았다. 온몸이 전율로 뜨거워졌다.

"네!"

목린은 행복하게 눈웃음치며 긍정의 뜻으로 발을 휘휘 저었다.

"하하!"

언영이 그의 복면을 살짝 내리고, 목린의 눈가에 수도 없이 쪽쪽 입을 맞췄다. 간지러워하는 목린이 그의 품에서 더욱더 해맑게 미소 지었다.

언영은 자리에 편하게 철퍼덕 앉아 목린을 뒤에서 끌어안았다. 그녀와 뺨을 맞댄 자세에서 보이는 땅을 일일이 가리키며 설명해 주었다. 저긴 어떤 부족이 살고 있고 저쪽엔 어떤 부족이 살고 있고……. 저쪽은 우리가 이번에 가 볼 곳이고, 저쪽은 안타깝게도 다음 기회를 노려야 할 것 같고. 저쪽엔 예쁜 꽃이 정말 많아서 목린이 네가 매우 좋아할 거라고…….

산에서 내려오는 과정도 올라가는 것과 별반 다르지 않았다. 대신 올라왔던 길이 아닌 다른 경로를 이용했기 때문에 보이는 풍경이 달랐다. 바람이 어느 정도 그치고, 새하얗고 끝없는 평지가 펼쳐지는 장소에 오자 목린은 속으로 감탄했다. 눈바람은 그치고 뜨거운 태양이 그들의 중앙에서 빛을 발하고 있었다.

여전히 서늘하지만 귀혈족이 무리 없이 움직이고 소통할 수 있을 정도는 되었다. 선두로 가던 언영이 멈춰 서자 뒤따르던 이들도 자연스레 자리에 섰다.

언영이 먼저 자신 있게 풀썩 몸을 던져 안착했다. 그리고 두 팔을 위로 뻗어 목린을 안고 그녀도 땅에 안전히 내려오게 했다. 완전히 균형을 잡고 두 발로 설 때까지 놔주지 않았다.

나머지 일행도 땅으로 내려왔다. 고개를 이리저리 돌리며 경치를 살피거나 말에 달라붙은 눈을 털어 주었다. 다인은 손으로 그늘을 만들며 하늘에 우뚝 솟아선 해를 구경했다.

"한 가지 문제가 생겼어."

언영이 친우들과 하나하나 눈을 맞추며 점잖게 말했다.

이따금 들을 수 있는, 족장다울 때의 낮고 평온한 듣기 좋은 목소리였다.

"근처에 설족이 살고 있어. 설족의 마을로 가는 데에는 두 가지 경로가 있는데, 어디가 더 목린이한테 편할지 모르겠어. 바위가 많고 길이 험난하고, 또 지형이 좀 자주 바뀌는 편이거든."

언영은 목린을 바라보다가 은평 쪽으로 눈을 돌렸다.

"그러니까 내가 오른쪽 길을 둘러보고, 은평이 너는 왼쪽 길을 확인하는 거 어때. 그동안 너희 둘은 목린이랑 함께 여기서 기다려."

"……."

어딘가 불편해 보이는 현오가 망설이다가 입을 열려 했을 때, 다인이 얼른 한쪽 손을 들며 치고 들어왔다.

"동의해. 두 사람의 말이 가장 뛰어나니까."

현오의 입이 꾹 다물렸다. 마음에 들지 않는지 낯빛이 착잡하기만 했다.

"그래, 목린아, 금방 다녀올 테니까 여기서 잠깐만 기다리고 있어!"

"네!"

"륭아, 가자……."

익숙하게 륭에게 손짓하던 언영의 말끝이 흐려졌다.

봄비는 무척이나 아름다운 말이었고, 자신도 그 사실을 매우 잘 인지하고 있었다. 다시 내리쬐게 된 뜨거운 햇빛 아래에서 은마는 부러 꼿꼿하게 목을 폈다. 그리고 반짝거리는 자신의 털을 응시하며 뿌듯하게 울었다. 주변에 있는 말들이 넋 놓고 한결같은 눈빛으로 그 모습을 구경하고 있었다.

그리고 물론 단언컨대 륭의 상태가 가장 좋지 않았다.

"잠깐 네 말 좀 빌릴게."

"그래."

당장 눈알이 밖으로 튀어나올 것으로 보이는 륭을 뒤로하고, 언영은 그나마 제일 멀쩡해 보이는 현오의 말을 잡았다.

"금방 올게!"

언영과 은평은 각자의 길로 갈라졌다.

두 사람이 빠지니 분위기는 눈에 띄게 어색해졌다. 현오와 다인은 서로를 멀리 두었다. 정확히 말하면 현오가 다인을 멀리했다. 그는 일부러 아무도 없는 곳으로 가서 지겹도록 맑은 하늘만 구경하고 있었다. 다인은 한 번 그를 힐끔 노려본 후에, 언영이 말을 빌려가면서 땅에 내려놓은 짐을 열어 내부에 남아 있는 식량을 확인했다.

목린은 발아래에서 뽀득뽀득 소리를 내며 밟히는 눈을 신기해하며 내려다보았다. 단월도에도 종종 폭설은 왔지만 새로운 세상의 땅은 어딘가 달랐다. 발을 개구쟁이처럼 땅에 비비며 눈을 즐겼다. 그러다가 실수로 옆으로 풀썩 넘어지고 말았다.

옷이 두꺼워서 하나도 아프진 않았다. 당황한 목린은 애벌레처럼 몸통을 꾸물꾸물 흔들었다. 온몸이 칭칭 묶여서 아무리 노력해도 절대 혼자서 일어설 수 없었다.

다인이 얼른 달려와 목린을 일으켜 세워 주었다.

"고맙습니다……!"

"목린 님은 오늘도 너무 귀여우셔요."

"아니에요! 귀엽지 않아요."

다인의 칭찬에 목린은 눈을 아래로 깔았다. 입도 단단히 옷에 둘러싸여 말이 약간 뭉개져 나왔다.

"괜찮으세요?"

뒤늦게 현오도 목린을 앞으로 부랴부랴 달려왔다.

"네. 저는 괜찮아요. 저, 그렇게 입고도 다인 님이랑 현오 님은 춥지 않으셔요?"

목린이 다인과 현오를 번갈아 올려다보는데 목이 잘 움직이지 않았다. 다인은 시원하게 웃으며 답했다.

"저는 괜찮은데 현오 저 녀석은 좀 추울 거예요. 추위를 많이 타거든요."

"하하."

다인이 엄지로 현오를 가리켰고 현오는 팔짱을 끼며 코웃음을 쳤다. 하지만 자꾸만 제 팔을 쓰다듬는 움직임이나, 살짝 떨리는 목소리가 예사롭지 않음은 분명했다.

목린은 고개를 저었다.

"그래도 정말 대단하셔요. 저는 저렇게만 입고 나왔으면 아마 못 버텼을 거예요."

"하하, 감사합니…… 춥지 않다니까요?"

아무렇지도 않게 답하던 현오가 늦게 제 실수를 깨닫고 말을 바로잡았다. 기실 그의 목성이 높아진 건 아니면서도 다인은 부러 과장해서 반응했다. 둥글둥글해진 목린의 몸을 제게 당기며 안는 시늉을 했다.

"지금 누구한테 목소리를 높이는 거야? 목린 님, 괜찮으세요?"

"네? 저는 아무렇지도 않았어요……."

목린이 멀뚱거리며 답했다.

그러는 와중 다인은 목린을 놓아주었다. 평소에 쓰는 힘만큼 썼다. 평소에 쓰는 힘이라 하면 귀혈족을 대할 때였다. 그렇기 때문에 목린은 다인이 예상한 것보다 훨씬 강하게 밀려났다.

"어어……?"

때문에 균형을 잡지 못한 목린의 몸이 기우뚱하면서 눕혀졌다. 그리고 그 상태로 밀려난 만큼 옆으로 데굴데굴 굴러가기 시작했다.

한편 온전히 서로에게 집중하며 눈에서 불을 튀기는 중인 현오와 다인은 그 사실을 눈치채지 못하고 있었다. 현오는 팔짱을 끼고 다인에게 캐물었다. 여행을 온 이래 처음으로 그녀에게 말을 거는 것이었다.

"너 왜 여기까지 따라와서 나를 괴롭히는 거야?"

다인이 어이없다는 듯 조소했다.

"따라오긴 누굴 따라와. 목린 님께서 여행이 낯설어서 같은 여자가 함께해 주면 좋을 것 같다 하셔서 온 것뿐이야. 난 너나 은평이도 함께할 줄은 몰랐다고."

그리고 그녀가 의미심장하게 덧붙였다.

"똑바로 말해야지. 내가 따라오는 게 아니라, 네가 나를 피하는 거겠지."

현오는 흠칫 놀랐다.

"허현오, 나를 똑바로 봐."

"……크흠."

"똑바로 봐. 똑바로 보고 대답해."

현오의 눈동자가 불안하게 방황했다.

"내가 그렇게 별로였나?"

"뭐?"

예상치 못한 질문에 현오가 앞으로 고꾸라질 뻔했다. 하지만 적어도 눈을 마주치기 위한 방법으로는 통했다. 그는 이제 다인 쪽으로 시선을 바로 하며 묻고 있었다.

"무슨 질문이 그래?"

"그러면 대체 왜 피하는 건데?"

"너야말로……! 너야말로 왜 내가 그런 이유로 널 피한다고 생각하는 거야. 우리가 너무 오래 알고 지내서. 갑자기 술에 취해 벌어진 일에 적응하기 힘들어서. 뭐 이런 것 때문이라 추측하는 게 보통 반응 아니겠냐고!"

"그러면 내가 그렇게 형편없진 않았다는 거냐?"

"그걸 말이라고 해!"

"그러면 왜 당당하게 말을 못 하냐!"

다인이 우렁차게 외쳤다. 옆에 있는 나무가 떨리며 잎에 붙어 있던 눈송이를 탈탈 털어냈다.

"너와 함께 보낸 밤이 좋았다, 우리의 궁합이 좋다, 너와 질펀하게 또 하고 싶다 왜 말을 못 해!"

"미쳤냐! 조용히 안 해? 목린 님, 그러니까 말입니다……."

현오는 아직 누구에게도 이 사실을 알리고 싶지 않았다. 그는 마냥 가벼워 보이는 사람이면서도 가까운 이들에 관한 일이라면 으레 신중해졌다. 목린이 이곳저곳 소문낼 자는 아님을 알지만, 그와 별개로 난감함이 확 끼쳐 들었다.

현오는 목린이 서 있던 방향을 바라보며 해명하려 했다.

"목린 님?"

그런데 아까까지만 해도 둥글둥글하게 서 있었던 목린이 없었다.

다인도 뒤늦게 주변을 살폈다.

"어?"

"아아아아아아~!"

"목린 님!"

목린의 몸이 멀리서 계속 굴러가고 있었다.

평지를 굴러갈 때는 괜찮았다. 하지만 현오와 다인이 목린을 발견했을 즈음엔 이미 완만한 길이 끝나고 가파른 경사로가 목린을 맞이하고 있었다.

두 귀혈족 사람들의 얼굴에 경악이 스며들었다. 몸을 던졌으나 이미 늦었다. 목린의 몸은 이미 저 멀리 떨어지는 중이었다. 데굴데굴 굴러간 평지를 지나 내리막길을 만났다. 그러자 속도가 급하게 빨라지기 시작했다. 빠르게 굴러떨어지는 목린의 입에서 비명이 나왔다.

"아아아아아아~!"

"목린 님! 저희가 가고 있어요!"

망했다! 다인과 현오는 아연실색한 표정으로 몸을 던졌다.

한편 구석에서 예쁜 모습을 도도하게 자랑하느라 정신이 팔렸던 봄비 또한 그들의 비명을 듣고 뒤늦게 정신을 차렸다. 부러 몽환적인 눈으로 무슨 일인지 살폈다가 경악하여 입을 해괴망측하게 벌렸다. 시끄럽게 울면서 바로 목린을 구하러 달려갔다.

봄비가 정신을 차리니 봄비를 구경하던 다른 말들 또한 주변을 챙겨 볼 이성이 생겼다. 그들도 모두 한결같이 당황한 얼굴로 내리막길을 향해 다그닥다그닥 질주했다. 다인은 자신의 말을, 현오는 봄비를 보이는 대로 잡아탔다.

"아아아아아아~!"

"너는 여기 있어. 누군가는 주언영한테 상황을 말해 줘야 하니까."

다인이 현오에게 외쳤다. 현오는 짧게 고개를 끄덕였다.

"가자."

현오가 봄비를 돌려세우려고 했지만 봄비가 거칠게 저항했다. 굴러가는 목린을 향해 슬프게 울었다. 다인이 아무리 달려 내려가도 거리가 점점 벌어지고 있었다.

그리고.

"......!"

현오의 머리 위로 검고 웅장한 것이 날아올라 태양을 아주 잠깐 가렸다.

륭은 거침없이 하늘을 향해 뛰어 올라 봄비와 현오를 앞질렀다. 그리고 거센 돌풍과도 같이 달렸다. 검은 네 다리가 너무 빨라서 제대로 보이지 않았다. 표정에는 냉정한 집요함만이 가득했다.

"목린 님!"

아무리 절박하게 내달려도 멀어지는 목린을 향해 다인이 절박하게 울었다. 그러다 그녀 또한 자신의 머리 위로 뛰어 오른 륭을 보고 놀라 자빠질 뻔했다.

쿠르릉 울면서 륭은 가장 선두에서 달렸다. 다인과 륭의 격차도 끊임없이 벌어졌다. 어느새 날쌘 검은 흑마마저도 그녀의 시야에서 사라지고 말았다.

14장

나중에는 비명을 지를 힘도 없었다.

끊임없이 아래로 굴렀다. 눈이 온몸에 달라붙었다. 눈앞의 세상이 자꾸만 돌아갔다. 그나마 다행인 것은 옷을 너무 빵빵하게 껴입은 탓에 이렇게 몸을 혹사하는 와중에도 아픈 곳 하나 없다는 사실이었다. 옷이 너무 두꺼워 그 어떤 타격도 목린에게 영향을 끼칠 수 없었다.

데굴데굴데굴.

그러다 쿵 하고 굉장히 줄기가 굵은 나무에 부딪혔다. 그대로 비켜 나가기엔 너무 정통으로 맞았다. 더 이어서 굴러가는 대신 그 나무에 단단히 길이 막혔다. 덕분에 앞에 쌓여 있던 눈이 순식간에 곰처럼 변한 목린의 몸에 후드득 떨어졌다.

"으윽!"

얼굴에 약간 얻어맞은 목린이 몸을 비틀었다. 하지만 꽉 묶인
육신으로는 한계가 있었다.

애벌레처럼 몸통을 형편없이 빠르게 꿈틀거렸다. 있는 힘껏 다
리를 흔들고 허리를 튕겨도 두툼하게 껴입은 옷으로는 하등 티
나지 않았다. 그래도 하는 수 없었다. 이것밖에 할 게 없었다. 누
군가가 그녀를 발견하고 풀어 주지 않는 이상.

"살려 주세요!"

목린이 불편하게 꿈틀거리며 새된 목소리로 외쳤다.

"다시 올라갈 수 있게 이 끈이라도 풀어 주세요!"

초저녁의 숲은 스산했다. 이대로 밤이 오면 얼마나 무서울지,
얼마나 추울지 상상도 가지 않았다. 사방이 숲이었다. 이대로
여기서 얼어 죽어도 이상할 일 없었다. 목린은 있는 힘껏 몸부
림쳤다.

"제발 도와주세요!"

그때 저편에서 말이 우는 소리가 들렸다.

"봄비? 봄비니?"

목린이 절박하게 물었다. 봄비가 아니라면 다른 누구일지 감히
상상도 할 수 없었다. 낯선 이의 마필이라고 생각하니 심장이 철
렁 내려앉았다.

그때, 나무 사이에서 시꺼멓고 커다란 게 튀어나왔다.

"룡아."

목린이 안도하여 속삭였다. 륭은 목린을 발견하고 반가운 듯 울었다. 그리고 단번에 그녀의 앞으로 달려왔다. 목을 최대한 아래로 내리고 그녀의 등 뒤에 자신의 머리를 집어넣었다. 그렇게 해서 그녀를 아래에서 위로 당겨 올려주기 시작했다.

여러 번의 시행착오가 반복되었다. 균형을 잃고 다시 뒤로 넘어지는 일이 계속되었다. 하지만 하다 보니 요령이 생겼다. 반 정도 올라간 목린이 놀라서 허우적거리면 륭이 얼른 자세를 약간 틀어 무너지는 그녀를 다시 고쳐 잡았다. 그러면 목린은 곧게 뻗어 있는 나무에 몸을 기대며 어떻게든 혼자 일어서려고 무진 애를 썼다.

해님이 거의 종적을 감췄을 때 드디어 해냈다. 목린은 나무에 기대 안도의 한숨을 쉬었다. 이렇게 서 있는 것만으로도 감사할 날이 올 줄은 몰랐다. 하지만 그렇다고 해서 아직 마음을 편히 하기엔 일렀다.

"다시 올라갈 수 있을까?"

굴러떨어진 험한 산길을 올려다보며 목린은 힘없이 중얼거렸다. 륭도 우울하게 울었다. 쌀쌀한 공기가 그들을 휘감았다.

륭의 울음소리가 끝나기가 무섭게 까마귀의 소름 끼치는 괴성이 하늘을 누볐다. 목린은 어깨를 움츠리며 자신의 옆에 바짝 서 있던 륭과 몸을 더 가까이 맞댔다. 밤이 찾아오니 밤하늘과 륭이 구분이 잘되지 않았다. 마치 륭이 점점 어둠에 먹혀들어 가는 것 같았다.

"어떡해……."

그리고 또 때마침 목린의 배에서 꾸룩꾸룩하는 소리가 났다. 두꺼운 옷을 입고도 참 잘도 들렸다. 듣는 사람 하나 없다지만 목린의 뺨이 새빨개졌다. 륭이 목을 숙여 그녀의 배 쪽에 얼굴을 들이댔을 땐 화들짝 놀라 기겁했다.

"어, 륭아! 어디 가! 잠시만!"

다시 금방 목을 편 륭은 목린을 혼자 버려두고 암흑 속으로 달려가기 시작했다. 검은 몸체는 이내 나무들 사이로 사라졌다. 목린이 긴박하게 팔을 뻗어도 이미 시야에서 지워진 륭은 다시 돌아오지 않았다.

정말로 암흑의 먹이가 된 것처럼.

근처에 아무도 없는 겨울 숲은 으스스했다. 목린은 울음을 삼키며 우왕좌왕 팔을 휘저었다. 륭이 떠나 버린 방향으로 용기를 내한 걸음 내디뎠다. 그러나 제대로 시도도 못 해 본 채 다시 옆으로 풀썩 넘어졌다. 그동안 노력했던 시간이 모두 허사가 되고 말았다.

"안 돼!"

성심껏 물장구치듯 발을 파닥거리고 몸통을 들썩거려도 도저히혼자서 일어날 수가 없었다. 게다가 산 정상보다 훨씬 편안해진날씨 탓에 금방 얼굴에 땀이 나기 시작했다. 숨이 차고 몸에서 힘이 축 빠졌다. 어두컴컴한 숲에서 홀로 잠드는 건 죽음으로 자신을 내모는 길임을 알면서도 그랬다.

"륭아!"

마지막 힘을 모아 흑마를 불렀다. 그때. 갑작스러운 힘이 목린의 몸을 바로 세워 주었다.

"어어!"

"괜찮습니까?"

그녀의 얼굴보다 좀 더 낮은 쪽에서 들리는 목소리였다.

처음 듣는 음색이다.

목린이 애써 고개를 돌리려고 노력하기 전에 그녀의 옷차림이 불편한 것을 알았는지 상대가 직접 걸어와 앞에 모습을 내보였다.

"누구십니까? 처음 보는 사람인데. 허허허허."

하얗고 가는 수염이 턱에 대롱대롱 매달린 그는 정수리가 목린의 가슴께 오는 노인이었다. 의심과 동정이 반반 섞인 눈으로 목린을 올려다보고 있었다. 갈색 갖옷을 걸치고 있는 그는 오른손엔 지팡이를 쥐고, 나머지 한 손으로는 뒷짐을 진 채였다.

목린은 잠시 머뭇거렸다. 그에게 솔직히 어느 마을의 무슨 부족 출신임을 밝혀도 될지 의문이 앞섰다. 아예 처음 보는 이임은 물론이고, 무엇보다 좋은 사람일지 아닐지 아직은 알 수 없었다.

"서방님과 산을 오르다가 실수로 헛디뎌서 그만……."

그래서 적당히 필요한 말만 둘러말했다.

노인은 별 대꾸 없이 고개를 끄덕였다. 그리고 그녀의 몸을 칭칭 감고 있는 끈을 못마땅하게 바라보았다.

"무척 더워 보이는데, 끈이라도 풀어 드려도 될는지요. 허허허허."

"네, 부탁드립니다!"

노인이 빠른 손으로 얼른 매듭을 풀어주었다. 그러자 안에 꽉꽉 조여 있던 옷이 대번에 옆으로 터지듯 떨어졌다. 목린은 가장 따뜻한 옷 하나를 걸치고 나머지는 손에 들어 올렸다. 옆에서 노인도 도왔다.

"아내가 산을 굴러떨어지도록 내버려 두는 남편이라니……. 보지 않아도 뻔하구려."

"그래도 서방님이 일부러 그러신 건 아니에요! 마침 자리에 계시지 않으셔서……."

"보아하니 몸도 비실비실하시지 않습니까. 아내를 두고 자리를 비웠다는 것 자체가 문제입니다."

"그건 아닌 것 같아요. 사정이 있으셨어요!"

목린은 열심히 언영을 옹호했다. 하지만 그는 귀 기울여 듣지 않았다. 목린의 옷을 매우 가볍게 들어 올리며 낮게 중얼거렸다.

"쯧, 어릴 때 누구에게 훈육을 받았길래……."

"네?"

"부인의 부군 되시는 분 말입니다. 보통 이러면 어린 시절 잘못된 스승을 만나 뻔뻔한 마음씨를 그대로 짊어지고 가는 경우가 대개요. 제 아래에서 지낸 연놈들이라면 결코 그런 우매한 실수는 없었을 터인데."

"아, 가르치는 일을 하시나요?"

노인은 답하지 않았다.

대신 그는 아무것도 보이지 않는 숲의 어둠을 가만히 서서 쏘아보았다. 목린도 의아해하며 그쪽을 살폈다. 하지만 아무것도 느껴지지 않았다.

왜 그러시냐고 물어보려 입술을 뗐을 때, 갑자기 시꺼먼 게 시야에 불쑥 나타났다.

노인은 팔을 뻗어 목린을 자신의 뒤에 세웠다. 그 간단한 동작에도 그가 어지간한 실력자임이 분명한 것이 느껴졌다. 잽싸면서 안정적이었다. 이방인을 향한 경계가 명확한 그 행위는 목린의 반가운 목소리와 대조되었다.

"돌아왔구나!"

륭이 다시 돌아온 것이다.

입에는 열매가 가득 매달린 나뭇가지를 물고 있었다. 목린이 배고파 하길래 얼른 배를 채울 끼니를 찾아서 왔다. 호숫가를 찾기라도 했는지, 거기에 열매를 담그고 와서 아래로 물이 뚝뚝 떨어지고 있었다.

노인의 팔이 천천히 내려갔다.

륭은 목린을 보고 함께 반가워하기 전에 노인의 존재를 깨닫고 경직했다. 봄비를 보며 흐느적거리던 모습은 어디 가고 눈빛과 덩치로 상대를 압살하는 검은 명마가 여기 있었다. 그는 단순히 언영의 사랑스러운 애완동물이 아니었다.

목린이 해명하려 애썼다.

"아니야. 이분은……."

그런데 무서운 눈으로 노인을 째려보던 륭은 갑자기 상대 앞에 세웠던 벽을 허물어 버렸다.

"히히히힝!"

발을 신나게 다그닥거리고 꼬리를 흔들었다. 눈이 노인을 바라보며 초롱초롱 빛났다.

목린이 당황해서 아무것도 못 하고 있을 때, 그녀의 앞에 있는 노인의 중얼거림이 들렸다. 믿기지 않는다는 말투였다.

"혹시…… 류이냐?"

목린은 한 번도 류의 이름을 말해 준 적이 없는데, 노인의 입에서 참 자연스럽게 그 한 음절이 흘러나왔다.

＊ ＊ ＊

"목린아! 스승님! 목린아!"

오랜 옛 스승의 집 지붕이 이리도 반가울 수 없었다. 언영은 목이 터져라 내질렀다. 이른 아침 공기가 그의 입으로 훅 들어왔다.

어제 있었던 일을 다시 회상만 해도 소름이 돋았다.

'언영아……'

'목린이는?'

길을 확인하고 되돌아온 언영은 완전히 달라진 분위기를 떨떠름하게 받아들였다. 일단 제일 걱정되는 목린의 이름을 내뱉긴 했지만 다인도, 다인의 말도, 봄비도, 류도 모두 사라진 상태였다. 현오는 죽었다 살아난 표정이었다.

'언영아, 그게.'

'목린이 어딨어.'

'일단 침착해. 그러니까……'

한편 은평 또한 마찬가지로 길이 안전한지 확인하고 돌아오는 중이었다.

'아아아아아아아아악!'

갑자기 들리는 괴성 때문에 그가 고개를 들고 확인해 보니 푸른 하늘 위에서 현오의 몸이 무지개처럼 둥근 궤적을 그리며 날아가고 있었다. 은평은 눈을 가늘게 떴다. 이미 이런 일을 수백 번도 겪었던 사람처럼 익숙하게 현오를 줍기 위해 말을 몰기 시작했다.

언영은 목린이 굴러떨어졌다는 길을 미친 듯이 내려갔다. 함께 하는 봄비 또한 목린이 걱정되는지 도도함이 깨지고 불안정한 표정이었다. 하늘이 어두워질수록 그의 불안감도 팽창했다. 한겨울에 몸이 걱정으로 후끈해졌다.

인기척을 느껴서 그쪽으로 정신없이 달려갔을 땐, 오직 다인과 다인의 말만 발견되었다. 언영은 무너지는 정신을 겨우 붙들어 잡았다. 다행인지 불행인지 류은 여기 없었다. 다인의 말에 의하면 그 둘은 훨씬 더 내려갔다고 했다.

가장 실력 있는 마필이니 아마 목린을 따라잡았으리라. 따라잡았어야만 한다.

하지만 눈에 보이지 않으면 영 안도할 수가 없으니. 결국 그도 흔적 없는 아래로 내려가려고 다시 고삐를 부여잡았을 때, 마치 하늘을 가르던 독수리가 갑자기 언영의 어깨 위에 내려앉았다.

어디서 본 듯 익숙한 독수리는 입에 종이를 물고 있었다.

언영은 서둘러 그것을 펼쳤다. 보낸 이는 다름 아닌 이 산 중턱에 사는 언영의 옛 스승이었다. 그는 별다른 말 없이 건조하게 목린을 데리고 있다는 소식 하나만을 건넸다. 하나 언영에겐 이보다 더 희망찬 글이 없었다.

잠깐 눈을 붙이고 새벽부터 달려왔다. 나머지 일행에게는 다시 산을 올라 설족의 마을에 가 있으라고 일렀다. 조만간 그들에게 방문하겠다고 일렀기 때문에 이대로 지나칠 수는 없는 노릇이었기 때문이다. 목린이 크게 힘들어하지만 않는다면 그 또한 최대한 빨리 위로 올라가 마을에 합류할 생각이었다.

"목린아!"

스승의 커다란 초가집 앞에 봄비를 세우고 언영이 울부짖었다. 말에서 껑충 뛰어내렸다. 다섯 명 정도가 살기 좋은 이 집은 바로 옆에 콸콸 터지는 커다란 폭포를 두고 있었다. 벌 받을 때 저 시린 얼음물 안에 자주 빠져 봤기 때문에 언영의 눈엔 그리 아름답게 와닿지는 않는 자연 경관이었다.

목린의 신이 아래 놓인 방의 문이 덜커덩 열렸다. 그리고 언영이 찾고 또 찾던 그 여인이 두 팔을 벌리며 달려 나왔다.

"서방님! 봄비야!"

"목린아!"

언영은 무서운 속도로 달려가 목린의 앞에 섰다. 너무 소중해서 감히 그녀의 몸에 손도 댈 수 없었다. 두 팔을 어색하게 흔들다가 결국 손으로 그녀의 얼굴을 와락 감싸며 어쩔 줄 몰라 했다. 입에서 말이 폭포처럼 쏟아졌다.

"다친 덴 없어? 괜찮아? 많이 무서웠지? 아팠지? 머리는 아프지 않고? 이렇게 달려도 괜찮은 거야? 서 있는 건 힘들지 않아? 내가 왔으니까 이제 괜찮아!"

"괜찮아요! 옷을 너무 많이 입어서 아픈 데 하나 없었어요."

"밥은? 배고프지 않아? 목린이 밥 좋아하잖아."

"스승님께서 맛있는 반찬 해 주셔서 괜찮아요."

목린이 두 손으로 자신의 배를 가볍게 톡톡 두드리며 말했다. 언영의 얼굴에 그제야 안도감이 찾아들었다.

"다행이야. 원래 뵙고 가려고 했었어. 네 얼굴 한 번 보여 드리기로 약조했었거든."

그렇게 말한 언영은 앞에서 들리는 인기척 때문에 고개를 들었다.

"스승님!"

끼기긱 천천히 문이 열리는 소리와 함께 목린이 있던 방 옆에서 노인이 모습을 비추었다. 언영은 목린을 놔주고 허리 굽혀 인사했다.

"오랜만입니다! 잘 지내셨습니까!"

"……."

"하하하!"

지난번에 마지막으로 뵈었을 때 허허허허 우리 강아지 왔냐고 웃으며 맞이해 주던 모습은 자취를 감추었다. 노인은 엄격한 표정으로 뒷짐을 지고 있었다. 가늘게 뜬 눈은 산 정상에서 맞이한 칼바람보다 매정했다.

언영이 어색하게 웃었다.

"……하하하!"

* * *

"구백구십…… 육……."

아무리 실내라지만 한겨울의 날씨는 서늘했다. 하지만 목린이 들기 일천 번에 도전 중인 언영의 벌거벗은 상체에서는 땀이 번들거리다 못해 바닥에 떨어졌다. 열려 있는 창문에서 날아드는 겨울바람을 팔 벌려 환영할 수 있을 지경이었다.

"구백구십칠······."

그의 바로 앞에선 스승이 흉흉한 눈으로 자리를 지키고 있었다. 곧게 선 노인은 두 손을 뒷짐 진 채로 손가락을 까딱거렸다. 흰 수염이 바람에 살랑살랑 휘날렸다.

"구백구십팔······."

언영의 불끈거리는 두 팔이 목린을 천장으로 번쩍 치켜든 게 이번에 998번째였다. 위에서 목린이 격려의 한마디를 던졌다.

"서방님, 거의 다 왔어요!"

"구백구십구······."

그리고 이제 마지막이다.

"일천!"

마지막 외침과 함께 언영이 바로 목린을 땅에 내려놓은 후 바닥에 그대로 드러누웠다. 튼튼한 복근이 땅과 찰싹 달라붙었다.

목린은 얼른 제대로 자리에 앉았다. 그리고 품에 있었던 영견을 꺼내 자리에 앉아 몸을 숙였다. 언영은 옆얼굴을 꼼꼼히 닦아 주는 목린의 손길을 편안히 느꼈다.

"이다음에도 네 부인을 위험에 빠뜨린다면 일천 번이 뭐냐, 일만 번, 아니, 파경이다!"

위에서 들려오는 스승의 외침에 언영은 애써 고개를 끄덕였다.

"예, 명심하겠습니다……."

"내 아래에서 배운 놈이 아내 하나 지키지 못하다니! 이건 큰 수치다! 아무 데도 말 못 할 치욕적인 일이야!"

"송구합니다, 송구합니다……."

언영은 정신없이 바닥에 이마를 쿵쿵 박으며 사죄했다.

스승님은 그대로 매몰차게 밖으로 나가 버렸고 언영은 여전히 누운 상태에서 숨을 가다듬었다. 우둘투둘 성난 등 근육이 미세하게 떨렸다.

"서방님……. 여기 물이에요."

"고마워."

언영은 황급히 자리에 일어나 앉아, 목을 완전히 젖히고 며칠간 아무것도 못 마신 사람처럼 꿀꺽꿀꺽 삼켰다. 목린은 그 모습을 옆에서 근심 어린 표정으로 지켜보다 입술을 천천히 뗐다.

"분명 제게는 무척 다정하신 분이셨는데……. 사실 다친 곳도 없는데 너무 가혹하신 것 같아요."

입가에 묻은 물을 팔로 거칠게 닦으며 언영이 덤덤히 말했다.

"아니야. 널 못 지킨 건 내 잘못이 맞아."

"그저 사고였는걸요. 저 때문에 서방님께서 너무 고생하셨어요."

목린은 온통 땀으로 젖은 언영의 상체를 바라보며 걱정스레 말했다. 울퉁불퉁 두꺼운 근육들이 이전보다 더 무섭게 보였다. 가슴골과 복근 사이사이로 땀방울들이 줄줄 내려가고 있었다.

언영의 커다란 흉부를 멀거니 바라보고 있던 목린은 갑자기 그가 마치 수줍은 양 가슴을 두 손으로 가리길래 화들짝 놀랐다. 언영은 두 팔을 엇갈리게 겹쳐 가슴을 손바닥으로 다소곳하게 덮었다. 하지만 손에 다 차지 않아 오히려 보기 더 민망한, 더 커 보이는 결과를 초래했다.

언영이 그 상태에서 물었다.

"……정말 그날, 아무것도 기억 안 나?"

"뭐가요?"

"기억 안 나면 됐고."

가슴을 두 손으로 가린 상태에서 그가 고개를 옆으로 돌리며 귀를 붉혔다. 그 자태가 굉장히 농염하여 목린도 어색하게 반대 방향을 흘겨보며 딴청을 부렸다.

언영이 도망치듯 씻으러 나가고, 목린은 봄비와 룡이 있는 곳으로 향했다. 두 말은 집 앞에 느슨하고 긴 밧줄로 각자 거리를 두고 묶여 있었다.

목린이 모습을 드러내자마자 봄비가 적극적으로 몸을 움직이며 울었다. 늘 도도하던 봄비에게서 발견한 의외의 모습이었다.

"걱정 많이 했구나, 우리 봄비."

목린의 마음이 감동으로 울렸다. 그녀의 손이 애정을 담아 봄비의 목을 쓰다듬었다. 봄비의 꼬리가 활발하게 위에서 흔들렸다.

목린은 룡이 있는 방향을 힐끔 곁눈질하다 이내 봄비의 귓가에 작게 속삭였다.

"룡이가 구해 줬어."

그러고는 슬며시 웃었다.

봄비는 여전히 무심한 편이었다. 룡의 이름을 듣고 목린과 한

번 눈을 맞췄다가 저쪽에 있는 그를 잠깐 힐끔 노려보았다. 그게 끝이었다.

하나 그마저도 엄청난 변화였다. 원체 봄비는 륜을 쳐다보지도 않았다.

목린이 환하게 웃었다. 그리고 이어서 계속 속삭였다.

"어두운 저녁에 나를 구해 주려고 몸을 던졌는데 얼마나 멋있었는지 몰라. 덕분에 나를 잡아먹으려던 곰이 깨갱거리고 물러섰어."

허풍도 빼먹지 않았다.

봄비는 여전히 무심한 척 휙 외면 중이었다. 하지만 저 태도에 속아 넘어갈 정도로 목린이 봄비를 모르지는 않았다.

목린은 아무것도 모르는 척 싱긋 웃어 주며 자리를 떴다. 다시 방으로 들어오니 다 씻고 나온 언영이 얇은 옷을 걸치고 와 젖은 머리를 털고 있었다.

"이곳에 대해선 얼마만큼 들었어?"

"어릴 때 서방님께서 이곳에서 수련을 받으셨다는 얘기는 들었어요."

가로로 넓게 뻗은 벽을 한가득 차지하는 창밖으로 겨울의 자연이 모습을 펼쳤다. 얼어붙을락 말락 하는 폭포가 우아하게 중앙을 차지하고 있었다. 분명히 차가운 바람이 장악하고 있는데도 되레 마음이 편안해지는 그런 풍경이었다.

언영은 밖을 빤히 바라보며 사색에 잠겼다.

"그렇지……. 벌써 십오 년 정도 전의 일이네."

"십오 년이요? 그럼 그 어린 나이에 이런 곳까지 오신 거예요?"

똥그래진 목린의 눈은 곧 금방 다시 차분함을 되찾았다. 그녀가 두 손을 모으며 안타까워하는 목소리로 중얼거렸다.

"어머님, 아버님께서 많이 걱정하셨겠어요……."

"음……."

언영의 기억 속에는 얼른 가서 조금이라도 철들고 오라며 엉덩이를 팡팡 때려 주던 어머니밖에 없었다. 과연 그 행동에 약간의 걱정이라도 있었는지 잘 모르겠다. 애당초 귀혈족뿐만이 아니라 모든 부족에서 아이가 그 정도 나이가 되면 수련을 보냈기 때문에, 그리 위험한 것이란 인식 자체가 없었다.

그때 언영의 스승이 저벅저벅 들어왔다. 언영은 흠칫 놀라며 눈치를 보았지만, 스승은 못 본 척하며 목린을 향해 웃어 주었다.

"언영이 어린 시절에 대해 궁금한 게 많으시겠지요, 허허허허."

뭔가 불길한 예감에 사로잡힌 언영은 혼란스러움을 숨기지 못하는 표정과 함께 방석 세 개를 바른 자리에 내려놓았다. 언영과 목린이 나란히 앉고 그 맞은편에 스승이 자리를 잡았다.

스승은 부부가 함께 어깨를 가까이 두고 앉은 모습을 유심히 보았다. 두 사람이 썩 어울린다고 생각했는지 얼굴에 은은한 미소가 감돌았다. 아까 보여 주었던 분노는 녹아내린 지 오래였다. 그가 목린을 보며 웃었다.

"언영이는 매우 괜찮은 제자였지요. 허허허허."

"하하, 아닙니다!"

언영은 뒷머리를 긁으며 호탕하게 답했다.

"물론 아닐 때도 있었습니다. 허허허허."

"아……."

부러 겸손하게 받아쳤던 언영은 스승이 뜻밖의 답을 하자 어색하게 굳었다. 스승은 목린 쪽으로 허리를 기울이며 목소리를 낮추었다.

"부인께서 궁금하시다면 그 시절 이야기보따리를 풀어 드릴 수도 있습니다, 허허허허. 언영이 이 녀석의 업보가 워낙에 휘황찬란해서……."

"맹세하건대 그중에 절반 이상은 사실 은도 짓입니다."

언영이 끼어들었다. 스승은 의심의 눈초리와 함께 대응했다. 등을 뒤로 빼며 눈을 가늘게 뜨고 제자를 못미덥게 흘겨보았다.

"흐으으음."

"그리고 자면서 요에 실수한 건 절대 제가 한 게 아닙니다!"

"요 녀석아, 인제 와서 아니라고 해도 근거가……."

"저는 그 전날 밤에 비우고 왔습니다!"

알아들을 수 없는, 별로 알아듣고 싶지도 않은 대화의 향연에 목린이 눈살을 찌푸렸다. 스승이 그녀를 보며 장난기 가득한 표정으로 입술 끝을 올렸다.

"언영이 어린 시절에 대해 궁금하신 점이라도 있으신지요, 허허허허. 솔직하게 말씀드리겠습니다."

"글쎄요, 저는……."

"대체 무슨 말씀을 하시려고!"

언영이 어딘가 불안한 듯 손가락으로 무릎을 탁탁 쳤다. 그래도 절박하게 스승을 막지는 않았다. 오히려 그의 눈동자는 은근한 기대로 반짝이고 있었다.

두 남자의 강렬한 시선 사이에서 목린이 커다란 두 눈을 몇 번 깜박였다. 살짝 불안한 표정으로 주변을 살피다가 결국 조심스럽게 물었다.

"서방님께선 그때도 키가 크셨나요?"

씰룩거리던 언영의 입술이 조용히 멈췄다.

"정말이야?"

"네?"

"어린 시절 나에 대해 제일 궁금한 게 그런 거야? 뭐, 다른 다양한 게 훨씬 많잖아."

목린의 뺨에 홍조가 올라왔다.

"저는 그저……."

물론 그 외에도 궁금한 게 더 있냐고 묻는다면, 많았다. 언영이 어릴 때도 이렇게 마냥 쾌활한 소년이었는지. 그가 무얼 가장 잘했는지. 어릴 때 자주 울지는 않았는지. 장난은 얼마나 심했는지. 당시에 좋아하던 여자애가 있진 않았는지, 등등. 끊임없이 궁금증은 부풀어질 수 있었다. 하지만.

"생각나는 질문이…… 그거뿐이라서요."

보아하니 부끄러운 질문을 하면 언영이 그다지 좋아하지 않을 것 같았다. 그래서 목린은 안전한 길을 선택했다.

"그런 게 궁금하실 수도 있지!"

스승이 언영을 보며 가볍게 타일렀다. 그리고서 목린을 향해 미소 지었다.

"키야 그때도 컸지요, 허허허허. 오죽하면 밤에 잘 때 귀신이 머리를 잡아당겨서 커지는 게 분명하다고 하면서 세상이 떠나가라 오열했으니……."

"은도 그 자식이 정말 그럴싸하게 말했단 말입니다!"

"언제까지 은도 타령만 할 거냐! 그렇게 치면 늘 함께 있던 호민이는 대체 뭐냐!"

"호민이는 똑똑하지 않습니까!"

두 사람은 해가 질 때까지 티격태격 싸웠고 목린은 얌전히 앉아 두 사람의 대거리를 귀 기울여 들었다. 무슨 말인지 절반은 알아들을 수 없었지만 두 남자가 서로에게 느끼는 친밀함이 가까이서 느껴졌기에 목린도 즐겁게 함께할 수 있었다.

스승은 설족의 마을로 새를 보내, 그곳에 있을 나머지 일행에게 목린 부부에 대한 소식을 전해 주었다. 다시 산에 올라가기엔 시간이 촉박하니, 산 아래로 내려가면 바로 마주할 수 있는 부족의 마을에서 합치자고 적어 보냈다.

스승이 반가운 것과 별개로, 갑자기 찾아온 주제에 오래 자리를 차지할 수는 없었다. 내일 아침 바로 떠날 생각으로 든든하게 저녁 식사를 했다. 스승은 부부를 위해 갖가지 다양한 반찬들을 내왔고 행복하게 식사하는 목린의 손이 부지런히 움직였다. 볼이 잔뜩 부풀었다.

신나게 음식을 입에 집어넣던 목린은 스승이 껄껄 웃으며 많이 싸 줘야겠다고 했을 때 정신을 번뜩 차리고 얼른 손을 내저었다. 하지만 언영이 옆에서 그녀를 꼬옥 끌어안으며 스승께 고맙다고 말해 소용없었다.

다음 날 아침이 밝았다.

언영은 먼저 밖에 나가 말을 준비시키기로 했고, 목린은 창고에서 스승으로부터 갖가지 반찬을 얼떨결에 받아 들고 있었다. 팔에 쌓이는 반찬이 하나씩 늘 때마다 목린은 머리를 꾸벅거리며 감사하다고 했다.

그런데 그때, 스승이 사뭇 진지한 표정으로 말문을 열었다.

"좀 더 언영이에게 솔직해져도 괜찮을 텐데요, 허허허허."

"네?"

"부인을 매우 힘들게 합니까? 그럴 놈은 아니라고 생각했는데, 허허허허."

목린은 빠르게 고개를 저었다.

"서방님께선 제게 정말 잘해 주셔요! 그건 걱정하지 마세요."

"하면 다행이나, 왠지 어제 부인께서 하고 싶으신 말씀을 속에 꼭꼭 숨겨 놓고 계신다는 인상을 받았습니다."

"그건…… 별것도 아니었어요. 대화는 중요하지만 그래도, 아무 말이나 다 해야 할 필요는 없다고 생각해요."

목린은 저도 모르게 씁쓸히 웃었다.

"제가 궁금했던 건 그렇게 중요한 것들이 아니었어요. 오히려 자칫하면 서로를 다치게 할 수도 있고, 상처를 줄 수도 있다고 생각했어요. 게다가 어차피 저희는 서로를 완전히 이해하지 못할 테고요."

그랬다.

지난 봄비가 내리던 날. 언영에게 다양한 고백을 털어놓았지만 끝까지 말하지 않던 것, 그리고 앞으로도 말하지 않을 생각인 것이 하나 있었다.

모두 드러내는 솔직함을 추구하는 그를 보면서, 두 사람 사이에 영원히 허물어질 수 없는 벽이 있음을 느꼈다는 사실.

뭔가, 그때의 충격은 다른 때와 확실히 차이가 있었다. 단순히 잠깐의 대화가 틀어져서 생긴 갈등이 아니었다. 자라온 배경, 수년의 세월이 각자를 그렇게 다르게 만들었다. 언영에게 조금 더 솔직해지도록 노력해 보겠다 말은 했어도, 그에게 고마움을 표현하기 위함에 지나지 않았다.

목린은 완전히 언영처럼 살 자신이 없었다. 얼굴에서 감정을 숨기지 않는 언영을 보며, 아무리 그가 다정하더라도 이게 다 무슨 소용이겠냐는 생각이 들었다.

결국엔 서로를 못 받아들일 텐데.

목린은 솔직해지되, 최대한 그의 마음에 들 말만 골라 하고 싶었다. 물론 그거야말로 진실된 솔직함과는 거리가 멀겠지. 하나 그에게 버려지는 것, 그가 그녀를 이상한 사람처럼 보는 것보다야 이편이 낫지 않겠는가.

그때, 스승이 말했다.

"서로를 다치게 하는 게 당연하지요. 이해하지 못하는 게 당연하지요."

"네?"

"서로 다른 두 사람이 만났는데 어떻게 늘 행복만 있을 수 있겠습니까. 보고 자란 것과 생각이 다른데 어떻게 이해할 수 있겠습니까. 나도 남을 온전히 이해할 수 없을 텐데, 소통을 위한 아무런 노력도 없이, 그저 무작정 나와 같길 바란다는 것은 어린애다운 투정에 지나지 않습니다. 함께 살아가는 사회에서 자신을 고립시키는, 후에 끔찍하게 후회할 행동일 뿐이지요."

"……"

"물론 위험할 겁니다. 상처도 있을 테지요. 실패도 잇따를 겁니다. 세상에는 아무리 노력해도 절대 맺어지지 못할 인연들도 있으니까요. 하지만 그런 위험을 감수하고, 함께 이겨 내고, 걸어 나가면서, 마침내 싹을 피우는 데 성공한다면……. 마치 나를 위해 태어난 듯한 인연을 만난다면……. 그거야말로 벅찬 일 아니겠습니까. 저는 그럴 때 제가 살아 있음을 느낍니다."

그리고 스승은 한 손으로 자신의 수염을 천천히 쓸었다.

"제 제자여서가 아니라, 언영이는 원래 그런 쪽에 꽤 능통한 녀석입니다. 성격이 둥글둥글 호탕한 편이라, 누구와도 잘 맞지요. 모두 녀석을 좋아합니다. 제게 제일 많이 혼나긴 했지만 그만큼 제가 제일 아끼기도 하지요. 그럴 만한 녀석이니까요. 허허허허. 명석한 놈은 아니라서 자기가 잘 모르는 상황에 대해선 이렇게 하자 콕 짚어 주기 전까진 잘 모를 테지만 그래도……"

스승은 미묘한 미소를 얼굴에 띠었다.

"언영이와는 앞서 말한 갈등을 몇 번 맞닥뜨려도 괜찮을 겁니다. 허허허허."

스승은 수년 전 기억을 머릿속으로 훑었다.

'스승님.'

'오냐, 우리 강아지. 허허허허.'

'여쭈어볼 것이 하나 있습니다.'

'그래. 오늘은 또 무어가 궁금하더냐, 허허허허.'

폭포 앞에 서서 경치를 완상하는 노인의 앞으로 한 어린 소년이 걸어왔다.

아이들은 모두 각각의 개성이 있지만, 특히나 그해에 맡았던 세 명의 제자들은 특히나 더 특이했다. 각자 너무나도 달라 개인의 성격이 유독 돋보일 수밖에 없었다.

명족에서 온 호민은 매우 똑똑하고 선한 아이였다. 타고나길 공부에 대한 호기심이 많아서 물어보는 질문마다 학문적으로 흥미로운 핵심을 콕콕 짚고 넘어가는 슬기로움을 지녔다. 가르치는 입장에선 더할 나위 없이 편한 녀석이었다.

해야족에서 온 은도는 좀 달랐다. 머리가 영특한데, 자기가 영특하다는 사실도 누구보다 잘 알았다. 그 어린 나이에 벌써부터 눈빛에 자신감이 가득했다. 그래도 마냥 귀여운 정도고, 저 정도의 오만함은 사내가 가질 수 있는 매력이기도 한 법인지라, 스승은 가만히 지켜보기로 했다.

그리고 마지막으로, 바로 지금 질문을 하러 온 소년, 귀혈족에서 온 언영이 있었다.

'스승님께선 키가 작지 않으십니까.'

'예끼, 네가 더 작다.'

언영이 던지는 말은 늘 그의 예상을 깼다. 대개 황당한 것들이었다. 똑똑한 호민이라면 절대 묻지 않을 질문이었고, 은도라면 바보 같아 보이기 싫어서라도 피했을 것이다.

하지만 언영은 전혀 서슴지 않았다. 궁금한 게 생기면 바로 부끄러움 없이 물어보고, 웃을 일이 생기면 바로 쾌활하게 웃었다.

언영과 대화를 나누면 즐거웠다.

처음에는 황당해했던 스승도 이젠, 이 꼬마 소년의 입에서 무슨 말이 나올까 늘 기대하게 되었다.

'그래도 저는 계속 자랄 거 아닙니까. 호민이가 그러던데 제가 우리 셋 중에 가장 클 것 같다고 했습니다!'

'그래서 묻고 싶은 게 뭐냐, 이 녀석아.'

언영은 눈을 빛내며 또박또박 말했다.

'저는 키가 크고 싶지 않습니다.'

'뭐어?'

스승의 눈썹이 격하게 휘었다.

아이의 말을 심각하게 받아들이진 않았다. 어차피 은도 녀석이 키 컸다고 자랑하면, 곧바로 자기도 키 크고 싶다고 도와 달라고 떼를 쓸 게 뻔했다. 언영을 그만큼 잘 알았다.

그래도 왜 그런 생각을 하고 있는지 궁금했다.

'어째서? 네 어머니는 대륙 전체에서 손꼽힐 정도로 크신 분이 아니더냐? 아마 너도 그렇게 될 게다.'

'그러니까 그게 싫습니다!'

'왜? 분명 덩치가 클수록 더 삶에 이득이 많을 터인데.'

'제 말이 그겁니다!'

언영이 속상한 듯 울상을 지었다.

'지금은 손에 닿지 않는 것도 너무 많고…… 동네 형님, 누님들이 작다고 놀리고…… 불편한 것투성이입니다! 그런데 제가 어머니만큼 커 버리면 다 달라질 텐데…….'

소년의 안면에 근심이 가득했다.

'저는 나중에 제 마을을 이끌어 가야 하는데, 그런 사람들의 고통을 잊게 될까 봐 걱정됩니다.'

너무도 뜻밖의 말인지라 스승은 할 말을 잠시 잃었다.

'…….'

스승은 대답 없이 푸른 하늘을 하염없이 올려다보았다. 슬슬 입이 근질근질해진 언영은 발목을 돌리며 눈치를 보다가 결국 참지 못하고 입을 열었다.

'스승님-'

'당연히 잊겠지.'

'예에?'

언영이 울듯이 외쳤다. 반면 소년을 흘겨보는 스승의 얼굴은 태연하기 그지없다.

'저번 주에 먹은 것도 기억 안 나는데 꼬맹이 시절을 어찌 기억하누. 애초에 모든 걸 기억한다면 인간이 그리 악독할 리도 없잖느냐.'

'안 되는데…….'

언영의 어깨가 축 늘어졌다. 스승은 그 모습을 또 힐끔 보며 물었다.

'그것이 그렇게 신경 쓰이냐?'

'예……'

'지금의 기억도 언젠가 저 너머로 사그라들 테지. 이런 날도 있었다고 말하면 훗날의 네가 코웃음을 칠지도 모른다. 하지만 뭐어쩌겠느냐. 인간이 타고난 망각의 동물일진데.'

그리고 스승은 갑자기 뭔가 비밀스러운 얘기를 덧붙이기라도 할 듯이, 몸을 불쑥 언영 앞으로 내밀었다.

'하지만 끝까지 남는 게 뭔지 아느냐?'

깜짝 놀란 언영은 고개를 좌우로 빠르게 저었다. 그러자 스승의 검지가 그 어린 소년의 콧방울을 톡, 톡, 톡 가볍게 두드렸다. 언영은 의아해하며 답했다.

'코요?'

'냄새다.'

처음 부모 곁을 떠나 이 산에 당도했을 당시, 다 큰 것 같은 기분이었겠지. 하지만 훗날 일생을 돌이켜 봤을 때, 이 어린애들에게 지금의 기억은 희미한 신기루에 지나지 않을지도 모른다. 그저 옛날에 키 작은 스승을 한번 뵈었다고, 그리 기억하고 끝일지도 모른다. 하나 어린아이들의 기억하는 힘이 무슨 죄인가. 그러므로 수많은 아이들을 가르쳐 왔으면서도 스승의 목표는 아이들의 능력을 향상시키고자 함이 아니었다.

그저.

'난 오늘날의 추억이 흐릿한 잔상으로나마 너희에게 좋은 느낌으로 자리 잡았으면 좋겠구나.'

'……'

'너희가 나보다 훌쩍 자라, 나를 잊고, 이곳을 잊고, 나 또한 이 자리에서 사라졌을 때, 그래서 모두가 오늘을 잊더라도…… 어느 날 갑자기 이곳에서의 향을 맡는 것. 그리고 그 순간 어린 시절로 되돌아간 너희들의 마음 한구석을 따뜻하게 해 줄 수 있는 것. 내 소망은 그뿐이다. 나이를 먹은 너희의 삶이 지치고 고달파질 때도, 생각만 하면 마음이 포근해지는 피난처를 하나라도 마련해 주는 것.'

'……'

'그 이상은 바랄 게 없다.'

뭐, 비록 바로 그다음 날…….

'내가 이제 너보다 크다!'

'으앙, 스승니이이이임! 키 크고 싶습니다아아아!'

은도의 키가 살짝 더 크다는 걸 깨닫자마자 바로 언영이 울면서 저리 외치곤 했지만.

'잊게 된다고 했지만, 너무 빨리 잊었군.'

스승은 혀를 끌끌 차며 고개를 저었다.

'영원히 작고 싶다고 한 건 언제고?'

스승은 언영의 발 근처를 지팡이로 콕 찌르며 물었다. 언영은 팔을 붕붕 저으며 빙글빙글 달렸다.

'아주 조금만! 아주 조금만 더 크면 됩니다!'

'이놈아!'

그래도.

언영은 특이한 소년이었다. 그와 대화를 나누면 즐거웠다. 너무 얼토당토않은 말에 절로 웃음이 나왔다. 시도 때도 없이 녀석이 한 말이 머릿속에 떠올라 절로 얼굴에 미소가 지어지고는 했다. 황당한 일 때문에 혼냈던 경우도 많았지만, 나쁜 아이는 아니었다.

게다가, 어린 나이에 수련을 끝마치기 하루 전날.

'예서 무엇을 하고 있느냐?'

'아, 스승님!'

호민과 은도는 짐을 싸느라 바쁜데, 언영은 정원에 나와 멍하니 시간을 때우고 있었다. 호기심을 이기지 못한 스승이 다가가자 아이가 반갑게 맞이했다.

'이 꽃의 이름이 무엇입니까?'

'네가 그런 거에 관심이 많았더냐?'

'이전에 사람은 냄새를 잘 기억한다고 하지 않으셨습니까? 그러니……'

아이의 눈이 천진난만하게 반짝였다.

'이곳의 냄새를 최대한 많이 알아가서 저희 마을, 저희 집 가까이에 두고 싶습니다.'

스승은 자기도 모르게 놀라움을 겉으로 드러냈다.

언영은 그날 이후로 키가 작아지고 싶다는 말을 더 이상 하지 않았다. 하여 또 하나의 명멸하는 기억으로 자리 잡으리라 믿었거늘.

'소중한 사람들을 잊고 싶지 않습니다. 잊지 않을게요. 제가 약조합니다!'

언영은 이를 드러내며 개구지게 웃었다.

'아, 그리고 스승님. 애들이랑 같이 자주 놀러 와도 되지요?'

과거의 발자취를 따라가는 스승의 얼굴에 행복에 찬 미소가 듬뿍 떠올랐다. 목린은 고개를 갸웃했다.

"이 늙은이와 달리 앞으로 많은 시간이 남은 부인께선 사람 사이에서 피어나는 아름다움을 더욱 즐겁게, 많이 즐기실 수 있으면 좋겠습니다."

"네……."

목린은 눈을 천천히 깜박이며 답했다.

목린이 그 자리에 붙박이고서 생각에 잠겨 있는 동안, 스승은 갑자기 무언가 생각난 듯 부랴부랴 움직이기 시작했다.

"아, 그리고…… 아까 언영이에게 깜박하고 말을 못 했는데."

그는 창고 내부를 더 뒤적이더니 구석진 곳에서 큰 함을 꺼냈다. 작은 팔을 길게 뻗어야 할 정도로 크기가 상당했다.

"언영이가 코피가 날 때마다 마시는 약을 전에 구해 갔는데, 혹시라도 더 필요할까 싶어 만들어 놓았습니다. 이걸 언영이에게 전해 주실 수 있겠습니까?"

"약……이요?"

예상치 못한 발언에 목린이 뒤늦게 정신을 차렸다. 당황한 그녀의 눈이 위아래로 크게 벌어졌다. 스승을 향해 묻는 목소리가 미세하게 떨렸다.

"서방님께서…… 복용하는 약이 있으시다고요?"

* * *

룡과 봄비는 집 바로 앞에 거리를 두고 함께 있었다. 추운 날씨는 퍽 견딜 만했다.

룡은 제 검은 몸을 곧게 폈다. 최대한 우아한 자세로 목을 뻗었다. 타고나길 늠름한 몸이었기 때문에 멋진 자태를 꾸미기까지 그리 오랜 시간이 걸리지 않았다. 근엄한 모습에서 오는 기상은 부족의 지도자가 끌고 다니는 흑마에 매우 걸맞았다.

룡이 갑자기 이렇게 자신의 외적인 모습에 신경 쓰는 이유가 있었다.

저쪽에서 봄비가 그를 쳐다보고 있었다.

룡은 흥분해서 벌렁거리려는 콧구멍을 힘을 주어 억제했다. 봄비가 그를 이렇게 쳐다보는 건 오늘이 난생처음이었다. 그녀는 같이 단둘이 마구간에서 지내는 수개월 동안에도 쭉 매정하기만 했다. 그러던 와중에 목린을 구해 줬던 상황이 처음으로 좋은 인상을 심어 준 것이다.

룡은 더는 참을 수 없었다. 모른 척 딴청 부리던 자세를 그만두고 힐끔 봄비와 눈을 맞추었다. 그러나 그 즉시 봄비가 새침하게 다시 고개를 돌려 버렸다.

그래도 룡은 괜찮았다. 봄비가 그를 쳐다본 건 착각이 아니었다. 지금 이렇게 아닌 척 도도하게 굴어도 언젠가 희망이 오리라.

한편 나갈 채비를 마치고 밖으로 나왔던 언영도 그 광경을 목격하고 있었다. 그는 싱글벙글 웃으며 룡에게 다가갔다. 들고 있던 짐을 룡의 몸에 든든히 설치하며 봄비에게 들리지 않을 정도로 속삭였다.

"역시 내 아우다. 자랑스럽다."

언영이 손바닥을 척 내보이자 륭은 앞발을 모두 들며 활기차게 일어섰다. 그리고 한 발을 언영의 손과 짝 하고 부딪혔다. 언영은 뿌듯해하며 륭의 갈기를 마음껏 쓰다듬었다.

"이제 이대로 계속 멋진 모습을 보이면 되는 거야. 넌 이 형님 말만 조용히 따르면 된다. 알겠지?"

륭이 신나게 울었다.

"내가 너 나이 두 자릿수 되기 전에 꼭 장가보내 줄게."

기분이 좋은 륭은 짐이 무거워도 평소와 달리 불평이 없었다. 오히려 봄비의 것까지 마저 들어주겠다는 듯 활발하게 울었다. 언영은 그러다가 너 탈진한다고 계속 경고하며 륭의 발랄함을 통제해야 했다.

단단히 끈으로 짐을 묶고 있는 언영의 뒤로 문이 삐걱대며 열리는 소리가 들렸다. 목린이 나오는 소리가 분명했다.

"왔어? 이제 갈까?"

언영은 목린을 힐끔 돌아보았다. 그리고 다시 륭을 마주하며 끈을 마저 묶었다. 그런데 조금 전에 봤던 것의 잔상이 자꾸 머릿속에 남아 미간을 팍 찡그렸다.

아까 제대로 본 게 맞나? 분명……. 다시 확인차 목린을 휙 바라보았다.

"응?"

"서방님."

목린의 초췌한 낯빛을 본 언영이 크게 주춤거렸다.

분명 아까까지만 해도 괜찮았던 목린의 안색은 아픈 사람처럼 변해 있었다. 눈에 생기가 사라지고 끝이 내려간 입술에 서글픔이 가득했다. 얼굴 전체에 핏기가 없었다.

"왜 말씀 안 하셨어요."

"목린아, 왜 그래? 그게 무슨 뜻이야? 어디 아파?"

"제가 걱정할까 봐 일부러 숨기셨어요?"

고개만 돌리고 있던 언영은 몸까지 목린이 서 있는 방향으로 천천히 돌렸다. 그의 머리가 빠르게 굴러가기 시작했다.

"저기, 목린아."

"코에서 피가 얼마나 많이 나길래 약까지 먹어야 하실 정도인 거예요?"

안타까움을 토해내는 목린의 목소리가 점점 커졌다. 언영은 머릿속이 하얘졌다. 무슨 상황인지 알 것 같다.

"아, 있잖아. 그건……."

언영은 순식간에 땀이 찬 손을 잡았다가 폈다 반복했다. 입 안이 메말랐다. 당장 울기 직전인 목린의 표정을 보니 미안함과 난감함이 함께 교차했다.

"대체 무슨 병에 걸리셨길래 그래요? 스승님께서도 모르신다고만 하시고……."

그야 스승님께 아내를 보면 흥분되어 코피가 나오니 해결책을 원한다 털어놓을 수는 없어서 아닌가. 그는 이상한 남편처럼 보이고 싶지 않았다.(물론 목린은 이미 그가 이상하다고 자주 생각했지만 언영은 알지 못했다.)

언영은 어색하게 웃었다. 안심시키듯 두 팔을 뻗었다.

"목린아, 걱정하지 않아도 돼. 진짜 별거 아니야."

"허리에 차고 계신 게 그 약 맞지요?"

목린이 떨리는 목소리로 물었다. 언영은 뜨끔 놀라며 허리춤에 달린 호리병들을 엉거주춤 한 손으로 가렸다. 어설픈 해명이 나왔다.

"맞긴 하는데, 그러니까 이건……."

"저랑 있으실 때마다 틈만 나면 드시잖아요."

"정확히 말하자면, 너랑 있을 때만 필요한 거지. 네 생각만큼 그렇게 자주 마시는 건 아니……."

"보통의 사람에겐 그런 약이 아예 필요하지도 않잖아요!"

"그러게 말이야."

언영이야말로 억울했다.

"코피는 병의 증상일 것 아녜요. 병을 고쳐야지, 겉으로 보이는 것만 숨기면 어떡해요!"

"그게, 도무지 나을 기미가 보이지 않아서……."

언영은 목린의 표정이 위태롭게 무너지는 모습을 눈앞에서 보았다. 목린이 아련한 눈으로 속삭였다.

"……불치병이에요?"

"아니야!"

언영이 다급하게 외쳤다.

"목린아, 너무 당황하지 말고 들어. 코피가 나는 이유는……."

이 이상 숨기는 것은 무리였다. 이상한 변태 취급 받을까 봐 말을 하지 않았는데 이대로 가다간 그 전에 목린이 또 기절할 것만 같았다. 언영은 제지하는 듯한 자세로 두 팔을 앞으로 뻗으며 목린 쪽으로 걸어갔다.

두세 발자국 정도 걸어갔을까.

"이유는……. 어…….."

갑자기 머리가 어지러워지기 시작했다.

"어어……."

"서방님?"

분명 가까이에 있는데, 목린의 목소리가 희미하게 들렸다. 갑자기 땅이 시야를 덮쳤다. 그의 다리가 균형을 잃고 무너진 것이다. 달려오는 소리와 비명이 함께 그의 고막을 때렸다.

"서방님!"

언영이 이를 악물었다. 목린이한테 괜찮다고, 별거 아니라고 말해 줘야 하는데. 그렇지 않으면 걱정할 텐데. 입을 벌려도 목소리가 나오지 않았다. 심장이 쑤셨다.

그의 의식이 암흑 속으로 빨려 들어갔다.

15장

"아아……."

"서방님! 정신이 좀 드세요?"

머리가 아프고, 피로했다. 여기가 어딘지도 모르겠고, 해가 떴을지 달이 떴을지도 감이 하등 오지 않았다. 하지만 이런 흐릿한 현실에서 한 가지는 자명했다. 목린이 울고 있었다.

"울지 마, 목린아."

"서방님……."

언영은 손을 뻗어 목린의 눈가에 묻은 물기를 조심스럽게 닦아주었다. 여기 왜 자신이 누워 있는지 기를 쓰며 고뇌해 봐도 아무 해답도 나오지 않았다. 목린이 얼마나 오래 그의 옆에 앉아 울었을지는 감히 생각해 보기가 두려웠다.

"여기는 어디야?"

오랜만에 입을 열어서 그럴까 그의 목소리가 약간 쉬어 있었다. 목린은 눈물을 닦아 주는 그의 손을 감싸며 입술 끝을 올렸다.

"저번에 있었던 그 방이에요. 스승님을 바로 모셔 올게요. 정말 다행이에요……!"

언영이 뭐라 하기도 전에 부리나케 뛰쳐나갔다. 드르륵 문이 재빠르게 열렸다가 닫혔다.

언영은 멍하니 누워 기억을 돌아보았다. 그러니까, 분명 두 사람은 떠날 준비를 하고 있었다. 그랬는데, 그랬는데……. 갑자기 머리가 어지러워지고, 다리에 힘이 풀리고, 목린이가 비명을 질렀고, 스승님도 달려오셨고, 룡이가 울부짖었고, 그리고…….

생각을 마치기 전에 다시 문이 열리고 스승님이 들어왔다.

"스승님."

언영은 반사적으로 몸을 일으키려고 했으나, 갑자기 상체를 뚫고 가는 고통 탓에 다시 뒤로 쓰러졌다.

항상 평온한 낯빛을 유지하던 스승의 모습은 냉연하기만 했다. 그가 저벅저벅 다가오며 으스스한 목소리로 중얼거렸다.

"내가 준 약을 대체 얼마나 많이 마셨길래."

"예?"

언영은 눈을 끔벅였다. 스승은 언영의 질문을 무시하고 목린을 돌아보았다. 순식간에 매끄럽게 태도가 바뀌었다.

"귀하신 분께 이런 부탁을 드리기 송구스러우나, 잠시 오랜 제

자와 단둘이 얘기를 나누고 싶습니다."

"아, 네! 밖에서 기다리고 있을 테니 마음껏 하고픈 말씀 하시어요."

목린은 마지막으로 언영과 눈을 맞춘 뒤 조용히 자리를 빠져나갔다. 언영은 다시 한번 팔로 몸을 지탱하며 이번엔 천천히 자리에 앉았다. 사뿐사뿐 그녀의 발이 복도로 넘어가는 모습을 얼빠진 눈으로 구경했다. 어떻게 걷는 모양마저 저렇게 귀여울 수 있단 말인가.

너무 황홀하게 구경하다가 얼굴을 향해 날아오는 지팡이를 그대로 맞을 뻔했다. 언영은 아슬아슬하게 어깨를 틀면서 위기를 모면했다.

"앗!"

"준다고 그걸 그냥 매일 마셨느냐!"

스승의 눈에서 불이 피어오르고 있었다.

"아니, 마시려고 달라고 한 거 아니겠습니까!"

언영이 억울한 목소리로 외쳤다. 다행히 맞지는 않았지만 꺼림칙함은 남아 있어서, 어깨를 문지르며 억울함을 호소했다. 하나 스승의 다음 발언을 귀에 담는 순간 팔에서 힘이 스르르 풀렸다.

"거기엔 산만 한 크기의 짐승의 갈아 낸 뼈, 벌레의 찌든 내장, 전설 속 괴물이 품은 맹독, 각종 짐승의 배설물까지! 온갖 위험한 것이 잔뜩 들어 있단 말이다!"

"예? 사, 사, 사실입니까? 그런 걸 왜 제자에게 주십니까?!"

"그걸 밥 먹듯 마실 줄 내가 알았겠느냐! 단순히 가끔 한 번 다쳤을 때 조금 들이켤 줄 알았지! 그걸 등신같이 매일 들이켤 일이 어딨더냐! 네 전신에 독이 우글우글 퍼져 있더구나! 대체 무슨 일을 하고 다니길래!"

"그러면…… 그러면 전 이제 어떻게 되는 겁니까? 그걸 마시고도 괜찮은 겁니까?"

제발. 제발 이 불길한 예감이 틀리기를…….

스승은 불안함에 떠는 언영을 잠자코 바라보다가 손가락 세 개를 딱 펼쳤다.

"예……?"

"……."

스승은 똑바로 다시 보라는 듯, 짧은 손가락을 더 앞으로 불쑥 내밀었다. 부릅뜬 노인의 눈동자가 마치 앞으로 튀어나올 것만 같았다.

언영은 눈앞이 까마득해진다는 말은 바로 이럴 때 쓰는 거구나, 하고 느꼈다.

"아, 안됩니다!"

안 돼, 안 돼, 안 돼! 절대 안 돼!

몸이 반사적으로 튕겨 나왔다. 무서운 표정을 한 스승의 팔을 쥐고 절박하게 호소했다.

"아직, 아직 목린이랑 못다 한 게 너무나 많습니다! 제가 가면 목린이는 어떡합니까! 평생 사랑해 주고 지켜 주기로 결심했습니다! 저 목린이 두고 못 떠납니다! 그리고 우리 륭이 장가도 보내 줘야 합니다! 그런데 남은 기간이 겨우 석 달이라니요!"

"……."

스승의 검은 눈동자가 바닥에 기다시피 하는 언영을 무심하게 내려다보았다. 언영은 보이지 않는 매질로 종아리가 찢기는 기분이었다.

"스승님, 제발 말씀 좀 해 보십시오!"

"……."

"제발! 살아야 합니다! 스승니이이이이이임!"

"앞으로 세 가지만 잘 지켜라."

스승은 나머지 다른 손의 검지를 이용해 펼쳐진 세 손가락을 하나하나 짚어 가며 설명했다.

"잘 먹고, 잘 자고, 잘 움직여. 그러면 별문제 없이 네 몸에 내성이 잘 생길 것이야. 고비는 다행히 넘겼다."

"……아."

언영이 멍청한 표정으로 입을 벌렸다. 스승의 입술이 큰 웃음을 참느라 꿈틀거리고 있었다.

"허허허허."

"……하하하하."

언영이 억지로 입술 끝을 올렸다.

"허허허허."

"하하하……하."

"허허허…… 아, 그리고."

웃음을 그친 스승의 표정이 미묘했다. 감히 어떤 얘기가 튀어나올지 알 수 없어 언영의 입이 조용히 메말랐다.

노인의 입술이 천천히 벌어졌다.

"좋은 소식이라 해야 할진 모르겠지만, 앞으로 또 코피가 날 일은 없을 거다."

언영은 제 귀를 의심했다. 자세를 바로잡고 빠르게 물었다.

"예? 그게 사실입니까?"

"네가 지나치게 성실히 마셔 대서 코 점막이 강철 수준이 되었다. 누가 네 코를 도끼로 내리찍는 게 아닌 이상 끄떡없을 테니 걱정하지 말아라."

"하하하하하하!"

언영은 두 팔을 위로 높게 펼쳤다.

"만세!"

"그게 뭐 좋은 일이냐! 전신이 튼튼해진 것도 아니고 그냥 코피에 불과한데!"

"좋은 일입니다! 정말 좋은 일입니다!"

이제 목린이와 관계 중에 '부득이한 사정'으로 인하여 잠깐 자리를 뜰 필요가 없게 되었다.

"난 가끔 너를 도저히 이해할 수가 없구나."

기쁨을 주체할 수 없던 언영은 이내 스승의 몸통을 끌어안기에 이르렀다.

"커헉!"

제자의 육중한 상체에 짓눌린 노인은 불편함을 토해냈다. 상대방의 팔을 주먹으로 때렸다. 언영은 그제야 힘을 조금 풀었지만, 여전히 스승을 감싼 팔을 내려놓지 않았다.

스승이 푹 꺼지는 한숨을 쉬며 말했다.

"네가 보통 사람이었다면 이미 진작 세상을 떴을 거다. 이만큼 독이 퍼졌는데 걸어 돌아다녔다는 게 신기하구나!"

"하하하하하!"

언영은 기분 좋게 시시덕거렸다.

"정말…… 몸 하나는 내가 여태껏 널 이기는 자를 본 적이 없다. 네 어미도 널 이기질 못할 거다. 네 머리도 네 몸의 반만 닮았더라면……."

"아닙니다, 사람은 착하게 사는 게 중요합니다, 스승님! 결국에 남는 건 인덕(人德)뿐이고 사랑만큼 중요한 건 없다고 소인은 생각합니다!"

"그래, 그래……."

"하하, 고맙고 사랑합니다, 스승님!"

"알았으니까 놔줘! 난 그만 신경 쓰고 네 부인이나 안아 주거라. 종일 훌쩍이더구나."

"목린아! 들어와!"

언영이 스승을 놔주며 쩌렁쩌렁 외쳤다. 그러자 바로 다다다다 복도를 뛰어오는 소리가 울렸다. 그리고 머지않아 문이 바로 열렸다.

"서방님……!"

그사이 또 크게 울었는지 목린의 얼굴이 눈물로 범벅이 되어 있었다. 목린은 언영을 향해 다시 뛰었고 언영은 두 팔 벌려 목린을 반겼다. 스승은 얼른 멀찌감치 떨어져 섰다.

바로 그의 목에 팔을 감으며 뛰어드는 목린의 등을 언영이 부드럽게 토닥거렸다.

"서방님⋯⋯. 흐윽⋯⋯."

"우리 목린이 걱정 많이 했어?"

"서방님⋯⋯. 죽는 줄 알고⋯⋯."

"내가 우리 목린이 두고 떠날 리가 없잖아."

목린의 눈물 탓에 언영의 어깨 부분이 촉촉이 젖어 들어갔다. 언영은 아랑곳하지 않고, 아니, 오히려 더 마음 놓고 울어도 된다 응원하듯이 그의 아내를 훨씬 꽉 끌어안았다. 목린은 언영의 어깨에 얼굴을 비비며 알아들을 수 없는 혼잣말을 반복하고 훌쩍거렸다.

사고뭉치 제자 때문에 온종일 주름이 잡혀 있었던 스승의 미간도, 부부의 모습을 지켜보다 보니 자연스럽게 펴졌다.

"더 누워 있으면 완전히 회복할 터이니, 그때까지는 안정을 취하도록 하려무나."

그래서 다시 입을 열었을 때 스승은 그 부드러운 어투를 되찾은 채였다. 말꼬리에 붙이는 편안한 웃음소리 또한 다시 돌아왔다.

"동행에게 독수리를 보내 놨으니, 왔을 때 함께 출발하면 되겠어. 허허허허."

"감사합니다, 정말 감사합니다⋯⋯!"

목린은 마치 본인이 환자였던 것처럼 거듭 머리를 숙이며 극진히 감사함을 표했다. 그리고 다시 언영과 뜨겁게 눈을 맞추었다. 언영의 손가락이 귀 옆으로 삐져나온 목린의 머리카락을 다정하게 쓰다듬었다.

틈으로 들어오는 햇볕이 부부를 내리쬐었다. 둘 다 상대방의 다정함 속에서 이대로 녹아내려도 좋을 것 같다고 생각했다.

* * *

"번거롭게 이러지 않아도 돼. 나도 일어나서 씻을 수 있어."

"해 드리고 싶어서 그래요. 땀이 많이 나잖아요."

"그건 네가 옆에서 계속 나를 만져서……. 아니야."

목린은 언영의 이마, 목, 그리고 어깨를 틈만 나면 꼼꼼히 닦아 주었다. 그가 땀을 흘리지 않을 때도 늘 자리를 떠나지 않았다. 언영이 피곤하지 않느냐고, 바람 좀 쐬고 오라고 제안해도 그녀는 고개를 저을 뿐이었다. 그가 의식이 없을 때 이미 충분히 주변 구경은 했다고 답했다. 하지만 깨어 있을 때도 이 정도인데, 독 때문에 정신을 못 차리고 있을 땐 그녀가 얼마나 걱정했을지는 보지 않아도 뻔했다.

"게다가 매번 아파서 약을 드셨으면서도 제게 언질도 한 번 주지 않으셨는데……. 정말 괜찮으신지 제가 어떻게 믿겠어요."

"그건."

언영이 어색하게 몇 번 눈을 굴렸다.

"그래도 이제 말끔히 나았으니 걱정하지 마. 스승님 말씀 들었잖아."

"다행이에요. 정말 다행이에요."

목린이 습관적으로 검지를 이용해 눈가를 닦았다. 언영이 조용히 호소했다.

"이제 제발 그만 울어."

"네, 그만 울게요. 이번이 정말 마지막이에요."

훌쩍거리는 목린의 울음소리를 언영은 불편한 표정으로 들었다. 결국 그가 참다못해 허리를 일으키고 직접 닦아 주려고 하자 목린은 얼른 몸을 뒤로 내뺐다. 손등으로 거칠게 눈을 비빈 뒤에 이제 정말 다 울었다고 하며 활짝 웃었다.

언영이 다시 자리에 눕고 목린도 아까 있던 곳에 와 앉았다. 불편하지 않은 침묵이 두 사람을 감쌌다. 두 사람의 미세한 숨소리가 방을 데웠다.

"이제 밤인데, 목린이 너도 자야지."

"서방님 주무시는 거 보고 잘게요."

"나 아까 낮잠도 자서 하나도 졸리지 않은데……."

"그러면 조금만 있다가 누울게요."

"얼른 쉬어."

목린은 짧게 고개를 한 번 끄덕였지만 그 이상으로 움직이지는 않았다.

언영은 천장을 노려보면서 미뤄진 일정을 생각하느라 바빴다. 미간을 한껏 찌푸리고 있던 그는 목린이 할 말이 있는 듯 머뭇거리는 움직임을 제대로 눈치채지 못했다. 그래서 바닥을 내려다보며 손가락을 만지작거리던 목린이 입술을 열었을 땐 소스라치게 놀랐다.

"저는 서방님께서 싫어하실지도 모른다고 생각했어요."

"응?"

"너무 깊게 들어가면……."

"깊게 들어가다니?"

의아해하는 언영을 보는 목린의 뺨에 살며시 홍조가 피어올랐다.

"어렸던 서방님이요."

언영이 쓰러져 있었을 당시, 목린은 계속 이 문제에 대해서 고민했다. 세세하게 캐물었다면 정말 서방님이 싫어하셨을까. 반대로 생각해 보기로 했다. 들뜬 눈으로 그녀에 대해 알고 싶어서 쉬지 않고 질문을 쏟아붓는 서방님. 새로 알게 된 사실 덕분에 호탕하게 웃으며 목을 젖히는 서방님…….

"……아."

언영도 그제야 질문을 이해한 표정이었다. 그가 할 말을 잊고입을 벌렸다. 하지만 놀란 건 아주 잠깐뿐, 다시 편하게 웃으며 목린에게 물었다.

"왜 싫어해? 우린 부부잖아."

"부부면 다 물어봐도 되는 거예요?"

"아니, 그렇다기보단…… 알고 싶잖아."

언영이 팔을 뻗어 목린의 손가락을 하나하나 어루만졌다. 검지를 쓰다듬어 보고, 약지를 주물러 보고, 세 손가락을 함께 감싸 쥐어 보고……. 마치 세상에서 이게 제일 재밌다는 눈으로.

"상대가 뭘 좋아하는지, 무슨 생각을 하는지, 나와 만나기 전에어떤 사람이었는지. 그 과정에서 내가 모르는 추억을 함께 한 사람들한테 살짝 질투도 나고."

목린 또한 자연스레 떠오르는 것들이 있었다.

'서방님이랑 오래 친하셨나 봐요…….'

'그렇죠! 아기 때부터 같이 붙어 있었으니까.'

'그래요?'

"조금이라도 더 그 사람의 마음에 들고 싶고."

'저, 창을 던지는 자세를 제대로 잡고 싶어요. 서방님께는……
될 수 있으면 비밀로 할 수 있으면 좋겠습니다.'

"그 사람에 대해 알고 싶어 아등바등하게 되고."

'그러면 서방님께서…… 제 어떤 모습을 특히 좋아하셨는지도
아세요?'

"그 사람의 평소 모습을 넋 놓고 계속 보게 되고."

목린이 결국 쑥스러워 손을 빼려고 했으나 언영은 더욱 깍지를
단단히 꼈다. 잠자코 듣고 있던 목린은 조심스럽게 입을 열었다.

"그래도……."

말을 이으며 목린은 천천히 상체를 아래로 숙였다. 그녀의 손가
락을 가져다 놓고 있는 그의 옆에 나란히 함께 누워 눈을 똑바로
맞추었다. 물기가 남아 있는 그녀의 안구가 촉촉하게 반짝거렸다.

"그런 마음을 직접 표현하는 게…… 두렵지 않아요? 어떻게 그
렇게 솔직해요?"

얼굴을 가까이 맞대고 소곤소곤 물어오는 목린을 보는 언영의
귀가 붉게 익었다. 잠깐 정신이 빼앗겨 몇 번 바보처럼 눈만 끔벅
이다가, 얼른 태연하게 표정을 고치고 말을 이었다.

"글쎄. 확실히 쉬운 일이라고 할 수는 없겠지만 표현을 하지 않
았다가……."

자유로운 그의 나머지 한 손이 목린의 움푹 들어간 허리 부

근을 쓰다듬었다.

"놓칠 뻔한 게 있으니까."

"아, 그러면……."

목린이 아주 느리게 눈을 감았다 떴다. 곰곰이 생각에 잠겨 있는 그녀의 목소리에 묘하게 힘이 없었다.

"저 이전에 다른 여자들을……."

"뭐? 아니야! 절대 아니야."

언영이 허리를 쓸던 손을 얼른 목린의 뺨으로 옮겼다. 목린의 말랑말랑한 얼굴을 문지르면서 안절부절못한 목소리로 달래기 시작했다. 많이 초조했는지 목소리가 평소보다 갑절은 빨랐다.

"미안해, 목린아. 오해하게 해서 미안해. 나한텐 평생 너뿐이야. 얼굴 펴, 응?"

언영은 목린의 얼굴 위 이곳저곳에 불안한 표정으로 입술을 쪽쪽거렸다.

내 표정이 매우 좋지 않았구나. 목린은 그가 말해 주고 나서야 알았다.

목린의 낯빛이 점점 괜찮아지자 언영은 눈에 띄게 안도했다. 계속 뽀뽀하던 입술은 떨어졌지만, 끈적거리게 뺨을 쓰다듬는 손길은 거두지 않았다. 언영은 그의 손에 눌리는 목린의 볼을 빤히 바라보았다. 괜스레 부끄러워져 목린은 눈을 아래로 내리깔았다.

위에서 평소보다 진지한 그의 목소리가 들렸다.

"여동생이 크게 다쳤던 적이 있어."

여전히 고개를 숙인 상태에서 목린의 눈이 커졌다. 어둠 속에서 언영의 이야기는 계속되었다.

"너랑 만나기 세 해 전이었을 거야. 화영이는 그때 겨우 두세 살 정도 됐었는데, 서쪽 마을에 가서 놀고 싶다고 매일 노래를 부르고 다녔어. 하지만 그 당시에 무기 창고에 불이 나서 보충하는 걸 돕느라 어머니도 아버지도 너무 바쁘셨고, 둘째 혜영이도 키워야 되고……. 결국 내가 혼자 화영이를 데리고 나왔어."

기억을 더듬는 그의 눈동자를 위로 향했다.

"그러다가 이상한 놈들과 부딪혔지. 가선 안 되는 마을에 갔어. 당시에 신기한 게 보고 싶어서 처음 보는 길목에 호기심 때문에 들어갔던 내 잘못이지."

"이상한 놈들이요?"

"나쁜 사람들 말이야. 그러니까, 정말 악독한 놈들 있잖아."

"나쁜 사람들도 있어요, 여기?"

"뭐? 당연하지."

목린의 질문이 신기했는지 언영이 미소 지었다.

"그랬구나. 여기 와서 만난 분들은 다들 좋은 사람들뿐이어서 몰랐어요."

"그러면 내가 잘하고 있다는 뜻이네."

언영은 목린의 허리를 바짝 당겨 안았다.

"목린이 너한텐 좋은 것만 보여 주고 싶고, 좋은 것만 들려주고 싶어."

그리고 이마와 뺨에 살짝 흘러내린 그녀의 머리를 쓸어 넘겨 주었다.

"아무튼, 그 패거리는 어린 우리 두 사람을 어떻게든 이용해 먹으려고 안달이었어. 그런데 우리가 계속 용케 잔꾀를 피해 가니까 그놈들은 화가 머리끝까지 솟았지. 그렇다고 우리가 영리하거나 그쪽이 멍청한 건 아니었어. 그저…… 그 당시에는 눈빛만 봐도 어딘가 꺼림칙한 게 느껴져서 내가 애써 피한 것뿐이야."

"그런 건 어떻게 느끼는 거예요?"

"그 당시 나 같은 경우에는, 글쎄."

언영은 눈동자를 굴렸다. 마치 이미 답을 알고 있으나 입 밖으로 내뱉기는 싫어하는 표정이었다.

"……많이 봐 와서 그런 건가?"

"많이 봐요? 그런 사람들이 많다는 소리예요?"

"지금은 별로 없고. 예전에는…… 좀 많았지. 거의 내쫓겼지만."

목린의 얼굴에 놀라움이 비치자 언영은 싱긋 웃었다.

"애초에 부족 연합이 그냥 생긴 게 아니야. 이상한 놈들을 함께 몰아내자는 취지로 결성되었으니까."

"그러면 소문이 완전히 틀린 건 아니었네요!"

"소문?"

"아……."

목린은 한 손으로 입을 서둘러 가렸다. 하지만 이미 내뱉은 말을 주워 담을 수는 없었다.

위에서 언영이 호기심 어린 눈으로 그녀를 계속 쳐다보고 있었다. 목린은 결국 이리저리 시선을 회피하며 어색하게 말을 이었다.

"그, 단월도에 돌던 소문이 있어요. 육지에는…… 엄청 무섭고 나쁜 사람들이 바글바글 모여 산다고…….”

“뭐? 하하하하!”

“…….”

“그러면 우리도 나쁜 사람이라고 착각한 거 아냐? 하하하!”

“…….”

“하하하하!”

목린은 따라 웃을 수 없었다. 어색한 그녀의 표정을 본 언영이
의아해하며 물었다.

“목린아?”

“네. 그, 귀혈족은 처음부터 치, 친절하셔서 괜찮았어요…….”

“하하하!”

언영이 목을 젖히고 가가대소했다. 눈을 내리깔며 우물쭈물하
던 목린은 얼른 화제를 돌렸다.

“아, 아무튼 뒤의 얘기 더 해 주세요.”

“아, 그래……. 어디까지 얘기했더라?”

너무 웃어서 눈에 맺힌 눈물을 검지로 닦아 내며 언영이 중얼
거렸다.

“녀석들은 피해 가는 나를 보고 자존심이 상했는지, 우리를 뒤
쫓아 오기까지 이르렀어. 다행히 화영이는 그 사실을 눈치채기엔
너무 어렸고, 나는 처소 안에서 녀석들이 언제 쳐들어올까 긴장하
며 뜬눈으로 밤을 지새우는데…….”

언영이 말끝을 흐렸다.

“어머니께서 등장하셨어.”

"네? 어머님이요?"

"응."

언영은 짧은 한숨을 쉬며 그녀를 끌어안았다. 목린은 눈을 동그랗게 뜨고 물었다.

"어쩌다 나타나신 거예요?"

"우리 둘을 보내긴 했지만, 걱정이 되셨던 거지. 하던 일을 멈추고 얼른 달려오신 거야."

"어머님 멋있으셔요……!"

"그래, 멋있으시지."

그리 답하는 언영의 목소리에 씁쓸함이 묻어났다.

"서방님……?"

"그 당시의 나도 그렇게 생각하면 좋았을 텐데."

언영이 어둡게 중얼거렸다.

"네?"

"나는, 내가 못 미더워서 어머니께서 오셨다고 생각했어."

"못 미덥다니……?"

"말 그대로야. 내게 누이를 지킬 힘이 부족해서 어머니께서 찾아오신 줄 알았어. 나를 힘없는 존재로 보시는 것 같아서 속상하고, 울분이 터졌어. 그땐 몸도 마음도 지쳤던 때라 모든 게 부정적으로 보였거든."

천천히 부끄러운 사실을 고백한 그가 깊게 숨을 내쉬었다. 그가 내뱉은 한숨엔 후회와 미안함이 꽉꽉 채워져 있었다.

"화가 났어. 말도 안 되는 성질을 부리며 밖으로 뛰쳐나갔지.

어머니는 바로 나를 데리고 들어오실 생각으로 따라 나오셨고."

그리고 거기까지 들었을 때, 목린은 언영의 표정에서 불길함을 읽었다.

"정말 짧은 순간이었어."

언영이 느리게 말했다.

"어머니도 예상치 못하셨던 게 너무 당연해. 하필이면 그때……
그 새끼들이 화영이만 남은 처소에 불을 지를 줄 누가 알았겠어."

목린의 눈이 휘둥그레 커졌다. 언영은 그날을 머릿속에 그리듯
눈을 감고 있었다.

"직접 들어가시려던 어머니 앞을 막고 내가 직접 무너지는 처
소로 들어갔어. 사실 너무 정신이 없어서 무슨 일이 있었는지는
기억이 잘 나지 않아. 그래도 알다시피 화영이는 구해 냈고……."

"그 패거리는 어떻게 된 거예요?"

"어? 녀석들은 도망갔지."

언영은 목린의 몸을 쓰다듬으며 말을 빨리 이었다.

"내가 멍청하게 굴지 않았더라면 그런 일은 벌어나지 않았겠지.
원래도 적극적이었지만, 그날 이후로 특히 더 이런 성격으로 자리
잡게 된 것 같아. 가족이 건강하게 살아 있음에 감사해. 목린이 네
가 내 새로운 가족이 된 것에도. 고마워서 더욱 더 마음을 베풀
수밖에 없게 돼."

그러나 언영의 얼굴은 금세 바짝 굳었다.

"……하지만 화영이한텐 여전히 많이 미안해. 걔는 너무 어렸
어서 기억도 잘 못 하거든."

목린은 언영을 가만히 바라보았다.

그러고 보니, 지난번에 화영의 등에서 화상 자국을 보았었다. 당시 화영이 했던 말도 함께 곱씹어 보면 아무래도 방금 언급된 그날의 상처가 맞을 터.

목린은 다정한 목소리와 함께 천천히 입술을 뗐다.

"서방님. 화영 아가씨는 덕분에 서방님을 영웅이라고 생각하고 계세요."

"뭐?"

언영이 소스라치게 놀라며 물었다. 목린이 가볍게 싱긋 웃어 주었다.

"정말이에요. 흉터를 얼마나 자랑스럽게 생각하고 계시는지 몰라요. 제가 직접 들었어요. 서방님께서 자길 지켜 주시느라 생긴 영광의 상처라고 했어요."

"그거야, 어쩌다 생긴 흉터인지 제대로 알지 못해서 그런 거고. 알고 있다면 절대 그렇게 생각하지 않을 거야."

"그건 모르는 일이라고 생각해요. 서방님 생각이 옳으실 수도 있지만, 아닐 수도 있잖아요. 어머님 대신 달려든 건 분명 용기 있는 행동이고, 설령 세 분이 정말 갈등 없이 그 집에서 나왔다고 해도, 다른 방식의 습격을 받았을 수도 있어요. 만약 그랬다면 오히려 더 위험했을지도 모르잖아요. 그리고 서방님 생각과 달리 화영 아가씨께서 모든 진실을 알고 있으실지도 모르고요! 그날 서방님은 화영 아가씨 목숨만을 구한 게 아니라 세 분의 목숨을 모두 구한 거예요."

목린이 언영을 똑바로 올려다보며 조곤조곤 말을 이었다.

언영의 얼굴이 새빨개졌다. 그는 어디에 시선을 둬야 할지 모르겠다는 듯 우왕좌왕하다가 결국 두 팔로 목린을 와락 끌어안았다.

"고마워. 하지만 내가 정말 세 사람의 목숨을 구한 거라면 그걸로 뿌듯해할 게 아니라, 오히려 더 사랑을 베풀 기회를 얻었다고 생각하며 더 착하게 살고 싶어."

목린은 그의 품에 폭삭 잠겨 배시시 웃었다. 그의 몸에서 나는 냄새가 좋았다.

"조금 전에 정말 서방님다운 대답이었어요."

"응? 나다운 게 뭔데?"

언영이 눈을 동그랗게 뜨고 물었다. 목린은 대충 얼버무리며 답을 피했다. 그의 속에 더 파고든 다음 쫑알거리며 물었다.

"서방님은 이곳저곳을 많이 다녀 보신 거예요?"

"글쎄. 많이 다녔다고 자신 있게 말할 수는 없지만, 확실히 특이한 걸 자주 목격했던 것 같아."

"궁금해요……."

목린이 용기 내 말했다. 언영의 입이 헤벌쭉 바보같이 벌어졌다.

"흐음. 뭐 먼저 말하면 좋을까."

그는 목린의 이마에 수도 없이 쪽쪽거리며 고민에 빠졌다. 그는 턱을 살짝 들어 목을 가로지르는 연한 흉터를 보여 주었다.

"먼저 이건 수문족 마을에 놀러 갔다가 침입자로 오인당해서 생긴 상처고."

"정말요? 많이 아프셨어요?"

종종 보이긴 했지만, 그저 누군가와 장난으로 싸우다가 난 상처일 거라 넘겨짚어 왔다. 목린이 안절부절못하며 그 위를 손가락으로 더듬자 언영은 키득키득 웃었다. 괜찮다고, 지금은 하나도 아프지 않다고 하며 그녀의 이마를 맞댔다.

"그리고 또 뭐가 있을까. 아, 지지난번 가을이었나? 그때는……."

한번 물어보자마자 기다렸다는 듯이 언영의 입에서 과거 일화가 쏟아져 나왔다. 가지각색의 이야기를 들려주는 그의 눈에서 생기가 반짝거렸다. 그를 마주 보는 목린의 얼굴 또한 저절로 미소로 환하게 밝혀졌다.

그리고 목린은 어제 왜 언영이 지난번에 잠깐 시무룩한 모습을 보였는지 확신했다. 설령 목린이 묻는 게 부끄럽고 난처한 질문일지라도, 밝히기 민망한 순간이 올지라도, 언영은 그가 좋아하는 목린이 그에 대해 많이 궁금해하길 훨씬 기대했던 것이다. 애정과 관심을 확인받을 수 있다면 잠깐 동안의 굴욕 따위는 그에게 아무것도 아니었던 터다. 목린은 괜스레 미안해져 고개를 숙였다.

"그리고 내가 얘기했었나? 너랑 처음 만났던 날, 왜 내가 숲에 있었는지."

"아니요, 해 주지 않으셨어요."

"스승님께서 아주 예전에 말씀해 주셨는데, 원금화라는 전설 속의 꽃이 있대. 들어 본 적 있어?"

목린은 입을 여는 대신 눈을 동그랗게 뜨고 고개를 좌우로 저었다.

"꽃이 금처럼 번쩍인다나 봐."

"정말요? 어떻게 생겼는데요?"

"그건 남아 있지 않아. 전설이니까. 아무튼 확실한 건, 그 꽃은 금색을 띠고 그걸 발견한 자는 영구적인 사랑, 즉 운명의 상대를 만나게 된다는 거야. 사내일 경우 경국지색의 미인을 만날 거라나."

목린은 푸흐흐 웃었다. 그녀는 그런 미신을 믿지 않았다.

"귀여워요. 서방님께선 믿으신 거예요?"

"아니, 나는 아니고 은도 그 자식이 좋아서 환장을 하지. 걘 가장 아름다운 보석, 가장 예쁜 여인. 가장 멋진 검, 최강자. 뭐 이런 걸 정말 좋아하거든."

'너는 여기서 아직도 그 꽃인지 뭔지 찾는 거냐?'

'너도 찾아다녔잖아? 나만 갈구니까 좀 억울한데.'

'다 부질없는 짓이야.'

'그건, 찾아야 아는 거고.'

그러고 보니 그날, 두 사람이 꽃에 관한 얘기를 했던 것 같기도 했다. 목린은 알아듣지 못해서 대충 듣고 넘어갔었는데.

"은도가 사방팔방을 돌아다니며 틈만 나면 찾으러 다니는데, 그 녀석을 늘 이기고 싶으니까 나도 가끔 시간을 내 숲을 뒤져 보곤 했지. 하지만 역시 전설은 전설인지라, 아무리 찾아도 없더라고. 은도는 끝까지 인정하기 싫어하고 있지만. 다 사실은 쓸데없는 짓인데도 말이야."

언영은 얼굴을 찡그리듯 웃으며 고개를 저었다. 계속 누워 있느라 그의 머리카락이 꽤 재밌게 흐트러져 있었다.

"너랑 처음 만났던 그날, 혼자 숲속에 들어간 것도 그 이유 때문이야. 단월도는 처음이니까 이곳 숲엔 뭔가 있지 않을까 싶었던 거지."

그렇게 말하고 언영은 행복하게 웃으며 목린을 두 팔로 꽉 끌어안았다.

"그래도 난 거기서 그 꽃보다 훨씬 예쁜 꽃을 찾았어."

"요즘은 찾아다니지 않으세요?"

"응. 널 만난 이후로는 전혀. 혹시 원금화에 대해 아는 거 있어?"

목린은 고개를 또 저었다.

"아니요. 그런 게 있었더라면 제가 모를 리 없을 거예요."

"하긴 그렇겠지."

언영은 고개를 끄덕였다. 목린은 꽃을 정말 좋아하니까 말이다.

"그래도 있었으면 좋겠어요."

"왜?"

목린은 얼굴을 살며시 붉히며 어깨를 으쓱였다. 언영의 품으로 더 꼼지락거리며 들어갔다.

"낭만적이잖아요."

"그런가? 난 잘 모르겠어서. 나한텐 목린이 발견한 게 훨씬 낭만적인데……."

언영은 아리송한 표정을 짓다가 얼른 낯빛을 바꾸어 다소 진지한 목소리로 물었다.

"그러면 만약에 어떤 처음 보는 놈이랑 둘이 있다가 갑자기 원금화를 발견했다고 치자. 그놈한테 바로 갈 거야?"

"음……."

목린은 커다란 눈을 천천히 깜박이며 머릿속으로 상황을 한번 그려 보았다. 같이 있을 남자가 어떻게 생겼을지 감이 잡히지 않아 꽤 오랜 시간 넋 놓았다.

그래서 언영의 표정이 무너지고 있는 것도 꽤 뒤늦게 알아차렸다.

"아! 그게."

당연히 곧바로 '아니요!'라고 답할 줄 알았던 목린이 망설이는 듯한 모습을 보이자 언영의 영혼이 저 멀리 날아갔다. 공허한 눈과 살짝 벌어진 입이 그가 받은 충격을 보여 주고 있었다.

"서방님! 아니에요! 가지 않아요! 서방님 곁에 있을 거예요!"

목린이 긴박하게 외쳤다. 언영의 근육질 어깨를 톡톡 두들겼다.

"죄송해요! 어떤 상황인지 상상해 보느라 그랬어요. 정말이에요⋯⋯!"

"⋯⋯."

"서방님!"

목린은 제 몸을 두른 언영의 두꺼운 팔을 빠르게 문질렀다. 초조한 그녀의 눈에 걱정이 헤엄쳤다. 언영의 눈은 그녀를 바라보고 있으면서도 바라보지 않았다.

"서방님, 제발⋯⋯!"

"⋯⋯푸흑."

굳어 있던 언영의 입술이 결국 못 참고 꿈틀거렸다.

"흐흐흐하하하하하하!"

"⋯⋯뭐예요?"

"하하하하하하!"

"장난친 거예요?"

목린이 뾰로통한 표정으로 자리를 박차고 일어나려 했다. 언영이 얼른 '미안해, 미안해.'를 연발하며 목린의 허리를 끌어안아 다시 눕혔다.

언영은 좀 더 나긋한 말투로 마저 이야기를 이었다. 다른 마을을 순회하며 생긴 사건, 귀혈족과 함께 하는 소소한 일상 얘기(물론 몇 가지는 목린의 귀에 전혀 소소하게 들리지 않았다), 아니면 바로 여기서 어릴 적에 겪은 다양한 경험담 등등.

밤이 무르익을수록 두 사람이 서로 섞는 눈빛 또한 뜨거워졌다. 언영의 커다란 손이 자연스럽게 목린의 팔과 목, 허리를 쓰다듬고 다녔다. 목린도 그와 간간이 손을 겹치며 따뜻한 눈빛으로 응수했다.

"여기 살면서 불편한 건 없어?"

둘 다 옆으로 마주 보고 누운 상태에서, 언영이 목린의 귀 뒤로 머리카락을 넘겨 주며 낮고 다정하게 물었다. 그의 코가 겨우 반 뼘을 두고 그녀의 얼굴과 떨어져 있었다. 목린의 심장이 이유 모르게 세차게 뛰었다.

"처음에는 여러 가지 낯설었는데…… 도와주시는 분들이 많으셔서 이젠 괜찮아요. 재밌어요."

목린은 얼굴을 붉히며 그의 뜨거운 시선을 피했다. 그리고 아까부터 계속 신경 쓰였던 얘기를 입 밖으로 꺼내며 그의 관심을 돌렸다.

"저기, 아까 했던 말 말이에요."

"응?"

"무서운 사람들을 해치웠다는 거……. 그럼 이제 우린 안전한 거예요? 바다는 괜찮아요?"

언영은 살짝 고개를 들어 위를 쳐다보며 미간을 좁혔다.

"글쎄."

"……."

"물론 언제나 이런 평화가 계속되지는 않겠지."

든든한 언영마저 회의적인 모습을 보이니 목린은 간이 쪼그라드는 것 같았다. 침을 꿀꺽 삼켰다.

그때 다시 언영이 머리를 숙여 목린과 눈을 마주쳤다. 언제 심각했냐는 듯, 부드러운 미소가 싱그럽게 그의 얼굴에 피어 있었다.

"하지만 그렇게 크게 걱정되지는 않아. 내 주변에 좋은 사람들이 많으니까. 그래서 어딘가 길은 있을 거라는 확신이 있어."

그의 눈이 선한 미소를 지으며 곱게 접혔다. 목린은 자기도 모르게 얼굴을 붉히며 입술을 뗐다.

"방금 그 말도 서방님다웠어요."

"그러니까 아까부터 나다운 게 뭐길래 그래?"

"으음……. 서방님이 저와 너무 다른 사람인 게 느껴지는 답이요."

목린은 머뭇거리며 답했다.

한번 말하려고 결심하니까 속에 계속 숨어 있던 생각이 입 밖으로 술술 쏟아져 나왔다. 말하고 싶지 않았던 것까지도, 조용한 밤의 분위기에 취해 술술 나왔다.

"저는 서방님처럼 긍정적이지도 못하잖아요. 방금 전의 서방님처럼 부끄러운 과거에 대해 웃으며 용기 있게 말하지도 못해요. 게다가

창도 여전히 제대로 못 던지고……. 열심히 연습했는데도……."

"우리 목린이, 그런 걸 걱정했어?"

언영이 헤벌쭉 웃으며 목린의 엉덩이를 팡팡 토닥였다. 당황한 목린이 엉덩이를 씰룩거리면서 움찔거렸다. 얼굴을 새빨갛게 붉히며 해명했다.

"아니, 저는, 그러니까…… 서방님께서 좋아해 주셔서 열심히 하는데도, 원하는 만큼 실력이 늘지 않아서 슬퍼요."

"내가 좋아한다고?"

"귀혈족처럼 창을 썼더니 엄청나게 기뻐하셨잖아요."

"목린아, 내가 좋아한 건……."

언영이 크게 당황했다. 장난스레 목린의 엉덩이를 두들기던 손을 떼고 얼른 다시 진지하게 그녀를 안았다. 어둠 속에서 짝을 찾듯 두 사람의 시선이 끈끈히 맞닿았다.

"네가 우리와 동화되어서가 아니야. 네가 어떤 일에 즐거움이나 가치를 느끼며 계속해 나간다는 거, 네가 사람들과 어울린다는 사실 덕분에 기뻤던 거야. 나한테 잘 보이고 싶어서 그랬다면 당장 그만해도 돼. 온전히 네 선택이고 나는 그게 무엇이든 널 존중할 거야."

"정말이에요?"

"당연하지."

"하지만…… 여기서 남들과 다른 제가 이상하게 보이지 않으세요?"

"이상하다니! 게다가 다른 게 뭐 어때서. 봄비가 내리던 날에 내가 말했잖아. 다양한 사람들을 모두 안고 가고 싶다고."

"……."

지금 밖에 떠오른 별무리도, 언영의 눈동자만큼 맑고 명징할 수는 없다고 목린은 생각했다.

밤은 조용했지만, 그의 또렷한 눈을 마주한 목린의 머릿속은 시끌벅적했다. 흥분이 가라앉은 언영의 얼굴은 밤빛에 녹아들어 더욱 아름답게 피어나고 있었다. 곧은 코와 매끈한 입술이 어둠 속에서도 제 윤곽을 드러냈다.

그리고 그때, 목린은 등을 휙 돌려 언영을 냉정하게 외면했다.

"흥."

"어어?"

언영이 너무 당황하여 내뱉었다. 목린은 몸을 웅크리며 중얼거렸다.

"흐응……."

"목린아?"

언영이 조심스럽게 목린의 어깨를 잡아 살짝 흔들었다.

"목린아, 왜 그래? 응? 내가 상처 주는 말했어?"

"안 믿어요."

언영의 입이 아무 말도 못하고 벌어졌다.

"왜……."

"그러면 서방님은 제가 쭈글쭈글 할머니가 돼도 마냥 귀여운 것도 모자라서, 제가 아무것도 못 해도 좋다는 거잖아요. 말도 안 돼."

"왜 말이 안 돼, 그게?"

"처음부터 그냥 말이 안 된다고 생각했어요. 모두."

"처음부터? 뭐가?"

"처음부터 첫눈에 반했다고 하면서……. 거침없이……."

"그러면 안 되는 거야?"

언영은 진심으로 이해하지 못하는 말투였다. 목린은 한숨을 쉬며 다시 언영을 돌아보았다. 그와 눈을 맞추고 차분하게 말했다.

"그래도 상대에 대해 조금 더 알고, 신중히 해야 한다고 저는 생각해요."

목린이 그의 사랑의 영구성을 크게 의심했던 이유이기도 하다. 목린은 그의 행동이 이해가 가지 않았다.

"목린아."

언영은 목린을 든든히 안은 상태에서 눈을 똑바로 맞추었다.

"시간을 백 번 거슬러 올라가도, 수많은 다른 세상에서 각기 다양한 방법으로 너를 재회한다고 해도, 나는 너에게 열렬히 구애할 거야."

"그러니까 왜……."

"네가 나와 다르게 생각하는 건 알겠어. 그래도 내 방식도 받아들이면 안 될까? 난 너를 처음 본 순간부터 숨이 멎었고, 머릿속이 새하얘졌어. 그리고 나는 그런 감정을 내게 안겨 준 사람에게 고맙다는 뜻으로 바로 내 모든 것을 퍼부어 주고 싶었을 뿐이야. 그게 내 방식인걸. 그렇다고 그게 다인 것도 아냐. 만일 네가 기대와 다르거나, 실망을 주는 사람이었다면 난 망설이지 않고 너와 멀어졌을 거야. 하지만 그 반대잖아. 목린이 너는 내게 보면 볼수록 아름다운 사람이야."

"그래도 저는…… 잘하는 것도 없고……."

"우리 목린이가 잘하는 게 왜 없어!"

언영이 마치 자기 얘기인 것처럼 억울해했다.

"이 세상에서 우리 목린이만큼이나 꽃 가락지 잘 만드는 사람 있으면 나와 보라고 해. 해 준 사람 뿌듯하게 밥 잘 먹어 주는 사람 있으면 나와 보라고 해봐. 네 미소는 한밤중에도 혼자 눈부시게 빛나고, 마음씨는 얼마나 고운지 몰라. 게다가 낚시도 잘하잖아! 낚시로 나도 건졌잖아. 나 그렇게 쉽게 잡히는 사람 아니야. 하하하하!"

"……."

"그러니까 조금 전처럼 잘하는 게 없다느니, 그런 식으로 생각하지 않았으면 좋겠어. 그리고 정말 설령 잘하는 게 없다고 해도 뭐 어때. 그럴 수도 있지."

"만일 제가 정말 아무것도 못 해서 늘 남의 도움만 필요로 한다고 해도 괜찮아요?"

"그러면 내가 종일 품에 안고 다녀야지, 뭐. 내 평생소원을 이루는 거네."

목린은 언영을 멍하니 바라보았다.

"아니, 농이 아니라 진지하게 말하자면……. 뭘 잘하고 못한다고 해서 그 사람이 좋은 사람이다, 나쁜 사람이다 판단할 수 있는 게 아니잖아. 오직 그런 것만으로 가치를 판단하는 세상은 너무도 어둡지 않을까? 적어도 나는 그 안에 속하고 싶지는 않은데……."

목린은 결국 참지 못해 몸을 들어 올려 그에게 입을 맞추었다. 입술만 잠깐 겹치고 마는 입맞춤이었다. 하지만 목린이 먼저 시도한 것 중엔, 이것도 처음이었다.

꽤 오랜 시간 입술만 붙이고 가만히 있었다. 온몸이 설렘으로 간질거리고, 상대방의 움직임, 숨결 하나하나에 모든 오감이 쏠렸다.

"서방님?"

목린이 천천히 입술을 떼고 언영을 올려다보았다. 그는 눈꺼풀이 쩍 벌어진 상태에서 움직일 줄 몰랐다.

목린은 언영의 눈앞에서 손바닥을 흔들어 보았다.

"……."

"서방님, 괜찮으세요?"

언영의 눈이 한 번 깜박였다. 하지만 그걸로 끝이었다.

"……."

"서방……."

아까와는 차원이 다른 격렬한 입맞춤이 목린을 마구 뒤흔들었다.

언영의 두 손이 허겁지겁 목린의 몸을 쓰다듬다가 이내 치마를 끌어 올렸다. 뽀얀 허벅지를 한 손에 쥔 언영이 목린의 입 안으로 뜨거운 한숨을 토해냈다. 그의 입술은 더 아래로 내려가 목린의 목을 간절하게 물었다. 손은 허벅지를 주물거리다가 욕심을 내 점점 위로 올라갔다. 달아오른 하체가 맞붙고 두 몸이 엉겨 붙었다.

목린이 절박하게 외쳤다. 갑자기 거대한 몸을 밀어붙이는 그 때문에 숨이 막혔다.

"여기선 안 돼요, 서방님!"

"하아."

언영의 한 손이 옷 안에 들어가 목린의 가슴을 말아 쥐었다. 목린이 허둥지둥 말했다.

"여, 여기는 스승님 댁이잖아요!"

그 말이 다행히 언영을 진정시키는 데 성공했다. 흥분해서 아예 잊고 있었는지 언영이 듣고 흠칫 놀랐다.

"……네가 먼저 했잖아."

목린의 목덜미에 입을 파묻고 언영이 으르렁거리듯 속삭였다. 그의 손이 떨어지진 않았지만 그래도 덕분에 옷을 벗기던 움직임이 멈추었다. 목린이 안절부절못했다.

"죄송해요!"

"하아, 사과할 필요는 없고."

언영은 끌려 올라간 목린의 치마를 다시 천천히 아래로 내려주었다. 흥분한 그의 손가락 끝이 미세하게 떨렸다.

"나가자마자……."

뜨거운 그의 숨이 목린의 가녀린 목에 내려앉았다.

"엄청나게 할 거야."

목린의 몸에 소름이 한꺼번에 돋아났다. 얼른 옷을 다시 제대로 갖춰 입었다.

분위기를 바꾸고자 목린은 밖에 나가서 언영이 마실 물을 떠왔다. 일부러 느긋한 걸음걸이로 걸어가 천천히 움직이며 시간을 때웠다. 목린이 다시 돌아왔을 때는 언영이 아까보다는 그래도 침착해진 표정으로 누워 있었다.

목린은 아까보다 거리를 두고 앉아서 언영과 마저 얘기를 나누었다. 주로 마을 사람들에 대한 가벼운 일상 얘기를 주고받았다. 대화가 끊기지 않고 술술 이어졌다.

창으로 빛이 들어오자 목린은 화들짝 놀라 허리를 폈다.

"어! 벌써 해가 뜨고 있어요!"

"그러네."

언영도 고개를 돌리며 확인했다.

여명이 밝아 오며 이른 새벽을 알리고 있었다. 낮과 밤 중간을 달리는 하늘의 빛깔이 오묘했다.

"말도 안 돼요! 서방님이랑 노닥거리다 보니 시간이 엄청나게 빨리 가는 것 같아요."

목린이 언영을 바라보며 환하게 웃었다.

* * *

언영이 쓰러지고 나서 스승은 나중에 만나기로 한 일행에게 다시 새를 보냈다. 언영의 회복이 얼마나 걸릴지 모르니 일단 이쪽으로 와서 상황을 함께 지켜보는 것이 좋을 것 같다는 내용의 글이었다.

언영의 원기가 절반 정도 돌아왔을 때 세 명이 돌아왔다. 목린은 몇 번이나 미안하다고 사과하는 다인을 간신히 저지한 후, 그들에게 상황을 설명했다. 믿지 못하는 세 사람의 입이 다물어지지 않았다. 언영이 누워 있는 모습을 눈으로 직접 보고 나서야 간신히 수긍했다.

"저 녀석이 옹알이밖에 못 할 때부터 같이 지낸 사이인데, 쓰러진 모습은 난생처음 보는 것 같습니다. 사실 여기 오기 전까진 별말도 안 되는 핑계가 다 있다며 우리끼리 웃었거든요."

현오가 얼떨떨한 표정으로 목린에게 설명했다.

"무슨 일이냐고 여쭤보아도 언영이 스승님께선 수치스러운 일이라며 설명을 피하시고……. 이번 일은 결코 잊지 못할 것 같습니다."

상황이 익숙하지 않은 건 언영 또한 마찬가지였다. 그는 몸이 근질근질한지 계속 팍 인상을 쓰고 있었다. 평소라면 다 내팽개치고 그냥 밖으로 나갔겠지만, 다른 것도 아닌 정체불명의 맹독들이라 언영도 이번엔 섣불리 행동하지 못했다.

목린은 꼭 나가야 할 일이 없는 이상 늘 언영의 주변을 지켰다. 지금도 무릎으로 앉은 상태에서, 방에 있는 화분을 정리하며 들뜬 목소리로 말했다.

"서방님, 서방님 다 나으시면 이곳저곳 빨리 찾아가요! 맛난 것도 많이 먹고, 아가씨들 드릴 선물도 엄청나게 많이 사요."

"당연하지. 생각보다 너무 시간이 지체돼서 걱정이 이만저만이 아니야."

언영은 상상만 해도 괴로운 듯 팔로 눈을 가리며 신음을 흘렸다. 목린은 꽃을 정리하던 행동을 멈추고 그를 빤히 쳐다보았다.

그러다 뭔가 결심한 표정과 함께 언영의 앞으로 무릎을 이용해 기어갔다.

"그리고 서방님."

"응?"

언영은 여전히 눈을 가린 채 답했다. 그래서 발그레해진 목린의 얼굴을 못 보고 지나갔다.

"서방님이 말씀하신 대로……. 엄청나게 많이 해요."

"……."

"그, 그거."

잠시 모든 게 조용해졌다. 언영은 그 자리에서 얼어붙었고, 목린은 무안함을 이기기 위해 눈동자를 데구르르 굴렸다. 그러다가 갑자기 자리에서 벌떡 일어나는 언영 탓에 화들짝 놀라 등을 뒤로 젖혔다.

언영은 두 팔을 굽혀 울퉁불퉁 근육을 만들며 내질렀다.

"으아아아아아아아아아! 원기 회복!"

"아니에요! 아직 아니에요!"

목린은 허둥지둥 팔을 뻗어 언영을 겨우 간신히 다시 눕혔다.

16장

"정말 감사했습니다!"

"앞으로도 자주 언영이와 찾아오십시오, 허허허허."

마침내 언영이 완전히 회복했다. 안에서 옷을 갈아입고 나갈 채비를 하는 그를 제외하고는 모두 바깥으로 나와 스승과 작별 인사를 주고받는 중이었다. 눈은 그쳤고 바람도 세지 않았다. 겨울이 멈추지 않는 지역치고는 꽤 따뜻한 하루였다.

스승은 목린과 눈을 맞추고 물었다. 떠나가는 이들을 향한 아쉬움이 노인의 눈동자에 배어 있었다.

"한데 언영이가 왜 이렇게 늦는지 아십니까?"

"아니요!"

목린이 어색하게 외쳤다. 고개를 저으면서 양옆으로 땋은 머리가 열심히 흔들거렸다.

"모르겠어요, 전혀……."

목린은 오늘 아침에 있었던 일을 회상했다.

'서방님, 좋은 아침이에요!'

괜히 그녀의 존재를 신경 쓰이게 하느니 따로 자는 것이 나을 것 같아서, 목린은 바로 언영의 바로 옆에 있는 방에서 잠을 청했다. 조금 늦게 일어났기에 목린은 당연히 언영이 깨어 있으리라 내심 믿고 바로 문을 열고 들어갔다.

자리에 앉아 바지춤을 만지작거리고 있던 언영이 황급히 손을 뗐다.

'이제 혼자 일어설 수 있으시지요?'

목린은 품에 안고 있던 언영의 새 옷을 언영에게 넘겨주었다. 그리고 언영이 알아서 갈아입으리라 예상하고 그를 등진 채 방에 있는 식물들을 돌보았다.

목린은 콧노래를 부르며 꽃망울을 만지작거렸다. 그러다가 뒤에서 아무런 기척이 들리지 않자 눈을 동그랗게 뜨고 고개를 돌렸다.

'어? 아직도 힘드시면 좀 도와드릴까요?'

옷을 넘겨받은 그 상태에서 언영은 그대로 가만히 있었다. 단지 목린을 굳은 표정으로 빤히 바라보고 있을 뿐이었다. 며칠 전부터 계속 그랬다.

목린은 다시 일어나 언영의 옆으로 뽈뽈 움직였다. 그의 옆에 앉아 옷고름을 풀어 주고 상의를 벗는 것을 먼저 차근차근 도와주었다. 술렁술렁 벗겨지는 옷 안에서 그의 탄탄한 맨가슴이 드러났다. 목린은 이어서 언영의 허벅지 위에 올려둔 새 옷을 펼치기 위해 집어 들었다. 그렇게 무심코 들어 올린 옷 아래에서 허벅지 사이로 불끈 솟아올라 있는 그의 사타구니를 보고 기함했다.

'헉!'

목린은 뻣뻣하게 굳었다.

너무 놀라 아무것도 못 하고 있는 목린의 위에서 뜨거운 숨소리가 들렸다. 목린의 눈동자가 불안하게 떼굴떼굴 굴렀다. 언영의 가슴이 크게 들썩이고 있는 모습이 눈앞에 바로 보였다.

'그러고 보니, 서방님이랑 못한 지가 벌써……'

하루, 이틀, 사흘, 나흘, 닷새, 엿새……. 아무리 세도 끝이 없었다. 목린의 등줄기에 식은땀이 흘렀다. 달거리 중에도 이렇게 오래 못 한 적은 없었다.

'하아.'

욕정이 쌓인 한숨이 조용한 방의 적막을 깼다.

언영의 커다란 손이 목린의 허리를 천천히 감쌌다. 적나라한 목적을 띠며 여인의 몸을 살살 쓰다듬었다. 목린은 고개를 푹 숙였다. 언영은 그런 목린에게 더 가까이 몸을 기울였다. 맨가슴이 목린과 맞닿을 정도가 되었을 때, 그때가 되어서야 뒤로 확 그를 밀어냈다.

'저 먼저 일어날게요!'

목린은 언영의 팔을 옆으로 뿌리치며 자리에서 벌떡 일어섰다.

애써 언영을 보지 않고 얼른 도망치며 외쳤다.

'서방님께선 준비되시면 나오세요! 천천히 하세요!'

언영이 싫은 것이 아니었다. 목린도 언영과 언젠가 다시 함께 보낼 밤이 기대되기는 매한가지였다. 하지만 그런 표정으로 다가오는 언영은 처음인지라 좀 매우 무서웠다. 동굴에서 홀로 백 년을 굶다가 처음 밖으로 나온 짐승 같았다.

'그래도 그렇게 도망치면 안 되는 거였는데.'

적어도 눈은 마주치거나 차분히 대화는 하고 나와야 했다. 이제 어떻게 다시 언영을 봐야 할지 눈앞이 캄캄해졌다. 그녀가 뿌리치고 떠난 뒤 언영이 어떤 기분을 느꼈을지 감도 오지 않았다.

'내가 너무 나빴어.'

"저기 오는군. 허허허허."

목린은 부러 스승이 시선을 주고 있는 쪽을 피했다. 그리고 얼른 도망치듯이 봄비 앞으로 총총 걸어갔다.

이미 몸에 필요한 짐을 지고 준비 중이던 봄비가 목린을 향해 기쁘게 울었다. 목린이 봄비의 얼굴을 한 번 쓰다듬어 주었다. 이어서 곧장 그 위에 올라타려고 했다.

"어?"

앞에 검은 그림자가 졌다.

목린은 기겁하며 뒤를 쳐다보았다. 도대체 얼마나 빠르게 다가온 건지 언영이 바로 뒤에 서 있었다. 그의 거대한 몸이 그녀의 작은 체구를 뒤에서 완전히 가렸다.

"……."

냉기가 뚝뚝 떨어지는 속내를 알 수 없는 심각한 표정으로, 언영은 륜이 매고 있던 짐을 들고 있었다. 그리고 그것을 봄비의 몸에 대신 매달았다. 너무 당황한 나머지 목린은 아무 말도 못하고 상황을 지켜볼 수밖에 없었다.

언영과 목린의 짐을 모두 등에 지게 된 봄비는 힘든 기색을 보이진 않았다. 하지만 누가 봐도 이 상황에 목린까지 올라타는 것은 무리였다. 당황한 채 어쩔 줄 몰라 하는 목린의 손목을 그때 언영이 낚아챘다.

"아!"

언영은 말없이 목린을 륜의 앞으로 끌고 갔다. 그의 어두운 기운은 주변에 있던 모든 이까지 침묵하게 했다. 현오와 다인 모두 호기심 가득한 얼굴로 그들 쪽을 흘겨보았다.

봄비가 두 사람 몫의 보따리를 이고 가니 륜의 등에는 아무것도 없었다. 언영은 목린을 륜 위에 태우고 자신이 그 뒤에 바짝 붙어 앉았다.

'……!'

몸이 딱 달라붙고 목린은 숨을 들이켰다.

언영이 딱딱한 갑옷을 입고 있었기에 직접적으로 맞닿을 일은 없었지만, 바로 알 수 있었다. 그의 부풀어 오른 양물이 목린에게 닿으려 안간힘을 쓰고 있었다. 그리고 마침 그녀의 추측을 확신시키려는 듯 언영이 다시 한번 바짝 몸을 앞으로 당겼다.

언영은 뻣뻣하게 얼어 있는 목린의 손에 고삐를 쥐여 주었다.

"잡아."

"네……."

목린은 손가락만 바깥으로 나와 있는 토시를 낀 상태에서 주뼛주뼛 고삐를 붙잡았다. 그리고 언영이 뒤에서 같은 곳을 겹쳐 잡았다.

목린의 머릿속이 하얘졌다. 마찬가지로 바깥에 드러난 언영의 까칠한 손가락이 목린의 맨살을 천천히 어루만지고 있었다. 아무리 목린이 둔한 편이라고 하여도 이게 고삐를 잡기 위한 움직임이 아니라는 것 정도는 알았다.

두 사람의 살이 닿는 곳에 불꽃이 터지는 것만 같았다.

언영이 내뱉은 진한 한숨이 목린의 귀에 닿았다. 목린은 이대로 기절할 수도 있을 것 같았다.

마침내 목린 일행은 스승의 댁에서 완전히 빠져나왔다. 언영을 살짝 선두로, 나머지 세 명도 비슷한 속도로 함께 나아갔다.

주변에서 현오나 다인이 날씨가 적당히 춥고 좋다고, 이 지역의 나무는 굉장히 길다고 감탄을 늘어놓아도 목린의 귀엔 들어오지 않았다. 언영이 의미심장한 분위기로 뒤에 달라붙어 있는 지금은, 목린에게 식은땀 나는 여름이나 다를 바 없었다.

굳어 있는 목린을 보며 다인이 고개를 불쑥 내밀었다.

"목린 님 많이 추우세요?"

"아, 아니……."

"여기만 벗어나면 다시 여름처럼 더워지니까 걱정 마시어요!"

목린은 숨이 막혀 대답할 수가 없었다. 언영이 티 나지 않게 하반신을 더욱 가까이 붙였기 때문이다.

"언영이 너는 괜찮냐? 표정을 보니 아직 낫지 않은 것 같은데."

이번엔 현오가 물어왔고 목린은 혼자 움찔거렸다.

이 말에 올라탄 뒤로는 한 번도 언영의 표정을 살피지 않았다. 아니, 살펴보지 못했다는 말이 옳을 터였다.

그는 어떤 낯빛으로 뒤에서 뜨거운 숨을 내뱉고 있을까.

상상해 보려 하니 허벅지 사이가 조금 조여들었다.

"응."

언영이 차분히 낮은 목소리로 답했다.

"나는 괜찮아."

그렇게 말하는 언영의 손이 은밀하게 목린의 복부로 올라왔다. 얼핏 보면 떨어지지 않게 잡아 주려는 몸짓 같아도, 아니라는 것을 그 둘은 알았다.

"알았어. 그래도 쉬고 싶으면 바로 얘기하고."

언영의 목소리가 심상치 않다고 생각했는지 현오는 금방 물러섰다.

목린에게는 억겁과도 같은 시간이 흘렀다. 오로지 뒤에 있는 언영에게 모든 감각을 집중하여 가다 보니, 슬슬 겨울이 멀어지고 있었다. 더 이상 하얀 눈의 흔적이 전혀 보이지 않았다. 선선한 가을과 비스름한 풍경을 마주하며 가다가 어느새 갈림길 앞에 당도했다.

목린은 어디로 갈지 궁금하여 두리번거렸으나 언영은 이미 이 주변을 잘 알고 있다는 듯, 망설임 없이 오른쪽으로 가는 길에 룡을 움직였다. 목린도 그러려니 하고 가만히 있는데 뒤에서 목소리가 울렸다.

"언영아, 이쪽 아니야?"

현오는 언영이 고르지 않은 왼쪽을 가리키며 말했다.

"이쪽이 훨씬 빨라. 길이 더 거칠긴 하지만 그래도 힘들 정도는 아닌데."

"……."

"언영아?"

"천천히 가자."

언영이 뒤돌지 않고 말했다. 현오는 잠시 멀뚱히 눈을 깜박이다가 떨떠름하게 끄덕였다.

"네가 원한다면 뭐……."

"경치가 좋은 계곡이 있다고 알고 있다. 둘러보면 뜻깊은 경험이 될 것이다."

그동안 조용히 있던 은평이 말했다.

다인이 예고한 대로 갑작스레 날씨는 더워졌다. 은평의 말대로 바위가 험난했던 반대쪽 길과 달리 주변에 가득한 꽃이 마음을 메꾸어 주는 듯하였으나, 그것도 어느 정도 시원해야 가능했다. 앞으로 더 나아가기 위해선 옷을 더 가벼운 것으로 갈아입는 휴식이 불가피했다.

"저기 있는 바위 뒤에서 갈아입고 와."

"네……."

언영은 주변을 깔끔히 수색한 뒤에, 가장 안전하게 보이는 곳을 목린이 옷을 갈아입을 장소로 뽑았다. 목린은 옷가지들을 품에 안고 우물쭈물 대답했다.

"바위랑 주변 덤불이 커서 보일 일 없으니까 걱정하지 마."

"네, 네."

목린이 소심해 하는 것이 몸을 보일까 염려해서라 생각했는지 언영이 덧붙여 말했으나, 목린은 더욱더 고개를 수그리며 얼른 그가 가리킨 방향으로 콩콩 뛰어갔다.

'어떡하지…….'

스승님 댁에 있었던 동안에, 이동하면서 입은 여름옷을 빨았다. 다 말려서 챙겨 놨다고 생각했는데 보이지 않았다. 그나마 오는 길에 걸치지 않은 얇은 옷은 꺼낸 적도 없어서, 여전히 보따리 깊숙한 곳에 있었는데……. 딱 하나 남은 것이 다름 아닌 얇은 초록 치마였다.

혹시, 정말 혹시 몰라서 입을 일이 있겠거니 싶어 가져왔는데, 다른 날도 아닌 바로 지금 걸치게 될 줄이야.

'이거 입고 말에 탈 수 있을까? 다인 님한테 빌려 달라고 할까? 다인 님 옷을 내가 걸치면 너무 웃길 텐데…….'

"목린 님, 다 갈아입으셨어요? 무슨 일 있으세요?"

"그게……."

다인이 부르자 목린은 말을 흐렸다. 물론 목린은 치마를 매우 좋아했다. 한데,

'나는 네가 치마를 입을 때면 뒤집어 까고 싶은 생각밖에 안 들어.'

이런 상황에 입어도 되는 건지 의문이 드는 탓이다.

'서방님 꼬드기려고 하는 헤픈 여자로 보이면 어떡하지……. 나

한테 실망하실지도 몰라.'

목린은 입술을 앙다물고 생각했다.

목린이 뭘 해도 예뻐 죽겠다고 언영이 말한 게 불과 얼마 전이었으나 그건 그거고, 이건 이거였다. 무엇보다 목린을 가장 거슬리게 하는 사실은 헤프지 않다고, 억울하다고 자신 있게 말하지 못한다는 점이다.

'이거 입고 나가서 서방님이 괴로워하실 모습 상상하니까 꽤 즐거워. 난 정말 나쁜 아내가 분명해.'

이 사실을 알면 서방님께서 배신감을 느끼실 게 분명하다. 상상만 해도 오한이 들었다.

"목린 님!"

머릿속이 바쁜 목린은 서둘러 옷을 챙겨 입느라 다인의 부름에 답하지 못했다. 저쪽의 웅성거림은 옆에서 흐르는 폭포 소리에 묻혔다. 뒤늦게 웃옷을 입고, 끌려 올라간 치마를 내리려고 하는데 예고도 없이 언영이 불쑥 튀어나왔다.

감감무소식인 목린에게 무슨 일이 일어났다고 걱정했는지 그의 얼굴이 창백하기 그지없었다.

"목린아, 괜찮……."

서둘러 외친 언영의 눈이 자연스레 목린의 맨다리로 향했다. 허벅지 중반부터 발까지 뽀얀 살결이 햇빛 아래에서 사랑스럽게 드러났다.

언영이 그 자리에서 멈칫했다.

목린은 황급히 치마를 내렸다. 나풀거리는 천이 목린의 하반신을 덮은 건 한순간이었다. 그러나 두 사람 사이를 파고드는 어색한 침묵은 자리에 눌러앉았다.

"……."

언영은 같은 자리에 같은 자세로 얼어붙어 있었다. 그의 가슴이 서서히 들썩거리기 시작했다. 목린은 고개를 푹 숙이고 얼른 언영을 지나쳐 달아났다.

"목린 님, 언영이는요?"

"고, 곧 올 거예요!"

목린은 봄비가 이고 있던 짐 중에 하나를 빠르게 륭에게 넘겨주며 말했다. 아무리 생각해도 이제는 더 이상 한 말에 같이 붙어서 앉아 있을 수 없었다.

목린이 막 봄비 위에 올라타려고 할 때 언영이 다시 무표정으로 천천히 걸어왔다. 그는 봄비와 륭을 번갈아보며 상황을 파악한 듯했다. 아무 말 없이 그는 륭의 위에 올라타 여전히 선두로 앞장서 나아갔다. 아무도 그의 낯빛이 어떤지 확인할 수 없었다.

여정은 계속 이어졌다.

언영의 바로 뒤에서는 현오와 목린이 나아갔다. 맨 뒤는 다인과 은평이 지켰다. 목린의 치마는 얇을 뿐 다행히 길어서 발목 위만 조금 드러났다. 목린이 앞만 보고 묵묵히 걸어가는 동안 현오, 다인, 은평은 미간을 좁히며 서로 눈빛을 교환했다. 이상한 분위기를 놓치지 않을 수 없었던 탓이다.

"잠시만!"

언영을 따라가려는 자신의 말을 붙들며 현오가 갑자기 외쳤다.

"언영아! 그쪽 아니야."

"……다리."

"그래, 그쪽에 다리가 있기는 한데 우리가 가는 방향은 아니잖아."

"다리……."

목린은 벌겋게 익은 얼굴을 아래로 푹 숙였다. 아무래도 저기서 말하는 다리라는 것이 현오가 생각하는 그 다리가 아닌 것 같다는 확신이 들었다.

"너 괜찮냐? 아무래도 곧 있으면 나타날 계곡에서 쉬는 게 좋겠어."

반쯤 정신이 나간 듯한 언영이 결국 다시 자리를 잡고, 목린 일행은 앞으로 꾸준히 앞으로 나아갔다. 목린의 눈은 오롯이 언영의 뒤태에 고정되어 있었다. 그의 굵고 남자다운 목과 넓은 바다와도 같은 어깨, 그리고 가슴에서 허리로 들어가면서 굴곡을 그리는 몸선을 천천히 살폈다. 고삐를 쥐고 있는 손에 땀이 찼다.

두 번째로 목린 일행은 멈춰 섰다. 이번엔 경치를 구경하기 위함이었다. 계곡이 얼마나 예쁜지 살필 겨를도 없이, 목린은 도망가다시피 땅으로 내려가 허겁지겁 덤불을 헤치고 달려 나갔다. 언영의 눈이 어디를 향해 있는지는 살필 여유가 없었다.

* * *

목린은 다리를 쭈그리고 앉아 어푸어푸 물로 얼굴을 닦았다. 뭐가 묻거나 하지는 않았다. 잡념을 떨쳐 내려는 노력이었다. 하지만 빨개진 얼굴은 원래 상태로 쉽게 돌아가지 않았다.

"진정하자……."

가슴께에 손을 꽉 쥐며 혼자 속삭였지만, 허벅지 사이에 움찔거리는 열기는 식지 않았다. 촉촉이 젖어 버린 속곳이 적나라하게 느껴졌다. 목린은 울고 싶었다. 불과 작년까지만 해도 그녀가 이리 음란해질 수 있었을지 누가 알았겠는가.

그때 뒤에서 발걸음 소리가 들렸다.

뚜벅뚜벅.

"……."

느리고 무거웠다. 그리고 가까이 다가오고 있었다.

"헉."

목린은 두 손으로 입을 가렸다. 누군지 알고 있었다. 그냥 알았다. 알 수밖에 없었다.

"서방님……."

목린이 몸을 일으켜 세웠다. 기다렸다는 듯이 음부에서 나온 물이 허벅지를 타고 흐르는 게 느껴졌다. 그리고 목린이 뒤로 채 틀기도 전에 언영이 그녀의 허리를 뒤에서 끌어안았다.

"서방님!"

딱딱하게 발기한 양물이 얇은 천을 사이에 두고 목린의 엉덩이에 닿았다.

"이젠, 못 참아."

목린은 제 귀를 의심했다. 언영의 목소리가 아닌 것 같았다. 며칠을 굶다 나온 짐승이 말을 할 수 있다면 이럴 것 같았다.

"서방님, 여기선 안 돼요!"

"차라리 날 죽여."

언영은 한 손으로 거칠게 목린의 치마를 휘릭 뒤집었다.

"아무도 오지 말라고 해 놨어."

걱정하고 있을 걸 알고, 그가 목린의 귓가에 밀착해 속삭였다. 그리고 속곳을 확 끌어 내렸다. 해방된 뽀얗고 동그란 엉덩이를 언영이 손바닥으로 살살 문질렀다.

"힘들지 않게 해 줄게."

한쪽 팔은 목린의 허리에 두르고, 다른 한쪽 손을 허벅지 사이에 집어넣으며 언영이 다급한 목소리로 약조했다. 목린이 초조해하며 엉덩이를 비틀었다.

"그래도……."

"……?"

음순을 쓰다듬는 언영의 팔이 그대로 굳었다. 그의 손가락 끝으로 축축한 물이 달라붙어 있었다.

"아아."

목린은 고개를 푹 떨구었다. 땋은 머리카락을 손으로 더 당겨 빨개진 얼굴을 애써 가렸다.

언영은 이게 무슨 상황인지 받아들이지 못하는 듯했다. 그의 머리가 느리게 돌아갔다. 축축한 구멍을 손끝으로 문지르며 정말 그가 생각하는 그 의미가 맞는 건지 천천히 다시 생각했다.

그리고 마침내 언영의 입이 찢어질 정도로 해맑게 벌어졌다.

"아으읏!"

언영은 목린의 안에 두 손가락을 급하게 집어넣고 손목을 빠르게 털었다. 이미 젖을 대로 젖은 곳이라 바로 쑥 들어갔다. 꿀쩍꿀쩍하는 음탕한 소리가 잘도 나며 언영의 손가락에 목린의 끈적한 물이 치덕치덕 잘도 달라붙었다. 그의 손바닥은 살과 부딪쳐 착착거리는 소리를 자아냈다.

"좀, 좀 더 천천히!"

"나랑 하고 싶었어? 목린이 너도 나랑 얼른 하고 싶었어?"

언영이 기쁨에 젖어 재촉하듯 물었다. 목린은 답할 수 없었다. 언영의 손이 너무 빨랐다. 그의 긴 손가락이 찰박찰박 내벽을 쑤실 때마다 절로 몸이 비틀렸다. 아래로 울컥울컥 물을 쭉쭉 쏟아냈다.

언영은 손을 빼낸 후 질질 새어 나와 그의 손목에까지 흘러내리는 물을 성스러운 양 빤히 바라보았다. 목린이 어쩔 줄 몰라 하며 다리를 꼬았다.

"서방님, 저 옷……."

목린은 치마를 다시 내려 달라는 의미로 한 말이었으나, 언영은 오히려 아예 그 얇은 천을 아래로 벗겼다. 목린이 뺨에 홍조를 보이며 더듬거렸다.

"여, 여기서?"

언영은 대답을 하는 대신 목린의 허리를 양손으로 안고 하반신을 가까이 붙였다.

목린은 우왕좌왕하며 팔을 앞으로 뻗었다. 앞에 보이는 나무를 의지하듯 끌어안았다. 그러자 뒤에서 거친 숨소리와 함께 언영이 뜨겁게 쳐들어왔다. 여러 번 관계를 맺었으나 그가 들어올 때마다 굵은 성기는 쫀득한 구멍을 쩍쩍 벌리며 내부를 마구 넓혔다.

다소 오랜만에 벌어지는 삽입에 목린이 부끄러워하며 고개를 푹 숙였다. 언영의 손이 목린의 허리와 엉덩이, 허벅지를 감미롭게 쓰다듬었다. 그리고 그는 상체를 숙여 목린의 귓가에 바짝 입을 대고 거칠게 속삭였다.

"얼른, 애 뱄으면 좋겠어."

언영의 손이 목린의 아랫배를 안았다.

"여기 가득 싸서."

처음 듣는 경악스러운 말에 목린이 겁에 질린 표정으로 고개를 돌렸다.

"내 아이, 갖게 하고 싶어."

그리고 언영의 하반신이 거칠게 흔들렸다.

"윽!"

근육으로 딱딱한 언영의 하체가 목린의 몸을 퍽퍽 때리고 살결을 함께 비볐다. 목린은 헐떡거리며 나무를 더욱 바짝 끌어안았다. 이제껏 경험해 본 적 없는 날것의 교미였다. 입에서 신음인지 울음인지 분간 못 할 것들이 연이어 튀어나왔다. 온몸이 덜렁거리는 기분이었다. 기둥이 들어오는 통로가 젖었는데도 뻑뻑했다.

"가슴, 가슴……."

언영이 헐떡이며 속삭였다. 한 손으로 거칠게 목린의 옷고름을 풀었다. 그리고 목린의 출렁거리는 가슴이 잘 보이도록 옷을 당겼다. 흔들거리는 뽀얀 속살을 보며 언영이 눈을 떼지 못했다. 표정만 보면 미쳐 버린 자의 그것이 보였다.

"하아, 하아, 하아……."

언영은 미쳐 버린 사람같이 허리를 앞뒤로 튕겼다. 턱턱 부딪쳐 오는 두꺼운 하체에 맞춰 목린의 가는 다리가 안쓰럽게 비틀거렸다. 까치발을 하기 너무 힘들었다. 벌벌 떨던 목린이 결국 포기하고 주저앉으려 하기 직전에, 언영이 그녀의 두 허벅지를 번쩍 들어 안았다.

"서, 서방님!"

"하, 하아, 아."

목린의 몸이 공중에서 찢어졌다. 땋아 내린 머리카락이 마구잡이로 흔들렸다. 목린은 나무가 마치 목숨줄이라도 되는 것처럼 끌어안았다. 언영이 온 힘을 다해 밀어 박으니 목소리도 제대로 나오지 않을 만큼 몸이 울렁거렸다. 후방에서 들리는 사람 같지 않은 숨소리가 더욱 공포를 고조시켰다.

공중에 들린 목린의 다리가 힘없이 흔들거리고 목린이 가냘프게 울었다. 언영은 그의 두 손에 딱 맞을 것 같은 목린의 마른 허리를 홀린 듯이 내려다보며 쿵쿵거렸다. 목린이 주는 조임에 황홀해 죽어 버릴 것만 같았다.

그는 마지막으로 씨를 내뱉는 과정에도 자비가 없었다. 하반신을 최대한 앞으로 퍽 밀어붙이고 안으로 울컥울컥 쏟아냈다. 목린의 하얀 엉덩이가 덕분에 매 맞은 것처럼 빨갛게 부었다.

"목린아. 우리 저기 있는 물로 씻을까?"

"네……."

"일어나자. 팔로 나 안아."

목린은 살짝 고개를 끄덕이며 두 팔을 언영의 목에 둘렀다. 언영이 깃털을 들고 움직이듯 자리에서 편하게 벌떡 일어섰다. 목린은 얼른 근육으로 두툼한 허리에 다리를 둘러서 매달렸다.

"좀 차가울 거야."

조금의 어려움도 없이 성큼성큼 물 앞으로 발을 내디딘 언영은 목린의 등을 토닥이며 속삭였다. 먼저 그의 다리가 물에 들어가고 이어서 목린의 엉덩이가 따라갔다.

시원한 물이 닿자 목린이 흠칫 놀랐다. 예상했다는 듯 언영이 목린의 등을 계속 토닥거렸다. 그는 목린을 위에 두고 자리에 앉아, 마주 본 상태에서 목린의 얼굴을 물로 천천히 닦아 주기 시작했다.

언영은 일부러 목린과 눈을 마주치지 않을 작정인지, 닦아 주는 과정에서도 시선을 잠깐 옆으로 피했다. 오히려 목린이 그를 빤히 바라보았다. 특히 붉어진 그의 뺨에 눈을 고정했다.

"어깨도……. 땀났으니까 여기도 닦자."

언영이 시선을 흐리며 나직이 말했다. 목린의 뜨거운 눈을 느끼고 있는지 더욱 고개를 들 줄 몰랐다. 덩치에 안 어울리게 굴었다.

그래서 목린이 먼저 입을 맞췄다.

보드라운 입술이 닿자 언영은 마치 처음으로 여자와 입을 맞춰 본 소년처럼 얼굴을 뻣뻣이 굳혔다. 목린은 물러서지 않고 되레 더 바짝 달라붙었다. 목린의 말랑한 가슴이 그의 가슴에 닿아 꽉 눌렸다. 목린은 언영의 아랫입술을 조심스럽게 물고 빨았다. 언영의 입에 틈이 생기자, 수줍어하면서도 혀를 먼저 밀어 넣었다.

언영의 두 팔이 목린을 꽉 압박시켰다. 목린도 언영의 목을 단단히 안으며 이에 응했다. 누가 더 적극적인지 겨루듯 뜨겁게 혀를 섞었다.

언영이 한 손을 내려 목린의 엉덩이를 움켜쥐는 듯하더니 이어서 제 발기한 양물을 또다시 목린의 안에 밀어 넣었다. 목린의 좁다란 길이 언영의 것을 오물쪼물 먹듯 받아냈고 끝까지 처박히자 두 사람의 입에서 동시에 짙은 한숨이 우러나왔다.

목린이 엉덩이를 직접 첨벙첨벙 흔들었다. 언영이 잠시 입을 맞추다 말고 목을 뒤로 꺾으며 숨을 헐떡였다. 그러다가 얼른 그 어느 때보다도 격렬하게 목린의 목을 한 손으로 부여잡고 입 맞췄다. 목린은 취한 사람처럼 그를 뜨겁고 열렬하게 받아들였다. 두 사람은 사랑에 취했다.

* * *

"언영이에게 물어보고 오겠습니다. 아침이니 아마 일어나 있을 겁니다."

요즘 머무는 마을의 족장이 아침부터 찾아와, 맛난 과일을 싸줄 테니 갖고 가지 않겠느냐는 말을 물어왔다. 언영이 아직 방에서 나오지 않아 현오가 대신 답했다. 운반할 수 있는 짐의 양이 한정되어 있기 때문에 마냥 기쁘게 받을 수 없었다.

언영과 목린의 방으로 발을 옮기던 현오는 불안한 생각에 잠겼다.

'정말 일어나 있는 거 맞으려나.'

언영과 목린은 요즘 거의 종일 달라붙어 있다고 해도 과언이 아니었다.

'별똥별 떨어진다!'

'언영아, 목린 님 별똥별 좀 보시게 나 드려라!'

허겁지겁 옷을 대충 갖춰 입은 목린이 몸통만 나올 정도로 문을 빼꼼 열고 나와 하늘을 빤히 올려다보았다. 잔뜩 풀어헤쳐진 머리카락 사이로 순진한 눈이 동글동글 빛났다.

목린이 나온 것을 확인한 다인이 주먹으로 때려서 쪼갠 수박을 한 조각 잡고 목린을 향해 걸어갔다.

'목린 님, 나오신 김에 이거 드시고…….'

그때 목린의 뒤에서 맨팔만 튀어나와 그녀의 허리를 감았다. 팔은 순식간에 목린을 다시 방 안으로 납치해 가고 문을 쾅 닫았다.

목린을 위해서 결정된 유랑인데, 어째 목린이 가장 바깥 구경을 못하고 있었다.

분명 둘이서 밤새 또 놀았을 텐데 언영이 깨어 있을지, 아니면 아침부터 그 짓거리를 하고 있지는 않을지 현오는 슬슬 걱정되던 차다.

'그러고 보니.'

……조금 전에 목린을 복도에서 봤다. 웬일로 아침 일찍부터 나와 계시는지 속으로 생각했다. 그러니 당연히 방에는 언영 혼자이리라는 생각에 현오는 잽싸게 달려가 아무런 주저 없이 문을 바로 열었다.

"주언영, 빨리 나오……. 으아악!"

현오는 시간을 돌릴 수만 있다면 뭐든 할 수 있으리라 다짐했다.

언영은 목린을 두 팔에 압박하듯 가둔 상태에서 아침부터 허리를 짐승처럼 쿵쿵 튕기고 있었다. 근육밖에 없는 엉덩이와 허벅지가 질경질경 난동을 피우며 들썩였다. 그의 품 안에 구겨진 것처럼 간혀 있는 목린의 나신은 다행히 전부 보이지 않았다. 허공에서 맥없이 흔들리는 가녀린 다리만 간신히 드러났다. 곰이 아기 토끼를 잡아먹는 것 같은 모양새였다.

아까 복도에서 보았던 목린의 옷은 어느새 벗겨져 바닥에 아무렇게나 버려져 있었다.

목린이 울음 섞인 비명을 지름과 동시에 현오는 냉큼 문을 닫았다. 그리고 그 문을 등지고 헐떡였다. 다리에 힘이 풀렸다. 뛰어가야 하는데 주저앉아 버렸다. 못 본 거야. 조금 전 그건 못 본 거야. 난 못 봤어.

"오늘 그만할래……."

"미안해, 목린아. 놀랐어? 정말 미안해. 울지 마, 뚝."

가까이 있으니 저 너머에서 두 사람이 무슨 얘기를 하는지가 다 들렸다. 뒤에서 언영의 초조한 음성에 이어 쯉쯉 빨고 뽀뽀하는 소리가 들렸다. 언영이 다정다감하게 목린을 달랬다.

"내 몸에 가려서 하나도 안 보였을 거야."

"그만……. 오늘은, 오늘은 더는 못하겠어요. 흑흑."

"그래, 알았어. 그만하자. 오늘은 우리 목린이 쉬자."

아기도 저렇게 소중히 다룰 순 없을 것 같았다. 계속 뽀뽀하는 소리가 들렸다. 입술이 헐겠다, 헐겠어. 현오는 쿵 하고 머리를 문에 기대며 속으로 생각했다.

"여기 가만히 있어. 내가 처리하고 올게."

축 늘어져 있던 현오의 눈이 팽창했다. 처리?

"으아아아악!"

갑자기 현오의 얼굴 바로 옆으로 날카로운 검이 문을 찢고 나왔다.

아까 다리에 힘이 안 들어갔던 게 믿기지 않을 정도로 잽싸게 현오가 앞으로 기어갔다. 후들거리는 손으로 간신히 바닥을 짚고 엉거주춤 일어섰다. 그리고 조금 전까지 기대고 있던 창호 문을 두려운 눈으로 바라보았다.

조금만 옆으로 실수했더라면 뒤통수에 검이 박혀 그대로 저세상으로 갈 뻔했다.

미친 새끼……. 현오가 입술만 움직이며 중얼거리고 있을 때 갑자기 안쪽에서 검이 다시 뽑혀 사라졌다.

그리고 부서질 것처럼 문이 열렸다.

"너 죽었어."

급하게 아래 바지만 차려입은 언영이 사람 하나 쉽게 찢을 것 같은 흉흉한 표정과 함께 밖으로 나왔다. 그 뒤로는 목린이 몸 전체에 이불을 덮고 눈만 빼꼼 내밀어 상황을 구경하고 있었다.

현오는 뒤도 안 돌아보고 도망치고 언영은 머리 위로 검을 휙휙 돌리며 내달렸다. 그들의 질주는 반나절 동안이나 쉬지 않고 계속되었다.

* * *

그다음 마을은 적당히 선선한 바람을 가진 온화한 여름 분위기의 향리였다. 특히나 다인이 이곳 음식이 유독 맛나다고 입이 마르도록 칭찬을 해 줬기 때문에 목린의 기대치가 매우 높았다. 다인과 재잘재잘 떠드느라 목린은 뒤에서 언영이 웃음을 참으며 그녀를 지켜보고 있다는 사실조차도 인식하지 못하고 있었다.

이른 아침 당도했을 때 목린을 놀라게 한 건 외경도, 사람들도, 그 땅의 분위기도 아닌, 그들을 기다린 듯 숙소에 미리 차려져 있던 진수성찬이었다.

"와아아!"

그 마을의 족장을 비롯한 다양한 사람들이 주변을 에워싸고 있었다. 부인의 생일이 오늘이니, 비용은 어떻게든 보상할 것을 약속하겠다, 그러니 도착할 날에 맞춰 온갖 산해진미를 구해 달라고 부탁받았음을 그들이 밝혔다. 목린이 입을 크게 벌리고 언영을 올려다보았다. 언영은 쑥스러운 듯한 표정으로 관자놀이를 검지로 긁었다.

"어때, 목린아? 좋아?"

"네! 좋아요!"

"여기 있는 거 다 먹어도 돼."

"정말이요?!"

목린이 두 손으로 뺨을 감싸며 열정적으로 물었다. 언영이 안내해 준 곳으로 가 착석한 목린은 다시 한번 눈앞에 마련된 현란한 밥상을 보며 세상 그 누구보다 환하게 미소 지었다.

"정말 행복해요!"

"하하하하하!"

옆에 앉은 언영이 한쪽 팔은 상 위에 올려놓고 목린 쪽으로 몸을 튼 상태에서 호탕하게 웃었다. 목린은 서둘러 수저를 들고 주변에 있는 사람들을 향해 신나게 외쳤다.

"모두 같이 먹어요!"

식사가 시작되고, 부지런히 움직이는 목린의 오른손은 절대 멈출 기미가 보이지 않았다.

언영은 의자를 옮겨 목린의 바로 옆에 찰싹 달라붙었다. 그리고 열심히 식사 중인 목린의 몸을 두 팔로 와락 끌어안았다. 탱탱하게 부푼 목린의 뺨 위에 쉬지 않고 입을 맞추며 감탄을 늘어놓았다.

"귀여워, 귀여워."

목린이 살짝 눈을 찡긋거리며 몸을 비틀었다.

"서방님, 지금은 밥 먹고 있잖아요!"

"흐흐흐흐……."

언영은 목린의 뺨에 그의 뺨을 비비며 즐거워했다. 그 순간, 목린이 들고 있던 수저를 탕 내려놓았다. 그리고 다정함이라곤 일절 찾아볼 수 없는 표정과 말투로 말했다.

"지금은 밥 먹고 있다고요."

"아, 응."

언영이 어색하게 떨어졌다. 목린의 허리를 휘감고 있던 한쪽 팔만 어색하게 남았다. 그러자 언제 사납게 노려봤냐는 듯, 목린은 다시 수저를 들고 행복하게 밥을 퍼먹기 시작했다.

그 모습을 지켜보던 맞은편에 앉은 다인이 혀를 끌끌 찼다.

"주언영도 한물갔구나. 밥만도 못한 존재가 되다니."

"……."

언영이 불만 가득한 표정으로 다인을 쏘아보았다. 언영의 옆에 있던 현오도 짓궂게 입술을 뗐다.

"너한텐 저렇게 웃어 주시는 걸 본 적이 없……."

"시끄러워. 조용히 처먹기나 해."

"예."

다 먹은 뒤 볼록 나온 배를 토닥이며 여운을 즐기는 목린의 손을 이끌고 언영은 거리로 나섰다.

장터를 돌아다니며 목린에게 어울릴 것 같은 장신구는 보이는 대로 족족 집어 들어 어떤지 물었다. 그녀가 조금이라도 좋아하는 낌새를 보이면 바로 넉살 좋은 미소와 함께 상인에게 금전을 건넸다.

"오늘은 너무 많이 먹었어요……."

밤이 되어 누운 목린은 언영이 위에 달라붙어 뜨거운 입맞춤을 퍼붓자 부끄러워하며 살짝 피했다.

"몸 움직일 힘이 없어요."

"괜찮아. 나 혼자만 움직일게. 넌 가만히 있어."

언영이 목린의 쇄골에 입 맞추며 속삭였다. 그의 손이 목린의 옷고름을 천천히 풀었다. 목린이 움찔거리며 언영의 손목을 잡았다.

"많이 먹어서 배도 뽈록 나왔어요."

"하나도 상관없어. 예뻐 죽겠어."

언영이 제 손목을 포박한 목린의 손에 오히려 입술을 맞추며 부드럽게 말했다. 목린은 결국 머뭇거리며 언영을 잡은 손을 뒤로 뺐고, 그러자마자 바로 언영이 목린의 옷가지를 하나하나 벗겨 냈다.

"으으응⋯⋯."

언영의 입술이 목린의 젖꼭지를 집요하게 빨았다. 입술을 오므려 빨아 마시듯 먹다가도 예뻐 죽겠다는 듯 그 위에 쪽쪽 입을 맞추다가 맛있게 핥았다. 거의 아무것도 보이지 않는 밤에 음탕한 소리가 끊이지 않았다. 목린이 탁한 숨을 내쉬며 느끼자, 언영은 그 모습을 빤히 바라보다가 다급하게 그녀와 입을 맞췄다. 그가 축축하게 젖어 민감해진 젖꼭지를 손가락으로 꾸준히 농락하자 혀가 섞이는 순간에도 목린이 헐떡거렸다.

이어서 언영은 목린의 다리 사이에 얼굴을 파묻었다. 목린의 안에서 꿀쩍꿀쩍 물이 새어 나와 아래 작은 웅덩이를 만들 때까지 멈추지 않고 혀와 입술을 움직였다. 절정에 다다랐을 때 언영은 목린의 부풀어 오른 음순을 혀끝으로 더욱 세차게 핥았고, 목린은 덩어리처럼 보일 정도의 물을 울컥 쏟아내며 날것의 교성을 냈다. 듣기만 해도 언영의 몸에 전율이 일었다.

"서방님, 제발. 제발."

목린이 사지를 격렬하게 떨며 속삭였다.

"제발 넣어 주세요⋯⋯."

"넣어 줘? 뭐를?"

츄릅츄릅 핥으며 언영이 부러 짓궂게 물었다.

"아, 아, 알면서."

"하나도 모르겠어."

태연하게 그리 내뱉었다. 그러고선 다시 목린의 다리 사이에 얼굴을 깊숙이 파묻었다. 몇 번 깔짝대는 소리가 난 후, 뒤이어 목린이 아래로 물을 듬뿍 쏟았다. 이제 목린은 울고 있었다.

"얼, 얼른."

"무얼 넣어 달라는 건지 알려 줘야지."

"서방님, 흐윽, 너무 나빴어요……."

덜덜 떠는 목린의 전신이 땀으로 젖었다.

씨익 웃은 언영은 몸을 일으켜 앉아 검지와 중지를 목린의 축축한 안에 밀어 넣었다. 찌걱거리며 들쑤셨지만 목린을 만족시키기엔 역부족이었다.

"이, 이거 말고."

끙끙거리며 목린이 애원했다.

"이거 말고, 서방님……."

"그러면 뭔데?"

"더, 더 큰 거……."

목린은 울먹이며 말을 잇지 못했다.

"더 큰 거? 더 큰 게 뭐야?"

"으, 으으으읭!"

"말을 해 줘야 넣어 주지."

목린은 몸을 일으켜 앉더니 허겁지겁 언영의 하의를 직접 벗겨 내렸다. 언영의 양쪽 입 끝이 천장을 찌를 듯이 올라갔다. 목린은 무섭게 드러난 언영의 성기를 직접 쥐고 자신의 안에 밀어 넣었다. 목린이 정신 나간 것처럼 허리를 흔들었고 언영도 그 아래에서 힘차게 위로 들이박았다. 사정한 후에는 숨 막힐 것처럼 서로를 단단히 끌어안았다. 이대로 죽어도 좋았다.

* * *

목린이 늦게 잠에서 깼을 때 언영은 사라진 상태였다.

목린은 밖으로 나가 주변을 두리번거리다가 흐느적흐느적 춤을 추며 몸을 풀고 있는 은평을 발견했다. 그가 언영의 행방을 알까 싶어 목린은 얼른 다가가 물었다.

"은평 님! 서방님 어디 가셨는지 아세요?"

"해변에 간 거로 알고 있습니다."

"해변요?"

"오늘은 룡이랑 좀 시간을 보내야겠다고 했습니다. 룡이는 혈기 넘치는 녀석이니 근처 조금 거니는 거로는 만족 못하는 녀석이죠."

하루 동안은 언영을 룡에게 맡기고 혼자 사적인 나날을 보낼 수 있었겠지만, 목린은 그러고 싶지 않았다. 조금이라도 더 언영과 함께하고 싶었다. 그에게 찾아갈 생각으로 밖으로 나왔다. 금방 찾을 수 있을 거라 대충 짐작하고 봄비 없이 홀로 걸어 나갔다.

그것이 엄청난 착각임을 깨달았을 때는 이미 늦었다. 이 부족 사람들은 목린의 억양을 잘 알아듣지 못했다. 해변이 있는 곳을 캐묻고 다녔는데 그들이 변소를 알려 주고 있음을 알게 된 건 한참이 지난 이후였다. 졸지에 내내 볼일 볼 곳만 찾아다니는 사람이 되어 버린 목린은 울상을 지었다.

정말 해변 근처에 왔을 때는 기력도 다 잃고 좋았던 기분도 이미 망가진 이후였다. 피로했다. 언영의 잘못이 아님을 알면서도 괘씸했다.

목린이 도달한 곳은 아래에 해변을 둔 그리 높지 않은 절벽이었다. 거기서 돌계단을 내려가면 부드러운 모래가 밟히는 바다의 시작이었다. 수평선 위에서 태양이 이글이글 타올랐다. 목린은 손을 이용해 눈 위에 그늘을 만들었다. 반짝반짝 일렁이는 차분한 파란을 훑어보며 언영의 흔적을 좇았다.

"하하하하하하!"

그를 찾는 것은 어렵지 않았다.

언영과 륭은 둘 다 바다에 들어가 있었다. 상반신을 탈의한 언영의 몸이 가슴과 허리 사이까지 물에 잠겨 있었다. 물에 잠기지 않은 곳도 흠뻑 젖은 채였다.

언영은 륭을 씻기고 있었다. 륭은 물을 싫어하는지, 언영이 손을 뻗어 얼굴 주변을 닦아 주면 앞발을 휘날리며 바로 진저리를 쳤다. 그 과정에서 언영의 위로 물이 후드득 쏟아졌다. 언영은 반은 웃고 반은 화를 내며 앙탈 부리는 륭을 싸우듯 씻겼다. '야! 가만히 좀 있어!'라 외치는 그의 입에서 명랑한 웃음소리가 끊이질 않았다.

"……."

그 모습을 보자 여기 찾아오면서 쌓인 모든 짜증이 다 허물어졌다.

'그 사람의 평소 모습을 넋 놓고 계속 보게 되고.'

목린은 해맑은 언영의 미소에게서 눈을 뗄 수 없었다.

언제부터였을까.

언제 갑자기 그를 향한 마음이 이토록 커져 버렸을까.

하루하루 쌓이고 쌓여서 애정이 튼튼한 성벽을 이루었다.

언영이 좋았다. 이전의 풋사랑 때처럼 허구 속 존재에 환상을 가진 것과는 달랐다.

그의 지금 이 모습이 좋았다. 지금 저 미소가 목린을 설레게 했다. 저 청량한 웃음소리가 치유제였다.

시간이 영원히 멈춰도 좋아.

"어? 목린아!"

고개를 든 언영은 조금의 망설임도 없이 바로 절벽 위의 목린을 알아보고 팔을 들었다.

깜짝 놀란 목린은 얼른 못 본 척 등을 돌렸다. 심장이 쿵쿵쿵 난리를 쳤다. 차마 발이 떨어지지 않았다. 이대로 그를 마주했다간 심장이 터져 죽어 버릴 것 같았다.

"목린아, 나 여깄어! 네 뒤에! 흐하하하하!"

좋아 죽는 언영의 눈이 곱게 접혔다. 그가 좌우로 팔을 넓게 흔들었다. 목청껏 색시의 이름을 계속 불렀다.

옆에서 룡 또한 앞발을 들면서 기쁘게 히히힝 울었다.

"목린아! 목린아! 뒤돌아봐!"

"······."

"목린아아아아아!"

언영이 목린의 뒤통수를 보며 '안 들리나?' 하고 작게 중얼거리며 포기하려 했을 때, 목린이 몸통을 틀었다.

"서방님!"

목린은 얼른 표정을 정리하고 돌계단을 내려가기 시작했다. 얼굴을 숙이고 달리며 붉게 물든 얼굴을 가렸다.

"목린아, 여긴 어쩐 일이야? 나 찾아온 거야? 아니면 우연히 왔어?"

언영은 룡을 끌고 물 밖으로 천천히 걸어 나왔다. 아무것도 입지 않은, 마치 바위로 만든 것같이 딴딴하고 거대한 어깨와 가슴이 햇빛 아래에서 빛났다. 저 모습을 바라보는 것조차도 떨렸다. 그러니 보러 왔다고 말하기도 부끄러웠다.

우물쭈물하던 목린은 주변을 샅샅이 살피고 있는 룡을 보았다. 화제를 돌릴 좋은 기회다 싶어 쫑쫑 걸어가 룡의 머리를 쓰다듬었다. 그리고 그가 이미 무슨 생각을 하는지 알고 있다는 듯 다정하게 말했다.

"봄비는 안 데리고 왔어. 미안해."

룡의 눈에 실망이 가득했다. 언영은 한쪽 팔을 룡의 몸에 걸치며 짓궂게 말했다.

"네가 씻기 싫어하는 왕고집이라는 걸 들키지 않아서 다행이라고 봐야 하지 않겠냐."

류이 휙 고개를 돌리더니 언영을 죽일 듯이 노려보았다. 하나 언영은 으스스한 류의 표정에 별 감흥을 느끼지 못했다. 오히려 더 장난을 섞어 대꾸했다.

"뭘 그렇게 쳐다봐. 어, 야!"

갑자기 류이 시끄럽게 울며 앞으로 달려갔다. 물을 온전히 벗어나 모래 위에 발자국을 남기며 그가 달려가는 곳은, 언영이 갈아입을 옷을 대충 모아 놓은 장소였다.

류은 머리를 숙여 언영의 옷을 입으로 덥석 물었다. 모래가 조금 떨어졌다. 괘념치 않고 류은 그것을 꽉 악문 채 멀리 도망치기 시작했다.

언영이 팔을 뻗었다. 축축 젖어 버린 바지 때문에 앞으로 가는 걸음걸이가 매우 엉성했다.

"그거 입고 돌아가야 한단 말이야! 내놔! 야!"

"류아! 서방님 옷 돌려줘!"

결국 셋이서 해변을 달렸다. 류이 가장 선두에서 달리기를 뽐내고 멀리 떨어진 뒤에서 목린이 안절부절못하며 따라갔다. 그리고 그보다 훨씬 뒤에서 언영이 젖은 바지와 함께 엉거주춤 뛰었다. 모래 위에 생기는 수많은 발자국이 시선을 어지럽혔다.

"아, 힘들어……!"

얼굴이 복숭아처럼 빨개진 목린이 제일 먼저 자리에 철퍼덕 주저앉았다. 숨을 헐떡이며 발목을 조물거렸다.

앞서가던 류이 그 소리를 듣고 머뭇거리듯 멈췄다. 원래 언영을 놀릴 목적이었지, 목린까지 괴롭힐 의도는 없었다. 어차피 저 뒤에서 어정쩡한 자세로 쫓아오는 언영은 따라오려면 한참이나 멀었고 하니, 룡은 결국 몸을 틀어 목린의 앞으로 다가갔다. 입에 문 언영의 옷가지가 덜렁거렸다.

룡은 발목을 주무르고 있는 목린의 작은 손에 머리를 숙여 코를 비볐다. 그리고 그때, 힘이 다 빠진 듯 늘어진 채 앉아 있던 목린이 갑자기 언영의 옷을 쥐고 어마어마한 힘으로 휙 잡아당겼다. 화들짝 놀란 룡은 입을 벌리고 마는 실수를 저질렀다. 어느새 목린의 손에 모두 빼앗긴 지 오래였다.

"잡았다!"

목린이 꽃처럼 활짝 웃었다. 뒤에서 다가오는 언영을 향해 등을 틀고, 한쪽 팔을 이용해 옷을 하늘 위로 들어 올려 과시했다.

"서방님, 제가 잡았어요!"

"잘했어, 목린아!"

언영이 두 팔을 위로 번쩍 들어 올리며 웃었다.

"제가 얼른 돌려드릴게요!"

"그래, 던져!"

"네!"

목린이 얼른 자리에서 일어났다. 그리고 온몸의 힘을 이용하여 두 팔로 옷을 던졌다.

"에잇!"

하지만 던지는 순간에 눈을 감아버리는 실수를 범했다.

각오는 봐 줄 만했지만 명확한 목적지를 잃은 옷가지는, 오히려 방향을 휘더니 이상한 곳으로 떨어졌다. 바닷물로 첨벙 빠지며 주변으로 가볍게 물이 튀겼다.

"어어……!"

목린은 두 손으로 입을 틀어막으며 울상을 지었다.

언영은 한 대 맞은 표정이 되었다. 옷이 물을 먹으며 점점 깊숙이 빨려들어 갈수록 그의 낯빛이 어두워졌다. 이미 늦었음을 알기에 다시 꺼내서 구하러 갈 엄두도 나지 않았다.

할 말을 잃은 부부 옆에서 오로지 룡만이 눈치 없이 이빨을 훤히 드러내며 웃었다. 꼬리 또한 살랑살랑 흔들었다. 그 모습을 본 언영이 살벌하게 운을 뗐다.

"너."

그가 무서운 눈을 하고 서늘하게 씹어뱉었다.

"돌아가면 봄비랑 같은 마구간 못 쓰게 할 거야."

여유 부리던 룡의 입이 바보같이 쩍 벌어졌다.

* * *

언제부턴가 걸어 다닐 때 땀이 나지 않았고, 목린은 가을이 찾아왔음을 깨달았다.

"돌아가면 해 줄 말이 너무 많은데 무슨 얘기부터 들려주지?"

오랜 유랑을 마치고 다시 집으로 돌아가는 언영 일행의 안색이 밝았다. 피곤했지만 의미 있는 시간이었다. 재미있는 일화를 고향 사람들에게 들려줄 생각에 현오와 다인의 표정이 빛났다.

언영은 가장 선두에서 룡을 타고 늠름하게 이동하고 있었다. 오랜만에 다시 모습을 나타내는 가을 풍경을 가만히 구경하며 숲을 가로지던 그의 얼굴이, 뒤에서 들리는 현오의 외침을 듣고 팍 구겨졌다.

"그야 당연히 옷이 바다에 빠져서, 입을 걸 빌리고 다니던 주언영이지. 빌린 옷이 너무 작아서 결국 달려가면서 가슴 부분이 찢어졌다는 것도 절대 빼먹지 말자고."

"소문내기만 해 봐."

언영이 고개를 휙 돌리고 으르렁거리듯 협박했다. 다인이 코웃음 쳤다.

"어차피 더 망가질 것도 없잖아."

"그래, 언영아. 어차피 이미 발가락 얘기가 다 퍼져서 이젠 놀라울 것도 없어."

"발가락?"

언영이 미간을 좁혔다.

"그게 무슨 뜻이야."

"아. 아직 모르나?"

다인과 현오 모두 갑자기 어색한 표정을 지었다. 그리고 그때 구석에서 얌전히 그들을 따라오고 있던 목린이 소심하게 끼어들었다.

"그게 뭐예요?"

소문을 낸 장본인인 목린이 고개를 물었다. 대화에 조용히 빠져 있었지만, 호기심을 이기지 못했다.

"목린 님!"

다인은 마침 잘되었다는 듯 목린을 바라보며 환하게 웃었다. 재 밌는 제안을 하면서 잽싸게 화제를 돌렸다.

"그러면 목린 님이 정해 주세요. 언영이 옷이 찢어진 사건을 마을에 소문내는 게 좋을까요? 목린 님이 하지 말자고 하시면 안 할 게요."

"그런 거 목린이한테 떠넘기지 마! 부담스러워하잖아."

"아니에요, 서방님! 전 괜찮아요."

목린은 열심히 고개를 젓느라 봄비의 고삐를 잡은 손까지 함께 흔들었다.

"저는……."

목린이 소심하게 입을 열었다. 언영, 다인, 현오는 물론이고 가장 이 사건에 관심이 없어 보이는 은평마저도 목린의 입에서 나올 말을 기다리고 있었다. 말들도 걸음을 멈췄다. 모두의 눈이 목린에게 쏠렸다. 저쪽에서 현오가 눈을 계속 찡그려 가며 신호를 보내고 있었다. 된다고 해 주세요, 된다고 해 주세요. 목린은 아무 말도 하지 않은 현오의 목소리가 벌써 귓가에 울리는 것 같았다.

목린은 앞쪽에서 그녀를 뚫어져라 보고 있는 언영과 눈을 맞추었다. 살짝 초조한 듯 표정을 잡고 있는 언영을 마주 보고 있자니, 심장이 콩콩 뛰고 얼굴로 열이 몰렸다. 뺨이 이토록 새빨개진 이유에 대한 적절한 변명을 찾지 못할 것 같아서, 목린은 서둘러 고개를 푹 숙이고 더듬거리며 말했다.

"서방님께서 일부러 저지르신 일도 아니고, 실수니까……. 저희

끼리만 아는 게 좋을 것 같아요."

언영이 목을 뒤로 꺾고 하늘을 보며 안도의 한숨을 쉬었다. 다인은 살짝 아쉬워하면서도 속내를 숨기며 고개를 짧게 끄덕였다.

현오가 고개를 저으며 나지막이 중얼거렸다.

"재미없게……."

하지만 다인이 바로 그의 얼굴 쪽으로 단검을 날려 버렸기 때문에 문장은 중간에 끊어져 아스라이 흩어졌다.

"얼른 가자. 날씨도 쌀쌀해지고 있으니, 해가 지기 전에 도달하는 게 좋을 것 같으니까."

언영은 씰룩쌜룩 웃으려는 입술을 억지로 늘어뜨리며 진지한 척 말했다. 고삐를 여유로운 자세로 살짝 흔들자 륭이 다시 앞서 걸어가기 시작했다. 뒤에 있던 말들도 얌전히 뒤따랐다.

목린은 여전히 고개를 숙인 채 고삐를 만지작거렸다.

소문을 내지 말자고 한 이유가, 남들이 서방님 가슴을 생각하는 게 싫어서라면. 서방님 가슴이 크고 멋진 걸 혼자만 알고 있고 싶어서라는 걸 알게 된다면…… 서방님께선 지금처럼 저렇게 웃고 계실 수 있을까?

목린은 어깨를 축 늘어뜨렸다.

'서방님이 이번 일로 내가 착하다고 생각하시면 어쩌지? 사실 나는 완전 이기적인 욕심쟁이인걸.'

언영을 속이는 것 같아서 너무 미안했다. 하지만…….

'그래도 계속 내가 착하다고 오해하셨으면 좋겠어. 난 너무 나쁜 사람인가 봐.'

서방님, 정말 죄송해요. 목린은 속으로 울먹이며 사죄했다. 서방님께서 계속 저를 사랑해 주셨으면 해서 그랬어요. 그래도 서방님, 사타구니 쪽도 찢어지지 않은 게 어디에요. 저는 사실 가슴보다 그쪽이 찢어질까 더 걱정되었어요…….

오후 내내 쉬지 않고 성실히 이동한 결과, 귀혈족 마을의 입구가 시야에 들어오기 시작했다. 다섯 명은 모두 두 팔을 들고 환호했다. 얼른 돌아가자마자 빨리 대충 인사를 마치고, 자리에 드러눕고 싶다는 생각뿐이었다. 목린은 수고했다는 의미로 봄비의 머리를 미리 톡톡 두드려 주었다.

사람을 좋아하는 귀혈족은 마을에 들어오거나 나가는 이들이 있을 때 즐겁게 다가가 말을 걸곤 했다. 그래서 다섯 명이 함께 우글우글 몰려오는 지금도 별반 다르지 않으리라 언영 일행은 예측하고 있었다.

그런데 상황이 조금 다르게 돌아가자 그들은 약간 놀랐다. 물론 주민들은 오랜만에 만나는 언영 일행을 환영해 주고 반갑게 인사하긴 했다. 하지만 어딘가 어수선해진 마을 분위기를 숨기지는 못했다. 형체 없는 긴장감이 공기를 포박하는 중이었다. 큰 짐을 어딘가로 옮기고 있는 이들도 보였다.

"어머니께선 어디 계시지?"

언영이 주변을 두리번거리며 중얼거렸다. 뒤에 있던 목린은 다인에게 속삭이듯 물었다.

"무슨 일 있는 거예요?"

"아, 걱정하지 마세요. 별거 아닐 거예요."

월진을 비롯한 대부분의 마을에서 힘 있는 사람들은 마을의 동쪽으로 빠져나가는 통로에 포진하고 있었다. 멀리서만 봐도 시끌시끌했다. 입을 옷이나 식량이 갖춰진 짐 꾸러미들이 그쪽으로 차곡차곡 옮겨 가는 중이었다. 그 앞에서 가족과 잠깐 작별 인사를 하는 이들도 보였다. 물론 귀혈족의 특성상, 이런 이별을 한다고 울지는 않았다. 웃으면서 잘 갔다 오라고 퍽퍽 어깨를 때려 주는 행위가 다였지만 어딘가 불안한 분위기를 떨쳐낼 수 없었다.

월진은 가장 가운데에서 우글거리는 사람들과 함께하느라 바빴기 때문에 그녀에게 다가갈 틈이 없었다. 언영 일행이 구석진 곳에서 서성이고 있는데, 때마침 어떤 어른이 그들 쪽으로 달려들었다.

"마침 도착했군요!"

"무슨 일입니까?"

말에 올라 타 있는 언영이 고개를 숙이고 물었다.

"명족이……."

호민의 부족 이름이 거론되자 언영이 조용히 이를 악물었다. 얼른 고개를 돌려 목린과 눈을 맞추었다. 깜짝 놀란 목린의 어깨가 들썩거렸다.

"잠시만요. 목린아, 아까 골목을 지나면서 단검을 떨어뜨리고 온 것 같은데 보고 와 주지 않을래?"

"네? 네……. 봄비야, 가자."

목린은 봄비의 옆얼굴을 토닥이며 차분히 말했다.

언영은 목린이 그들의 대화를 들을 수 없을 정도로 멀리 갈 때까지 기다렸다. 안심할 정도가 되어서야 다시 고개를 돌렸다.

"죄송합니다. 마저 말씀해 주세요."

"바다에서 찾았단 그놈이 생각보다 강한 놈이라……. 도와줄 사람을 더 구한다고 합니다. 어떻게든 빨리 와 달라 그쪽에서 청했습니다."

"……."

"하지만 아무래도 방금 막 유랑을 마치고 왔으니 몸도 고단하실 테고, 그러니 지금까지 모은 사람들만 데리고 출발하는 것이……."

"저도 함께하겠습니다."

언영의 말을 들은 주변의 모든 이들이 어안이 벙벙한 표정으로 그를 쳐다보았다.

"참말입니까?"

"언영아, 괜찮겠어?"

물론 언영이 함께해 준다면 더할 나위 없이 고맙겠지만, 방금 막 여정을 마치고 온 그가 얼마나 피곤할지 다들 알고 있었다.

그러나 언영은 굳은 표정으로 고개를 한 번 끄덕였다. 목린과 조금이라도 관련 있을지 모르는 일이라면 해결되었음을 직접 눈으로 확인하고 오는 것이 훨씬 마음 편했다. 설령 단월도의 일과 관련이 없다고 하더라도 그 괴물을 가만히 놔둔다면 어떤 방식으로든 그가 아끼는 이들에게 해를 가할 것이 뻔했다.

언영은 고개를 휙 돌려 현오와 눈을 맞췄다.

"너도 같이 가."

"뭐? 나?"

현오는 자기 얼굴을 손가락질하며 되물었다. 언영이 말없이 한 번 주억거렸다.

현오는 난감하다는 듯 주변을 살폈다. 물론 귀혈족은 도전을 좋아하고 의리를 중요시했다. 다른 날이었다면 별 망설임 없이 당장 같이 가서 쳐부수고 오자고 떵떵거렸을 터였다. 하지만 지금은 너무 힘들고, 멋없는 건 알지만 당장 퍼질러 눕고 싶은 생각만 가득하고…… 그런데 그 와중에 현오의 눈에 다인이 들어왔다. 다인은 현오가 무슨 대답을 할지 궁금해하며 그를 빤히 쳐다보고 있었다.

그러자 현오의 가슴속에 난데없는 정의감이 일었다.

"그래, 가야지."

현오는 가슴을 쫙 펴고 당당하게 말했다.

언영은 고개를 끄덕이며 이번엔 다인과 은평이 있는 방향을 바라보고 차분하게 운을 뗐다.

"목린이 잘 부탁해."

"응."

다인이 떨떠름하게 답했다. 은평은 옆에서 고개를 끄덕였다. 그때 골목을 돌고 온 목린이 다시 왔다.

"서방님, 아무 데도 안 보여요."

여상히 말을 잇던 목린은 주변을 둘러보았다.

"그런데 무슨 일이에요?"

"……."

언영은 잠시 아무 말도 하지 않았다. 주변에 있던 귀혈족 모두 눈치를 보며 말을 아꼈다.

여기 있는 사람들 모두 이전에 언영이 바다에서 이상한 일을 느끼고 한참 수색하고 다녔음을 알고 있었다. 이번에도 언영이 같은 이유로 유독 더 적극적으로 나서고 있음을 모르지 않았다. 그런 상황에서 목린에게 진실을 알려 줘 봤자 더 좋을 것이 없었다. 오히려 불안감만 줄 테고, 고향 사람들을 걱정하게 할 뿐이었다.

언영이 말에서 훌쩍 내려 성큼성큼 걸어가 목린의 옆에 바짝 다가가 섰다. 목린 또한 측면으로 몸통을 돌렸다. 언영이 목린의 허리를 살며시 끌어안았다.

"목린아. 내가 지금 어디 급하게 갈 데가 있거든."

목린은 살짝 숨을 들이켰다.

"위험한 일인가요?"

"아니. 위험한 거 전혀 아니야."

목린은 언영의 품에 안겨 반쯤 봄비에게서 내려왔다. 언영이 한 손으로 목린의 뺨을 쓰다듬으며 다정하게 말했다.

"몇 번 자고 일어나면 바로 와 있을 테니까, 걱정 말고 집에서 잘 쉬고 있어."

"조심해서 다녀오셔야 해요. 다치지 마세요!"

"괜찮다니까? 그냥 잠깐 몸만 풀다 오는 거야."

하지만 얼마 전까지만 해도 그가 아파서 누워 쉬어야 했던 모습을 봐서 그런지, 안심되는 말은 아니었다. 목린은 언영의 어깨를 꽉 쥐고 또박또박 말했다.

"서방님은 강하시니까 크게 걱정되는 건 아니에요. 하지만 혹시라도 또 코피가 나는 일이 벌어지면 당장 쉬셔야 해요."

"걱정하지 마."

그거야말로 정말 쓸데없는 걱정이었다.

"그리고 서방님······!"

언영이 그녀를 다시 제대로 말에 태워 주려고 할 때, 목린이 그의 팔을 꽉 붙잡고 막았다. 언영은 동작을 멈추고 눈을 크게 뜬 채 목린을 올려다보았다.

목린의 뺨이 붉게 물들어 있었다.

"사······."

목린이 속눈썹을 파르르 떨며 속삭이듯 말했다.

"사아······."

"으응?"

"사······. 사아······. 아······."

제대로 들리지 않자 언영이 미간을 좁히고 얼굴을 더 가까이했다. 목린의 얼굴이 더 빨개졌다. 그녀가 눈을 어디에다 둘지 모르며 더듬거렸다.

"라······. 앙······."

"언영아. 어서 가야 해."

뒤에서 사람들이 재촉했다.

"그러면 다녀올게."

"아!"

언영은 재빨리 목린의 손등에 입을 맞추고 떨어졌다.

달려가는 와중에도 언영은 틈틈이 등을 돌려 목린과 눈을 마주쳤다. 차마 그가 가는 길을 막을 수 없는 목린은 슬픈 표정으로 지켜볼 뿐이었다.

순식간에 그가 떠나갔다. 마치 몸의 일부가 떨어져 나간 것처럼 허전했다.

17장

언영이 곁에 없는 쓸쓸한 나날이 계속되었다.

마을 사람들과 정답게 인사를 주고받고, 함께 활기찬 대화를 나누면서도 마음 한구석이 허전했다. 특히 늦은 밤에 언영 없이 홀로 있을 때면 더욱 울적해졌다. 마구간에 누워 봄비 옆에서 잠든 적도 있었다. 자리가 불편했지만 홀로 있을 때 느끼는 외로움에 비할 바 아니었다.

빠르게 추워지는 날씨는 괜히 언영과 떨어진 지 무척 오래되었다는 착각을 일으켰다. 구름 한 점 없는 맑은 가을하늘을 올려다볼 때마다 언영과 같이 손을 잡고 거리를 거닐면 얼마나 즐거울지 상상되었다.

글을 써서 마음을 보내고 싶어도 넓은 망망대해 어디에 있을지 모를 그에게 섣불리 새를 보낼 수도 없었다.

'나도 서방님께 뭔가를 해 드리고 싶어.'

매일 침상에 홀로 누워 천장을 바라보며 생각했다.

귀혈족이 무서워서, 언영이 무서워서 억지로 하는 것 말고. 정말 그를 사랑해서 진심으로 우러나오는 행동을 그에게 보이고 싶었다. 그렇다고 꽃 가락지처럼 너무 쉬운 건 말고. 엄청난 노력이나 많은 양의 금전을 통해 보여 줄 수 있는 것. 그가 진정으로 놀라서 감동할 만한 어떤 것이 있었음 했다.

의외로 해결책은 쉽게 찾아왔다.

가을이 본격적으로 시작되면서, 이번엔 동쪽 마을에서 열리는 부족대회에 함께 하고픈 이를 받는 공고가 이곳저곳에 나붙어 있었다. 가을에 서방님께서 참여하는 것을 꼭 보고 싶었는데. 목린이 혼자 속으로 생각하며 그대로 골목을 지나치려던 그때였다.

공고 끝에 쓰인 우승 상금이 그녀의 발목을 세게 붙잡았다.

* * *

"종목은 그때그때 달라서 뭐가 나올지 알 수 없어요. 하지만 자주 나오는 게 따로 있다 보니 사람들은 그것 위주로 준비를 한답니다."

"그중에 제가 연습할 수 있는 게 있을까요?"

"오목 같은 건 충분히 해결할 수 있으실 거예요. 하지만 그 외

몸을 쓰는 일은……."

누가 뭐라 해도 지금 이 상황에서 목린이 가장 부담 없이 도움을 청할 수 있는 이는 다인이었다.

물론 다인은 마치 자기 일처럼 기뻐했다. 목린이 무언가에 도전한다는 것만으로도 뿌듯했고, 무엇보다 목린이 언영의 부재 탓에 우울해한다는 것이 적나라하게 보였기 때문이다. 혼자 괴로움의 늪에서 헤엄치는 대신, 다른 일에 시간을 공들인다는 것은 좋은 발전이었다.

두 사람은 지난여름을 함께 보냈던 훈련장에 같이 서 있었다. 이전보다 조금 더 두꺼운 옷이 날씨의 변화를 가장 뚜렷하게 보여 주고 있었다. 약간 더 서늘한 바람과 붉게 물든 주변 산이 가을이 왔음을 이야기하는 중이었다. 아침부터 씩씩하게 옆으로 땋아 내린 목린의 머리가 흔들거렸다.

목린은 그녀의 몸을 훑는 다인의 눈동자에서 걱정과 염려를 읽었다. 분위기가 어색해지기 직전에 다인은 얼른 활짝 웃으며 감정을 숨겼다.

"하지만 크게 걱정하지 마셔요! 오로지 재미를 위한 대회예요. 누군가가 더 부족하다고 해서 결코 비웃지 않아요. 물론 과도한 호승심을 지닌 이들도 종종 있지만……."

다인의 눈동자가 은근슬쩍 옆으로 향했기에 목린의 고개도 그쪽으로 돌아갔다.

수많은 여인들이 눈에서 살기를 피우며 수련하고 있었다. 지켜만 봐도 숨이 턱 막히고 머리털이 곤두섰다. 하늘 위로 온갖 칼날이 날아다녔다. 그들은 몸통만한 돌덩이를 함께 던지며 놀고 있었다(따라 하지 마세요).

다인은 얼른 말을 끝맺었다.

"그들은 그들 나름대로, 우린 우리 나름대로 열심히 놀면 그만이랍니다!"

다인은 바위가 나란히 놓인 곳으로 저벅저벅 걸어가더니 머리통보다도 큰 것을 한 손으로 쉽게 집었다. 그리고 머리 위로 치켜들며 목린의 앞에서 자세를 선보였다.

"저처럼 이렇게 서서 버텨 보시겠어요?"

목린은 망설이듯 끄덕이며 바위를 건네받았다.

"흐아! 으아아아아아! 아아아아아!"

"그만! 그만하셔도 돼요!"

"아아아아아으아아!"

고통이 가득한 괴성이 들리는 방향으로 주변에 있던 모두가 고개를 돌렸다. 다인은 팔을 흔들어 가면서 목린을 저지해야만 했다. 의욕이 충만한 목린은 얼굴이 시뻘게지고 팔이 후들거리다 못해 부러질 것으로 보여도 최대한 열심히 버텼다.

"어째 갈수록 표정이 언영이를 점점 닮아 가시네……."

좋은 현상은 아니라고 생각하는지 다인의 낯빛이 살짝 어두워졌다. 하지만 얼른 손뼉을 치며 밝게 말을 이었다.

"괜찮아요. 앞서 말했다시피 몸을 쓰는 일이 아니더라도 충분히 이길 수 있어요. 틈틈이 여러 가지를 번갈아 연습하면 될 거예요."

"네……!"

* * *

떨어져있는 상황이 나쁘지만은 않았다.

처음엔 언영이 없어서 그 무엇에도 자신이 없었는데, 이는 도전해 보지 않았기에 생기는 불안함이었다. 밤새 다른 이들과 공터에 앉아 노닥거렸다. 언영이 너무 많이 마시지 말라고 잔소리했을 술도 사람들과 마음껏 마셨다. 모두가 취한 밤에는 여자들의 은밀한 이야기가 시작되었고, 목린은 이때마다 얼굴을 새빨갛게 붉히며 꿀 먹은 벙어리가 되었다. 하나 표정과는 달리, 개중에는 아주 이로운 정보가 많았기에 귀를 쫑긋 세우고 경청하는 태도를 접지 않았다.

누가 뭐래도 이번 가을에 목린이 가장 오래 함께 시간을 보내는 이는 다인이었다. 꽤 오랜 시간을 함께한 터라 이젠 서로가 어색하지 않았다. 언영이 없으니까 늦은 밤 서로의 집에서 묵고 오는 일도 잦았다.

지금은 함께 들판에 누워 밤하늘을 구경하고 있었다. 조금 더 추위를 타는 목린은 따뜻한 털을 손에 둘렀고 다인은 머리 뒤에 팔짱을 끼고 털털한 자세로 드러누웠다. 늘 멈출 줄 모르는 다인의 입술이 오늘은 이상하리만큼 굳게 닫혀 있었다.

목린은 고개를 돌려 빤히 다인을 쳐다보다가 물었다.

"현오 님 생각하시는 거예요?"

다인이 움찔 놀라며 몸을 떨었다.

"그걸 어떻게……."

"얼굴에 다 보이셔요."

지난여름 같이 여행을 다니며 알아보지 못했다고 하면 거짓말이었다. 물론 처음부터 눈치챈 건 아니었지만 가면 갈수록 확실해지는 두 사람의 관계 탓에 부러 자리를 피한 적도 있었다. 그래도 이렇게 다인에게 직접 말한 건 처음이었다. 민감한 문제 같아서 먼저 서두에 꺼내고 싶지는 않았지만, 그래도 지금의 다인은 다소 우울해 보였던 탓이다.

"그렇게 다 보여요? 주언영은 눈치라곤 좁쌀만큼도 없는 놈이고, 문은평은 워낙 이상한 놈이라 따로 제게 말을 해 주지 않더군요. 좀 숨기고 다닐걸."

"저, 도움이 필요하시다면 언제든 말씀해 주세요. 제가 성심껏 들어드릴게요."

"글쎄요. 어디부터 말씀드려야 할지……."

다인은 결국 낭만적인 밤하늘의 힘을 빌려 털어놓았다. 여름에 모두 술에 취해 나뒹굴었던 그 날, 현오는 다인을 바래다주게 되었고 어쩌다 보니 눈이 맞아 함께 밤을 보냈다고 했다. 이왕 이렇게 된 것, 다인은 본격적으로 두 사람이 잘해 보길 바랐으나 현오의 생각은 이와 달랐다. 상황을 설명해 주는 다인은 혈기 넘치는 귀혈족답지않게 꽤 쑥스러워했다.

"현오 그 자식은 절 실망시킬까봐 불안해하고 있어요. 전 마음의 준비가 되어 있는데, 그 자식은 우리의 우애가 깨질지도 모른다면서 확실하지 못한 미래나 걱정하고 있지요."

그렇게 말하며 다인은 갑자기 코웃음을 쳤다.

"하지만 모두 핑계예요. 어릴 때부터 녀석이 얼마나 여유로운 성격인지 잘 보고 자랐거든요. 갑자기 저라고 주춤거리니 이상하잖아요. 그날 밤 제 필사적인 유혹도 소용없었던 것이겠지요."

"글쎄요, 어쩌면 현오 님께 다인 님이 너무 소중해서 그럴지도 몰라요."

목린이 신중하게 말했다.

"너무 소중해서, 다시 잃기 두려운 거예요."

다인은 헛기침을 하며 시선을 피했다. 쉽게 얼굴이 붉어지는 일이 없는 사람인데도 귀 끝이 살짝 달아올라 있었다.

다인은 더는 이 주제로 이야기하고 싶지 않았고, 목린도 그런 다인을 억지로 대화에 이끌 생각은 없었다. 자연스럽게 다른 화제로 넘어갔다. 다인이 부러 활기찬 목소리로 시작했다.

"그러면 이제 목린 님 차례예요."

"네?"

"제 비밀을 털어놓았잖아요. 공평해야겠지요."

"저는……."

결국 목린도 우물쭈물 털어놓았다. 여름에 그녀가 얼마나 불안했는지. 다른 귀혈족 여인들을 따라 하는 것이 그에게, 그리고 다른 사람들에게 인정받는 지름길이라고 얼마나 크게 착각하고 있었는지.

다인은 목린이 예상한 것보다 훨씬 큰 반응을 보였다. 화들짝 놀라며 몸을 반쯤 일으키고 빠르게 사과했다.

"저, 목린 님. 목린 님께서 그런 생각을 하고 계신 것을 알았더라면 저는 애초에 훈련을 제안하지 않았을 거예요. 언영이가 좋아할 거라고 옆에서 부추겼는데, 오해의 여지를 남겨 드려서 정말 죄송해요. 그런 의미로 한 말이 아니었어요. 언영이 그 자식이 좀 바보 같긴 해도 절대 그럴 놈은 아니에요."

"아니에요. 다인 님은 사과하실 필요 하나도 없어요. 다 제가 혼자 오해해서 그랬는걸요."

목린도 자리에서 살짝 일어나며 웃었다.

"혹시 지금도……?"

다인이 슬쩍 눈치를 보며 물었다. 목린이 은은하게 미소 지으며 고개를 열심히 저었다.

"아니에요. 이번엔 제가 하고 싶어서 하는 거예요."

사랑받고 있다는 확신이 들고나니 이리도 마음이 풍요로웠다.

'그러니까 나도 보답해야지. 상금 얻어서 서방님 멋있는 거 사 다 드릴 거야.'

그리고 언영에게뿐만이 아니라 마을 사람들 모두에게도 더 따뜻해지려고 노력하고 싶었다. 이런 행복감을 다 같이 나누고 싶었다.

'그리고 어쩌면……'

목린은 얼굴을 푹 수그리며 얼굴을 붉혔다.

어쩌면 언젠가는, 언영에게 용기 내 사랑한다는 말을 할 수 있을지도 몰랐다.

다인이 팔을 괴고 하늘을 노려보았다.

"우리 모두 별것도 아닌 거로 고민이 많네요."

"그래도 제 걱정은 말이 되는 것 같은데요."

"어? 목린 님 그런 분일 줄 몰랐는데."

다인이 깔깔거리며 웃었다. 그리고 친한 벗들에게 으레 그러듯, 본능적으로 주먹을 내밀어 목린의 어깨를 팍 쳤다.

하지만 귀혈족과는 다른 목린의 몸이 반 정도 날아갔다.

"아아아아!"

"에구머니나! 죄송해요! 너무 친근해진 나머지 평소 친한 녀석들 다루듯 해 버렸어요."

다인이 얼른 팔을 뻗어 날아간 목린을 당겨 안았다. 목린은 다인의 품 안에서 어색하게 꼬물거렸다.

"저기, 다인 님."

"네?"

"그러면 저희 이제 꽤 친하다는 뜻이겠지요?"

목린은 수줍게 눈을 동그랗게 뜨고 다인을 올려다보았다. 다인은 저도 모르게 숨 쉬는 것을 멈췄다.

"그러니까 언니라고 불러도 돼요?"

목린이 속삭이듯 물었다.

'귀여워.'

목린을 어떻게든 자기 아내로 맞아들이겠다고 바다를 넘나들며 수 해 동안 난리를 치던 언영의 행각이 한꺼번에 이해되었다. 다인은 홀린 듯이 더듬거렸다.

"네, 무, 물론이에요."

"그리고 말 놓으셔도 돼요."

"그래. 많이, 언니라 불러 줘요. 많이, 많이 불러 줘. 많이……."

더듬거리는 다인에게서 익숙한 사람의 얼굴이 겹쳐 보이는 듯했다.

* * *

커다란 다섯 척의 함선이 바다 위를 지나가고 있었다.

어제도, 그저께도 비슷한 풍경이었다. 가끔 배를 공격하고자 하는 녀석이 물에서 올라왔으나 배에 탄 이들이 경계하고 있던 대상은 아니었다. 손쉽게 해치웠다.

흔적을 좇아 움직이고 있다고는 하지만 바닷속 보이지 않는 길로 가는 적을 따라가는 것이 여간 쉬운 일이 아니었다. 눈에 띄지 않는 편을 좋아하는지, 지난번과 같이 참혹한 현장이나 물을 시꺼멓게 만들어 놓은 독과 같은 증거를 충분히 남기지 않았다.

그런데도 배 위의 전사들의 표정은 위풍당당했다. 마냥 걱정이 없는 게 아니었다. 여기서 불안감을 내보이면 남들에게도 얼마나 영향이 갈지 알기에 숨기고 있을 뿐이다.

언영은 다섯 척의 배 중에 정중앙에서 오른쪽에 자리를 잡고 있었다. 귀혈족하고 명족이 함께 탄 배였다. 그는 그보다 스무 살정도가 많은 명족의 족장과 나란히 서서 배의 가장 앞을 차지하고 있었는데, 팔짱을 끼고 있는 명족의 족장 옆에서 허리춤에 두 손을 올린 채 무표정으로 바다를 탐색했다. 서늘한 바람이 그의 얼굴을 때렸다.

오늘따라 바다는 더 조용하다.

그가 낮게 중얼거렸다.

"아무리 늦어도 언제까지 포획해야 할까."

"올해가 지나기 전에 해결하는 게 좋겠지."

언영은 고개를 살짝 돌렸다. 명족 족장의 조카인 호민이 그 근처에 서 있었다. 언영이 묵묵히 고개를 끄덕이고 다시 앞을 보았다.

"올해라……."

생각에 잠기는 언영의 눈이 감겼다. 그건 다시 말해 겨울이 한참 지나고서도 목린을 보지 못할지도 모른다는 뜻이다.

여름에 목린과 쌓은 싱그러운 추억은 이 지독한 바다에서 크나큰 버팀목이 되어 주고 있었다. 목린이가 그를 향해 웃어 주는 모습, 품에 안겼을 때 꼬물거리는 귀여운 몸짓, 맛있게 식사하는 사랑스러운 미소, 만지면 손이 녹을 것 같은 부드럽고 말랑거리는 속살과 그의 귀를 벌겋게 익게 하는 야릇한 신음 소리. 그 모든 게 지겨운 이 푸른 물결 속에서 시간을 때울 수 있는 좋은 벗이었다.

그리움이 더 커진다는 것이 흠이었지만.

"석 달이군."

언영은 잠시 눈을 감고 고개를 숙이며 중얼거렸다. 그래서 명족 족장이 그를 힐끔 쳐다보고 있다는 사실을 알지 못했다.

호민은 굉장히 위엄 있는 자세로 주변을 무겁게 압도하고 있는 벗을 물끄러미 바라보았다. 잠깐의 침묵을 깨고 그가 말했다.

"두 달, 언영아."

"……."

　언영은 이를 악물고 고개를 푹 숙였다. 옆에서 명족 족장이 꾸역꾸역 웃음을 참는 소리가 났다.

"괜찮아, 언영아. 넌 성격이 좋잖아."

　호민은 그런 그의 어깨를 다독여 주었다.

"넌 지금도 충분히 멋있는 사람이야."

"이번엔 분명히 팔짱 아래에서 몰래 손가락을 접으며 세 봤는데 뭐지? 네가 틀린 거 아냐?"

"그건 아닐 거야."

"그건 아닐 거다."

"모두 굉장히 확신하는 말투군요."

　귀가 밝은 이들 몇몇이 그들의 대화를 들었다.

"주언영 등신 새끼 숫자도 셀 줄 모르냐!"

"멍청한 놈!"

　사방에서 장난기 섞인 야유가 터져 나오기 시작했다. 바다는 평화롭고 아무 일도 생기지 않았기 때문에 새로 부상한 대화 주제는 심심한 이들의 귀를 바로 사로잡았다.

"네 생일도 마지막 달에 있지 않았나!"

"이 누님이 특별히 네 생일에 찾아가 준다! 네가 못 셀 것 같아 그런다! 딱히 축하해 주려고 가는 건 아니다!"

"나도 찾아간다!"

"나도!"

"저도 갑니다!"

"그런 의도로 올 거면 절대 오지 마!"

언영의 외침은 모든 배에서 타오르는 괴성에 묻혀 버렸다. 어느새 이곳에 모인 자들 중 한 명도 빠짐없이 다 함께 언영의 생일을 축하하러 가겠다고 맹세 중이었다. 자신이 아는 사람은 다 데려오겠다는 자들도 많았다.

"무조건 올 거다!"

"오지 말래도!"

그런데 그때 누군가가 외쳤다.

"아니! 무조건 올 거다. 왜냐하면 그건, 네 생일이 당도했을 즈음엔 우리가 깔끔히 녀석을 죽이고 안전하게 집에 있는 가족 품으로 돌아갔을 거란 뜻이니까!"

그리고 그 말을 끝으로 모두가 두 팔을 들어 환호했다. 집과 가족. 지금 여기 있는 모두의 가슴을 울릴 수 있는 두 단어였다. 언영도 버럭하던 입을 꾹 다물었다.

모두가 무사히 집으로 돌아갈 수 있다면야, 올해뿐만이 아니라 매해 그렇게 놀리려 쳐들어와도 상관없었다. 두 팔 벌려 환영할 수 있으리라.

본디 그들은 해저에 있는 괴물들을 모두 죽이려 들지 않았다. 애초에 불가능한 일임은 물론이며, 굳이 그쪽에서 육지까지 기어 들어 오거나 사람들이 바다로 나가는 것이 아닌 이상 서로에게 피해를 줄 일이 없었다. 때문에 그들이 식인 물고기를 처치하는 것은 오로지 자신을 보호하기 위한 경우뿐이었다. 하지만 이번엔 달랐다.

이제껏 없었던 강한 놈의 등장이었다. 바닷물 속에서도 당연히 먹고 먹히는 관계가 있음은 알고 있었으나, 그렇게 바다를 피 냄새나는 쑥대밭으로 만들어 놓은 놈은 처음이었다. 기록이 맞는다면 약 200년 만의 불균형이었고, 불균형은 언제나 좋지 않은 일을 가져다준다. 그것이 봄에 호민이 언영에게 일러두었던 탐사의 시작을 던졌다.

그리고 여름에 나갔던 명족 일행이 보고 돌아온 것은 상상 그이상이었다. 언영이 목린과 친우들하고 세상을 둘러보고 오는 동안 그들은 죽음을 접했다.

'뱀 같기도 하고, 그런데 뱀이라고 하기엔 이상하고, 또 마치 사람 같기도 했어.'

명족의 마을에 도착해서야 언영은 호민으로부터 자세한 설명을 들었다. 봄에 생기가 흘러넘치던 친우는 어디 가고, 겁에 질린 창백한 청년이 눌러앉아 있었다.

호민이 떨리는 입술로 속삭였다.

'언영아, 녀석은 귀찮아서 우리를 살려 둔 거야.'

육지에 있는 부족들이라고 해서 두려움을 느끼지 못하진 않았다. 다만 그들은 무서움을 이겨내는 것이야말로 진정한 행복이라 믿었기에, 그 점에 의미를 품으며 나아가고 있었다. 지금 이렇게 우렁차게 내지르는 행동도 어떻게 보면 함께 이겨 나가자는 다짐과도 같았다.

씩씩거리던 언영은 갑자기 주저앉는 호민을 보고 당황했다.

"호민아, 왜 그래?"

언영은 호민과 눈을 맞추기 위해 똑같이 무릎을 굽혔다. 그의 어깨에 팔을 두르고 급하게 물었다.

"괜찮아? 어디 또 안 좋아? 들어가서 쉴래?"

"아니, 그게 아니라⋯⋯."

호민은 고개를 저었다.

시끄러운 소리에 예민한 호민은 이렇게 주변이 함성으로 가득 차면 귀를 틀어막고 자리에 주저앉고는 했다. 머리가 지끈거리는 두통에 미간을 한껏 찌푸리며 호민이 말을 간신히 이었다.

"우리 너무 시끄러운 거 아니⋯⋯."

그리고 그때였다.

바다가 찢어졌다.

정확히 말하면, 시커멓고 거대한 것이 아무런 예고도 없이 솟구치고 나와, 마치 바다를 양옆으로 갈라 버리는 착각을 자아냈다.

넋 놓고 그것의 출현을 지켜본 모든 이들이 할 말을 잃었다. 이미 이전에 목격한 경험이 있는 명족 사람들의 태도 또한 크게 다르지 않았다.

호민의 말대로 그것은 뱀 같기도 하고, 사람 같기도 했다. 뱀이 거론되는 이유는 그것의 뒤로 길게 뻗어 나가는 꼬리 같은 것이 있기 때문이었다. 대충 한 번 철썩거리기만 해도 파도를 자아내어 커다란 배를 삼켜 낼 것만 같았다.

다만 그것을 단순히 뱀하고만 비교하기엔 너무도 터무니없었다. 너무 컸기 때문이다. 바다에서 수많은 괴물, 식인 물고기와 대적하긴 하였으나 이렇게 커다란 녀석은 존재하지 않았다. 여태까지의 경험이 모두 고작 포말로 느껴질 정도였다. 감히 육지의 생물 중에 이것에 비빌 수 있는 것은 없었다.

저것이 사람과도 유사하다 언급되는 원인은 크게 말해 둘이었는데, 하나는 두 팔과 열 두 개의 손가락, 그리고 이성을 지닌 듯한 누런 눈이었다. 여태까지 보았던, 단순히 죽이고 먹는 행위 그 이상엔 관심이 없어 하던 짐승들과는 확연한 차이를 보였다.

하늘로 올라온 그것의 머리가 차차 아래로 숙여졌다. 검은 눈동자는 자신의 앞에 놓인 배 다섯 척을 조용히 둘러보았다. 조금의 두려움이나 불안도 없이, 단순히 땅을 지나가는 개미를 구경하는 듯한 표정이었다. 양옆으로 크게 찢어진 입 안에 불규칙적으로 자란 날카로운 이빨이 보였다.

"……."

언영도 잠시 말을 잃고 그것을 말없이 바라보았다.

"……하하하하하!"

다행히 누군가가 웃기 시작했다. 어떤 은인 덕분인지는 몰라도 덕분에 대경실색하던 이들이 차차 정신을 되찾았다.

"……하하하!"

"하하하하하!"

"하하하하하하하하!"

두려움을 물리치고자 모두가 하나씩 웃음소리를 더했다. 가슴을 앞으로 당당하게 내밀고 현란하게 미소 지었다. 괴물은 살짝 눈을 찡그렸다.

"하하하하!"

그때를 시작으로, 수백 명의 사람들이 호탕한 웃음과 함께 허공으로 날아올랐다.

용기 있게 돌진한 그들은 괴물의 두꺼운 가죽 위에 올라타고, 무기를 던지고, 난동을 피웠다. 그러나 안타깝게도 그것의 껍질을 뚫을 수 있는 무기는 얼마 없었다. 거의 모두 튕겨 나가거나 부러지고 구부러졌다. 정말로 날카로운 칼날은 간신히 박히긴 하였으나 고통을 줄 정도의 타격을 입히지는 못했다. 웃음 뒤로 난감함이 드러누웠다.

이번에는 괴물의 차례였다.

"으아아아악!"

괴물은 일부러 물속으로 다시 들어갔다 말기를 반복하며 몸을 뒤틀었다. 물이 매달려 있던 이들의 몸통을 매섭게 후려쳤다. 고작 이 정도로 나가떨어질 체력이 아닌지라 모두 여전히 끈질기게 괴물의 몸에 달라붙어 있었으나, 물을 먹은 그들의 인상이 점차 어두워졌다.

이어서 괴물은 손을 휘저어가며 몸통에 매달린 인간들을 잡아 뜯으려 했다. 날카로운 손톱이 몸을 가르러 다가오는 그 순간, 모두 자진해서 물속으로 몸을 던졌다.

괴물의 움직임은 처절한 발악이라기보다는 귀찮게 달라붙는 조그만 먼지들을 떼어 내는 행위에 불과했다. 그러나 이는 그 행동이 일으키는 커다란 파도와 크게 상반되었다. 가시가 여러 개 박힌 꼬리만 몇 번 흔들었을 뿐인데 그로 생겨난 어마어마한 너울이 배에 타고 있던 인간들을 덮쳤다. 갑판 위로 물이 고이고, 파도 위에 휩쓸린 배들은 기울어져, 아주 잠깐이었으나 거의 수직으로 서기까지 했다.

여전히 귀가 아파 웅크리고 있는 호민을 지켜 주느라 배에 남아 있던 언영은 화들짝 놀랐다. 한쪽 팔로는 호민을, 나머지로는 배 기둥을 잡으며 매달렸다.

호민이 덜덜 떨리는 목소리로 물었다.

"언영아, 괜찮아?"

"어. 나는 멀쩡……."

활기차게 답하던 언영의 말이 툭 끊겼다.

눈앞에서 생긴 엄청난 파도에, 옆에 있던 배가 완전히 뒤집혀 버리고 말았다. 언영이 타고 있던 배는 순전히 운이 좋았을 뿐이었다.

뒤집힌 배에 타고 있던 이들이 허우적거리며 바다 밖으로 빠져나왔다. 다행히 이런 일 따위로 목숨을 잃을 이들은 없었다. 모두 어려서부터 물속에서 온갖 경험을 다 하고 자란 사람들이었다.

하나 문제는 여전히 남아 있었다. 이대로 모든 배가 뒤집어지고, 망가진다면 다시 집으로 돌아갈 기회마저도 물거품이 된다. 이렇게 일시적으로 바다에서 살아남는 것과 헤엄을 쳐서 그 먼 길을 돌아가는 행위는 완전히 다른 일이었다.

"빨리 처리해야 해."

언영이 긴박하게 중얼거렸다.

상황은 그의 편이 아니었다. 이번에 괴물은 여섯 손가락이 달린 징그러운 손을 뻗어 가장 끝에 있던 배를 위로 쑥 들어 올렸다. 커다란 밥그릇을 제 입 근처에 가까이 갖다 대는 모양새와 유사했다.

안에 있던 용감한 전사들은 더 나은 기회를 노리기 위해 부러 바다에 직접 몸을 던지기도 했으며, 또는 오히려 이것을 발판으로 삼아 입 안을 공격하려는 자들도 더러 있었다. 아무래도 딱딱한 껍질보다는 여린 입 속에 무기가 잘 침투하리라 생각한 탓이다.

후자는 괴물 또한 예상치 못한 듯했다. 잠깐이나마 징그러운 눈이 크게 뜨였다. 그런데 당혹은 아주 잠시뿐, 그것은 약점이 될 법한 입을 다물기는커녕 오히려 더 크게 벌리는 자세를 취했다. 아래에서 조용히 지켜보던 언영의 눈이 잠시 가늘어졌다.

이상하게 여긴 것은 언영뿐만이 아닌 듯했다. 경험이 쌓인 무사들 또한 용케 무언가를 직감하고 몸을 뒤로 내뺐다. 아슬아슬한 순간이었다.

그것의 입에서 검붉은 것이 쏟아져 나왔다.

자칫하면 피로 보일 법하였으나, 하나의 공격도 먹히지 않는 상황에서 그것이 혈흔을 토해 낼 이유가 없었다. 꿀렁거리는 그 정체불명의 것이 배 위로 투두둑 쏟아지며 웅덩이를 자아냈다. 이상한 악취가 났다. 어떻게 보아도 좋은 징조는 아니었다. 독이 분명했다.

괴물은 계속 이어서 발악했고 인간의 공격은 먹히지 않았다. 전혀 지치지 않는 괴물의 안색과는 상반되게, 인간들의 낯빛은 서서히 초조함에 잡아먹히고 있었다.

수십 명이 한꺼번에 시끌시끌 날아올라 화살을 쏘기 시작했다. 이미 실패한 전적이 있었으나 다시 한번 시도했다. 이번에는 몸통이 아닌 눈과 입 등이 위치한 얼굴 쪽을 과녁으로 두고 발사했다. 그러자 이상한 점이 두드러졌다.

인간들의 행동에도 하등 겁먹지 않고 되레 귀찮아하던 태도를 보이던 그것이 확 돌변했다. 몸통을 뒤틀며 날아오는 화살을 피했다.

거칠게 흔들리는 배 안에서 언영은 열심히 중심을 잡고 몸을 앞으로 내밀었다. 그리고 눈을 가늘게 떴다. 저것이 갑자기 저렇게 반응하는 이유가 있을 것이다.

아주아주 세심하게 살핀 후에야 간신히 발견했다. 저것의 두 눈 사이 미간이 위치한 곳에서 조금만 내려가면, 입술보다 살짝 위쪽에 붉은 점 같은 것이 보였다. 거칠고 딱딱해 보이는 가죽과는 달리 그 부분만 마치 얇은 피부로 번들거리는 것 같아 보였다.

몸을 날려 누군가가 괴물의 머리통 위에 올라갔다. 그러나 붙잡고 매달릴 것이 없었다. 여러 번의 시도에도 불구하고 괴물이 머리를 몇 번 흔들며 저항하자 그는 금세 나가떨어졌다. 어떻게든 두피 속으로 박아 넣으려고 했던 검을 손에서 놓치고야 말았다.

순간, 검날에서 반사된 빛이 괴물의 눈을 향해 정통으로 돌격했다. 그러자 그것은 몸을 격하게 뒤흔들며 듣기 끔찍한 고함을 내지르기 시작했다.

덕분에 싸움은 더욱 힘들어졌다. 물속에 빠진 이들이 온 힘을 다해 정신을 붙잡고, 또 다른 나머지 배 중 한 척이 똑같이 엎어질 위기에 처했다. 어떻게든 괴물의 몸에 달라붙은 이들도 필사적인 힘을 써 매달려야만 했다.

그런데도 언영과 호민의 얼굴엔 회심의 미소가 피어올랐다.

"빛에 약해."

둘이 거의 동시에 중얼거렸다.

해저에 사는 동물에게 흔히 나타나는 약점이라 특별할 것은 없었으나, 이번만큼은 절망에서 찾아낸 희망이라 그 의미가 컸다.

드디어 언영이 몸을 던졌다.

전투는 계속되어 가고, 무적의 상대를 앞에 둔 사람들은 지쳐갔다. 주변에서 고함과 신음이 끊임없이 울려 퍼졌다. 거센 파도에 배들은 길 잃은 아이처럼 흔들렸다. 한편, 모두가 정의롭게 맞서 싸우는 와중에 배에서 떨고 있는 한 소년이 있었다.

"형님, 어지럽습니다!"

"그러게 너는 따라오기 아직 어리다고 말했잖아!"

북쪽에 있는 부족에 사는 한 소년은 주변의 만류를 무릅쓰고 이 일에 참여하겠다고 지원했다. 시간을 돌릴 수만 있다면 자기 자신을 무슨 수를 써서라도 말렸으리라 그는 생각했다. 본래 이런 일을 좋아하는 부족 사람들이 온 힘을 다해 막을 정도라면 얼마나 힘든 사건인지 예상했어야 했다.

배가 심하게 흔들렸다. 거의 뒤집히기 직전까지도 갔다. 괴물이 움직이며 만드는 거대한 파도 탓에 자꾸만 갑판으로 물이 쏟아졌다. 배 기둥을 꽉 안고 꼼짝도 하지 않는 소년의 전신이 모두 흘딱 젖어 있었다. 입을 벌리니 거기서 실수로 삼켜 버린 바닷물이 주룩주룩 흘러나왔다.

손톱자국이 생길 정도로 기둥을 긁으며 소년이 크게 울었다.

"어머니 아버지가 보고 싶습니다!"

"그거 잘 붙잡고 있어! 위험하게 움직일 생각하지 말고!"

옆집에 살고 있어서 평소에 막역한 친분을 쌓고 있는 다 큰 청년이 반대쪽 기둥에 기대어 외쳤다. 소년은 눈물, 콧물, 바닷물로 엉망이 된 얼굴을 열심히 끄덕거렸다.

그런데 그때 눈물로 흐릿해진 시야 속에서도 놓칠 수 없는 엄청난 움직임이 보였다.

"저것 좀 보세요!"

굉장히 빠른 사람이 거침없이 위로 도약하고 있었다. 목적지는 괴물의 눈앞이 분명했다.

"대단하다!"

"언영이라면 저럴 만하지."

청년이 묵묵히 고개를 끄덕였다. 소년은 깜짝 놀라 청년을 돌아보았다. 그는 아무래도 어린 나이라 자신의 부족 바깥에서 벌어지는 일에 대해 상대적으로 아는 것이 부족했다.

"정말 그분입니까? 아까 놀림당하시길래 바본 줄 알았어요!"

"저 녀석, 누이를 죽이려고 했던 패거리를 어린 나이에 혼자 다 찢어발겼어."

급격하게 올라오는 존재를 인식한 괴물이 거센 바람이 들이닥칠 정도로 팔을 휘휘 저으며 언영을 잡아 손으로 으깨려고 했다. 언영을 뒤따르던 이들 몇몇은 부딪혀 날아갔지만, 그는 멈추지 않고 날렵하게 나아갔다.

"저런 놈들이 더 있을 게 분명하다며 아예 뿌리를 뽑고 싶다고 나섰지. 당시에는 지금처럼 이렇게 부족들끼리 친하지가 않아서, 함께 힘을 모아 적대적인 세력을 물리치자는 소견도 적었지. 어린 나이에도 그때 우리를 단합시키는 데 큰 역할을 했던 게 저 녀석이야."

언영은 위로 단검을 푹 찍어 날렸다. 괴물의 피부에 찍힌 그것을 뛰어올라 잡고, 또 그 자리에서 새로운 검을 날린 후, 몸을 위로 돌려 던졌다. 그런 방식으로 괴물의 얼굴까지 올라갔다.

"한데 평상시 성격은 유들유들하고 호방하기 그지없으니, 모두 편하게 대하며 좋아하는 것도 당연하지."

언영이 갑자기 갖고 있던 장검을 난데없이 허공으로 내던졌다. 하나라도 더 쥐고 있어야 이득인 무기를 왜 내던졌나 싶었는데, 바로 그곳으로 햇빛이 부딪쳐서 모였다. 지척에서 강력한 섬광이 날아오자 괴물은 눈을 감고 끔찍한 비명을 질렀다.

이제 언영을 올려다보는 아이의 눈에는 동경이 가득 차 있었다. 아이는 감격스러운 표정으로 외쳤다.

"그러면 바보가 아니셨군요!"

"아니, 그런데 또 바보는 맞는 것 같단 말이지."

괴물의 시야 위로 날아오른 언영이 태양을 가렸다. 그 순간 모두 넋을 놓고 그를 주시했다.

언영의 손을 향하여 양쪽에 있던 동료들이 확신에 찬 눈빛과 함께 검을 던져 주었다. 언영은 그것을 간단히 쥐고, 손목을 위로 돌려 검날이 아래로 향하도록 두 팔을 강하게 들어 올렸다.

뒤늦게 시뻘게진 눈을 뜬 괴물이 언영을 잡기 위해 두 손을 뻗었다. 하지만 이미 검은 멀리 날아간 후였다. 같은 목적지를 향하는 그 둘은 서서히 간격을 좁혀나갔다. 언영은 공중에서 날쌔게 뒤구르기를 하며 괴물의 손아귀를 유연하게 피했다.

언영이 던진 두 검 끝이 모두 붉은 점 위에 정확히 박혀 들어갔다.

* * *

시간이 흐르고 또 흘러. 마침내 목린은 대회에 출전하기 위한 여정을 떠났다. 동쪽에 있는 운혜족 마을로 향하는 대열 안에 수줍게 꼈다.

언영이 없이 이렇게 멀리 이동하는 건 난생처음이었다. 처음엔 긴장되었지만 그래도 다인을 비롯해 같이 함께하는 동료들 덕분에 마음을 추스를 수 있었다. 나중에 가서는 자연스럽게 그들과 농담도 주고받을 줄도 알게 되었다. 다만 언영을 향한 그리움은 식지 않은 터라, 지나가다가 아름다운 풍경을 마주하면 언영과 함께 왔으면 더욱 좋았겠다는 생각이 불쑥불쑥 피어올랐다.

'지금쯤 뭘 하고 계실까, 서방님. 돌아오시면 수고했다고 꼭 안아 드려야지.'

목린은 언영이 이기고 돌아오리라는 굳은 확신이 있었다.

'서방님께서도 내 생각하고 계실까? 하셨으면 좋겠어…….'

언영이 바다의 어디쯤 있을지 종잡을 수 없기에 목린은 단월도 사람들에게 글을 쓰며 그나마 아쉬움을 좀 달랬다. 아버지 익문이 어떻게 생각할지는 모르겠지만, 언영이 얼마나 그녀를 아껴 주고 좋아하는지를 구구절절 써 넣어 보냈다. 한밤중에도 불을 피워 놓고 써 내려가서, 옆에서 자던 다인이 이젠 좀 쉬라고 잠결에 칭얼거리기도 했다.

가끔은 힘들고 지쳤지만, 시간은 빠르게 지나갔다. 마침내 대회 날이 당도했다.

운혜족의 마을은 육지 가장 끝에 있느라 동쪽에 바다를 끼고 있는 한가한 곳이었다. 귀혈족의 마을보다 전체적으로 건물들이 아담하고 소박했으며(물론 주민들의 육체는 아담함과 거리가 멀었다) 가을을 맞이하여 이곳저곳에 물든 단풍이 함께하여 더욱 포근한 분위기를 안겨 주었다.

그리고 이는 목린의 마음 상태에도 영향을 주었다.

"이겼어요!"

첫 번째 종목이었던 오목에서 이기면서 목린은 두 팔을 높게 들었다. 다소 여유만만하게 따낸 승리라 그때 긴장감이 팍 죽었다.

목린은 이 기세를 이어 나갔다. 그다음은 알까기였다. 목린도, 그 상대도 특출나게 잘하는 편이 아니었기에 비슷한 실력 안에서 흥미로운 대결이 벌어졌다. 누가 이길지 가늠할 수 없는 아슬아슬한 상태에서 상대가 너무 흥분한 나머지, 손가락을 튕기다가 그만 알을 아예 부숴 버리며 실격 처리가 되었다. 목린의 두 번째 승리가 이어지자 귀혈족 사람들은 두 팔을 들고 껑충껑충 뛰었다.

낚시 대결에서 살짝 위험했으나, 이번에도 역시 상대가 너무 답답해 힘을 주다가 결국 낚싯대를 부러뜨려서 실격 처리되었다. 결국 목린이 자연스레 위에 올라갔다. 정신을 차리고 보니 벌써 수많은 이들이 탈락한 뒤였다.

생각보다 나쁘지 않아서, 목린은 다음 종목이 적힌 제비를 고르는 운혜족의 족장을 약간 기대 어린 눈빛과 함께 올려다보았다.

운혜족 족장이 쩌렁쩌렁 외쳤다.

"도끼 던지기!"

"아……."

여기까지구나. 목린은 어깨를 축 늘어뜨렸다. 지난봄에 현오가 다인의 지붕을 깨뜨렸던 모습이 머릿속을 지나갔다. 목린은 결코 그렇게 할 자신이 없었다.

"괜찮아요, 목린 님. 정말 잘하셨어요."

"맞습니다. 저희가 보기엔 목린 님만큼 이번 가을에 발전한 분이 없으셔요."

"모두 고맙습니다. 여기까지 올라온 건 모두 여러분 덕분이에요."

목린은 꾸벅 인사하며 말했다.

자신의 능력 안에서 최선을 다했음을 알기에, 아쉬웠지만 억울하지는 않았다. 여기까지 올라온 것도 대단하다고 생각했다. 다만 언영에게 미안한 마음만 커졌다.

이름이 불리고, 목린은 양손으로 도끼를 붙잡으며 밖으로 나왔다. 어차피 안 되겠지만 그래도 최선을 다해 내던졌다.

도끼는 목린으로부터 별로 멀지 않은 곳에 덩그러니 꽂혔다. 결과야 보지 않아도 뻔했다.

그러나 저벅저벅 꽂힌 도끼를 뽑으러 간 목린은 놀랄 수밖에 없었다.

"아아!"

도끼가 찍은 곳은 다름 아닌 개미집의 입구였다. 목린이 도끼를 잡고 뽑아버리니 개미 여러 마리가 같이 밖으로 나왔다. 목린은 얼른 뒷걸음질 쳤다. 도끼를 손에서 쿵 떨어뜨렸다.

목린의 갑작스러운 격한 행동은 사람들의 관심을 끌었다. 모두가 더 가까이서 보기 위해 몸을 앞으로 내밀었다. 웅성거림이 곳곳에서 태어났다.

"개미집이군!"

"개미집도 '집'이니까 엄밀히 따지면 맞는 것 아니오?"

"그렇소이다!"

주변에서 목소리가 커지기 시작했다. 목린은 어쩔 줄 몰라 하며 두리번거렸다.

긴급회의가 열렸다. 각 족장이 모여 빠르게 얘기를 나누었다. 모두가 귀를 쫑긋 세우며 결과를 기다렸다.

오래 걸리지 않았다. 대회는 단순히 친목 도모의 목적일 뿐, 실제 실력자를 가르고자 함이 아니었기에 규칙은 그렇게 깐깐하지 않았다. 오히려 발상의 전환을 굉장히 열린 마음으로 두 팔 벌려 받아들였다.

"합격!"

"목린 님, 붙었어요!"

귀혈족 사람들은 어안이 벙벙한 채 서 있는 목린을 벌써 승리한 것처럼 공중에 들어 올리며 기뻐했다.

그다음 종목도 목린이 자신 있는 분야였다. 유독 탈락하는 이들이 많았던 종목에서 많은 이들이 우수수 떨어졌다. 어쩌다 보니 결국 결승 단계까지 올라왔다.

예상 밖의 활약에 목린의 두 눈이 의욕으로 반짝거렸다.

어쩌면……. 어쩌면 가능할지도 몰라. 어쩌면…….

선물을 받고 흐하하하 기뻐할 언영을 머릿속으로 그려보니 모든 피로가 다 녹았다. 그에게 제대로 된 것을 줄 수만 있다면 이까짓 대회는 날마다 참여할 수 있었다.

그러나 희망은 마지막 종목이 발표됨과 동시에 박살 났다.

"달리기라니……."

게다가 재미로 달리는 것도 아닌, 진심으로 체력을 가지고 승부를 보는 시합이었다. 더하여 마지막에 가서는 약간의 암벽 또한 올라야 했다.

아무리 오늘 목린의 운이 좋다고 한들 절대 이길 수 없는 대결이었다.

물결치는 환호 속에서 다른 이들과 함께 움직임에 박차를 가했다. 다리는 움직이는 데 머리는 다른 곳에서 방황했다. 이미 저 멀리 달려 나가는 나머지 사람들이 보였다. 눈동자가 초조하게 그들을 훑는 동안에 발이 자신의 위치를 잃었다. 우스꽝스럽게 앞으로 철퍼덕 넘어지고야 말았다.

목린은 두 손으로 땅을 짚으며 고개를 깊이 숙였다.

돌연 전신의 힘이 빠져나갔다. 갑자기 엄청난 벽이 눈앞에 자라난 기분이었다.

지금까지 마을의 여러 사람들과 함께 했던 순간들이 머릿속에 하나하나 스쳐 지나가며, 그들의 기대를 만족시키지 못하는 점에서 죄책감이 솟아났다.

무슨 자신감으로 이런 다짐을 했을까.

'맞아. 여기 나온 거부터가 터무니없는 욕심이었어. 내가 너무 멍청했어.'

여기까지 생각하니 다시 일어날 용기가 나지 않았다. 고개를 들면 모두가 비웃고 있는 표정을 마주할까 봐 겁이 났다. 아니, 지금도 웃음소리가 들리는 것 같아 소름 끼쳤다.

'서방님이 너무 잘한다, 잘한다 해 주셔서 나 혼자 쓸데없이 자신감만 키웠나 봐.'

언영의 눈에만 잘하는 것처럼 보이면 뭐 하나.

그가 만들어 주는 방패 속에서만 안전하게 살아갈 것도 아니면서.

언영에게 좋은 것을 주고 싶은 마음에 참여하는 거라고 아무에게도 말하지 않길 잘했다. 만약에 그런 말을 들었더라면 누구라도 속으로 비웃었을 터이니.

목린은 작은 몸을 더더욱 작게 웅크렸다.

* * *

다섯 척의 배 중에 둘이 완전히 바닷속에 잠식되었다. 소중한 식량과 처소가 모두 저 아래로 떠내려갔다. 워낙 건강한 이들이라 죽은 사람은 아직까지 발견되지 않았지만, 상처를 입은 이들은 좁아터진 배 안에 옹기종기 모여 앉아 있었다. 그나마 다행인 건 육지가 얼마 남지 않았음이다.

빽빽한 통로를 지나가는 와중에 쉬지 않고 쏟아지는 인사를 받았다. 언영은 다정하게 어깨를 부딪쳐 오는 사람들, 손바닥을 마주치고자 팔을 들어 올리는 사람들에게 밝게 응수해 주었다. 그 조그만 괴물의 약점을 완벽하게 명중시킨 언영은 이 배의 영웅이었다. 붉은 점이 관통당한 괴물은 마치 그 점이 신체의 모든 부위와 연결되어 있기라도 한 양, 결국 힘을 잃고 스르르 무너져 저절로 파멸했기 때문이다.

인사를 받아 주는 와중에도 주변을 살피는 언영의 눈동자는 바쁘게 돌아갔다.

그러다 마침내 목적을 발견했다. 언영은 걱정이 가득 담긴 얼굴로 성큼성큼 다가갔다. 아파서 누워 있는 사람들을 밟지 않게 조심했다.

"괜찮냐?"

"당연하지……. 윽."

답을 하면서도 현오는 허벅지를 잡고 신음을 내뱉었다. 구석에 얌전히 앉아 있던 그는 바다를 하염없이 내다보는 중이었다.

정확히 언제였는지는 모르겠지만, 언영이 차마 못 본 사이에 부서진 배의 커다란 잔재 중 하나가 현오의 다리를 덮쳤다. 다행히 빠른 치료 덕분에 더 끔찍한 일은 모면할 수 있었으나, 고통이 상당했다. 앞으로 몇 달 동안은 제대로 걸을 수 없을 게 분명했다.

"곧 있으면 육지에 도착해."

"드디어 이 지긋지긋한 바다와도 안녕이군."

"업힐래?"

"그건 너무 자존심 상하잖아."

"기대, 그러면."

"……그럼 미안하지만 어깨 좀 빌릴게."

웬만하면 거절하겠으나 이번엔 현오도 참을 수 없었다.

육지가 가까워지자 모두가 두 팔을 들고 함성을 내질렀다. 땀과 이물질이 뒤엉킨 것도 아랑곳하지 않고 옆에 있는 상대를 마구 끌어안으며 잘했다고, 수고했다고 덕담을 주고받았다. 혹시라도 부상이 악화될까봐 언영은 현오를 안으러 오는 이들을 저지했다.

배에서 내리면서도 모두 다 언영의 어깨를 한 번씩 두들기고 갔다.

"언영아, 대단했어!"

"정말 멋있었다!"

"아니야. 아까 너 어디 다친 것 같던데 푹 쉬고, 든든하게 잘 먹고."

언영은 호쾌하게 대응했다. 간혹 언영에게 인사를 한 이 중에는 현오의 부축을 돕겠다는 자들도 있었다.

"좀 도와줄까?"

"아니……. 괜찮아."

현오가 말렸다. 언영의 도움을 받는 것도 미안한데 또 다른 사람의 손까지 빌리고 싶지는 않았다.

아무래도 다리가 불편하니 나머지와 비교해 뒤처질 수밖에 없었다. 고된 여정에 지친 이들은 마지막 남은 힘을 쏟아부으며 식사하러, 몸을 씻으러, 또는 잠을 자러 달려 나갔다. 현오는 앞서 달려 나가는 동지들을 불편한 눈으로 바라보았다.

"언영아, 너도 힘들 텐데 그냥 먼저 가."

"어떻게 친우를 버리고 그냥 가냐. 뒤처지는 이들을 모두 안아주는 게 내 의무야."

언영이 무덤덤하게 내뱉은 말이 현오의 가슴을 따뜻하게 감쌌다.

"언영아."

현오가 고개를 푹 수그리고 말했다.

"너도 알겠지만, 너 같은 벗을 곁에 둬서 행복하다."

언영은 살짝 놀란 듯 걸음을 멈추다가, 현오를 힐끔 보다 피식 웃으며 감정을 숨겼다.

"안 어울리게."

"아니, 정말이야. 너같이 마음 따뜻하고 재밌는 놈을 곁에 둬서 지금의 내가 있는 거야."

현오가 어울리지 않게 진지한 음성으로 말했다.

언영은 가볍게 웃어넘기며 정면을 보고 다시 걷기 시작했다.

본래 배는 명족의 마을에서 출발했지만, 괴물을 죽이고 나니 가장 가까운 육지는 운혜족의 땅이었다. 배가 부서지면서 많은 식량을 잃었기 때문에 부득이하게도 종착지가 바뀌었다. 다행히 운혜족도 동맹 중의 하나였기에 갑작스럽게 밀려들어 오는 이들을 환영했다. 깔끔하게 적을 죽였다는 소식을 듣고 자기 일처럼 기뻐했다. 마침 부족대회 중이었다는 운혜족 족장의 말에 도리어 언영 일행이 놀랐다.

재밌는 우연이라고 생각하던 언영의 시야에 마침 대회장이 들어왔다. 옹기종기 모여 있는 이들의 얼굴이 모두 들떠 보여서 언영은 기분 좋게 웃었다.

함께하고 싶었지만 언영에게는 해야 할 일이 있었다. 얼른 적절한 곳으로 가 현오를 눕혀 주는 게 우선이었다. 필요하다면 저쪽에 가 사람들과 인사 또한 나누고. 하지만 시간이 촉박한 와중에, 저 대회에 적극적으로 끼어들 생각은 하등 없었다.

그렇게 돌아서려던 차에.

"……?"

믿을 수 없는 것이 보였다.

한편 아무것도 모르는 현오는 여전히 감동에 빠져 있었다. 고개를 들지 않고 계속 털어놓았다.

"내가 너와 가장 친한 벗이라 자랑스럽다. 네가 이끌어 나갈 부족의 미래가 기대……. 아아아아악!"

"목린아아아아아아아아아아!"

언영은 현오를 옆으로 던져 버리고 앞으로 미친 듯이 달려갔다.

"목린아! 목린아아아아!"

몸을 웅크리듯 누워 있던 목린의 귀가 쫑긋했다. 설마?

"목린아, 나야! 보고 싶었어!"

목린은 고개를 얼른 들어 올렸다.

이건 환청이 아니야.

홀린 듯 자리에서 스르르 일어났다. 황급히 주변을 두리번거렸다.

"아하하하하하하! 저기 보세요, 제 부인입니다! 흐흐흐흐하하하하하!"

"......!"

드디어 언영을 발견했다.

늦게 참석한 터라 상당히 뒤에 서 있었으나 키가 큰 그의 미소를 못 알아볼 리가 만무했다. 언영은 목린을 잘 볼 수 있게 제 자리에서 뛰며 계속 주변 사람들의 어깨를 안고 목린을 자랑했다. 언영이 그 누구보다도 환하게 웃고 있었다.

그리고 목린은 깨달았다.

'내가 아무리 무너져도, 실패해도. 실수해도 나를 나라는 사실 그 자체로 좋아해 주는 사람들이 이렇게나 많구나.'

용기를 내 고개를 드니 알 수 있었다.

주변에 그녀를 비웃는 이는 아무도 없었다. 다 목린의 두려움이 만들어 낸 환청일 뿐이었다. 오히려 제대로 귀 기울이니 들렸다.

"괜찮아요! 다시 일어서서 달리면 돼요!"

"아니면, 정 힘들면 그만해도 괜찮아요!"

언영뿐만이 아니었다. 귀혈족 사람들 또한 명랑하게 목린을 응원하고 있었다. 게다가 처음 만나는 이들까지도.

목린이 천천히 다시 걷기 시작하자 모두의 얼굴에 기쁨이 잡혔다.

이미 승자는 나온 지 오래였다. 하지만 마지막까지 노력하는 이가 있어 아무도 이 시합을 끝났다고 말하지 않았다.

목린의 앞에 달리던 이까지 완주를 끝냈다. 이제 남은 사람은 목린 하나였다. 목린은 모두의 관심을 사로잡았다. 숨이 가빠오면서도 귓가에 끊임없이 들려오는 쾌활한 응원을 들으면 포기하지 않을 수 있었다. 그중에서도 가장 귀에 잘 들어오는 소리는 단언컨대 언영의 것이었다.

마지막으로 그다지 높지 않은 암벽을 오를 차례가 되었다. 보통의 육지 사람들은 그냥 팔짝 뛰어도 넘을 수 있는 높이였지만 목린에게는 가능하지 않았다. 목린의 손과 발이 하나하나, 조금씩 움직일 때마다 혹시라도 실수하지 않을까 걱정하는 사람들이 잠자코 숨을 죽였다.

앞서 도착한 이들이 모두 나란히 서서 목린을 내려다보고 있었다. 한결같이 따스한 눈빛이었다. 그들은 목린이 올라오기 쉽도록 손을 아래로 내밀었다.

목린은 웃으며 그들을 붙잡았다. 그녀의 몸이 위로 쑥 올라갔다.

마지막으로 목린까지 위에 올라가자 어마어마한 함성이 울려퍼졌다. 모두가 자기 일처럼 기뻐했다. 가장 마지막으로 올라왔으면서 목린은 슬프지도, 괴롭지도 않았다. 오히려 벅차올랐다. 기뻐서 가슴이 터질 것만 같았다. 뭐든 할 수 있을 것만 같은 기분이 들었다.

사람들이 우르르 가까이 몰려오기 시작했다. 그중에는 언영도 있었다. 목린의 눈엔 그 밖에 들어오지 않았다.

"목린아!"

"서방님! 보고 싶었어요! 하하하하!"

목린은 언젠가 수년 전 언영이 가르쳐 주었던 방법 그대로, 머리를 뒤로 젖히고 호탕하게 웃었다.

"하하하하! 목린아! 잠시만요! 지나갈게요!"

언영은 목린과 보다 가까워지기 위해 사람들을 헤쳐 나갔다. 그 모습을 위에서 지켜보는 목린의 마음도 부풀어 터질 것만 같았다. 얼른 달려가 그의 품에 안기고 싶은 마음이 급했다. 그래서 발이 빠르게 움직였다. 두 팔을 머리 위로 들고 해맑게 웃었다.

"서방님! 서방님! 서방……."

하지만 너무 앞서 나가고픈 마음이 큰 나머지, 이미 무리한 두 다리가 꼬였다.

"어어?"

콰당 하는 소리와 함께 목린의 몸이 앞으로 넘어지고, 발목이 접질렸다.

귀혈족 마을로 돌아온 목린이 가장 먼저 한 일 중 하나는 의원을 찾아가는 것이었다. 그쪽에서 치료를 하긴 하였으나 익숙한 이의 얼굴을 한 번 더 보고 얘기를 듣는 편이 마음에 놓였다.

"그렇게 다치지 않으려고 조심해서 연습했는데, 막상 대회 날에 이렇게 되다니 아쉬워요."

마지막 순간에 다친 목린은 조만간 편히 걷지 못하게 되었다. 집으로 돌아오는 여정 동안에도 덕분에 크게 고생을 했다.

"그래도 부인, 마을이 부인 얘기로 떠들썩합니다."

"가장 꼴찌였는걸요."

"다시 말해, 가장 오래 노력을 보여 준 사람이라는 뜻 아니겠습니까."

겉모습은 무서운 산적같이 생긴 의원의 입에서 마음을 다독여 주는 따스한 말이 나왔다.

목린은 얼굴을 붉히면서도 고개를 끄덕였다. 날아오는 칭찬을 무조건 부정하지 않기로 했다. 그녀 자신을 더 사랑하기로 했다.

여기에 목린의 후방에서 쾌활한 목소리가 정겹게 끼어들었다.

"게다가 다리를 못 쓰니까 내가 들어 줄 수 있잖아, 하하하하!"

"다리가 멀쩡해도 들어 주시잖아요."

"그렇네? 하하하하하!"

언영은 팔짱을 끼고 호탕하게 웃었다.

여기까지 혼자 목린의 힘으로 오지 않았다. 당연히 언영이 그녀를 번쩍 들고 와 주었다. 아무도 언영이 자신의 아내를 들고 다니는 것을 보고 놀라지 않았고, 목린도 이제 놀라지 않는 표정으로 그에게 가만히 안겼다. 그 정도의 시간이 흘렀다.

의원은 고개를 절레절레 저으며 언영을 흘겨보았다가, 한 번 손으로 얼굴을 쓸며 표정을 다잡았다.

"열다섯 명 아이 계획은 아직 그대로인 겁니까?"

"당연한 거 아니겠습니까. 하하!"

언영은 두 손으로 목린의 어깨를 감싸 안았다.

"보셨지 않습니까. 우리 목린이가 심지어, 결승전에 올랐습니다! 다시는 우리 목린이가 약하다는 말하지 마십시오!"

"하아, 저는 이제 모르겠습니다."

의원은 관자놀이를 문지르며 신음했다. 그는 연민의 눈길로 목린을 바라보았다.

"부인, 어차피 후계를 생각하여 한 명은 꼭 낳아야 할 테고, 그날이 도래하면 분명 열다섯 얘기는 쏙 들어갈 테니 걱정 마십시오."

"네……."

"그리고 다리 또한 크게 걱정하실 필요 없습니다. 이대로 계속 휴식을 충분히 취하면 금방 나을 겁니다."

"네, 정말 고맙습니다."

의원님 댁을 나오자마자 언영은 목린을 바로 다시 안아 들었다. 목린은 죽지 않기 위해 두 팔을 얼른 언영의 목에 감쌌다.

"어?"

집으로 가는 줄 알았는데, 반대 방향으로 향하는 발길을 보고 목린이 얼굴에 의아함을 띄웠다. 이미 그럴 줄 알았다는 듯 언영이 다정하게 웃으며 목린을 내려다보았다.

"갈 데가 있어. 잠시 멀리 떨어져 있던 동안 내가 쭉 생각했던 거야. 왜 더 일찍 하지 않았을까 뒤늦게 후회했다고. 기다려. 깜짝 놀라게 해 줄 테니까."

가는 길에도 꾸준히 귀혈족 사람들의 함성이 잇따랐다. 바다를 구한 이와 끝까지 포기하지 않는 이 모두를 향한 찬사였다. 그들은 목린과 언영을 보며 두 팔을 들었다.

목린은 이제 마냥 쑥스러워하며 시선을 피하지 않았다. 그들과 눈을 맞추며 수줍게 웃었다. 고맙다고 일일이 말해 주었다.

도착한 곳은 언영의 가족이 사는 거처였다. 커다란 기와집이 그들을 반겼다. 예상치 못한 행로 때문에 살짝 긴장한 목린은 꿀꺽 침을 삼켰다.

"아버지!"

"언영이랑 우리 아가 왔느냐! 기다리고 있었다."

대문이 열리고 언영의 아버지 윤근이 그들을 반겼다. 언영은 월진을 더 닮은 편이긴 하였으나 그의 아버지 또한 귀혈족답게 엄청난 몸을 갖고 있었다.

윤근은 팔을 움직이며 얼른 들어오라고 이끌었다. 목린은 여기서부턴 자기 발로 걸어가고 싶었지만 언영에겐 도통 그녀를 놔줄 생각이 없어 보였다.

윤근은 저택 깊숙한 곳으로 부부를 이끌고 있었다. 어디로 가는 건지 이미 알고 있는 듯한 언영의 발걸음이 자신감에 차 있었다.

"생각해 놓은 것이라도 있느냐?"

"아니요. 목린이한테 쭉 비밀로 하고 있었어서요."

결국 목린이 참다못해 물었다.

"지금 뭐 하러 온 건지 물어보아도 될까요?"

"우리의 모습을 그림으로 남길 거야!"

목린이 언영의 가족 중에 다른 사람들보다 특히 윤근과 서먹한 이유는 따로 있었다. 목린이 여름 동안 나가 있었던 탓도 있지만, 윤근 또한 마을에 있는 경우가 드물었다. 하여 마주칠 상황이 적었다.

윤근은 그림을 그리는 일을 했다. 그는 그리고픈 대상이 생기면 잠시 마을을 떠나는 것을 주저하지 않았다. 그러다 보니 부득이하게 함께하는 시간이 드물게 겹쳤던 것이다.

놀란 목린의 입술에 한 번 쪽 입을 맞추고 언영이 활기차게 말했다.

"바다에서 네 얼굴이 보고 싶어서 얼마나 애가 탔는지 몰라. 팔에 그려 놓고 갈 걸 후회도 했다니까."

윤근이 목린에게 물었다.

"내 작업실을 제대로 구경한 적이 있었던가?"

"아니요, 처음이에요."

목린이 기대 어린 목소리로 말했다.

"원래는 봄에 그려 주려고 했었는데, 그땐 내가 호랑이를 그리느라 한창 바빴지. 그러면 준비하는 동안 구경하고 있거라."

윤근이 다른 방에서 도구를 배치하고 있는 동안, 언영은 목린을 재차 품에 단단히 안고서 걸어갔다. 그가 당도한 곳은 얇은 목재를 엮어서 만든 조그마한 창고였는데, 들어서자마자 온갖 다양한 그림들이 벽에 빼곡하게 걸린 채 그들을 맞이했다.

"어이쿠."

바닥은 상당히 어수선했다. 언영은 떨궈져 있는 붓을 밟고 순간 넘어질 뻔했다. 다행히 목린을 꽉 끌어안으며 금세 균형을 잡았다. 그리고 가장 가까운 벽부터 차례대로 다가갔다.

먼저 처음에 보인 건 풍경화였다. 각종 산맥, 강가, 마을을 담은 그림은 귀혈족의 성격처럼 시원시원했다. 붓질에 자신감이 보였다. 목린은 눈을 동그랗게 뜨고 하나하나 세세하게 구경했다. 언영도 그에 맞추어 느긋하게 발걸음을 뗐다.

처음엔 풍경으로 시작했던 그림들이 자연스럽게 움직이는 인물로 넘어갔다. 윤근이 그리는 사람들 또한 활기가 넘쳤다. 그들은 종이 속에서 다양한 자세를 취하고 있었다. 짐승을 두 손으로 찢고 있기도 했고, 자기 몸통만 한 망치를 휘두르고 있기도 했다. 그리고 이건 윤근의 특성인지, 그는 사람의 근육을 적어도 두 배는 부풀려서 그렸다. 종아리 근육이 수박만 하게 커다랬다.

"……."

목린같이 생긴 사람은 하나도 없었다. 그녀는 슬슬 그림 속 자신의 모습이 두려워지기 시작했다.

아무것도 모르는 언영이 목린의 뺨에 자기 얼굴을 비비며 다정하게 물었다.

"어때, 멋있지?"

"네에……."

목린이 작게 대답했다. 언영은 그런 목린이 귀여워 죽겠는지 광대뼈를 터질 듯 올리며 그녀의 볼에 입술을 세게 꾸욱 찍어 눌렀다.

"들어오려무나!"

윤근이 얼굴을 빼꼼 내밀고 손짓했다.

"그러면 원하는 자세가 있는가?"

안은 아무것도 없고 넓었다. 단지 다리가 여전히 살짝 아픈 목린이 앉을 수 있는 의자가 가운데에 구비되어 있을 뿐이었다. 목린은 얌전히 그곳에 그녀를 앉히는 언영의 손길을 받았다.

언영과 윤근의 부담스러운 시선이 동시에 목린에게 몰렸다. 목린은 눈치를 보며 조심스럽게 말했다.

"저는…… 자연스럽게 서 있는 게 가장 무난할 것 같아요."

두 사람 다 목린의 의견에 토 달지 않았다. 목린은 두 손을 배꼽 아래쪽에 모아 깍지 낀 자세로 얌전하게 자리 잡았다. 그리고 언영이 그 옆에 자연스럽게 섰다. 다정히 그녀의 어깨에 팔을 둘렀다.

윤근의 손이 움직이기 시작했다. 너무 빨라서 보이지 않았다. 목린이 서 있는 곳에선 종이 위에 무슨 일이 벌어지고 있는지 보이지 않았다. 긴장한 목린은 눈을 동그랗게 뜨고 딸꾹질을 참는 어린아이처럼 뻣뻣하게 허리를 폈다. 그러다가 언영을 힐끔 올려다보았다.

언영은 이미 아까부터 계속 목린을 내려다보는 중이었다. 눈이 마주치자 이미 벌어진 채 웃고 있던 그의 입이 더 크게 찢어졌다. 잇몸이 다 보였다.

"흐흐흐흐흐히이히히히……."

그의 눈이 부담스럽게 번득였다.

'계속 보니까……. 저런 징그러운 미소도 나름 귀여우신 것 같아.'

차마 똑같이 저런 표정으로 웃어 줄 수는 없었지만, 목린 또한 수줍게 양쪽 입꼬리를 올리며 기쁨을 표현했다. 두 사람이 그렇게 오랫동안 눈을 맞추었다.

"어딘가 많이 어색한데."

"네?"

두 사람만의 세계에 빠져있던 목린이 화들짝 놀라 윤근 쪽으로 잽싸게 고개를 돌렸다.

"뭔가가 빠져 있어."

윤근은 한 손으로 턱을 쓸면서 목린과 언영을 지그시 쳐다보고 있었다. 고뇌에 찬 예술인의 얼굴이 자못 심각했다.

"제 근육 아닐까요?"

목린은 신중하게 의견을 제기했다.

하지만 윤근의 마음에 드는 대답은 아닌 듯했다. 그는 심각한 표정으로 턱을 쓸면서 고뇌에 빠졌다. 목린이 슬쩍 언영을 올려다 보며 눈을 맞췄지만, 언영도 어깨를 으쓱일 뿐 제대로 된 설명을 해 주지는 못했다.

그때 밖에서 우당탕 시끄러운 소리가 번졌다.

"아버지이이!"

언영의 어린 세 누이가 차례대로 뛰어 들어왔다. 조용했던 작업실은 삽시간에 야단법석해졌다. 누이들은 언영과 목린을 보고, 그들이 있을 것을 예상치 못했는지 입을 크게 벌리며 빙그레 웃었다.

"어! 오라버니!"

"목린 님이다!"

"이리 와! 으쌰!"

언영이 한쪽 무릎을 굽히고 팔을 활짝 벌리자 화영과 혜영이 까악 소리를 지르며 그의 품에 달려갔다. 언영은 각각 두 팔을 이용하여 안정적인 자세로 아이들을 안고 일어났다.

가장 어린 선영은 목린의 옷을 꾸욱꾸욱 잡아당기며 매달렸다.

목린도 몸을 숙여서 아이를 품에 안았다.

"이거다!"

다섯 명의 기분 좋은 만남을 잠자코 지켜보던 윤근이 돌연 외쳤다. 그의 눈이 반짝거렸다. 두 손을 서로 비비는 동작에서 그가 지금 이 순간 얼마나 두근거려 하고 있는지가 보였다.

"아깐 두 사람이 자연스럽지가 않았단다. 언영아, 다섯 명이 그냥 자연스럽게 있어 보아라. 나머지는 내가 알아서 할 테니까."

"그냥 자연스럽게 있으라고만 하시면 도통 무슨 말인지……. 으아아아!"

그때 화영이 언영의 코를 꽉 잡아 비틀었다. 언영이 목을 꺾으며 소리를 질렀다.

"아아악!"

"오라버니, 자연스럽게! 자연스럽게!"

화영이 손에 힘을 주며 뻔뻔하게 말했다.

"아가씨! 조심하세요! 그러다가 서방님이 아가씨를 품에서 놓칠지도 몰라요."

목린이 선영을 꽉 끌어안으며 초조하게 당부했다. 그녀의 품에서 입꼬리를 넓게 찢으며 웃고 있는 막내와 지극히 대조적인 표정이 드러났다.

"아악!"

언영의 반대쪽 팔에 안긴 혜영 또한 오라버니 괴롭히기에 가담했다. 그녀는 양손을 뻗어 언영의 얼굴을 꾸깃 구기고 누르며 놀았다. 얼굴 뜯기랴, 코 꼬집히랴 바쁜 언영이 고통에 찬 소리를 지으며 당했다. 그래도 동생들을 안고 있는 팔은 든든했다.

"서방님!"

"하하하하하!"

목린이 발을 동동 굴렀다. 그녀의 품 안에서는 선영이 목을 젖히고 웃었다. 선영은 찰싹 달라붙어 매달리며 목린의 뺨에 귀엽게 뽀뽀했다.

"야. 야, 잠시만……. 그거, 그 볼 오라버니 건데 누가 마음대로 뽀뽀하래."

혜영의 손에 얼굴이 무참히 구겨져 거의 앞이 보이지 않았을 텐데 언영은 그걸 또 잡아냈다. 비틀거리면서도 당당히 할 말은 다 했다.

"응? 주선영. 말해 봐. 오라버니한테 혼날래? 왜 그 위에 마음대로 뽀뽀를……. 혜영아, 나 말 좀 하자."

혜영이 언영의 아랫입술을 쥐고 멋대로 아래쪽으로 쭉 내렸다. 선영은 언영의 얼굴로 손가락으로 가리키며 '못생겼어!'라고 외치고 깔깔 웃었다.

"그리고…… 그리고 화영아, 나 코가 너무 아파."

화영은 아직도 실실거리며 언영의 코를 붙잡고 있었다. 목린이 살며시 웃으며 화영에게 부드럽게 타일렀다.

"화영 아가씨, 이제 그 정도면 된 것 같아요. 인제 그만 놔드려요."

"네에."

목린이 말하자마자 화영은 언제 그랬냐는 듯 얌전하게 손을 뗐다. 그리고 두 팔을 언영의 목에 휘감으며 초롱초롱한 눈으로 올려다보았다. 화영이 멈추자 혜영도 자연스레 언영을 괴롭히던 손을 거두었다.

"후우."

얼굴이 자유로워진 언영은 안도의 한숨을 쉬었다. 그러나 한 번 세게 눌렸던 코는 시뻘게져서는, 얼마나 세게 잡은 건지 아직도 콧구멍이 안으로 짓눌려져 있었다.

"큽⋯⋯."

목린의 눈이 휘둥그레졌다. 웃음을 참는 그녀의 입술이 마구 씰룩거렸다.

"⋯⋯푸하하하하하!"

결국 터지고야 말았다. 목린의 얼굴이 뒤로 넘어갔다. 쾌활하게 터지는 웃음소리는 내부를 가득 기분 좋게 채웠다.

언영은 그런 목린을 얼빠진 눈으로 구경하다가 마찬가지로 웃어 보였다.

"아하하하!"

그리고 언영은 허리를 아래로 쭉 숙여 목린과 가볍게 입술을 쪽쪽 거렸다. 그리고 서로의 코를 함께 맞대 비비며 같이 히죽거렸다.

이 모든 과정을 구경하던 윤근의 눈이 열정적으로 빛났다. 그의 빠른 손이 쉬지 않고 종이 위에서 움직이고 있었다.

"되었다!"

"네? 벌써요?"

목린은 선영을 안은 손을 고쳐 잡으며 물었다. 요즘 언영과 함께 있으면 시간이 정말로 빨리 갔다.

"얼른 볼래요!"

목린은 앞서 달려가는 어린 시누이들의 등을 보며 엉거주춤 몸을 일으켰다. 보고 싶으면서도 보기 두려웠다. 윤근의 그림이 그녀를 어떻게 바꿔 놓았을지 조금 무서웠다. 목린이 다리를 펴고 자리에서 일어나자 언영이 얼른 옆에서 허리를 받쳐 주었다.

"우아!"

가장 먼저 작품을 눈에 담은 선영이 감탄했다.

"이것 봐요!"

선영은 그림을 잡고 목린과 언영 쪽으로 돌려주었다.

"……!"

목린의 눈이 상하로 팽창했다.

그림 속 목린은 그녀가 염려했던 것처럼 우락부락하지 않았다. 행복하게 웃으며 언영을 올려다보고 있었다. 올라간 입꼬리와 접힌 눈이 어여뻤다. 그녀를 마주하며 방글방글 웃고 있는 언영 또한 듬직한 자태를 뽐냈다.

어린 세 누이가 주변에서 까르르 웃는 모습도 실감 나게 담겨 있었다. 그림만 봐도 소녀들의 지저귐이 귀에 들려오는 듯했다.

그림 속 그들은 진정한 가족이었다.

* * *

"그렇게 좋아?"

"네!"

목린은 언영에게 업힌 채 집으로 귀환하는 중이었다. 두 손으로 윤근이 준 그림을 계속 펼쳐 놓고 꼭 쥐고 있는 그녀의 눈이 반짝거렸다. 아까부터 지금까지 그림을 얼마나 자세히 살피고 또 살폈는지 모른다. 눈을 감아도 바로 머릿속에 세세히 그려질 정도였다.

언영은 살짝 고개를 옆으로 틀어 목린을 눈에 담고 미소 지었다.

"벌써 그렇게 좋아하면 안 되는데."

"……?"

목린이 눈을 깜박거렸다. 이보다 더 기쁠 일이 또 있다고?

언영은 앞니가 드러나는 짓궂은 미소로 그녀를 다정하게 바라보았다.

"너무 놀라지 마."

골목을 돌아 집 대문을 마주하기 전, 언영이 경고했다. 목린은 살짝 고개를 갸웃했다.

그러던 그녀의 눈에 누군가가 들어왔다.

그들의 집 대문 앞에, 사람이 서 있었다. 갖고 온 짐 보따리가 그의 다리 옆에 내려진 상태였다. 문에 기댄 채 하늘을 바라보고 있던 그는 목린을 발견하자마자 얼른 허리를 곧게 폈다.

목린이 행복에 겨워 소리쳤다. 보고도 믿기지 않았다. 그리운 이름을 힘차게 불렀다.

"오라버니!"

"하하하하하! 초대에 응해 주셔서 고맙습니다, 형님!"

"아닙니다. 저야말로 초대를 받아 영광입니다, 공자. 아니, 이젠 매제라 불러야 맞겠지요."

목린을 가운데에 두고 세 사람이 정겹게 바닥에 앉았다. 목린은 예의 바르게 서로에게 인사를 나누는 언영과 목현을 보며 설레기도 하고 두렵기도 한, 양면적인 감정을 느꼈다.

두 사람이 이렇게 사이가 좋았었나 싶을 정도로 괜찮았다. 물론 그렇다고 해서 섣불리 형님 아우야 부르는 다정다감한 분위기는 아니었으나, 서로에게 지극히 공손했으며 그 어떤 악의도 보이지 않았다. 굉장히 의외였다.

분명 목린이 마지막으로 기억하는 두 사람의 끝은 엉망이었다. 그러나 지금은 마치 그녀 혼자만이 그날의 일을 기억하고 있는 사람 같았다. 물론 목린은 그 사건을 입 밖에 꺼내 좋은 분위기를 망칠 정도로 눈치가 없지 않았다. 나긋나긋하게 웃으면서도 무슨 일이 있는지 가끔 두 남자의 표정을 관찰했다.

"저, 오라버니. 정확히 언제 초대를 받으신 거예요?"

"얼마 되지 않았어. 네가 살짝 다쳤다는 소식을 듣고 곧바로 짐을 쌌단다. 아버지께서도 오고 싶어 하셨지만 여유가 없었어."

"조만간 꼭 찾아갈게요!"

목린이 주먹을 꽉 쥐고 말했다. 목현은 부드럽게 웃으며 사랑스러운 누이를 바라보았다. 언영은 남매를 번갈아 바라보더니 바닥에 손을 짚고 자리에서 천천히 일어섰다. 쾌활하게 웃으며 말했다.

"계속 있으면 제가 방해만 되겠지요. 잠시 나가 있을 테니 두 분이서 마음껏 못다 한 얘기 나누셨으면 좋겠습니다."

"고맙습니다, 매제."

"금방 끝날 거예요, 서방님!"

언영과 목린은 서로 눈인사를 던졌다. 마지막까지 기분 좋아 보이는 언영의 얼굴을 보니 목린은 마음이 뭉클해졌다.

"오라버니, 표정이 저번보다 훨씬 좋아 보이셔요."

언영이 사라지자마자 목린은 목현의 손을 살며시 잡으며 진지한 얘기를 시작했다. 목현은 나머지 손을 목린의 것 위에 포개고 담담히 웃었다.

"그래. 네가 큰 힘이 되었단다."

"정말이요? 그러면 이제 괜찮으신 건가요?"

"그래."

목현의 입술 옆에 작은 보조개가 파였다.

"네 말이 맞았다, 목린아. 처음 해 보는 일이니 잘하지 못하는 게 당연했다. 서툰 게 당연했어. 주변을 더 바라보고, 귀 기울여 듣는 대신 나 자신을 고립시키기만 했단다. 미래의 나에게 더욱 당당해지기 위해 하나하나 바꿔 나가고 있어."

"저도, 저도예요."

"그러니 목린아."

목현은 누이의 고운 손을 쓰다듬었다. 여전히 보들보들한 걸 보면 다행히 험한 고생을 한 것 같지는 않으나, 먼 땅에 홀로 나와 있는 누이만 생각하면 마음이 아렸다.

"내 걱정은 하지 마렴. 오히려 우리는 모두 너를 걱정하고 있단다."

"……."

여태까지 목현을 똑바로 바라보던 목린이 자신 없이 시선을 피했다.

그녀는 복에 겨운 삶을 살고 있었다. 이제 단순히 서방님이 진실을 알고 마음 아파하실까 봐, 진실을 맞닥뜨린 초족이 귀혈족에게 화를 내고 혼인을 파하자고 요구할까 봐, 그런 이유로 상황을 회피할 수는 없었다. 슬슬 밝힐 때가 왔다. 이대로 초족 사람들의 속을 타게 하는 건 너무 이기적인 행동이었던 것이다.

"오라버니, 제 서방님이 그렇게 나쁜 분이 아닌 거…… 알고 계시지요."

목린이 고개를 푹 수그리고 말했다. 목현은 얼굴을 찌푸렸다.

"무슨 뜻으로 하는 말인지 모르겠구나."

"지금 와서 과거를 바꿀 수 있다고 해도, 그런데도 제가 여전히 서방님의 아내로 남겠다 말해도, 엄청 이상하게 보실 일 없겠지요?"

"……."

목현은 대답이 없었다.

"오라버니, 귀혈족 사람들은 좋은 분들이에요."

목린은 천천히 다시 목현과 눈을 맞추었다. 목현은 의외로 묵묵하게 고개를 주억거렸다.

"그래. 네가 서간에도 그렇게 남겼지."

"진심으로 그렇게 생각해서 남긴 글이에요, 오라버니. 정말로요."

목린의 심장이 쿵쿵 빠르게 뛰었다.

"오라버니, 예전에 제가 아주 어릴 때, 제 손을 잡고 말씀해 주셨잖아요. 기억나세요?"

"……."

"사람의 존재는 다른 사람의 기억으로 증명되는 거라서, 아버지께서 우리와 함께하는 것을 좋아하신다고 하셨잖아요. 저는 서방님에게서 그 모습을 보았어요. 혼인을 앞당기자고 했던 날 기억하시지요? 그쯤에 생겼던 일이에요. 어쩌면 우리는 서방님과, 귀혈족과…… 그렇게 다른 사람들이 아닐지도 몰라요. 생각보다 비슷한 점이 많아요."

"……."

목현의 침묵은 목린을 두렵게 했다. 하지만 목린은 애써 말을 이었다.

"믿기 힘드시겠지만 서방님은 저를 많이 아껴 주세요. 제게 정말 다정하셔요. 그러니-."

순간 목현의 눈이 크게 팽창했다. 그가 눈을 내리깔고 고개를 휘휘 강하게 젓기 시작했다.

"아니다, 아니야. 목린아. 아니야."

"예? 무엇이……?"

"목린아. 나는 매제가 나쁜 지아비라고 한 적 없다. 매제가 누구보다 너에게 푹 빠져 있는 것을 섬에서 모르는 이가 없어. 아버지께서도 그 점만큼은 인정하신다. 우리가 너를 걱정하는 이유는 네가 생각하는 그런 게 아니란다."

"그러면 왜……."

"처음부터 네가 원한 일이 아니었잖니."

차분하던 목현의 목소리가 서서히 격정적으로 돌변하고 있었다.

"바꾸어 생각해 보렴. 네가 귀혈족의 여인이고 매제가 초족의 사내였다면, 이런 일이 벌어졌겠느냔 말이다. 아니, 절대 아니지. 주언영 그자는 평생 네 얼굴을 다시 한번 못 보고 내쫓겼을 거야. 아무리 매제가 괜찮은 이라고 해도, 시작이 잘못되었다는 것에서 부터 좋지 못한 거야."

"그건 모르는 일이라고 생각해요."

목현의 속에 답답함이 가득 들어찼다.

"그건 모르는 일이 아니다, 목린아! 왜냐하면……."

한편, 밖에 나갔던 언영은 맛난 강정을 놓은 작은 상을 들고 신나게 돌아오는 중이었다. 목린이 분명 기뻐할 것이다. 우물우물하며 맛있게 먹을 목린을 상상만 해도 언영의 머릿속이 기쁨으로 풍성해졌다. 그렇게 귀여운 모습을 구경할 기회를 목현에게 빼앗겨 살짝 아쉽기는 했지만, 목린이 행복하다면야 상관없었다.

언영은 요즘 기분이 매우 좋았다. 날아다닐 것 같다는 말은 이럴 때 쓰는 것 아니겠는가 싶을 정도로 황홀했다. 이유는 물론 목린 때문이었다. 나날이 밝아지는 아내를 보면서 언영은 삶의 달콤함을 즐기고 있었다. 지난번에 물리친 괴물 덕분에 그의 자신감은 더더욱 올라간 상태였다.

이제 여기서 목린과 자신 사이에 아이만 생긴다면 완벽할 것 같았다. 반년 정도가 흘렀다지만 아직 크게 걱정할 이유는 없었다. 시간은 많았고, 두 사람 사이의 애정은 나날이 깊어지고 있었다. 여유를 가지고 기다린다면 알아서 생기겠지. 우리 목린이 애라면 얼마나 예쁠까.

그렇게 싱글벙글 웃으며 마루 위로 올라왔을 때.

"너는 주언영을 사랑하지 않았잖아!"

문을 열고 안으로 들어가기 바로 직전. 언영의 몸이 그 자리에서 굳었다. 손을 애매하게 뻗은 자세로 얼어붙어 눈을 살짝 크게 떴다.

"그 자식이 처음부터 끝까지 착각하고, 몰아붙이고, 마음대로 다 하는 동안, 나의 누이는 무서워서 거절 한마디 못 했잖니."

언영의 숨이 떨렸다.

"그 사람들이 정말 좋은 이들이라 치자. 그래. 그렇다고 나와 섬사람들이 옳다구나 하고 그들을 곧장 받아들일 수 있다고 생각하느냐! 힘없는 나의 누이를 데려갔는데!"

"오라버니, 목소리를 너무 키우셨어요! 바깥에 다 들려요!"

목린은 얼른 달려가 문을 열었다. 혹시라도 바깥에 사람이 있는지 확인하기 위함이었다.

"휴우⋯⋯."

휑한 마당을 발견한 목린은 가슴을 쓸어내렸다. 안도한 표정과 함께 천천히 문을 닫았다.

쿵.

그리고 잽싸게 지붕 위에 올라간 덕분에 시야에서 벗어날 수 있던 언영은, 다시 가뿐히 바닥에 착지했다. 그의 심장이 요란하게 뛰고 있었다. 숨이 쉬어지지 않았고, 이마에선 어느새 식은땀으로 홍수가 나고 있었다.

설마. 설마 그럴 리가 없다. 잘못 들었겠지. 아니, 제대로 들었다고 해도, 그건 단순히 형님의 오해일 것이다. 목린이 성격을 보았을 때 남들하고 쉽게 마음에 담은 남자 얘기를 할 사람은 아니었으므로. 목린이 부정하면 그만이다. 그러니까.

언영은 가까이 문 쪽으로 귀를 기울였다.

"오라버니 말씀이 옳아요……."

심장이 와장창 깨지는 소리와 함께 언영의 마음에 균열이 일었다.

나이 먹고 평생 보인 적 없는 겁먹은 얼굴로 그가 천천히 뒷걸음질 쳤다. 다리가 후들거렸다. 입이 다물어지지 않았다.

그대로 등을 틀었다. 뛰쳐나갔다. 어디든 좋았다. 여기서 멀어질 수 있는 곳이라면.

"오라버니 말씀이 옳아요······. 저는 힘이 없었지만······."

목린은 눈을 내리깔고 천천히 심호흡을 했다.

떨렸다. 무서웠다.

하지만 언젠가는 넘어야 할 고비였다.

언영을 위해서, 사랑하는 이를 위해서 할 수 있는 최소한의 행동이었다.

"하지만 이제 힘이 생겼다고 한다면, 믿으시겠어요?"

목린이 얼굴을 들었다. 목현과 눈을 똑바로 맞추고 물었다.

"그리고 그게 서방님 덕분이라면, 믿으시겠어요?"

필사적으로 떨리는 손을 감추었다. 의혹이 잔뜩 깔린 오라버니의 눈이 그녀를 숨 막히게 했다. 어떻게 말해야 할까. 어떻게 말해야 설득할 수 있을까. 숨이 턱 막혔다.

그래도 해내야 한다.

"단월도에서의 삶이 끔찍했다는 뜻이 아니에요. 오히려 그곳에 계속 살았더라면 별일 없이 평탄하게 살 수 있었을 거예요. 아마도 옆집에 살던 덕복 오라버니랑 혼인해서, 아이 낳고, 오라버니랑 소중한 오랜 벗들이랑 함께 오손도손 살 수 있었을 거예요. 아무런 문제도 느끼지 못했겠지요. 문제가 없으니까요. 사랑하는 사람들이 주변에 둘러싸인 삶이라니, 얼마나 풍족한 인생이에요. 하지만……."

목린 스스로는 느끼지 못하고 있었지만, 그녀의 목소리가 점점 또렷하며 강해지고 있었다.

"하지만 그곳에 계속 살았더라면 이곳에서 일어났던 다양한 일들을 경험해 보지 못했을 거예요. 잡아먹겠다고 협박당해서 기절하는 거나, 설산을 데굴데굴 구르는 일이나…… 거의 벌거벗고 있는 사내들한테 둘러싸여 인사를 받을 리도 없을 테고, 귀여운 시누이에게 피로 쓴 편지를 받게 될 리도 없었겠죠. 덕복 오라버니께는 누이가 없으니까요."

목린은 앞서 들은 말 때문에 안색이 창백해지는 목현을 보고 아차 싶었다. 제대로 된 사연을 모른다면 확실히 속이 뒤집힐 내용이기는 했다.

목현이 더 캐묻기 전에 목린은 얼른 말을 이었다.

"하지만 그게 저예요. 이제 그런 경험은 저와 떼 놓을 수 없는 하나가 되었어요. 저의 일부분이 되었어요."

"……."

"단월도로 돌아간 저는 이전과 다를 거예요. 제가 완전히 귀혈족과 동화되었다는 뜻이 아니에요. 저는 여전히 저니까요. 하지만 저는 강해졌어요. 단순히 힘이 좋아졌다는 뜻이 아니에요."

목린이 길게 심호흡을 했다.

그리고 음절 하나하나에 마음을 실어 담으며 털어놓았다.

"이제 어딜 가더라도, 누구를 만나더라도 저를 사랑할 자신이 있어요. 저를 더 보듬을 줄 아는 사람이 되었어요."

그리고 목린은 당당하게 목현을 올려다보았다.

"물론 오라버니께선 전혀 이해하지 못하시겠지요. 말도 안 된다고 생각하실 테고요. 하지만……."

목현의 표정이 아리송했다. 원래 워낙 낯빛에 변화가 없는 사람이었기에 이상할 것은 없었으나, 지금으로선 썩 달갑지 않은 반응이었다. 그의 무표정이 목린의 인내심을 야금야금 갉아먹었다.

설득할 수 없음을 알고 있었다. 다른 사람이라면 모를까, 언영과 말다툼을 했던 목현이라면 더더욱. 무슨 용기로 이런 말을 했던 걸까. 목린은 스스로를 향해 중얼거렸다.

이제 오라버니가 어떻게 나설까? 그런 황당한 말을 듣고 가만히 있으실까? 당장 팔목을 잡고 여기를 나가자고 끌어낼지도 몰랐다. 아니면, 너도 변한 거냐며 냉대할지도 모르겠다.

무슨 상상이든 최악에 다다랐다. 목린은 속으로 앓는 소리를 냈다. 이대로는, 이대로는…….

"그러니까, 제발 저를 조금만 더 믿어 주시고……."

"믿어."

그때, 목현이 말했다. 목린은 눈을 깜박거렸다.

"……예?"

"믿어, 목린아. 네 말을 믿어. 처음부터 끝까지 다."

장난기 하나 없는 진솔한 목소리로 그가 말했다. 오히려 당황한 사람은 목린이었다.

"정말이에요……?"

"그래."

"저는…… 이렇게 쉽게 설득할 수 있을 줄은……."

"몰랐겠지. 내가 널 끌고 나가리라 생각했겠지."

"……네."

부끄럽지만 목린은 순순히 인정했다. 목현의 얼굴을 오랜만에 보았을 때 물론 반가움도 컸으나, 그가 무슨 일을 하러 왔을까 감히 예상도 할 수 없어 불안함 또한 꿈틀거렸다.

목현은 웃지 않았다. 미소를 보여 주며 누이를 안심시켜 줄 만도 한데 그런 것 하나 없었다. 대신 그는 목린과 눈을 똑바로 마주치며 예상 밖의 질문을 던졌다.

"그때 기억나니? 봄에, 우리가 처음으로 솔직한 서간을 주고 받았을 때. 정확히 말하면 내가 먼저 너에게 내 비밀을 털어놓았을 때."

목현은 잠시 입술을 감쳐물었다가, 결심한 듯 내뱉었다.

"단순히 내가 용기가 생겨서 벌인 일이 아니야. 누군가의 도움이 있었어."

"……누군지 맞혀 보라는 뜻인가요?"

"그래. 누구라고 생각해?"

목린은 당혹스러운 표정으로 속삭였다.

"혹시……."

고민을 하고 싶어도 할 수 없었다. 단 한 명밖에 떠오르지 않았다. 고민이 아니라 확신이었다. 그냥 알 수 있었다.

마치 두 사람끼리의 비밀이 있는 양 예의를 바르게 차리던 두 사람…….

"처음엔 봉투가 무척 두껍기에 네가 나한테만 은밀히 보내는 글인 줄 알았단다. 꼭 나만 보라고 쓰여 있어서 말이지. 그런데 열어 봤더니 뭔 지렁이만도 못한 글자들이 춤을 추고 있더구나. 귀여운 누이에게 장문의 글이 왔다고 동네방네 자랑하고 싶었는데, 그때의 실망감이란."

목현이 미소를 띠며 고개를 저었다.

"네가 단월도를 떠나던 날 나한테 무턱대고 화부터 내서 미안하다고, 목린이 네가 걱정돼서 그랬다고, 나한테 용서를 빌더구나. 그리고 나보고 많이 힘들어 보인다면서, 여러 가지 힘이 되는 말, 좋은 말, 약재까지 같이 보냈어. 너한테 솔직하게 먼저 얘기를 해보는 게 어떠냐고 용기를 북돋아 준 사람도 그였다. 정말 따뜻한 글이었어. 알아보기는 많이 힘들었지만."

"하지만……."

참지 못하고 목린이 속에 담겼던 의문을 끄집어냈다.

"제가 기억하는 서방님께선 제가 오라버니 생각을 오래 하는 것, 오라버니와 얘기를 나누고 싶어 하는 것 자체를 석연치 않게 생각하셨는걸요."

"그건 아마 내가 그 당시 많이 불안정해서 아니었을까. 나도 오늘에서야 너를 마주해서 다행이라고 생각한다. 만약 봄에 이렇게 다시 만났다면 중간에 어긋날 수밖에 없었을 거야. 아마 너와 나를 모두 걱정해서 보인 행동이었을 거라 확신한다."

아아…….

"솔직히 말하면 글에는 받아들일 수 없는 말, 혼란스러운 말도 많았어. 왜냐하면……."

"보고 자란 게 너무 달라서, 상대를 완전히 이해할 수는 없으니까요."

목린이 문장을 부드럽게 이어받았다. 목현은 누이를 똑바로 내려다보며 고개를 천천히 끄덕였다.

"그래. 하지만 정말 신기했던 점은, 이해할 수 없음과 동시에……."

마치 답해 보라는 듯 목현이 말허리를 끊었다. 목린은 이번에도 정답을 말할 자신이 있었다.

"이해받는 느낌을 받으셨던 거지요."

목현이 천천히 고개를 끄덕였다.

"그래, 맞아."

"무슨 느낌인지 저도 알아요."

"넌 매제가 한 말이 아버지를 떠올린다고 했지. 나는 그 반대였단다."

'함께 나아가는 거란다, 목현아.'

"매제가 보낸 장문의 글을 읽고 그 다음에 아버지를 뵈러 갔는데, 똑같은 말을 들었지. 그래서…….."

목린의 눈에 물기가 차기 시작했다.

"나는 네 말을 믿는다, 목린아. 정확히 어떤 일이 그동안 네게 벌어졌는지는 알 수 없지만, 네가 느꼈다는 그 감정이 무엇인지는 누구보다 잘 알고 있을 것 같아."

"아……."

떠밀려 오는 감정의 너울에 목린은 몸을 맡겼다. 눈물이 쉼 없이 터져 나왔다. 오라버니의 얼굴이 눈물에 흐릿해졌다. 어린아이도 이렇게까지 울진 않겠다 싶을 정도로 모든 것을 들춰냈다. 그렇게 꺼이꺼이 오열하며 간신히 더듬었다. 처음으로 입 밖에 내뱉은 고백이었다.

"오라버니. 저 서방님을 사랑해요. 서방님이 없는 삶은 절대 상상할 수도 없을 만큼, 그분이 너무 좋아요……."

* * *

자리를 옮기자 제안한 사람은 목린이었다. 그녀는 울음을 그칠 수 없었다. 처음으로 입 밖에 터져 나온 고백은 속사포 같은 오열을 동반했다. 언영에게 이런 모습을 들키고 싶지 않았다. 이런 식으로 마음을 털어놓는 방법은 멋지지도, 감동적이지도 않다고 생각했다.

두 사람은 근처에 아무도 없는 해변으로 갔다. 모래 위에 서서 몸을 서로 마주했다. 하지만 눈은 각자 다른 곳을 주시했다. 목현은 사색에 깊이 잠긴 채 눈으로 하얀 구름을 좇았고, 목린은 오밀조밀 모인 모래알을 내려다보며 하루라도 저들 중 하나가 되면 어떨까 상상했다.

수십만, 아니, 수백만 개의 비슷비슷한 모래알과 섞이면 하나도 구별이 되지 않을 테다. 하지만 언영은, 그 속에서도 기필코 그녀를 찾아내서 그녀만의 독특한 아름다움을 알려 줄 사람이었다.

그런 사람을 마음에 담았다는 것이 목린은 자랑스러웠다.

"웃는 모습으로 만나자고 하더니."

목현의 중얼거림에 목린은 천천히 고개를 들었다.

"춥지는 않니?"

누이의 양 갈래로 땋아 내린 머리가 바람에 휘날리는 모습을 보며 그가 다정하게 물었다. 목린은 살포시 미소를 띠며 고개를 저었다.

"아니요. 귀혈족 옷은 따뜻해서 좋아요. 그러면…… 이제 돌아갈까요? 울음도 멎은 것 같은데."

"목린아."

목현의 사뭇 진지한 부름에 목린은 고개를 들지 못했다. 이어서 그의 말이 계속 그녀의 귀에 내리꽂혔다.

"너는 기억을 못 하겠지만 네가 고작 네 살이었을 때, 우리 집이 발칵 뒤집힌 적이 있었단다. 해가 다 저물어 가는 데도 네가 집에서 보이지 않았거든."

목린은 천천히 고개를 들으며 물었다. 바람에 그녀의 머리카락이 휘날렸다.

"아……. 지난번에 보내 주신 서간에서 말씀하셨던 그 날인가요?"

"서간? 아, 그래. 맞다, 맞아."

봄에, 목현이 자신의 부끄러운 치부를 드러냈을 때 지나가는 말로 분명 얘기했었다.

"그러면 그날이 기억나니?"

천천히 고개를 젓는 목린을 보며 목현은 슬프게 웃었다. 다시 바다를 향해 시선을 뻗었다.

"이기적인 나는 네가 기억을 못 한다고 하니 마음이 살짝은 놓이는구나. 어떤 관점에서 보든 그건 철저히 내 잘못이었으니까."

바다는 노을과 만나기 시작하고 있었다. 푸른 물은 마지막으로 발악하는 태양에 아름답게 먹혀들어 갔다.

"뭘 말해도 변명이 되겠지만, 그때의 나는…… 그냥, 아무 일도 안 생길 거라 생각했어. 네가 꽤 말괄량이였는데도, 그걸 잘 알고 있는데도 널 혼자 두고 친우와 낚시하러 가는 거에 죄책감을 느끼지 못했다. 설마 잠깐 그사이에 무슨 일이 벌어지겠나 싶었던 거지. 유독 햇빛이 쨍쨍하여 기분 좋은 날이기도 했고. 물론 지금의 내가 그때로 돌아간다면 그 한심한 소년의 머리를 한 대 쥐어박아 줄 테지만."

"제가 말괄량이였다고요?"

너무도 놀란 목린은 이대로 지나칠 수 없어 물었다. 목현이 그녀를 마주 보고 싱긋 웃었다.

"그래. 엄청."

하지만 그의 입은 웃고 있지 않았다.

"저녁이 되어 집에 돌아오신 아버지께서, 네가 없음을 확인하고 얼마나 겁에 질리셨는지……. 나는 물론이고 다른 마을 어른들까지 합세하여 다 같이 너를 찾기 위해 고군분투했단다."

"신기해요. 하나도 기억나지 않아요."

"그럴 수도 있지. 네가 너무 어렸을 때니까."

"저는 어디에 있었나요?"

"숲에."

그리 답한 목현은 고개를 저었다.

"정말이지, 마을 사람들 모두가 네 이름을 목청껏 외쳐 대는 동안 너는 숲에서 잎사귀 여러 개를 모아 그 위에서 편안하게 낮잠을 청하고 있었다더구나."

그리고 목현은 눈을 맞추며 물었다.

"아버지께서 왜 거기에 갔었냐 물었던 건 기억나니, 혹시?"

"아니요. 전혀요."

고개를 도리도리 젓는 목린을 보며 목현은 살짝 아쉬워하는 표정을 내보였다. 호기심으로 머릿속이 가득 찬 목린이 얼른 물었다.

"제가 뭐라고 답하였는데요?"

"네가 숲에서 금빛의 꽃을 보았다고 했어."

목린의 입이 살짝 벌어졌다. 목현은 허탈한 표정으로 웃었다.

"반짝반짝 금으로 만들어진 꽃을 보았다고 하면서, 그 꽃을 다시 찾느라 숲을 헤맸다고 한 거야. 그 말을 듣고 아버지의 어깨에 바짝 들어가 있던 힘이 대번에 풀어졌지. 어린애한테 그럴싸한 답을 기대한 건 아니지마는, 너무 어이가 없으니 말이다. 뭐, 그것도 피범벅이 되어 있던 네 손을 보기 전까지의 얘기지만."

목린은 살짝 초조하게 물었다. 목현이 조금 더 그녀의 얼굴을 살폈다면 그 위에 떠오른 기대감을 읽어 냈을지도 모를 일이었다.

"그러면 그 꽃은요? 정말로 있던 거예요?"

"있었겠니."

"아……."

목린은 눈을 아래로 내리깔았다.

"혹시 몰라서 정말 그 주변을 대낮에 수색해 본 이들도 더러 있었다. 하지만 네가 말한 꽃은 없었어."

"그렇군요……."

"그리고 그 당시 아버지께선 꽤 무섭게 너를 꾸짖으셨다. 네가 벌벌 떨 정도로 엄중하셨던 건 아니었지만, 네 살짜리 어린아이에게는 퍽 가혹했지. 그리고 그때부터였을까."

목현은 바다를 다시 천천히 살폈다.

"……네가 점점 얌전해지더구나."

목현은 바다를 보고 있었지만, 바다를 보고 있는 것 같지 않았다. 노을빛 바다를 보고 있다고 하기엔 너무도 추억에 젖은 눈이었다. 말괄량이였다던 어린 소녀가 물 위에서 춤을 추기라도 하는 양, 목현은 바다를 그런 눈길로 쳐다보았다.

"네가 그날 갑자기 변한 건 아니야. 하지만 그날 처음으로 깨달

앉겠지. 조심해야겠구나. 더 얌전히 놀아야겠구나. 그리고 그 이후의 크고 작은 다양한 일이 잇달아 몇 해 동안 벌어지고 지금의 네가 생겨난 거란다."

"……."

"내가 하고 싶은 말은…… 나는, 아니, 우리는 네가 이곳에 살면서 변한다 한들 나쁘게, 이상하게 생각하지 않을 거란 얘기다, 목린아. 설령 좋지 않게 생각하는 이가 생기더라도, 내가 어떻게든 바꿔 놓겠어. 너는 언제나 변해 왔고 앞으로도 계속 변할 거란다. 말괄량이였던 너, 내가 쭉 봐온 너, 이곳에 와서 바뀐 너. 모두가 같은 사람이야. 우린 그저 네가 즐겁고, 바르게 살아가기만 하면 된다. 눈으로 보고 무엇이 옳은지 그른지 정도는 **충분히** 파악할 수 있는 나이라고 믿으니. 그런 변화는 나쁜 게 아니야. 행복으로 내딛는 과정이란다."

"오라버니……."

목현은 측면을 바라보며 목을 어색하게 가다듬었다. 이런 낯간지러운 말을 입 밖으로 직접 내뱉으며 누이와 대화한 건 오늘이 난생처음이었다.

목현은 살짝 팔을 옆으로 벌렸고, 목린은 기다렸다는 듯 바로 그의 품에 달려들어 안겼다. 놀란 목현의 몸이 살짝 뒤로 기울여졌다가 다시 균형을 잡고 제자리로 돌아왔다.

따뜻한 석양이 남매의 몸을 따뜻하게 데웠다. 잔잔한 파도 소리가 그들의 심장에 평화의 노래를 불러다 주었다. 바람이 그들의 주변을 지켰다.

부끄럽고 어색한 마음을 이겨 보고자 목현이 목린의 귓가에 농담을 던졌다.

"그렇다고 너무 이상한 것까지 다 따라 하진 말아라. 아버지께서 보고 기절하실지도 모르니."

목린은 목현을 더 세게 끌어안으며 눈웃음쳤다. 그리고 씩씩하게 대답했다.

"네!"

"목숨이 걸린 짓도 무턱대고 하지 말고."

"네!"

목린이 열심히 고개를 끄덕였다. 그리고 이번엔 목현이 다소 진지한 투로 말했다.

"사실 난 여전히 주언영이 너를 취한 그 과정이 마음에 들지 않아. 그 점 하나만큼은 너도 내 고집을 돌릴 수 없다. 하지만⋯⋯ 그 사내에 대해서는 나보다 네가 더 잘 알겠지. 하여 앞으로 어떻게 할지는 온전히 네게 맡기마. 나는 네 선택을 지지하겠다. 그러니 내가 필요할 땐 언제나 말해 주렴."

어떻게든 참으려고 했지만 목린의 눈에 다시 눈물이 고였다.

"고마워요, 오라버니."

한편, 거구의 사내가 멀찌감치 떨어져 그들을 가만히 주시하고 있었다. 무슨 생각에 빠져 있는지, 바람에 휘날리는 그의 머리카락 아래 짙은 눈썹에 힘이 바짝 들어갔다.

"쉿."

그는 자신의 애마가 목린을 향해 달려가려고 하자 팔을 뻗어 앞길을 막았다. 그리고 낮게 말했다.

"너 때문에 들킬 뻔했잖아."

륭은 툴툴거리며 뒷걸음쳤다. 언영은 다시 시선을 두 남매 쪽으로 향했다.

아름다운 노을이 선명한 하늘을 뒤에 두고 있는 두 사람의 대화를 듣기에, 언영은 너무 멀리 떨어져 있었다. 하지만 표정과 몸짓은 또렷하게 보였다.

목현을 얼싸안은 목린은 진정으로 행복해 보였다. 즐거움에 휩싸인 두 남매의 사이엔 비집고 들어갈 틈이 없었다. 저대로 놔두고 언영이 영원히 떠난다 해도, 하등 괘념치 않고 끝까지 마냥 저렇게 웃을 것처럼……

"……"

언영은 주먹을 꽉 쥐었다. 두려움이 가득 찬 얼굴을 아래로 푹 숙이며 등을 돌려 자리를 떠났다.

* * *

"조만간 다시 볼 수 있겠지."

"네, 물론이에요."

"겨울은 너무 추우니 고생일 테야. 봄이 되면 찾아오거라. 기다리고 있으마."

"네!"

날씨는 빠르게 추워지고 있었다. 하지만 서늘한 칼바람도 오라버니와의 이별 때문에 뜨거워진 마음을 얼릴 수는 없었다.

항구에는 언영의 가족과 목현을 바래다줄 선원들이 모여 있었다. 월진과 윤근이 껄껄 웃으며 인사하는 동안 언영의 세 누이가 나란히 서서 호기심 넘치는 초롱초롱한 눈으로 목현을 구경했다. 목현이 가볍게 웃어 주자 아이들은 더욱 크게 미소 지었다.

그다음으로 언영과 목현, 목린이 셋이서 함께 작별 인사를 나누었다.

"그러면 매제, 목린이를 그동안 잘 부탁드립니다."

"……예."

언영이 대답했지만 그는 영혼은 어딘가 다른 데 날아가 있는 표정이었다. 목현이 빤히 쳐다보자 언영이 횡설수설 말했다.

"아. 짐을…… 짐을, 옮겨다 드리겠습니다."

"아닙니다. 제가 직접 해도 괜찮습니다."

그렇게 무겁지 않은 짐을 사이에 두고 아웅다웅 실랑이가 벌어졌다.

목현은 언영과 자신 사이에 흐르는 의미심장한 기류를 읽고 있었다. 어쩔 수 없었다. 두 사람 사이에는 진솔한 이야기를 나눈 글이 오갔다. 함께 그런 경험을 했는데 서로를 의식하지 않을 수 있을 리 만무했다.

하지만 이 모든 것을 시작했던 언영은 굳이 목현 앞에서 그날의 일을 입 밖으로 들춰내지 않았다. 아무 일도 없었던 양 묵묵히 굴었다. 기실 그가 아는 척을 해 왔더라면 얼굴이 화끈해졌을 터.

언영이 목현이 불편해할 것을 알고 부러 얘기를 삼가고 있는 것이다. 자신의 과실을 남 앞에서 편히 얘기할 수 있는 이는 몇 없으니 말이다.

"제가 하겠습니다. 목린이와 조금이라도 더 얘기 나누십시오."

언영이 목현의 짐을 확 무례하지 않을 정도로 잡아당겼다. 목현의 손이 떨어져 나갔다.

"고맙습니다."

언영을 가만히 올려다보며 목현이 한 박자 늦게 답했다.

언영은 목현과 눈을 마주치지 않았다. 시선을 피하며 배를 향해 저벅저벅 어색하게 걸어갔다. 자리에는 목린과 목현만이 남았다.

목현이 먼저 입술을 뗐다.

"목린아, 요 며칠 동안 매제의 낯빛이 좋지 못하구나."

"저만 그렇게 느낀 게 아니지요?"

목린이 기다렸다는 듯이 답했다.

"그래. 혹시라도 내가 불편하게 만든 건 아닐지 걱정이 앞서는구나."

"그건 아닐 거예요. 애초에 오라버니를 서방님이 초대하셨잖아요."

목린이 고개를 도리도리 저었다. 그리고 잠시 쉬었다가 다시 입을 열었다.

"오라버니, 정말 보고 싶을 거예요."

"더 붙잡고 있으면 매제가 가만두지 않을 것 같은데."

얼른 서방님은 그럴 분이 아니시라고 말하려던 목린은 웃음기 섞인 목현의 표정을 보고, 그가 장난을 쳤음을 늦게 깨달았다.

"하하, 농이었고…… 섬에 돌아가서 네가 잘살고 있다고, 걱정하지 않아도 된다고 분명히 말해 두고 오마."

"그래 주시면 저야 고맙지요."

"그 외에 하고 싶은 말이 있니? 섬사람들에게 전하고픈 얘기는?"

목린은 잠시 머뭇거렸다.

"……아니요."

"있을 줄 알았는데."

"직접 섬사람들과 마주 보고 해야 할 말 같아요."

목현과 지난번 일이 있고 나서 더욱 생각이 확고해졌다. 단순히 글로 설명할 수 있는 일이 아니었다. 눈을 맞추고 하는 진솔한 대화가 필요했다.

"네 뜻이 그렇다면."

목현은 가볍게 고개를 끄덕이며 답했다.

마침내 목현을 태운 배가 바다를 향해 뻗어 나갔다. 언영의 가족은 나란히 한 줄로 서서 떠나는 이를 향해 열심히 팔을 흔들었다. 세 누이들은 두 팔을 모두 들어 장난스럽게 휘날렸다.

가장 끝 쪽, 언영의 옆에서 인사 중이던 목린은 갑자기 미간을 좁히며 흔들던 손을 복부에 얹었다. 언영이 깜짝 놀라 고개를 돌리고 낮은 목소리로 물었다.

"왜 그래?"

"아."

목린이 수줍게 얼굴을 붉히고 머리를 아래로 떨구었다.

"달거리를 시작했어요."

"……."

"죄송해요……."

당황한 언영이 곧바로 말했다.

"나한테 뭐가 죄송해? 이건 사과할 일이 아니야."

"서방님은 얼른 아이 보고 싶으시니까……."

"그렇다고 누가 사과까지 하랬어?"

"……아무도 안 그랬어요."

"그러니까 앞으로 절대 그런 말 하지 마."

"네."

목린은 고개를 두 번 끄덕이며 성실하게 대답했다. 언영은 말을 잇지 못하고 그 모습을 빤히 쳐다보았다.

"절대…… 하지 마."

어디서부터 잘못된 걸까.

얼마나 잘못된 걸까.

너는 잘못되었다는 사실을 언제부터 알고 있었을까. 그리고…….

언제까지 숨기려 했던 걸까.

언영은 멀어지는 배를 멍하니 주시했다.

흐릿해지는 배의 형적이 그들 부부의 관계를 지탱하던 신뢰와 비슷하게 보였다.

이른 새벽부터 바다에 나와 있는 단월도의 어부는 콧물을 들이
켜며 억지로 잠을 이겨 내는 중이었다. 계절이 바뀌며 매서워진
바람은 이에 큰 도움이 되어 주었다.

"흐음, 또 잠들 뻔했군."

그가 낚싯대를 잡지 않은 손으로 눈을 비비며 중얼거렸다.

사실 추운 바람이 정신을 똑바로 차리게 해 주는 것도 처음 며
칠 정도였지, 인간인지라 금방 적응해 가고 있었다. 물결치는 바
다에 맞춰 흔들리는 배도 편하게 느껴질 정도였다. 물론, 집에 있
는 침상에 비하면야 택도 없었지만.

'아직 해도 뜨지 않았는데 이게 뭔 고생인지.'

바다에서 유유자적하는 삶이 즐거워서 선택한 일이었으나, 요 근래 회의감이 자주 고개를 들었다. 이유는 간단했다. 섬 주변 물고기는 점점 줄어드는 가운데, 부양해야 할 가족이 있었다. 한 마리라도 더 잡아들이겠다는 결심으로 여명이 밝아오기도 전에 출항한 지 오늘부로 몇 주째. 그 기간 동안 얼마나 많은 좌절을 맛보았는지.

'이 일을 관두면 어떻게 살아야 한담.'

어부는 머리를 굴려 보았다. 하나 아무리 생각해도 지금 하고 있는 이 짓만큼이나 그가 능숙한 게 없었다. 익문한테 부탁하면 잡일이라도 구해 줄까나. 집에 있는 가족 생각에 그는 가슴이 텁텁해졌다. 으슬으슬해지는 몸을 앞으로 웅크리고 잠시 눈을 감았다.

때문에 그는 알지 못했다. 바닷속에서 검은 무언가가 솟아올랐다.

* * *

"아버지, 눈은 언제 오나요?"

"이제 겨울이니까 곧 있으면 볼 수 있겠지? 눈이 보고 싶으냐?"

"보고 싶어요!"

장터에 가던 목린은 어떤 부녀의 대화를 듣고 걸음을 늦췄다.

겨울이 찾아왔다.

언영이 집에 돌아왔을 때 조금이라도 더 따뜻하고 정든 공간을 주고 싶었다. 하여 그를 위해 맛난 고추 부각을 준비하고, 저녁에 함께 식사할 생각에 들떠 기쁜 마음으로 재료를 구하러 거리를 나섰다.

쌀쌀해지면서 갖춰 입기 시작한 녹색의 두루마기를 움켜쥐며 목린은 두 사람을 계속 지켜보았다. 어느새 발걸음을 멈추고 그들의 대화에 홀딱 빠져들었다.

제 허리까지 오는 딸의 손을 잡고 거니는 아비의 표정이 그리도 유쾌할 수 없었다. 사랑받고 있음을 알고 있는 아이 또한 비슷한 미소를 보답하고 있었다.

"……."

목린은 조심스럽게 자신의 평평한 배를 어루만졌다.

아이를 가지는 상상을 한 게 이번이 처음은 아니었다.

"눈 오면 하고 싶은 게 뭐더냐?"

"눈사태 위에서 썰매 타기요!"

"역시! 자랑스럽다!"

하지만 지금처럼 벅차오른 건 처음이었다. 천천히 멀어져 가는 부녀의 뒷모습을 계속 바라보았다. 그들이 시야에서 사라졌을 때도 쉽게 발걸음을 떼지 못했다.

* * *

"서방님. 자고 있어요?"

"……아니."

조금 늦게 언영의 대답이 들려왔다. 어두컴컴한 방에서 두 사람이 찰싹 달라붙어 온기를 나누고 있었다.

"춥지 않으세요?"

"아니, 괜찮아. 딱 좋아. 목린이 안고 자니까 따뜻해."

말은 그렇게 했지만 언영은 목린을 제대로 안고 있지 않았다. 대충 팔만 둘렀다고 봐도 좋았다.

"오히려 너는? 춥지 않아?"

그래서 언영이 화가 났나 생각했다가도, 물어오는 목소리는 다정하기 그지없어서 혼란스러움만 더해졌다.

"저는……."

망설이지 않고 괜찮다고 하려 했던 목린이 바로 직전에 머뭇거렸다.

춥지는 않지만 더 따뜻하길 바랐다. 지금보다 더 언영의 품에 깊숙이 안겨 따뜻하다 못해 뜨거워지길 원했다. 그와 온전히 하나가 되고 싶었다. 그리고 그런 감정을 제대로 표현하고 싶었다.

"저는 좀 추워요……."

목린은 언영의 몸에 제 몸을 비비며 그의 가슴팍에 더 파고들었다. 그가 바짝 굳는 게 느껴졌다. 만족감이 목린의 심장을 기분 좋게 어루만졌다.

목린은 더 과감하게 한 손을 그의 커다란 가슴 위에 얹었다. 부풀어 터질 것 같은 그의 가슴에 그녀의 작은 손바닥이 닿았다. 목린의 정수리 쪽에서 언영이 숨을 들이켜는 소리가 들렸다.

목린은 조용히 생각했다.

'주물러 보고 싶다.'

맨가슴은 좀 부끄럽지만, 지금처럼 겨울옷을 걸쳤을 땐 괜찮지 않을까? 언영은 마음껏 그녀의 가슴을 만지니까 그 반대라고 안 될 것 없었다.

하지만 여기까지 생각했을 때, 갑자기 언영이 몸을 뒤로 내빼며 피했다. 어둠 속에서도 그의 당황한 표정이 잘 보였다.

"안 돼! 목린아, 저번처럼 주무르면……."

"저번이요?"

"아니, 그러니까."

저번이라니, 언제 저 가슴을 주물러 봤단 말인가. 저런 걸 주물러 보고 까먹을 수 있을 리 만무했다.

"마치 저번부터 해 왔던 척하듯이, 그렇게 익숙하게 잡으면 안 된다고."

"네……."

"저번에도 했다는 게 아니라."

"네에……."

목린도 눈치는 있었다. 싫다는 것을 돌려 말하는 게 분명했다.

다른 일이었다면 조금만 더 부탁해 볼지도 모르겠는데, 그래도 가슴을 만지고 싶다고 계속 우기기는 너무 부끄러웠다. 결국 말없이 물러나야만 했다.

'서방님은 내 거 많이 만지면서…….'

목린은 잠들 때까지 시무룩한 표정을 지우지 못했다.

* * *

"하아."

"너 요즘 표정이 왜 그래?"

참다못한 현오가 걸음을 멈추고 나란히 함께 하던 언영에게 물었다.

처음에는 못 본 척 넘어갈 수 있었다. 하지만 하루가 지나고, 이틀이 지나고, 사흘, 나흘이 지나도 언영의 우울한 표정은 하등 나아지지 않았다.

처음엔 목린과 싸워서 그런 줄 알고 현오는 일부러 관여하지 않았다. 둘이서 해결할 일로 보았던 것이다. 하지만 어제 우연히 길에서 마주친 목린이 평소와 같이 생글생글 웃으며 인사를 해 준 탓에, 현오는 생각을 바꾸기로 했다.

언영은 탐탁지 않은 눈으로 그보다 살짝 작은 현오를 내려다보다가 진한 한숨을 내쉬었다. 그리고 피곤한 목소리로 말문을 열었다.

"네가 저번에 내게 말했지. 목린이가 내게 감정이 없는 줄 알았다고."

"어, 그랬나? 그랬던 것 같기도 하고."

현오는 손톱 끝으로 볼을 살살 긁었다.

"왜, 알려 줄 거라도 있어?"

"알려 줄 수 없어."

"그러면 왜 말하는 거야?"

"……."

돌이켜 보면, 목린이는 한 번도 그에게 사랑한다고 말해 준 적이 없었다.

언영은 그 점에 큰 불만을 품은 적은 없었다. 목린이는 수줍음이 엄청나게 많은 사람이니까. 물론 목린이가 마음을 표현해 준다면야 좋아서 입이 찢어지겠지만 굳이 그러지 않아도 행복한 관계를 유지하고 있으니, 그거면 충분하다고 생각했다. 언영은 이런 점에 대해 매우 긍정적인 사내였다.

하지만, 여태껏 사랑을 고백하지 않은 이유에 다른 게 있다면······.

언영은 두 손으로 머리카락을 마구 비볐다. 이렇게 혼자 고뇌해 봤자 해결되는 건 없었다.

"어, 목린 님 오신다."

"뭐?"

현오의 말에 언영은 정신을 퍼뜩 차리고 앞을 보았다.

"서방님!"

정말이었다. 목린이가 귀여운 몸을 흔들면서 달려오고 있었다. 후광이 비추는 것 같아서 언영은 눈을 찡그렸다. 차마 생눈으로 바라볼 수 없는 황홀한 광경이었다.

"현오 님도 안녕하세요. 오늘도 뵙네요."

"네. 오늘도 반갑습니다."

목린은 현오와 짧은 인사를 주고받고 금방 다시 언영을 올려다보며 눈을 빛냈다.

"서방님, 저랑 산책하실래요?"

"어, 나는······."

언영이 뻣뻣한 자세로 형편없이 더듬거렸다.

현오는 옆에서 조용히 목린의 얼굴을 바라봤다. 그녀는 누가 봐도 영락없이 사랑에 빠진 모습이었다. 그가 들리지 않을 정도로 낮게 중얼거렸다.

"좋을 때다."

다인과의 관계가 애매한 그에겐 그저 부럽기만 한 상황이었다.

"잘 다녀와라, 언영아. 뒤 일은 내게 맡기고."

현오는 언영의 어깨를 가볍게 두들기며 말했다. 다른 생각에 푹 빠져 있었는지 언영은 현오의 손이 닿자마자 소스라치게 놀랐다.

목린은 팔을 뻗어 언영의 검지를 살며시 쥐고 흔들었다.

"들었어요, 서방님? 일은 현오 님께 맡기면 된대요. 어서 가요."

"크흠. 분명 예전엔 저한테 일 맡기는 것에 대해 무척 미안해하셨던 것 같은데……."

현오가 장난스럽게 헛기침을 하며 끼어들었다. 농인지 눈치 못 챈 목린이 허둥지둥 해명했다.

"지금도 많이 미안해요! 정말이에요! 미안해요, 현오 님……."

"되었습니다. 사람은 원래 변한다는 사실 알고 있습니다. 목린 님도 예외는 아니었군요, 흑흑흑."

"그런 것이 아니라!"

"그만."

언영이 약간 음산하게 말하자 주변이 대번에 조용해졌다. 목린 과 현오 둘 다 눈만 크게 뜨고 입술을 꾹 다물었다.

이상해진 분위기를 홀로 개의치 않아 하며 언영이 말을 이었다.

"갈게. 지금 바로 가자."

"네, 네."

목린이 우물쭈물 답했다.

언영은 목린의 어깨를 팔로 감싸며 떠났다. 손가락 끝이 차마 그녀의 둥근 어깨를 감지 못하고 허공을 더듬거리고 있었다. 현오만이 제 자리에 남아 어이가 없다는 표정으로 그들을 빤히 바라보았다.

"뭐야. 누가 보면 내가 추파라도 던진 줄 알겠네."

다른 이도 아닌 가장 절친한 벗의 여자를 꾀어낼 생각은 추호도 없다. 결코 그런 이상야릇한 분위기가 아니었다. 게다가 언영이 평소에도 질투가 심한 모습을 보였다면 이해라도 할 텐데, 그것도 아니라 더 당황스러운 것이다. 다른 남자는 몰라도 현오 그는 이런 대우를 받지 않았다.

게다가 추파를 던진다고 목린이 넘어올 사람이던가. 저 끈끈한 두 사람 사이에 과연 누가 비집고 들어간단 말인가. 무언가가 언영의 걱정을 자극하고 있음이 분명했다.

"서방님, 손 주세요. 가락지 만들어 드릴게요!"

"아니야. 괜히 번거롭게……."

"전혀 번거롭지 않아요!"

둘이 있어도 자리가 남는 커다란 바위에 함께 앉았다. 목린은 언영의 투박한 열 손가락 모두에 꽃을 달아 주느라 아주 열심이었다. 콧노래를 흥얼거리며 알록달록한 잎을 가득 달아 주는 그녀의 입꼬리가 시종일관 올라가 내려갈 줄을 몰랐다.

가만히 그녀의 얼굴을 뜯어 살피던 언영이 조심스레 물었다.

"무슨 좋은 일 있어?"

"네!"

"뭔지 물어봐도 돼?"

"서방님도 아시는 거예요."

언영은 눈을 굴리다가 천천히 말했다.

"어……. 은평이가 이제 이상한 춤을 그만두는 거야?"

"무슨 소리 하시는 거예요. 정말 모르시겠어요?"

목린은 번쩍 고개를 들었다. 언영은 우람한 어깨를 으쓱였다.

"서방님 생일이 다가오고 있잖아요!"

"아."

언영이 떨떠름하게 답했다. 정신이 완전히 다른 곳에 팔려서 잊고 있었다. 그러고 보니 저번에 북동쪽으로 떠났을 때, 그 망할 놈들이 다 온다고 했는데. 설마. 언영은 슬슬 걱정되기 시작했다.

"서방님, 매번 서방님 생일 앞뒤로 몇 주 동안은 저희 섬에 오지 않으셨잖아요. 그래서 뭔가를 드리고 싶어도 늘 적당한 때를 놓쳤어요."

목린이 다시 고개를 숙이고 가락지 만들기에 열중하느라, 그녀는 움찔 놀라는 언영의 몸을 보지 못했다.

"일부러 그러신 건지, 어쩌다 보니 그렇게 된 건지는 저도 모르지만……."

"일부러라니! 하하."

"이번에는 저도 가만히 있지 않겠어요. 서방님 위해서 정말 기억에 남는 날 만들어 드릴 거예요."

"아니야. 그러지 않아도……."

생일만 되면 단월도 근처에는 얼씬도 하지 않았던 이유는 하나였다. 그는 목린에게 주는 것이 익숙했지, 그녀에게 무언가를 받는 것은 감히 상상도 할 수 없었다. 그랬다가는 정말 그 자리에서 심장이 터져 버릴 것만 같아서, 괜히 쑥스러워서 그 자리를 피했던 것이다.

이제 와 보면 너무나도 잘한 선택처럼 여겨졌다. 목린이 그를 사랑하지 않는다 하니까. 아니, 아니지. 그날 엿들은 건 오해일지도 모른다. 아니면…….

한편 목린 또한 어떤 생각에 푹 빠져 있기는 매한가지였다.

그녀는 언영의 생일에 마음을 고백하기로 마음먹었다. 비록 언영에게 선물을 사 줄 여윳돈을 충분히 구하지는 못했지만, 어딘가 방법이 있을 터. 풍성하게 준비한 것들을 주변에 두고 언영에게 용기 있게 사랑한다고 말하면 그가 얼마나 좋아할까. 생각만 해도 뿌듯했다. 사랑이라는 게 이렇게 좋은 거구나. 나는 정말 서방님을 사랑하고 있구나. 이게 사랑이구나.

그리고 분위기가 더 사뭇 진지해지면 언영에게만 아주 조심스럽고 차분하게, 그동안의 오해를 털어놓고 함께 어떻게 하면 좋을지 손을 잡고 얘기해 볼 생각이었다. 여기까지가 목린이 구상한 꿈이었다.

그리고 처음부터 끝까지 다시 계획을 되새겼을 때 마침 마지막 열 번째 가락지가 완성되었다. 목린은 환하게 웃으며 고개를 들었다.

"봐요! 서방님 손에 무지개가 폈어요."

"정말 예쁘다. 고마워."

언영은 꽃이 풍성한 손 하나로 목린의 뺨을 쓰다듬었다. 떨려하는 목린의 속눈썹이 파르르 떨렸다. 게다가 그녀의 얼굴도 이글이글 타는 불처럼 새빨개졌다.

마치 진짜 같잖아. 언영이 속으로 중얼거렸다.

"어, 다람쥐예요!"

얼른 다른 데에 관심 있는 척 목린은 괜히 지나가는 다람쥐를 삿대질했다. 뽈뽈뽈 땅을 달려가고 있던 다람쥐는 목린과 눈을 마주치고 자리에서 굳었다.

목린은 자리에서 일어나 천천히 그 다람쥐에게 다가갔다.

"이 추운 겨울에 왜 나와 있을까요? 잠을 자야 할 시간인데."

얼어붙어 있던 조그만 다람쥐는 목린이 자신의 앞에 무릎을 구부리고 앉자 더욱 당황하며 작게 삑삑 울었다.

언영이 그녀의 뒤에 서서 차분히 설명했다.

"다람쥐는 덩치가 작아서 체내에 음식을 오래 못 쌓아 놔. 그래서 겨울잠을 자는 도중에도 깨서 새로운 걸 섭취해야 한다고 하더라고. 이 행위를 봄이 올 때까지 계속 반복하고."

"그래요?"

목린은 눈을 동그랗게 뜨고 언영을 돌아봤다가 다시 눈썹을 내리며 다람쥐와 시선을 마주했다. 근심 가득한 그녀의 눈이 빛나고 있었다.

"그러면 이 아이는 먹이가 부족해서 나왔을까요? 불쌍해……."

목린은 다소곳하게 양손을 뻗었다.

"이리 와."

손이 다가오자 처음에 소스라치게 놀란 다람쥐는 몇 번 뒷걸음질 쳤다. 하지만, 싱긋 웃고 있는 귀여운 목린의 미소를 무심코 올려다본 다람쥐는 어안이 벙벙해졌다.

다람쥐는 홀린 듯한 표정으로 입을 벌리고 천천히 목린의 손 위에 걸어왔다. 목린은 다람쥐를 양손으로 부드럽게 감싸며 무릎을 펴고 일어섰다. 그리고 보란 듯이 언영을 향해 다람쥐를 더 가까이 보여 주었다.

처음 봤는데 다람쥐도 목린을 좋아하는 게 언영의 눈에도 보였다. 목린이가 너무 귀여워서 그런 게 틀림없었다. 언영은 그 사실만으로도 지금 좋아서 어깨가 후들거렸다.

"어, 추우세요? 내려갈까요?"

"아니, 아니."

언영은 맹렬히 고개를 저었다. 목린이 다람쥐와 교감하는 모습만 평생 보고 죽어야 한다고 해도 아무 불만 없었다.

"정말 귀여워요."

목린은 다람쥐 앞에 얼굴을 바짝 대고 중얼거렸다. 그녀의 초롱초롱한 눈을 보며 언영은 다람쥐가 아닌 다른 게 더 귀엽다고 생각했다.

따지고 보면 다람쥐가 그보다 나았다. 적어도 다람쥐는 이렇게 목린을 행복하게 만들어 주고 있었다. 덕분에 언영은 질투도 났지만, 무엇보다도 이 행복을 주는 쪼끄만 놈이 고마울 지경이었다. 그래서 그도 목린처럼 다람쥐 앞으로 눈을 크게 뜨고, 얼굴을 불쑥 들이댔다.

"삐이이이익!"

다람쥐는 굉장히 망측한 비명을 지르며 뒷걸음질 쳤다. 목린은 얼른 손으로 다람쥐를 감싸며 달래주었다.

목린은 혹시라도 언영이 마음 아파할까 봐 머쓱해하며 가벼운 말투로 말했다.

"수줍음이 많은가 봐요."

"아니, 누가 봐도 무서워하는…….."

언영의 입이 돌연 꾹 다물렸다.

정신이 아득해졌다. 한 대 매서운 따귀를 맞은 양 갑자기 이성이 마비되었다.

"먹이가 없어서 깨어난 거라면 이대로 이별했다간 큰일 날지도 모르겠어요. 어떡할까요?"

목린의 목소리가 윙윙 울리는 것처럼 들렸다. 하나도 귀에 들어오지 않았다.

"서방님?"

생각해 보니 첫 만남부터 쭉 다람쥐는 목린이었고 목린은 과거의 언영이었다. 목린은 지금의 다람쥐처럼 늘 바들바들 떨었고 귀혈족은 당연히 그녀가 수줍어한다고 믿어 의심치 않았다. 언영은 그저 그런 목린이 귀여워서 어쩔 줄을 몰랐다.

하지만 모든 것이 오해였다면?

목린이 정말 오로지 공포에 사로잡혀 있었다면?

"마을에 다람쥐에 대해 잘 아는 사람이 한 명이라도 있지 않을까요? 그러면 일단 마을에 이 아이를 데리고 가고, 그분의 제안을 따르는 게 좋을 것 같아요. 서방님은 어떻게 생각하세요?"

"……."

"서방님!"

"……응. 그래."

언영이 목소리는 마치 다른 세상에 있는 것 같았다.

"저, 목린아."

"네?"

목린이 한 손으로 다람쥐를 쓰다듬으며 언영을 올려다보았다.

"솔직히…… 말해 줘. 혼례 전에도 한 번 물어봤던 거지만 한 번 더 물어볼게. 혹시 너……."

한 번이라도 내가 무서웠던 적 있냐고.

그렇게 묻고 싶었는데.

"눈이에요!"

목린이 하늘을 올려다보며 외쳤다. 하얀 눈이 하늘에서 잔잔하게 떨어지고 있었다. 바람이 세게 불지 않아서 큰 미동 없이 떨어져 땅에 사뿐히 앉았다.

첫눈이었다. 게다가 목린에게는 여기서 난생처음 만나는 눈이기도 했다.

"서방님……."

목린은 팔을 뻗어 소심하게 언영의 허리를 안았다.

"첫눈이 올 때 입을 맞추면…… 좋대요."

"그래?"

"네. 제가 갑자기 지어낸 게 아니고, 그게, 그러니까…… 오라버니께서 저번에 오셔서 말씀하신 거예요!"

"형님께서 그런 걸 알려 주셨어?"

언영은 정말 순전히 신기해하며 물어본 것이지만 목린이 당황하며 더듬거렸다.

"네? 네! 물론이죠! 서방님은 아가씨들이랑 그, 그런 얘기도 안 하세요?"

"안 하는데……."

"저희 남매는 해요! 정말 오라버니께서 알려 주셨어요! 정말이에요!"

"어, 응."

그렇구나. 언영은 별 대수롭지 않게 넘어갔다.

"그런데 뭐에 좋은 거야?"

"네? 그건 저도 잘 모르겠는데……."

목린이 멍한 얼굴로 말끝을 흐렸다.

"……그러니까."

언영은 목린이 더욱 바짝 몸을 붙여오자 심장이 철렁하는 기분이었다. 목린이 그를 향해 달콤하게 속삭였다.

"지금 해서 한번 알아봐요."

"……."

언영의 깊은 눈동자에 갈등이 물결쳤다.

"나는."

그가 억지로 손가락을 목 안에 넣고 토해내듯 말했다.

"목린아, 나는……."

목린이 빈틈없이 언영과 맞닿았다.

입맞춤을 기다리는 여인은 고개를 들고 살포시 눈을 감았다. 눈송이가 떨어진 기다란 속눈썹이 떨리듯 팔랑거렸지만, 상대를 기다리느라 결코 눈을 뜨지 않았다.

언영은 홀린 듯이 목린을 내려다보았다. 그의 눈엔 세상에서 제일 아름다웠다. 너무 곱고 너무 소중해서, 어떻게 해야 할지 알 수 없었다.

"목린아."

언영은 입을 맞추는 대신 목린의 어깨를 두 손으로 꽉 붙잡았다. 그리고 부드럽게 밀어냈다.

"목린아, 아까 문을 열어 놓고 나온 것 같아. 눈이 오는데 그 상태로 방치해 두면 안 되거든."

목린이 아주 천천히 눈을 떴다. 꿈에 빠져 있는 듯 몽롱한 눈빛이었다.

"미안해, 목린아. 먼저 집에 가 있을래?"

"네?"

언영은 목린의 정신이 서서히 현실로 돌아오면서, 혼란이 뒤엉키는 그녀의 표정을 바로 앞에서 바라보았다.

혼란이 보였다. 상처가 보였다. 아픔이 보였다.

마음 같아선 당장에라도 입을 맞추고 종일 놓지 않고 싶은 욕심이 크다. 하지만.

목린아.

"네……."

목린아, 나는 네가 어디까지 진심인지 모르겠어.

* * *

망했다.

정말 망한 거다.

마을의 식량 창고 내부를 확인하다 말고 그 안에서 벽에 기대 주저앉았다. 아무도 없는 공간에서 숨겨왔던 공포를 만천하에 드러냈다.

언영은 얼굴을 손으로 쓸어내렸다. 피곤함에 절은 그의 안색은 예사롭지 않았다.

그는 목린을 강제로 데려온 것이나 다름없었다. 부족 간의 사소한 오해라고 떠넘기기엔 너무도 오랜 길을 걸어왔다. 한번 깨닫고 나니 장인과 목현 형님, 그리고 나머지 초족 사람들의 이상했던 태도가 단번에 이해되었다.

그중에서도 목린은 얼마나 괴로웠을까. 여기서 살게 되면서 얼마나 하늘이 무너지는 기분이었을까.

사죄해야 한다. 무조건 사죄해야 했다. 회피하고픈 이기적인 마음은 조금도 들지 않았다. 필요하다면 무릎을 꿇고, 바닥을 핥고, 혀 깨물어 죽어도 상관없었다.

그런데도 지금 망설이고 있는 이유는 오로지 하나였다.

그 이후의 목린은 어디로 떠날 것인가.

언영은 나날이 목린을 더 사랑하게 되었다. 목린과의 소중한 추억이 그의 숨통이 되어 주었다. 혼인하기 전이었다면, 많이 힘들었을 테지만 그래도 목린을 포기할 수 있었을 것이다. 멀리서 바라만 보면서 여생을 보냈을 테지.

하지만 언영은 목린에 대해 너무도 많이 알아 버렸다. 그녀가 잘 때 살짝 입을 벌리는 게 얼마나 귀여운지. 가끔 작게 코골이를 할 때도 얼마나 사랑스러운지. 조그만 입술로 열심히 조잘거릴 때 얼마나 안아 주고 싶은지. 맛있게 밥을 먹고 배를 톡톡 두드릴 때 얼마나 예쁜지.

너무도 이기적이고 한심했지만 언영은 목린을 포기할 수 없었다. 단월도로 돌아간 목린이가 다른 남자랑 배 맞는 걸 상상하니 구역질까지 치밀어 올랐다.

사죄는 하되, 목린의 미움은 받기 싫었다. 구질구질하지만 옆에 계속 있게 해 달라 다리를 붙잡고 애원하고 싶었다. 그런데 또 그렇게 하면, 목린이가 겁먹을까 봐.

하루는 두 사람 사이에 아이가 있었다면 그걸 빌미로 목린을 붙잡을 수 있지 않겠냐는 생각까지 뻗었다. 아주 잠깐이었지만 그래도 언영은 기분이 끔찍했다. 자신은 정말 나쁜 새끼였다.

자괴감을 꾹꾹 억누르며 창고에서 나왔다.

해야 할 일을 머릿속에서 정리하며 언영을 골목을 거닐었다. 머릿속이 복잡하다 보니 주변 사람들의 인사를 몇 번 놓칠 뻔하기도 했고 표정도 불안했다.

그러므로 지나가는 길에 보이는 눈사람은 전혀 관심거리가 되지 못했다.

"……?"

눈사람이 스스로 떨지만 않았더라면, 그대로 가던 길을 갔을 것이다.

정면을 보고 걷던 언영이 우뚝 멈춰 섰다. 고개를 옆으로 돌이고 다섯 발자국 뒷걸음질 쳤다. 그리고 문제의 그 눈사람을 빤히 내려다보았다.

겉으로 볼 때는 매우 평범한 모양새였다. 열심히 튼튼하게 지었는지 키는 언영의 어깨 정도 왔고, 옆으로도 꽤 넓었다.

하지만 마치 스스로 자아를 가진 것처럼 그것의 떨림이 점점 격해지고 있었다. 좌우로 둥그런 머리가 흔들거렸다. 그 기괴한 모습 탓에 언영을 눈살을 찌푸리고 몇 걸음 뒤로 물러섰다. 팔로 눈을 살짝 가렸다.

이윽고 그것의 앞 얼굴이 펑 터졌다.

"서방님!"

눈이 사방으로 흩뿌려지고, 그 안에서 모습을 드러낸 것은 다름 아닌 창백한 표정의 목린이었다. 그녀가 벌벌 떨리는 목소리로 외쳤다.

"저 목린이에요!"

눈사람 안에 숨어 있는 목린을 보고 언영이 느낀 감정은 기쁨보다는 당황스러움이었다.

"목린아! 춥게 왜 그러고 있어!"

"서방님이 예전에 하셨던 것처럼 똑같이 놀라게 해 드리려고……."

목린은 말을 하다 말고 고개를 뒤로 젖혔다.

"에취이!"

목린의 아담한 몸이 푸르르 떨렸다. 예사롭지 않은 혈색이라 언영이 기겁하며 정신없이 목린의 머리와 상체를 압박하는 눈을 손으로 퍽퍽 쳐내며 떨어뜨렸다.

"누가 도와줬어?"

"혀, 혀, 현오 님이요."

"그럴 줄 알았어. 어떡해. 몸이 너무 차가워."

상체가 전부 드러나자 언영은 그녀의 겨드랑이 아래에 손을 넣고 무를 뽑듯 뽁 꺼냈다. 온기라고는 찾을 수 없는 그녀의 몸을 바짝 안으며 크고 뜨거운 손으로 계속 어루만졌다.

식량 창고에 너무 오래 있었다. 쓸데없이 그 안에서 괴로워하지 않았다면 목린의 몸도 이렇게 식지 않았을 것이다. 또 그의 잘못으로 인해 목린이 아팠다.

그의 찢어지는 마음과 무너지는 표정을 모르는 목린은 활짝 웃으며 후들거리는 팔로 언영의 넓은 몸을 안았다.

"아니에요. 서방님 기다리느라 하나도 괴롭지 않았어요."

"……."

"전엔 왜 이런 행동을 하셨는지 이해가 가지 않았는데, 이제 알겠어요. 서방님 기다리느라 엄청나게 설렜어요."

"……."

그녀의 말은 어디까지가 진실일까. 그를 위해서 얼마나 많은 거짓말을 해야 했을까.

"서방님, 요즘 안 좋은 일 있으세요? 혼자만 앓지 마세요. 제가 있잖아요……."

그녀의 다정한 목소리가 언영의 귓가를 애태웠다. 혈기 넘치는 사내의 몸이 끓어올랐다. 당장 그녀의 입술을 먹어 치우고 싶었다. 쪽쪽 빨아서 온통 그의 흔적을 묻혀 버리고 싶었다. 하지만. 하지만 그렇게 하면 목린이는 또 얼마나 좋은 척을 하며 견뎌야 하며…….

"목린아."

"서방님."

두 사람이 동시에 서로를 불렀다. 언영이 목린을 뜨겁게 바라보며 얼른 덧붙였다.

"먼저 말해."

"서방님, 저……."

달거리 끝난 지 꽤 되었다고, 그러니까 이제 해도 된다고…… 물론 그렇게 노골적으로 말할 용기까지는 없었다. 하지만 이게 언영이 요즘 어색하게 그녀를 피하고 다니는 이유라면, 그렇다면 솔직하게 마음을 밝히면 그도 다시 다가오지 않을까. 그에게 선물을 주는 건 나중 일이고, 일단 지금이라도 고백을 먼저…….

"사……."

하지만 용기를 내어 한 음절을 밖으로 내던진 그 순간, 너무 오래 추운 날씨에 노출되어 있었던 탓일까.

머리가 어지럽고 숨이 가빠지기 시작했다.

"목린아!"

언영이 다급하게 뻗은 팔 안으로 목린이 쓰러지며 안겼다.

* * *

익숙한 곳이었다.

찾아가지 못한지 여러 달이 지났지만 보는 순간 알 수 있었다. 흐릿한 시야임에도 분명했다.

여기는 단월도의 숲이었다. 아무도 없는 자연은 평화로웠다. 다른 날보다 유독 햇빛이 화창했고, 목린은 이마에 손을 대 그늘을 만들려다가 깜짝 놀랐다.

그녀의 손이 마치 아이의 것만큼이나 작았다.

그뿐만이 아니었다. 처음에는 나무들이 못 본 사이 기가 막히게 자랐다고 생각했다. 하나 그게 아니라 목린이 짧아진 것이다. 마치 어린 꼬마처럼.

어린아이의 몸이 된 목린은 주변을 두리번거렸다. 꿈이라는 것을 한 번 인식하고 나니 괴리가 눈에 들어왔다. 봄에 피는 꽃과 겨울에 피는 꽃이 함께 뒤섞여 있는데, 날씨는 또 여름 같다.

재밌는 세상이라고 생각하며 희미하게 웃었다. 그리고 고개를 휙 돌렸을 때.

목린은 놀랄 수밖에 없었다.

반짝거리는 꽃이 바로 저쪽에 있었다.

목린은 천천히 손을 뻗었다. 어린 시절 이야기는 목현에게 지난번에 들어서 기억하고 있었다. 원금화를 떠올리게 하는 꽃을 예전에 보았더라고 했다. 잠깐 그 얘기에 솔깃하였으나, 당시 어린아이의 말이 얼마나 신빙성이 있을까 싶어 그저 속에 그대로 묻어 놓았다.

하지만 지금의 이 꿈이, 무의식 속에 가둬져 있던 과거의 잔상이라면?

게다가 눈앞에 이렇게 드러나니, 정말로 언젠가 보았던 것 같기도 하다. 아니, 분명하다. 각도도 비슷하다. 목린은 이렇게 숲에 덩그러니 서 있었고, 왼편에서 그 무엇보다도 영롱한 것들이 제 존재를 밝히고 있었다.

목린은 천천히 걸어갔다. 흙이 밟히는 소리가 편안했다. 손을 앞으로 뻗고 저 눈부신 상대를 향해 앞으로 다가갔다.

조금만, 조금만 더 가까이 닿으면……

* * *

"목린아, 정신이 들어?!"

목린이 눈을 뜨자마자 초조한 언영의 얼굴이 시야를 가득 차지했다.

"너 이틀 만에 눈뜬 거야. 몸에서 열이 펄펄 났었어."

"제가……."

목린이 입을 열자마자 기침이 쏟아져 나왔다.

"쉬어, 더 쉬어."

언영은 안절부절못하며 목린의 몸을 토닥거렸다.

목린은 지금 그녀의 모습을 확인할 수는 없었지만, 언영이 어떻게 바뀌었는지는 보였다. 고작 이틀 사이에 그의 안색은 눈에 띄게 초췌해졌다. 미안함이 속에서 끓어올랐다.

"서방님, 저번에 말씀하신 꽃 있잖아요."

"무슨 꽃?"

오랜만에 입을 연 목린의 목소리가 다소 거칠었다. 언영은 잠시 생각하는 듯하더니 곧장 입술을 열었다.

"혹시 원금화?"

"네, 그거요. 저 그거 어디 있는지 알 것 같아요."

아직 창백한 얼굴이었으나, 목린은 고개를 아주 살짝 끄덕였다. 언영은 가볍게 웃었다.

"무슨 소리야? 그건 그냥 은도 그 자식이 한심하게……."

"아니에요. 제가 어릴 때 봤어요. 방금 생각났어요."

"단월도에서?"

"네."

언영은 목린의 표정을 살피듯 가만히 그녀를 내려다보았다. 목린의 얼굴에서 장난기를 찾을 수 없자 그도 사뭇 진지하게 입술을 뗐다.

"……뭐, 가능성 없는 얘기는 아니지. 그 숲은 제대로 확인한 적이 없으니까. 그런데 어릴 때 이후로는 본 적 없는 거야?"

"네. 하지만 분명히 봤어요."

꿈도 그렇고, 얼마 전에 목현도 말해 주지 않았는가. 과거의 경험이 무의식적으로 나온 게 틀림없었다. 목린은 직감적으로 알았다. 그건 어린 시절의 그녀였다. 꿈과 현실이 완전히 일치하진 않았겠지만, 본질은 비슷하리라.

언영이 다소 진지한 목소리로 물었다.

"찾으러 가고 싶어서 그래?"

"은도 님만큼은 아니지만, 네. 한 번 다시 찾아보고 싶어요. 그리고 꼭 서방님께 드리고 싶어요. 우리 같이 찾아가 봐요."

목린의 단호한 목소리에 언영이 약간 당황했다.

"일단…… 다 나아야 찾으러 가든지 말든지 하지."

그리 말하며 그는 시선을 피했다. 목린은 더욱더 확고한 음성으로 첨언했다.

"걱정 마세요. 서방님 생일 전엔 꼭 일어날 거예요. 제가 가장 열심히 축하해 드릴 거예요."

"그까짓 생일이 뭐라고."

시선을 피하다 못해 이제 언영은 슬슬 그녀와 한 공간에 있는 것을 불편해하고 있었다. 그의 눈동자가 방황 중이었다.

"그날만큼은 누구도 부정할 수 없이 서방님이 가장 중요하신 날이잖아요. 그러니까……."

연이어 터져 나오는 기침 탓에 목린은 말을 끝마치지 못했다. 언영은 안절부절못하며 목린을 내려다보았다. 더 자라고, 제발 더 쉬라고, 이불을 턱까지 끌어 올려 주며 다정하게 토닥거렸다.

* * *

꽃을 찾으러 가겠다는 목린의 의지는 더욱 더 확고해졌다. 봄이 찾아오면 가장 먼저 할 일로 결정했다. 늦은 오후에 집에 방문해 준 의원에게서도 봄이면 충분히 다 낫고도 남는다는 긍정적인 말을 들었다. 서방님 드릴 거야. 서방님 행복하게 해 드려야지. 그리 결심을 하며 잠들었다.

한밤중에 목린은 우연히 깨어났다. 이전보다 훨씬 몸이 가벼워짐을 느꼈다. 목도 덜 아팠다. 으슬으슬 떨리는 느낌도 줄었다.

"목린아."

멀지 않은 곳에서 그녀의 이름을 부르는 다정한 목소리가 들렸다. 그녀의 달콤한 수면에서 깨운 것도 분명 이것이리라.

"목린아."

졸음을 이겨 내고 목린은 끄응거리며 눈꺼풀을 힘들게 들어 올렸다.

단순히 잠깐 눈만 붙인 게 아니었다. 그사이 밤낮이 바뀌었다. 칠흑 같은 어둠이 그녀를 감싸고 있었다. 추운 겨울이었으나 누군가가 든든하게 덮어 준 이불 덕에 괴롭지는 않았다.

그러나 목린을 놀라게 한 것은 방의 밝기 따위가 아니었다. 언영이 그녀를 두 팔 사이에 가두고 위에 올라타 있었다. 거대한 몸이 그녀를 완전히 가렸다. 표정 없는 건조한 얼굴이 가까이에서 그녀의 얼굴을 샅샅이 살펴보고 있었다.

"서방님……?"

목린이 찌뿌둥하게 눈을 뜨고 여전히 잠이 덜 깬 목소리와 함께 입술을 달싹거렸다. 여전히 굳은 그의 이목구비는 가만히 있고, 눈동자만 살짝 내려가 오물거리는 목린의 입술을 빤히 응시했다.

언영의 목울대가 빠르고 짧게 울렁였다. 그러면서 그의 상체도 함께 살짝 흔들렸다. 안 그래도 거구인 몸통을 메꾸는 중인 갑옷 또한 움직이며 잠깐 달각거리는 소리를 냈다. 작은 소음이었으나 모든 게 자고 있는 늦은 밤에는 그 무엇보다 크게 들렸다.

"……어디 가세요?"

목린이 반쯤 눈을 감은 상태에서 작은 목소리로 물었다. 언영은 잠시 침묵하다가 긴장한 음성과 함께 내뱉었다.

"해가 뜨자마자, 마을을 나갈 생각이야."

"어디요……? 멀리 가시는……요?"

잠결에 목린의 목소리가 뭉개져 나왔다. 하지만 질문의 의도를 알아차리기엔 충분했다. 두 팔뚝을 아래에 받쳐 목린을 가두고 있던 언영은 한 손으로 목린의 보드라운 뺨을 살살 소중하게 쓰다듬었다. 그의 손끝이 미세하게 떨리고 있었다.

"최대한 빨리 돌아올게."

그가 가까이서 다정한 목소리로 속삭였다. 목린은 눈을 여전히 감은 상태에서 몽롱한 목소리로 웅얼웅얼 대답했다.

"생일 전에는 꼭 돌아오셔야 해요. 제가 정말 열심히 해서 ……."

"……그렇게 열심히 하지 않아도 돼. 약은 다 챙겨 놨고, 다인이가 네 곁에 있어 줄 거야."

목린의 입술을 검지와 중지로 더듬던 언영은, 그 행위에 푹 빠진 탓에 점점 목소리 크기가 줄어들었다. 목린이 말을 시작하려 입을 벌릴 때가 되어서야 그가 정신을 차리고 화들짝 놀라며 다시 손을 뗐다.

"다치지 말고 안전하게 돌아오세요……."

"당연하지. 위험한 일 하러 가는 거 아니야."

"입 맞추어 주세요……."

언영의 손이 굳었다.

목린은 눈을 게슴츠레 떴다. 희미하게 뜬 눈으로 가만히 올려다보는 그 모습이 언영의 눈엔 너무도 아름다웠다. 목린과 제대로 뜨겁게 입을 맞춘 것도 언제인지 기억이 나지 않았다. 한순간에 모든 자제력이 허무하게 무너졌다.

언영은 목린의 두 뺨을 꽉 잡고 격렬하게 입을 맞추었다. 그동안 퍼붓지 못하였던 모든 열정을 지금 다 쏟아내었다. 미치도록 황홀했다. 잠결에도 열심히 그의 입맞춤에 응하는 목린의 행동이 너무도 사랑스러웠다. 이대로 죽어도 좋았다.

"서방님."

목린은 언영과 자신의 사이를 가로지르고 있는 자신의 이불을 거두어 내려고 했다.

"서방님."

"응, 목린아. 말해."

"저 서방님 아이 갖고 싶어요……."

언영의 이성의 끈이 무참히 찢어졌다.

두 사람은 허겁지겁 몸을 겹쳤다. 옷을 다 벗을 이성도 없었다. 서로의 몸을 정신없이 물고 빨고 깨물다가, 언영이 하의만 살짝 내려 목린의 안으로 푹 들어갔다. 늦은 밤, 두 사람 다 정신없이 몸을 흔들며 헐떡거렸다. 목린은 잠결에도 언영의 허리에 열심히 다리를 휘감으며 신음을 내질렀다. 짐승같이 호흡하며 같이 한 몸이 되었다.

잠시 뒤, 언영은 슬슬 일어날 준비를 하며 침상을 팔뚝이 아닌 손바닥으로 눌렀다. 그렇게 상체도 함께 일으키려 했을 때.

지쳐서 잠에 든 목린이 몽롱하게 속삭였다.

"……사랑해요……."

언영은 그 자세 그대로 얼어붙었다.

눈을 감은 상태에서 희미한 목소리로 사랑을 고백한 목린은 그 이후 별다른 말이 없었다. 사랑한다는 그 말을 마지막으로 다시 꿈나라로 떠난 듯했다.

언영은 이를 악물었다. 흥분과 혼란이 함께 뒤엉켰다.

깨우고, 다시 한번 말해 보게 할까.

제대로 들은 게 맞는지.

"……됐어."

언영은 허리를 펴고 일어났다. 하지만 여전히 목린을 완전히 떠나지 못하고, 순하게 자는 그녀의 얼굴을 하염없이 내려다보았다. 저런 아기 같은 얼굴로 어떻게 아기를 갖고 싶다며 유혹할 수 있단 말인가.

언영이 아무리 오래 생각해봐도 결국 답은 하나였다. 목린의 앞에 무릎을 꿇고 사과하며 비는 수밖에 없었다. 평생 용서받지 않아도 좋았다. 목린이에겐 그럴 만한 사정이 있었으므로…….

아니, 용서받지 않아도 좋을 리가 없었다. 목린의 발목이라도 붙잡고, 나 좀 받아 달라고, 날 버리지 말라고 오열해도 상관없었다. 육지 사람들이 다 보는 앞에서 해야 한다 한들 하등 치욕스럽지 않았다. 목린에게 거절당하는 삶이야말로 고뇌일 터다.

그렇다면 아무래도 제대로 용서를 빌어야 할 텐데, 단순히 말로만 미안하다고 하면 부족할지도 몰랐다. 대체 어떻게 하면 좋을까 계속 줄기차게 고민하던 끝에 깨어난 직후 목린의 말이 그의 생각을 사로잡았다.

원금화.

희귀하고 아름다운 것, 사랑을 맹세하는 아름다운 꽃을 들고 애원한다면 목린이 마음의 문을 열어 줄지도 모른다. 비록 언영은 이 꽃과 얽힌 미신에 대해선 다소 회의적이었으나, 목린의 마음을 사로잡아야 하는 지금은 아무거나 붙잡고 매달려야 하는 상황인지라 달리 할 일이 없었다.

목린의 말에 의하면 그녀가 너무 어릴 때였고, 그 이후에 섬에서 그 꽃이 발견된 기록이 없다고 하긴 했지만. 그래도 한 번쯤은 제대로 수색할 가치가 있었다. 원래 그렇게 쉽게 얻을 수 있는 꽃일 리가 없었으므로.

서서히 방으로 햇빛이 비치어 들어오기 시작했다. 언영은 몸을 일으키며, 무거운 마음과 함께 여행길에 올랐다.

21장

단월도의 윤곽이 시야에 선명히 잡히기 시작하며 언영의 심장이 조용히 철렁거렸다.

한때 목린과 함께 이 바다 위에서 섬의 풍치를 구경한(비록 바로 직전에 식인 물고기와 싸우고 오긴 했지만) 낭만적인 추억이 있었다. (비록 언영의 목이 뜯겨 버릴 뻔하긴 했지만)그땐 평화로웠다. 목린은 섬이 너무 아름답다고 했지만, 그의 눈엔 하나도 들어오지 않았다. 목린이 앞에 가까이 앉아 있는데, 조금이라도 더 쳐다봐야 하는데 섬 같은 것을 구경할 여유가 있을 리 만무했다.

그래서 목린이 없는 지금은 보였다. 이제야 보였다.

산이라고 부르기는 애매한 높은 언덕이 불룩 튀어나와 있는 섬이 심해와 천공의 경계에 편안히 앉아 있었다. 바라만 보아도 마음이 평온해졌다.

근래에 왔던 눈이 녹지 않아 하얀 옷을 두르고 있는 단월도는 누가 보아도 아름답다고 할 수 있는 섬이었다. 그 와중에 또 흰 눈을 보니 여름에 목린과 함께했던 여행이 떠올라, 언영은 가슴 한편이 시큰해졌다.

목린의 고향이었다. 저런 곳에서 편안히 가족들과 둘러싸여 살다가 처음으로 떠나게 되었을 때, 얼마나 무서웠을까. 여기까지 생각했을 때 언영은 노를 더욱더 빠르게 저었다. 조금이라도 더 빨리 당도해서 목적을 이뤄야 했다. 긴장감과 걱정 속에서 매서운 겨울바람도 평범하게만 느꼈다.

"어?"

바다 우측에서 무언가가 영롱히 반짝이고 있었다. 언영은 의아해하며 그쪽으로 끙차 배를 돌렸다. 지난가을에 그 괴물 놈을 박살 내면서 단월도에 대한 걱정은 줄어들었으나 혹시라도 또 다른 이상한 기류가 있을까 봐서였다.

가까이서 확인해 본 언영의 표정은 다시 얌전히 식었다. 손을 뻗어 그것을 간단히 주워 냈다.

'머리 장식이네.'

주로 여성들이 머리에 꽂는 기다란 장식이었다. 이런 장식을 초족의 여자들 몇몇이 쓰는 것을 그도 몇 번 본 경험이 있었다. 언영은 손목을 앞뒤로 돌리며 그것을 무심히 살폈다.

하필이면 몸에 달고 다니는 장식품을 발견한 것이 약간 신경 쓰이기는 했다. 마치…… 물에 빠져 죽은 누군가가 지고 다니던 물건 같지 않은가. 단월도를 깊은 바다가 둘러싸고 있기는 했지만 그래도 정말 가까운 주변의 수심은 안전하기 그지없었다. 물론, 이건 귀혈족의 관점에서였지만. 초족에겐 좀 다를지도 모른다.

또 다른 실마리가 있을까 싶어 언영은 휙휙 고개를 돌리며 주변을 살폈지만, 그 외에 보이는 건 없었다. 시체는 더더욱 보이지 않았다. 그는 머리 장식을 배 안에 안전하게 내려놓았다. 섬에 도착하고 나서 이 장식에 대해 알고 있는 것이 있나 물어볼 생각이었다.

"귀혈족이다!"

한편, 평화롭던 단월도의 어느 겨울날 오후. 바다를 구경하던 한 소년의 외침으로 그 평화에 빗금이 그어졌다.

목린의 아버지 익문은 하던 일을 모두 내팽개치고 섬의 북쪽으로 후다닥 달려 나갔다. 지난번에 목현이 목린을 보러 갔다가 돌아온 게 귀혈족과의 마지막 교류였다. 익문이 알기론 그의 딸은 봄이 되어서야 섬에 돌아올 예정이었다. 그런데 이렇게 갑작스럽게? 무슨 영문으로 찾아왔는지, 정확히 누가 왔는지 한 치도 예상가지 않았다.

익문이 바다에 당도하자 예상했던 것보다 훨씬 조그만 배가 보였다. 호기심에 뒤따라온 이들도 익문의 등 뒤에서 웅성거렸다.

언영이 홀로 불끈불끈한 팔뚝을 이용하여 노를 열심히 저으며 오고 있었다. 영차영차 힘을 주고 있는 그의 표정이 어딘가 좋아 보이지 않았다. 늘 헤헤 웃고 다니던 그의 평소 모습과 비교했을 때 굉장히 이례적인 일이었다.

익문의 근심 어린 마음이 바짝 조여들었다.

"장인, 소인 왔습니다."

"저, 저 바다를 혼자서 건너온 건가? 반갑……네."

섬에 완전히 다다른 언영의 발이 육지에 내려앉았다. 녹지 않은 눈이 그의 커다란 발에 뽀각뽀각 밟혔다. 익문은 서서히 가까이 다가오는 언영을 물끄러미 올려다보았다. 이미 배에 아무도 없는 것을 알지만 그쪽을 흘긋 살피며 더듬더듬 물었다. 바람에 그의 수염이 흔들거렸다.

"이, 이게 얼마 만인지 모르겠네. 자네는 여전히…… 크군. 그런데 우리 목린이는 놔두고 혼자 온 건가? 왜……."

목현이 '목린이는 잘 지내고 있다'고 말해 줘도 익문은 결코 그 말을 믿을 수 없었다. 아들뻘인 사위의 눈을 마주치지 못하고 힘없이 물었다. 그의 눈동자가 주변을 요리조리 살폈다. 하지만 계속 이렇게 피할 수만은 없는 법. 서서히 사위와 눈을 맞추었다. 아니, 눈을 맞추려고 했다.

언영의 품에 담긴 조그마한 함과, 초족의 머리 장식을 보기 전까지는.

익문은 바로 땅에 주저앉았다. 옷에 눈이 묻는 것 따위를 신경 쓸 때가 아니었다.

"아이고, 아이고! 아이고, 목린아!"

그가 목 놓아 울기 시작했다.

익문을 뺀 나머지 사람들은 언영이 터벅터벅 걸어오기 시작할 때부터 조용히 뒤로 물러선 상황이었다. 그래서 언영이 두 팔에 품고 오는 것들을 뒤늦게 발견했다. 모두의 반응이 한결같았다.

"목린아!"

"안 돼!"

"이럴 수가! 그 가엾은 것!"

수십 명의 사람들이 모두 그 자리에서 통곡하기 시작했다. 비명을 지르는 이도, 기절하듯 몸을 휘청이는 이도 있었다.

예고 없었던 추운 겨울 갑작스러운 방문, 목린이의 부재, 언영이 팔에 소중하게 안고 들어오는 작은 크기의 함, 굉장히 서글퍼 보이는 그의 표정. 그리고 초족 여자들의 머리 장식.

이 모든 것이 하나를 뜻하고 있었다.

"목린아! 목린아!"

익문은 가슴을 부여잡고 엎드려 오열을 토해냈다. 그의 처절한 통곡을 들은 주민들이 호기심을 갖고 계속 몰려들었다. 함을 들고 홀로 서 있는 언영, 그 앞에 드러누워 울고 있는 익문. 더 생각할 겨를이 있겠는가. 그들의 눈에도 바로 눈물이 터져 나왔다.

"어흐흐흐흑!"

점점 더 많은 이들이 언영의 주변에 몰려들어 울기 시작했다.

"어?"

당황한 언영은 난감한 표정으로 두리번거렸다. 그때 익문이 허겁지겁 기어 오더니 언영이 들고 있던 함과 머리 장식을 거칠게 잡았다. 초족 노인이라곤 믿을 수 없는 강력한 악력이었다. 언영조차도 화들짝 놀랄 정도였다.

익문이 핏발 선 눈으로 절규했다.

"내놔!"

"아, 예."

언영은 바로 손을 놔주었다.

빈손으로 방문할 수는 없어서 보석을 가득 담은 함을 같이 가져왔다. 목린이 주셔서 고맙다고 지난 오 년 동안 온갖 패물을 갖다 바쳤을 때는 수줍은(아니다) 표정으로 가만히 있던 장인이, 갑자기 독살스럽게 달려드니 언영은 당황할 수밖에 없었다. 그래도 어차피 드리려고 가져온 것이니 별생각은 없었다.

"어흐흐흐흐흑!"

익문은 함을 끌어안고 웅크려 앉았다. 그것이 생명줄이라도 되는 양 몸을 감고 옭아맸다. 그리고 처절하게 울었다. 뒤에 있던 주민들 또한 그의 행동을 보고 안타까워 통곡 소리를 높였다.

그러는 동안 언영은 뒷머리를 긁으며 어색하게 서 있었다. 하나 그의 눈에도 머지않아 눈물이 핑 돌았다.

"으허엉……."

감수성이 풍부한 언영은 이유는 모르지만 그들의 슬픔을 보고 심장이 콕콕 쑤셨다. 무슨 상황이 이들을 이토록 괴롭게 만들고 있는가. 언영도 초족을 힘들게 했다는 점에 대해선 할 말이 없었으나, 그는 진심으로 초족의 행복을 기원하고 있었다.

그래서 익문의 앞에 함께 무릎을 꿇고 그의 어깨를 안았다. 그리고 함께 울었다.

어느새 거동이 불편한 사람이 아닌 이상 거의 모두가 밖에 나와 곡을 하며 울고 있었다. 공기 속에 서글픈 감정이 켜켜이 스며들었다. 우울감이 조그만 섬을 잔뜩 짓눌렀다.

"목린아, 목린아, 우리 아가……."

"목린아, 내가 미안해!"

익문과 언영은 서로의 손을 잡고 웅얼거렸다.

그러나 이렇게 계속 울고만 있을 수는 없었다.

무리 중 누군가가 가장 먼저 정신을 차렸다. 익문과 비슷한 나이대의 어른이었다. 그는 비틀거리며 자리에서 일어섰다. 그리고 언영을 향한 삿대질을 서슴지 않았다. 그가 쉰 목소리로 내는 외침이 물결치는 통곡을 가로질렀다.

"이, 이, 이, 찢어 죽일 놈!"

화들짝 놀란 주민들 몇 명은 히끅 놀라며 울음을 그쳤다. 언영도 화들짝 놀라 고개를 들었다.

"이보게……."

옆에서 누군가가 그의 다리를 당기며 얼른 자리에 앉히려 했다. 하지만 화가 머리끝까지 솟아오른 그는 오히려 벗의 손길을 뿌리치며 더욱 윽박질렀다. 바다에 모인 모두가 들을 수 있도록 쩌렁쩌렁 내지르고 팔을 양쪽으로 펼쳤다.

"목린이의 희생을 생각해 보게! 내 말이 정말 심했나? 저놈이 수년간 목린이에게 한 짓은 어떻고? 내 참다 참다 결국 한 마디 외친 게 그리 큰 잘못인가! 내가 저놈에게 맞아 죽더라도 할 말은 해야겠네!"

무고한 이의 죽음은(아니다) 큰 파장을 불러일으켰다.

평소라면 그게 무슨 소리냐고, 얼른 그만두라고 하며 쩔쩔맸을 초족 사람들은 의외로 조용했다. 아까 전까지 섬에 가득 울리던 울음은 삽시간에 사라진 지 오래였다.

"이보게, 일단 진정하게."

"그래요. 먼저 저 귀혈족에게 설명을 듣고……."

의견이 엇갈렸다. 더듬거리며 이게 무슨 짓이냐 묻는 이도 있었고, 흘러가는 분위기에 동의하는 듯 의미심장한 눈빛을 교환하는 사람들도 여럿 있었다. 꽤 많은 이들이 고개를 끄덕이며 동의하고 있었다.

"……."

언영은 그들을 잠시 말없이 바라보았다. 주저앉아 있는 수백 명을 바라보는 그의 눈에 절망이 드러누웠다. 정확히 무슨 상황인지는 모르겠지만, 모두가 그를 증오하는 것은 아주 잘 보였다.

어쩌면 목린이도 속으로는…….

영혼 나간 목소리로 중얼거리다시피 물었다.

"그편을 목린이가 더 선호할까요? 제가 얼른 세상에서 사라져 주는 것이……."

원래 꽃을 구해 가지고 가서 무릎을 꿇고 애원하려고 했었다. 하지만 목린이의 고향 사람들이 더 낫다고 보는 방법이 있다면 그것을 따를 생각이었다. 아무래도 같은 피해자로서 목린이와 사고방식이 조금 더 비슷할 테니까.

목린이가 다른 놈 품에 안기는 걸 볼 수가 없어서 망설여진다면, 그가 이 세상에서 사라지면 됐다. 그러면 목린이가 어떻게 살든 방해하지 못할 테니까.

언영은 자리에서 천천히 일어섰다. 그의 팔에 기대 거의 탈진한 상태로 울고 있는 익문을 아주 조심스럽게 품에서 내려놓았다. 그리고 호통을 친 이 앞으로 저벅저벅 향했다.

당연히 모두가 기겁했다. 언영이 한 대 치러 오는 줄 알고 다들 비명을 지르며 비틀거렸다. 아까까지 떵떵거리던 이는 팔다리가 지푸라기로 변하기라도 한 양 형편없이 떨었다. 마침내 언영이 굴복의 의미로 무릎을 꿇었을 때는 오히려 기절할 것처럼 경악했다.

"그렇다면 상관없습니다. 마음껏 제 목을 내리치십시오."

언영이 고개를 푹 수그리고 말했다.

"응? 으응? 으응?"

* * *

섬의 한 청년이 마을 창고를 뒤져, 이전에 귀혈족이 초족에게 선물한 가장 커다란 검을 쥐고 나타났다. 목을 가르려면 적어도 이 정도의 무기는 필요했다.

그러나 이제 가장 큰 문제, 누가 언영을 죽여야 하는가가 도래했다.

"자네가 족장 다음으로 마을 큰 어른 중에 가장 키가 크잖나.

자네가 잡게."

검을 전해 받은 어른은 옆에 있는 친우에게 지저분한 것을 치우듯 다시 건네며 말했다. 지금 익문은 주저앉은 채 정신없이 울고 있었기 때문에 뭔가를 할 수 없었다. 물론 지목된 상대는 몸을 뒤로 내빼며 기함했다.

"키가 여기서 무슨 상관인가! 나 같은 늙은이가 무슨 힘을 쓰겠다고."

"그럼 덕복이한테 시키자. 가장 팔뚝이 튼실한 녀석 아닌가."

"목현이는 어떤가? 목현이도 지금 많이 힘들어하는가?"

"목현이는 보이지 않는데? 어디 갔지?"

그 누구도 검을 잡고 싶어 하지 않았다. 사람을 검으로 죽이는 일이라니! 여기 있는 그 누구도 해 본 적 없었다. 더군다나 귀혈족 사람을 죽여야 한다니. 저 근육질 몸에 과연 검이 들어갈 수 있을까에 대해 의문이었다. 어쩌면 죽이려다가 오히려 죽임을 당할 수도 있겠다는 생각이 들었다.

무릎을 꿇고 있는 언영은 술렁거리는 초족 사람들을 빤히 올려다보았다. 그들 사이에서 오가는 말을 천천히 하나하나 경청하던 그는 품에 달고 있던 검을 스르르 뽑았다. 그리고 진지하게 말했다.

"그런 칼로 단번에 목을 자르는 건 불가능합니다. 제 검을 쓰십시오."

"으아아아아악!"

언영이 검을 앞으로 내밀자 초족 사람들은 기절초풍하며 뒷걸음질 쳤다. 균형을 잃고 엉덩방아를 찧은 이들도 있었다. 그들이 모두 이구동성으로 외쳤다.

"내려놔! 내려놔! 살려 줘!"

"아, 그러고 보니……."

언영은 고분고분 말을 따르며 차분히 입술을 뗐다.

"이대로 저를 죽이시면 저희 마을 사람들이 제가 살해당했다고, 실종되었다고 큰 오인을 할지도 모릅니다. 글을 남겨야 한다고 봅니다."

"물론! 물론이네."

모두가 이때다 싶어 고개를 주억거렸다. 처형을 조금이라도 미룰 수 있는 좋은 빌미가 생겼다.

잠시 뒤, 언영의 앞에 붓과 먹, 벼루가 놓였다. 초족 사람들은 충분히 안전한 거리를 두고 언영을 에워싸 그가 어떻게 행동하는지 지켜보았다.

붓을 들며 언영이 차분하게 말했다.

"아무래도 다른 이의 것보단 제 글씨체를 직접 남기는 것이 더 신뢰가 가겠지요."

"그, 그렇지."

"하지만…… 초족의 섬만큼 안전한 곳도 없기 때문에, 제가 여기서 명을 다했다고는 귀혈족의 그 누구도 믿지 못할 것입니다. 그쪽에서 이곳을 탐색하기까지 아주 오랜 시간이 걸릴지 모릅니다."

"그래서…… 말하고자 하는 바가 무엇인가?"

"개인적인 욕심이지만."

언영이 시선을 아래로 떨구고 말했다.

"제 가족과 부족이 제 흔적을 찾느라 헛된 시간을 낭비하길 원하지 않습니다. 되도록 빨리 그들이 알았으면 좋겠습니다."

"동의하는 바이네."

그를 에워싼 초족 사람들도 바로 수긍했다. 언영이 이곳에서 죽었음을 오랜 시간이 지나 귀혈족이 알게 되면, 쌓아온 노여움과 원통함, 안타까움을 다 단월도에 풀어 버릴지도 모를 일이었다.

하나 귀혈족에게 즉각 알리기 위해 대면할 문제가 하나 있었다.

초족의 누군가가 언영이 쓰고 있는 글을 가리키며 말했다.

"그런데 이걸 누가 자네 마을로 보내지?"

"……."

귀혈족에게 빨리 알린다 함은 누군가가 저 종이를 보내야 한다는 뜻이었다.

어색한 침묵이 이어졌다.

"제가."

언영이 입술을 뗐다.

"제가 한번 갔다가 다시 돌아오겠습니다."

"그래, 그래야겠네."

기다렸다는 듯이 수십 명의 초족 사람들이 고개를 주억거렸다. 그들에겐 귀혈족 마을로 뜬금없이 찾아갈 배짱도, 힘도 없었다.

언영은 종이를 둥글게 말며 자리에서 몸을 일으켰다.

"아마 제가 돌아올 것을 믿지 못하실 테니, 늘 품에 지니고 다니는 아끼는 것을 여기 두고 가겠습니다."

때마침, 상황을 설명 듣고 달려오는 목현이 뒤늦게 합류했다. 심란한 낯빛의 목현이 숨을 헐떡이며 사람들 틈으로 들어가 마침 내 언영을 가까이서 마주했을 때, 언영은 이미 가장 소중한 물품을 바닥에 내려놓았다.

목린과 언영, 그리고 그의 세 누이가 웃고 있는 그림이었다.

목현이 그것을 빤히 내려다보았다.

* * *

"목린아, 언영이가 돌아오는 건 확실하지?"

"분명 제게 생일 전에 돌아오겠다고 말씀하셨어요."

"그런데 어디를 가는지는 말하지 않았다고?"

목린이 어깨를 축 늘어뜨리며 고개를 얌전히 끄덕였다.

"크아아아!"

다인이 괴성을 지르며 벽을 주먹으로 때렸다. 그러자 우두둑하고 금이 갔다. 목린은 숨을 헐떡이며 어깨를 움츠렸다. 하나 그 정도의 굉음마저도, 지금 이 방에 모인 사람들이 내는 목소리에 형편없이 바스러져 묻혔다.

목린은 정확한 사정을 알지 못했다. 하지만 언영이 북동쪽으로 사냥을 떠났을 때 그와 했던 약속 때문에 찾아왔다는 이들이 현재 무려 일천 명을 넘어섰다. 당시에 배를 타지 않았던 이들도 심심해서 함께 놀러 왔다. 걸걸한 인상의 그들은 모두 성대한 선물을 팔에 이고 들어와선, '절대 그 자식 생일을 축하해 주려는 게 아니다. 이건 오다가 주운 거고, 궁금해서 와 봤다'고 했다.

그중에서도 단연컨대 가장 눈에 띄는 것은 언영을 세 명 쌓아 놓은 것만큼 거대한 발 조각상이었다. 사람의 발이 징그러울 정도로 크게 공간 한구석을 차지했다. 과연 언영이 저걸 좋아할지 목린은 속으로 조용히 잠깐 의심했으나, 이해하기를 포기하고 얼른 머릿속에서 털어 버렸다.

도저히 감당할 수 없을 만큼 방문객의 수가 불어나자 월진은 방책을 마련했다. 대회가 열리는 넓은 공터는 사람들이 운집하기엔 겨울에 너무 추웠다.

하여, 월진은 근래에 새로 지은 거대한 창고에 급하게 자리를 마련했다. 혹시 모를 재난에 대비하여 만든 도피처의 역할도 하는 곳이었기에 적당히 널찍했다. 기다란 상과 의자를 부랴부랴 이쪽으로 옮기고 음식을 내왔다. 어느새 사방이 시끌벅적한 축제가 벌어졌다. 근육질의 호탕한 사람들이 서로 몸통을 부딪치며 인사하고, 즐거운 감정을 드러내기 위해 주먹으로 상을 탕탕 내려쳤다.

목린은 자리에 앉지 않고 입구 쪽에서 불안하게 서성였다. 그녀의 품에는 화려한 갑옷이 안겨 있었다.

언영이 마을에 없어서 유일하게 좋았던 점은 그의 부재로 인하여 아무한테나 편하게 물어보고 다닐 수 있었다는 것이다. 그가 어쩌다 엿들을 일이 없으니 자신 있게 캐묻고 다녔다. 언영이 무얼 주면 좋아할 것 같은지. 현재 그녀의 상황에서 준비할 수 있는 게 무어가 있는지. 그러자 따뜻한 도움의 손길이 들어왔다.

황칠나무 표피에서 얻어낸 액으로 칠한 금색의 문양이 검고 우아한 갑옷 위에서 각도에 따라 다르게 반짝거렸다. 목린도 옆에서 최대한 성실히 도와서 만들어 낸 성공적인 작품이었다. 그냥 품에 안고 바라만 봐도 실실 웃음이 나왔다. 앞서 구경한 현오, 월진, 다인, 은평 등등 모두가 입을 모아 멋있다고 해 주었다. 목린도 이번만큼은 자신감이 있었다. 적어도 저 정체불명의 발 조각상보다야 백 배 나았다.

언영이 이 화려하면서도 튼튼한 갑옷을 입고 늠름하게 서 있는 모습을 상상하면 목린은 저절로 얼굴이 붉게 익고, 심하면 허벅지 사이까지 뜨거워졌다. 하지만 그런 흥분도 아주 잠시뿐이지, 소식 없는 그의 근황만 생각하면 뜨거워진 몸이 바로 식고 한숨만 푹푹 나왔다.

그때 문이 양쪽으로 활짝 열리고 새로운 손님이 입장했다. 그의 등장은 상당한 파란을 일으켰다.

"황은도?"

"황은도잖아!"

"누구라고?"

술렁거림이 커졌다. 대부분의 사람들이 자신이 들은 게 맞는지 직접 확인하려고 몸을 일으켜 세웠다.

순식간에 몰려드는 눈길과 관심에, 젊은 사내가 미간을 팍 좁혔다.

황은도, 서쪽 바다의 젊은 지배자.

남녀노소를 다 꾀어낼 곱상한 미모에, 게다가 본인도 치장하기를 좋아하는 터라 주변 이들의 즐거운 눈요깃거리가 되어 준다고. 부러 그런 시선을 끌어당기기 위해 묵직한 것보다 화려한 움직임을 좋아한다고 소문이 났다.

그런데도 그의 얼굴이 잘 알려지지 않고, 그의 등장에 기절초풍하는 이들이 많은 이유는 그가 막상 사교적인 것과는 거리가 멀기 때문이었다.

은도가 다스리는 해야족은 수 해 전에 쫓겨난 극악무도한 부족들과 척지었으나, 그렇다고 지금의 평화 연맹에 속하지도 않았다. 다시 말해 오로지 그들끼리만 지냈다. 언영과 호민처럼 부족의 경계를 넘어 개인적인 친분을 쌓은 이들도 있었지만 단지 그뿐. 부족을 이끄는 은도는 그런 외교에 큰 가치를 느끼지 못했다. 굳이 마을 밖을 벗어나는 경우는 그가 심심하여 원금화를 찾아 나설 때뿐이었다.

그러니 그가 생사가 걸린 일도 아닌 그저 (언영은 부인하겠지만)벗의 탄생일을 기념하여 여기까지 행차했다는 것은 모두를 충격에 빠뜨리기 충분했다.

"사람 처음 보나?"

반듯함이라고는 조금도 찾아볼 수 없는 자세로 은도가 어슬렁어슬렁 걸어갔다. 새를 조각한 귀고리가 흔들거리고, 지난여름에 봤을 때보다 조금 긴 머리카락이 뒤에서 흔들거렸다.

어떤 장인이 밤을 새워 공들여 만들었을 두껍고 좋은 갖옷이 그의 몸을 든든히 에워쌌다. 목린을 발견한 눈동자는 묘하게 반짝거렸다.

"은도야!"

그때, 호민이 기쁜 얼굴로 달려 나가며 은도의 앞길을 막았다.

"은도야, 정말 오랜만이다! 언영이 생일이라고 와 준 거야?"

"그럴 리가. 나는 그저 아리따우신 부인을 뵈러……."

은도는 팔로 툭툭 치며 앞길을 막는 호민을 치웠다. 그리고 목린의 앞으로 성큼성큼 다가가 손을 뻗었다.

"……."

하지만 머릿속이 온통 언영으로 가득 찬 목린은 한 손으로 턱을 괴고 고뇌에 빠져 있느라 그가 다가온 줄도 몰랐다. 엇갈린 곳을 보며 생각에 폭 잠겨 있었다.

은도는 어색하게 손을 뒤로 뺐다.

"……왔는데 우연히 주언영의 생일이더군."

"그래, 그것참 믿음직스러운 변명이구나."

사람들의 인내심도 이제 한계가 왔다. 속마음은 따뜻하다지만 그래도 겉모습은 거친 이들은 짜증을 표출할 때 남들보다 수백 배는 더 무서웠다. 특히나 그런 이들이 일천 명 넘게 모여 있다면 더더욱. 그들이 주먹으로 탁자를 내려치자 다리가 위태롭게 후들거렸다.

"그 자식, 여기 이렇게 수백 명을 불러 놓고 뭘 하는 거야!"(부른 적 없다.)

"이번에도 또 자기 생일 못 세고 있는 거 아니야?"

"녀석이 좋아한다는 발가락도 준비해 왔는데 뭘 꾸물거리는 거야!"

월진이 깔끔하게 중재하여 다행히 올라갔던 목소리는 쉽게 잦아들었다. 그러나 불만이 쌓인 사람들의 표정은 그대로였다. 목린은 가슴이 쪼그라드는 답답함을 느꼈다. 바람이 필요했다.

문을 열고 밖으로 나왔다. 바로 차가운 겨울의 공기가 그녀의 몸을 난도질했으나 아무 감정도 느껴지지 않았다. 오로지 서방님 걱정이었다. 그래도 어디 가시는 거냐고 한 번이라도 여쭈어볼걸. 잠자느라 바빴지, 이 바보.

어느 방향으로 갔는지 알 수 없으니 어디서 기다려야 하는지도 알 수 없었다. 언영이 너무 보고 싶었다. 늘 배를 끌고 섬에 찾아오던 그의 성실함이 이제는 이해되었다. 할 수만 있다면 똑같이 했을 터다.

목적지도 없이, 그저 보이는 길을 하염없이 걸었다. 바람에 뒤로 땋은 머리카락이 마구 휘날렸다. 도착할 언영에게 예뻐 보이고 싶어서 열심히 꾸민 얼굴은 우울하게 내려앉았다.

그러던 목린의 눈에 구석에 혼자 앉아 있는 조그만 아이가 비쳤다. 익숙한 소녀였다. 목린이 먼저 밝게 아는 척을 했다.

"오랜만이에요!"

종종걸음으로 다가가던 목린의 반가움은 놀라움으로, 놀라움은 걱정으로 바뀌었다. 두 사람의 거리가 좁아질수록 감정의 변화가 심해졌다.

"왜 울고 있어요? 괜찮나요?"

목린은 아이의 옆에 앉아 손을 잡고 다정하게 물었다.

아이는 지난봄에 목린이 받았던 서간을 가져갔던 그 소녀였다. 그날 있었던 일 이후에도 목린은 마을에서 종종 아이를 마주쳤고, 점점 밝아지는 아이의 표정을 보며 조용히 안심하곤 했었다. 그러니 지금 이렇게 갑작스레 우는 모습을 마주하게 되니 근심이 찰 수밖에 없었다.

"그동안…… 열심히 공부했는데……."

쭈그려 앉아 있던 아이는 눈물범벅이 되어 버린 어떤 종이를 목린에게 들어 보여 주었다.

"이건 도무지 읽히지 않아요."

목린은 친절하게 아이의 어깨를 토닥여 주었다.

"괜찮아. 괜찮아요. 못 읽을 수도 있어요. 저도 어려워서 못 읽는 글이 얼마나 많은지 몰라요."

"흐으으윽……."

"어디서 났길래 그러시나요?"

"바다에서 주웠어요."

목린은 부러 명랑하게 너털웃음 소리를 냈다.

"그럼 분명히 누군가의 낙서가 틀림없어요. 읽지 못하는 게 당연한 거예요."

아이는 훌쩍거리며 힘들게 말을 이었다.

"너무…… 악필이에요……. 이렇게 못 쓴 글은 처음 봤어요……."

"그러면 제가 한 번 봐 볼까요?"

아이는 말없이 고개를 끄덕였다. 목린은 눈물이 살짝 묻은 종이를 잡고 자기 쪽으로 가져갔다. 아이를 울게 할 정도의 악필이라고 하니 어떨지 궁금하긴 했다.

그러나, 호기심을 담고 첫 문장을 읽어 내리는 목린의 얼굴에 바로 경악이 스며들었다.

목린은 다급하게 아까까지 있었던 창고를 향해 내달렸다.

"아버님! 서방님이 남긴 글을 발견했어요!"

관심이 쏠리는 것도 아랑곳하지 않고 문을 쾅 열어젖혔다. 그러자마자 시야에 바로 드러난 윤근을 향해 팔을 들고 재빨리 뛰어갔다.

"뭐라고? 무슨 내용이더냐?"

"아직 겁이 나서 다 읽어 보진 못했어요……."

"줘 봐라. 내가 한번 보겠다."

목린은 떨리는 손으로 간신히 윤근에게 종이를 건넸다. 그는 엄숙한 표정으로 천천히 글을 읽어 내려갔다. 그의 눈썹이 부들거렸다.

"아니!"

"왜 그러세요?"

목린이 숨을 죽이고 물었다. 어느새 다가온 월진이 뒤에서 목린의 어깨를 한 손으로 잡았다.

"아버지!"

"오라버니한테 무슨 일 생겼어요?"

"생겼어요?"

언영의 세 누이도 겁에 질린 표정으로 빠르게 질문을 던졌다. 어느새 창고에 있던 모두가 하던 일을 멈추고 언영의 가족을 구경하고 있었다.

서간을 펼친 윤근의 손이 경악 탓에 부들거렸다. 그가 더듬더듬 외쳤다. 눈동자에 공포가 아우성치고 있었다.

"도무지…… 글씨체를 알아볼 수가 없구나!"

"제게 주세요. 저는 읽을 수 있어요!"

목린이 서간을 잡아당겼다.

목린은 언영 사이에는 꽤 오래 글을 주고받은 역사가 있었다. 비록 처음에는 그녀도 글자 하나하나 다 해석하기 괴로웠지만, 이제는 보통 사람이 쓴 것보다 조금 느리게나마 읽을 수 있었다.

목린의 눈동자가 움직였다.

그녀는 숨을 들이켰다.

"아아!"

"목린아, 너도 못 알아보는 거니!"

월진이 외쳤다.

목린은 울면서 고개를 열심히 저었다. 그녀의 커다란 움직임이 주변의 관심을 끌었다. 모두가 조용해졌다. 팽팽한 분위기 속에서 모두가 그녀가 무슨 말을 할지 기다리고 있었다.

목린이 더듬거리며 말했다.

"서방님이…… 죽으러 가신다고……."

언영의 글씨를 수십 번은 보았던 목린은 별 무리 없이 내용을 읽어낼 수 있었다. 삐뚤빼뚤 엉망진창, 눈물 때문에 번진 글자들의 배열들이 의미하는 말은 목린을 경악케 했다.

그는 억지로 혼인을 밀어붙여 미안하다는 말을 시작으로, 그의 죽음이 그녀의 고통을 덜어낼 수 있으리라는 끔찍한 내용을 전했다.

그 후로도 여러 번 미안하다고 반복하더니, 맨 마지막에 감히 사랑한다고 할 수 있는 자격이 없다는 문장과 함께 글을 끝맺었다. 얼마나 떨면서 적었는지, 그건 목린조차도 한참을 들여다보고야 알아들었다.

"언영이가…… 뭘 한다고?"

월진이 먼저 침묵을 깼다.

"죽으러 가?"

목린은 울음을 터뜨리며 입을 앙다물고 고개만 끄덕였다.

주변에 있던 모든 이들이 약속이라도 한 양 자리에서 벌떡 일어섰다.

"언영이가 왜 죽어!"

"주언영 그 자식이 미쳤나!"

"이렇게 예쁜 부인을 두고!"

"이 발 만드는 게 얼마나 힘들었는지 알아! 주름 하나하나 세밀하게 표현했단 말이다!"

온갖 고함과 괴성이 사방에서 파도쳤다. 목린은 순간 머리가 너무 어지러워서 비틀거렸다. 옆에서 월진이 잡아 주지 않았다면 바로 쓰러졌을 뻔했다.

월진은 목린을 토닥여 주며 물었다.

"아가야, 자세히 좀 말해 보렴. 언영이가 왜 갑자기 죽으러 나섰다는 거니. 이유가 있을 것 아니냐."

"다, 다 제 잘못이에요. 제가 말해 주지 않아서……. 저는 말 안 하는 게 나을 것 같아서 조용히 있었는데……."

결국 목린은 처음부터 끝까지 다 털어놓았다. 하나도 빠짐없이, 그녀가 알고 있는 오해는 모두 설명했다. 귀혈족이 침략 온 줄 알았다는 것. 그래서 어쩔 수 없이 언영을 받아 줘야 했다는 것. 수줍은 게 아니라 무서워하는 표정이었다는 것. 언영의 커다란 가슴이 지금은 좋지만, 예전엔 너무 무서웠다는 것 등등.

일천 명에 육박하는 모두가 숨을 죽이고 목린의 설명을 듣고 있었다. 때때로 손으로 입을 막고, 초족이 느꼈을 공포에 이입하여 눈물을 보이고, 숨을 떨었다.

이야기가 모두 끝나고 목린은 월진의 품에 안겨 오열하고 또 오열했다.

"죄송해요……."

"그게 왜 네 잘못이니, 아가야. 내가 미안하구나. 내가 오해하게 했어. 다 나의 잘못이야."

월진은 목린의 머리를 쓰다듬어 주며 말했다.

"불쌍한 초족 사람들! 얼마나 무서웠을까."

구석에 서 있던 현오가 나지막이 중얼거렸다.

"어쩐지 어딘가 이상하다 싶었어. 그 자식 성격치고 너무 순탄하게 혼인까지 가더라."

목린은 터져 나오는 울음을 꿀꺽 삼키며 더듬더듬 물었다.

"이제 우린 어떡해요?"

"어떡하긴 뭘 어떡합니까!"

어떤 이가 주먹 하나를 허공으로 뻗으며 당차게 외쳤다.

"그 바보 같은 놈을 혼내 주러 가야지요!"

그리고 모두가 자리에서 일어나 두 팔을 들고 소리 질렀다.

* * *

높푸른 하늘 아래 단월도에서는 이른 아침부터 통곡이 울려 퍼졌다.

"목린아, 이 아비가 지켜 주지 못해서 미안하다!"

목린의 아버지 익문을 선두로, 목린을 추모하는 수백 명의 단월도 주민들이 모두 바다 앞에 나와 있었다. 부쩍 추워진 날씨에도 아랑곳하지 않고 모두가 그녀를 그리워하며 눈물을 글썽였다.

익문은 언영이 가지고 온 함을 품에 안고, 넓게 뻗은 망망대해를 울적한 눈으로 바라보았다. 바람에 나부끼는 그의 기다란 수염이 유독 쓸쓸해 보였다. 목린이 시집 간 사이 그는 눈에 띄게 늙어 있었다. 그의 눈에 잡힌 주름이 슬프게 접혔다.

"너와 함께 했던 세월 동안 행복했다. 너는 내게 가장 소중한 보물이었단다. 부디 바다에서 잘 쉬렴……."

"흐흐흐흑, 목린아!"

"보고 싶어, 목린아!"

목린의 오랜 벗들이 서로를 끌어안고 울었다. 분명 꾸준히 보내 준 서간에서는 지금의 삶이 즐겁다고 했는데, 역시나 그들의 기분을 낮게 해 주기 위해 목린이 거짓을 말했음이 틀림없었다.

목린을 기억하는 어른들도 뒤에 서서 혀를 끌끌 찼다. 땋은 머리를 찰랑거리며 다니던 무척이나 귀여운 소녀였다. 마음씨도 곱고, 먹는 모습도 복스럽고, 누가 봐도 예뻐할 그런 고운 아가씨였다. 이렇게 단명할 줄 누가 알았을까.

목현도 그의 부인과 친우들하고 나란히 앞쪽에 서 있었다. 옛날부터 목린을 마음에 담았음을 묘하게 티 내고 다녔던 덕복이 그의 옆에서 손등으로 눈을 거칠게 문지르고 있었다. 목현은 허한 눈으로 앞을 바라보았다.

지난번에 보았던 누이의 눈에서 반짝이던 행복의 이채는 무어란 말인가.

언영이 막 단월도에 도달하였을 때 목현은 어떤 주민의 집에 앉아 있었다. 그래서 상황을 뒤늦게 보고받았다. 바다에서 최근 실종된 남편 때문에 울고 있는 부인을 위로해 주고 밖에 나와 보니, 수십 명의 사람들이 오열하고 있는 상황을 맞닥뜨리게 된 것이다.

아무나 붙잡고 물어보니 목린이 언영 때문에 죽어 버렸단 답이 돌아왔고……. 목현이 그게 말이 되냐고 반박하자 상대가 말하길, 언영이 목린의 유골이 담긴 함과 그녀가 자주 썼을 게 분명한 머리 장식을 갖고 왔다는 것이다. 그가 너무도 확신하며 말하고 있고, 저쪽에 보이는 언영 또한 통곡하며 정신을 차리지 못하고 있었으므로 목현은 더 이상의 의심을 접었다.

여전히 믿기지 않지만······.

목현은 피로한 표정과 함께 손에 쥐고 있던 종이를 천천히 다시 폈다.

다시 집으로 돌아갔다 오겠다던 언영이 급하게 품 밖으로 내민 그림이었다. 그가 가장 아끼는 것. 바로 언영과 목린이 함께 있는 그림. 예전에 잠깐 본 적이 있는 언영의 세 누이는 바로 함께 있는 이 꼬마들이 아닌가 싶었다.

그림 속의 누이는 단순히 즐거워 보인다는 말로는 부족했다. 행복해 보였다. 단순히 그림에서도 풍족한 기쁨과 여유가 배어 나오고 있었다. 언영을 올려다보고 있는 두 눈엔 사랑이 가득했다. 언영의 눈 또한 마찬가지였다.

그림을 그린 이가 정말로 훌륭한 화가라면 이런 느낌을 지어내서 끌어내는 일도 충분히 가능했을 터이다. 그러면 정말 이것이 가짜라고? 아니, 그럴 리 없다.

그러면 주언영은 정말 실수로 목린이를 죽인 건가? ······불가능하다고 할 수는 없다.

목현은 언영을 싫어하지 않는다. 하지만 언영이 정말 목린을 죽였어도, 설령 사고였다고 한들, 몸소 나서서 옹호해 줄 정도로 그를 아끼는 것도 결코 아니었다. 죗값은 치러야 한다. 이제 다시는 사랑하는 누이의 얼굴을 볼 수 없다.

이어서 익문과 목현은 작은 쪽배를 타고 바다로 나갔다. 멀리 가지는 않았다. 멈춰 선 지점에서도 땅에서 기다리는 이들의 얼굴이 선명하게 보였다.

익문은 우울하게 주변을 둘러보았다. 그리고 쪽배를 저어 주던 이와 눈이 마주쳤다. 이제 됐다는 의미였다.

익문은 일어선 자세에서 쓰러지지 않기 위해 다리에 힘을 주었다.

"네 영혼이 우리 고향에서 잃었던 평온을 되찾기를 바란다. 사랑한다, 목린아."

익문은 천천히 함을 열었다. 목린의 유골을 바다에 뿌려주기 위함이다. 부디 여기서 목린이가 영원한 행복을 되찾기를……. 그렇게 빌면서 익문은 함 안으로 손을 넣었다.

"음?"

예상했던 것이 잡히지 않았다. 더 단단하고, 더 크고, 더…… 보석 같았다.

아니, 정말로 보석이었다.

"뭐, 뭐야!"

* * *

'귀가 왜 이렇게 간지럽지…….'

갑판에 나와 있던 목린은 얼굴을 찌푸리며 귀를 긁었다.

갑판 위에는 낮에도 밤에도, 언제나 사람들이 꽤 있었다. 언제 습격이 들이닥칠지 모르기 때문이었다. 그건 목린이 타고 있는 이 배 말고 나머지 열아홉 척의 배도 매한가지였다.

목린의 고백 이후 사건의 정황을 알게 된 일천 명의 방문객은 모두 단월도로 향하기 위해 뛰쳐나갔다. 언영에게 주기 위해 준비한 발 조각상을 누군가가 번쩍 들고 달리느라 커다란 발이 멀리서 보면 무리 위에 둥둥 떠다녔다.

그들뿐만이 아니었다. 소식을 들은 나머지 귀혈족 사람들도 함께 달려 나갔다. 거동이 불편한 이만 아니라면, 아니, 거동이 불편한 이들까지도 합세하여 모두 배에 오르기 시작했다. 언영의 누이들까지 따라나섰다. 옆을 돌아보면 오른쪽에 있는 배 갑판에 산적같이 생긴 의원님도 보였다.

시간이 너무 더디게 흘렀다. 이런 곳을 홀로 건너시다니, 그것도 여러 번씩이나……. 외롭게 바다 위에서 사투를 벌이는 언영을 생각만 해도 목린의 눈가에 눈물이 핑 돌았다. 어디서든지 품에 담고 다니는 언영의 새 갑옷을 더 꽉 끌어안았다.

"춥지 않으십니까?"

"은도 님."

'재밌어 보인다'는 이유로 배에 동승한 은도는 여기서 별일을 하지 않았다. 남들이 밖으로 나와 식인 물고기와 같은 괴물을 잡고 있을 때도 그저 어슬렁거리며 지켜보았다. 정말 그저 구경하러 온 사람 같았다.

귀혈족의 함선을 얻어 탄 은도가 성큼성큼 걸어오자 목린이 말문을 열었다.

"여기 올라탄 이후로 은도 님에 관한 얘기를 좀 들었어요."

"예. 들으나 마나 뭐 멋진 영웅담……."

"이런 일은 귀찮아서 끼어들 사람이 아닌데, 배에 올라탄 게 신기하다고 모두 입 모아 말하더라고요."

은도는 당황스러움을 숨기며 팔짱을 꼈다. 애써 태연히 입술을 뗐다.

"제가 그렇게 나쁜 인간은 아니……."

"고맙습니다."

은도의 눈이 몇 번 깜박였다. 제대로 들은 게 맞나 싶어서.

"예?"

"서방님 걱정해 주셔서 고마워요. 여기 계신 모든 분께 고마워요. 사실, 친하다고, 아낀다고 말은 해도 이렇게 행동으로 정말 나설 수 있는 사람들이 많지는 않잖아요. 저야 항상 마주 보고 함께 하는 아내니까 이렇게 따라오는 게 당연하지만, 나머지 분들은 따로 소중한 가족도 있으시고……. 모두 개인적인 사정이 있을 테니까요. 또 귀찮을 수도 있고요. 다 이해해요. 그런데 그런 걸 다 제쳐두고 따라오신 거잖아요."

그사이 마음고생을 심하게 한 목린의 낯빛은 다소 초췌했다. 하지만 은도를 향한 고마움만은 진심인지, 미소가 다정하게 빛나는 중이었다.

예상보다 너무 진지한 답이라서 오히려 은도 혼자 적잖이 당황했다.

"정말 고맙습니다."

"아니, 언영이는 정말 오래된 인연이니까……. 상황이 반대였어도 언영이가 이랬을 것 같아서 온 것뿐입니다."

"겸손하시기까지 하시네요! 역시 소문만 듣고 믿지 말아야겠어요."

"그래 주신다면야 고맙습니다."

그는 소문을 부정하지 않으며 교묘하게 넘어갔다.

목린은 고개를 돌려 다시 정면을 바라보았다. 단월도는 물론 언영의 흔적도 아직 보이지 않는 푸른 심해가 넓게 펼쳐져 있었다. 사방이 자유롭게 뚫려 있는데도 가슴이 갑갑했다. 숨을 들이켜 시원한 겨울 공기를 들이마셔도 마음속 깊은 곳 어딘가가 뜨겁게 타오르고 있었다.

"은도 님."

"예?"

목린의 부름에 은도가 다시 그녀를 바라보았다. 목린은 그와 눈은 맞추지 않고 정면을 보며 중얼거리듯 말했다.

"설령 서방님과 은도 님 중 한 분을 선택해야 하는 날이 온다고 해도 백 번이고 천 번이고 전 서방님을 선택할 거예요."

"……."

은도는 뭐라 답해야 할지 알 수 없어 잠시 가만히 있다가, 애써 장난기를 섞어 운을 뗐다.

"정말 가차 없으십니다."

침묵이 잠깐 그 뒤를 이었다. 목린은 여전히 정면을 바라보며 꿋꿋이 말을 이어 나갔다.

"저보고 부귀영화를 누릴 수 있다고 하셨지요. 엄청 비싸 보이는 반지도 주려고 하셨고요."

은도의 표정이 풀어졌다. 그는 바로 손에서 반지를 뽑을 자세로 신나게 말했다.

"물론입니다. 지금 당장이라도 드릴 수 있습니다."

"그런 건 사실, 서방님도 제게 해 주실 수 있어요."

"……그렇군요."

은도의 두 팔이 어색하게 아래로 내려갔다.

"그리고 모두를 위에서 내려다볼 수 있는 높은 자리…… 확실히 솔깃한 제안이기는 하지만, 제게 필요한 것은 아니에요."

목린의 눈이 새하얀 구름을 바라보며 몽상에 잠겼다.

"제게 필요한 건 그보다는, 함께 동등하게, 서로 다르더라도 그것을 포용하며 제게 용기를 주고, 같이 나아가는 가족들이에요. 그러니까 은도 님께서 제안하신 멋있는 자리는 다른 분께 맡기는 게 더 좋을 것 같아요. 저는 무서운 인상과는 한참 거리가 있어서 제가 명령을 내리면 너무 꼴이 웃길 거예요."

목린은 하늘을 향해 소탈한 눈웃음을 지어 보였다. 은도가 그 모습을 빤히 쳐다보았다. 그때 목린은 갑자기 눈썹을 확 꿈틀거리며 은도를 돌아보았다.

"아, 혹시 상처받으신 건 아니지요? 누구에게나 다 그렇게 장난스럽게 구혼하신다고 생각하여 말씀드린 건데."

"그럴 수도 있고, 아닐 수도 있고……."

은도는 능글거리는 표정과 함께 고개를 갸웃하는 자세로 애매하게 답했다.

목린은 한 발짝, 두 발짝, 느리게 앞으로 발걸음을 뗐다. 무슨 생각을 하고 있는 건지, 제 자리를 주변을 빙글빙글 돌며 맴돌았다. 그러다 갑자기, 청청한 하늘을 뚫어져라 보던 그녀의 눈동자가 무언가를 터득한 듯이 이채를 띠었다.

"은도 님, 아직도 원금화를 찾아 돌아다니고 계시나요?"

목린이 은도를 다시 바라보며 질문했다. 은도는 가볍게 웃었다.

"예. 아마 죽을 때까지 계속될 겁니다. 제 운명의 소저가 기다리고 있는 곳이라면 어떻게든 찾아낼 겁니다!"

그는 각오를 다지듯 주먹을 불끈 쥐었다.

목린은 그런 그를 지그시 바라보다가 얼굴을 다시 정면으로 돌렸다. 파란 바다를 잠자코 구경하는 듯하더니, 툭 내뱉었다.

"저는 솔직히 잘 모르겠어요."

은도의 한쪽 눈썹이 꿈틀거렸다.

"예?"

"물론 은도 님의 행복을 진정으로 응원하고 있어요! 하지만…… 만약 제 서방님이 정말 모든 걸 내려놓고 신화 속의 꽃만 찾으러 다니셨다면, 이런 사람들과 다 함께 정답게 어울릴 수 있으셨을까요?"

목린이 양팔을 벌렸다. 같이 이동하고 있는 열아홉 척의 함선을 끌어안듯이.

목린은 이토록 많은 배의 행렬을 본 적이 없었다. 앞으로도 볼 수 있을지 의문이었다.

"모두 서방님이 멍청하다고 혼내 주러 가겠다고 으름장을 놓고 계시지만, 걱정하시는 모습들이 너무 눈에 띄는걸요."

정말 혼내 주고 싶다는 이유 하나만으로 이렇게 바다를 건널 리가 없다. 모두 그렇게 멍청한 놈은 난생처음 본다고 투덜대면서도, 늦지 않기 위해 다급하게 떠날 채비를 했다. 스무 척이나 되는 배가 눈 깜빡할 새 출항 준비를 끝마쳤다. 목린은 출항 직전에 의원님 눈에 고인 눈물 또한 똑똑히 봤다.

"물론, 서방님께서도 결국 호기심 삼아 숲을 둘러보시다가 저를 발견하신 것이지만……. 제 생각에 서방님께서 꽃을 찾는 게 의미 없다고 하신 건, 아마 이런 의미에서 하신 말씀 같아요."

목린은 은도와 눈을 똑바로 맞추며 말했다.

"어떻게 사느냐는 오로지 은도 님의 선택이지만, 그래도 운명을 찾는 데에 있어서 너무 시야를 좁히지는 마세요. 알고 보면 같은 부족에서 만난 사람들, 교류하다 만난 사람들. 모두가 운명이 될 수도 있어요. 사실은 은도님께서 어떻게 행동하나에 따라 달린 거겠지요. 그리고 정말 은도님께 진실한 정인이 눈앞에 나타났을 때, 은도 님이 마음이 넓고 소중한 사람들과의 시간을 감사히 여기는 멋진 인물임을 알면, 그 정인분도 더 빨리 마음이 빼앗기시지 않을까요?"

겨울바람이 목린의 몸으로 칼날같이 쏟아졌다. 그런데도 따뜻했다. 이 사람들이 함께 쌓은 애정이, 우애가, 사랑이, 정말 고마워서.

은도는 잠깐 말을 잇지 못하고 목린을 빤히 쳐다보았다. 그의 인생을 통틀어 이렇게 멍한 표정으로 오래 있어 본 적이 없었다.

"아."

그는 다시 정신을 차렸을 때는 저주에 걸렸다가 풀린 사람처럼 제자리에 서서 눈을 깜박이며 머릿속을 다시 정리해야 했다.

"은도 님?"

"저는."

은도는 혼란스러운 상태에서 잠깐 고개를 숙였다. 그리고 다시 고개를 들었을 때, 평소의 여유로운 그 모습으로 다시 돌아왔다. 감정을 완벽히 갈무리했다.

그가 뻔뻔하게 웃었다. 그리고 목린의 근처로 바로 걸어와 그녀 앞으로 몸통을 숙였다. 그리고 속삭이듯이 말했다.

"사실 그런 것 없이 얼굴만으로도 꼬실 자신감이 이미 충분하여⋯⋯."

목린이 단호하게 막았다.

"저는 이미 지아비가 있어요."

"예. 여러 번 차였으니 압니다. 굳이 번복하실 필요 없습니다."

은도는 순식간에 상체를 다시 뒤로 빼며 툴툴거리듯 말했다. 이어서 일부러 더 능글맞은 표정을 지어 보였다.

"솔직히 부인께 말씀드리자면, 저는 인간이란 결코 바뀔 수 없다는 입장을 고수하는 터라⋯⋯."

목린의 얼굴이 울긋불긋해졌다. 그녀가 발끈하며 외쳤다.

"솔직히 그건 핑계라고 생각해요! 아직 시도해 보지도 않았잖아요."

"끝까지 들어 주십시오. 목소리 높이지 않으셔도 다 알아듣습니다."

"아, 죄송해요. 저도 모르게 그만⋯⋯."

목린이 얼른 사과하며 눈썹을 축 늘어뜨렸다. 은도는 그 모습을 잠자코 지켜보며 꽤 오래 가만히 있었다. 그러다가 천천히 손을 가로로 들어 제 목까지 갖다 댔다.

"……그런 입장을 고수하는 터라 부인의 말씀에 토 달고픈 마음이 여기까지 차올랐으나."

목린은 동그란 눈으로 그를 빤히 올려다보았다. 은도의 여우 같은 눈매가 곱게 접혔다.

"생각해 보니, 저 같은 예쁜 얼굴에 마음씨까지 좋으면 득이 아니겠습니까. 하여 노력해 보도록 하겠습니다."

* * *

"혼자서 그렇게 짧은 시간 내에 왕복하다니……."

"사람이 맞는 건가……!"

언영이 탄 작은 배가 시야에 들어온다는 소식을 듣고 무려 수백 명의 초족 사람들이 바다에 나왔다. 거동이 불편한 이들 빼고는 거의 참석했다고 봐도 무방했다.

그 무시무시한 바다를 홀로 뚫고 온 언영을 바라보는 초족 사람들의 동공에는 공포가 뿌리 깊게 박혀 있었다.

마침내 배가 육지에 정박했다.

쿵. 지친 언영이 두 노를 던지듯 내려놓았다.

고개를 숙이고 천천히 그가 몸을 일으켰을 뿐인데 겁에 질린 단월도 주민들은 단체로 뒷걸음질 쳤다. 어린아이들이 부모를 붙잡고 울음을 터뜨렸다.

거구의 육신이 배에서 나와 허청허청 주민들의 앞으로 걸어왔다. 그동안 해맑게 웃으며 '목린아!' 또는 '장인!', '형님!'을 외칠 때도 무섭게 생겼었다. 지금의 모습은 두말할 필요도 없었다.

가장 앞장서서 그의 움직임을 관찰 중인 익문의 표정엔 수많은 생각이 켜켜이 쌓여 있었다.

언영은 잠시 익문의 위치를 확인하기 위해 고개를 들었다가 다시 수그렸다. 무거운 몸을 천천히 그의 앞으로 이끌고 갔다.

모두가 숨을 죽였다. 대낮의 겨울 바다가 주는 날카로운 바람이 더욱 냉랭한 분위기를 고조시켰다. 언영은 어느새 익문의 앞으로 다가와 섰다. 그는 일말의 주저도 없이 바로 무릎을 꿇고 고개를 숙였다.

"오는 길에 마음의 준비는 이미 끝마쳤습니다. 언제라도 죽여 주십시오."

"자, 잠깐만. 여기 있게. 누가 와서 저자의 팔을 묶어 보게."

익문은 뒤에 서 있는 사람들을 향해 말했다. 그리고 바로 급하게 회의를 열었다. 가까운 마을 어른 열 명 정도를 이끌고 스무 걸음 정도 떨어진 곳에 둥글게 섰다.

"정말…… 죽인 게 맞겠지? 그래서 벌을 받으러 온 거 맞지?"

목린의 유골은 그 어디서도 찾아볼 수 없었다. 당연히 유골이겠거니 생각한 그 상자 안에는 생뚱맞은 보석만 한가득 쌓여 있었다. 상자를 뒤집고, 분해하고 별짓을 다 해 봤다. 보석까지 깨 보았다.

익문의 우측에 있던 이가 진지하게 고개를 끄덕였다.

"물론이지. 여기 와서 보여 준 행동들을 보게."

"그런데 왜 유골이 없는 건가……!"

"유골도 못 구할 정도로…… 상태가 좋지 않았던 거 아니겠나. 익문! 정신 차리게!"

익문의 다리에 힘이 풀렸다. 그가 털썩 주저앉았다. 양옆에 있던 이들이 그의 팔을 잡아 주었지만 소용없었다. 익문은 땅을 내려치며 통곡했다. 그의 서글픈 울음소리가 섬 주민들의 마음을 아프게 했다.

"우리 목린이……. 혼만큼은 이 섬에 잠들게 해 줘야 하는데……."

"저, 그래도 확인차 물어봐야 하지 않겠나. 저 사내한테……."

이번엔 익문이 서 있던 자리에서 왼쪽에서 두 번째에 서 있던 이가 조심스럽게 의견을 말했다. 하지만 그자의 맞은편에 있던 이가 버럭 소리를 지르며 반박했다.

"뭐라고 물어야 한단 말인가? 아내를 죽인 것이 맞냐고?"

"그렇게 직설적으로 말할 필요 있겠는가. 그저……."

"애초에 죽을죄를 지었으니 죽여 달라 애원하는 것 아니겠는가. 사람이 저러기 쉽지 않아. 보통 잔인한 행동을 한 게 아닐걸세."

"그렇네. 그리고 목린이가 살아 있다면 함께 오지 않았겠는가."

그 점엔 모두 이의를 제기하지 않았다. 차가운 눈으로 저쪽에 홀로 앉아 있는 언영을 동시에 흘끔 쳐다보았다.

"……."

언영의 손목을 묶을 끈을 들고 목현이 혼자 터벅터벅 걸어갔다. 아무 표정도 없는 목현의 얼굴에선 그 어떤 감정도 읽을 수 없었다.

언영은 발소리를 듣고 고개를 들었다가, 그 상대가 목현임을 깨닫자 황급히 다시 눈을 아래로 내리깔았다. 영락없는 죄인의 모습이었다. 목현의 눈이 가늘어졌다.

"주언영."

목현은 한쪽 무릎을 꿇고 언영의 바로 앞에 앉았다. 언영은 고개를 푹 숙이며 상대의 시선을 철저히 회피했다.

목현이 낮은 목소리로, 언영 빼고는 아무도 들을 수 없는 크기로 물었다.

"네가 이러는 연유가, 우리가 생각하는 그것이 맞는 건가?"

"예, 맞습니다, 형님……. 다 소인의 잘못입니다."

목현의 눈이 더 날카로워졌다.

그 상자에 들어 있었던 것이 유골이 아니었음이 드러난 뒤로 마을은 한바탕 뒤집혔다. 모두 쉬지 않고 질문을 던졌다. 보석은 대체 무엇이며, 유골은 대체 어디 있으며, 아니, 애초에 유골이 있긴 한 것이냐며.

그리고 지난번에 목현은 언영이 가지고 온 그 머리 장식이, 목린의 것이 아니라는 사실을 알아차렸다. 그것은 바다에서 실종되었던 그 주민이 가족을 생각하는 의미로 몸에 갖고 다니고 있었던 물건이었다. 다시 말해, 목린의 죽음과 하등 관련이 없었다.

목현은 목소리를 더욱더 작게 내리깔았다. 코앞에 있는 언영마저도 귀 기울여 들어야 알아들었다.

"나는 사고였을 거라 믿어. 넌 그럴 사람이 아니다."

"다 소인의 잘못입니다. 사고가 아닙니다. 저를 두둔해 주지 마십시오."

"하나 오해하는 게 있는데, 나도 좋아서 이러는 게 아니다."

언영이 살짝 놀란 표정으로 고개를 들었다.

"목린이라면 이랬을 것 같아서 하는 말이다. 내 누이는 너를 끔찍이 은애하였고 이런 상황을 절대 바라지 않았을 터이니."

"뭔가…… 크게 잘못 알고 계십니다. 어찌 그런 말씀을 하십니까. 아시다시피 목린이는 저와 억지로……."

"내 인내심이 고갈 나기 전에 가만히 들어라. 나는 무언가 사연이 있었을 거라 믿지만 그렇다고 앞서서 너를 수호할 만큼 내 누이처럼 선량하지도 못해. 그러니……."

한편 같은 얘기만 반복되는 회의는 여전히 뜨겁게 이어지고 있었다. 목현은 그쪽 일을 가볍게 무시하고, 바닥에 주저앉아 있는 익문에게 다가가 고했다.

"묶어두었습니다. 그리고."

이번엔 많은 사람들이 들을 수 있도록, 바람 소리에 묻히지 않게 크게 말했다.

"주언영의 목을 쳐내는 건 제가 하겠습니다."

사람들이 크게 술렁이기 시작했다. 그래, 아끼는 누이였으니 마음이 매우 아플 거야. 목현이도 그러고 보면 참 불쌍하지. 아니,

족장님이 다 안타까워, 나는. 다양한 말이 오갔다.

언영은 고개를 들지 않았다.

아무도 목현을 막지 않았다. 그는 원래 언영을 죽이기로 되어 있었던 가장 키가 큰 사내 앞으로 거침없이 성큼성큼 걸어갔다. 사내가 벌벌 떨면서 주는 검을 한 손으로 낚아채듯 가져갔다.

무표정으로 언영을 향해 발을 떼는 목현의 얼굴은 무서우리만큼 평온해서, 지켜보는 초족 사람들을 소름 돋게 했다. 그는 서늘한 눈으로 주민들을 한번 쓱 훑어보다가 자신의 아내를 잠깐 더 오래 쳐다보았다. 두 사람만 알았다. 하지만 좀 더 무언(無言)의 대화가 오가기 전에 얼른 목현이 다시 눈을 돌렸다.

목현의 두 발이 언영의 앞에 안정적으로 멈췄다.

그가 차분하게, 느리지만 흔들림 없이 검집에서 검을 뽑았다.

주민들은 숨도 쉬지 못했다.

언영의 정수리를 내려다보는 목현의 눈에 핏발이 단단히 섰다. 자루를 쥔 그의 손에서 뼈마디가 단단히 튀어나왔다.

그가 마침내 검을 들었다. 깔끔하게 손질된 첨예한 끝이 우아하게 반짝거렸다. 모두의 시선이 절로 그곳에 쏠렸다. 하지만 검을 보려고 고개를 들었던 이들은 그 뒤의, 바다 저 끝에서 다가오는 새로운 존재를 놓치지 않을 수 없었다.

"아니, 바다에……!"

누군가가 더듬거렸다.

그것은 컸다. 그리고, 많았다.

"누군가가 또 오고 있다!"

"배다!"

아무리 시력이 나쁜 노인이라도 놓칠 수 없었다.

그것은 누가 봐도 단순한 방문이 아니었다. 이제껏 한 척, 많아 봐야 세 척 정도 되는 함선으로 초족의 섬을 찾아왔던 귀혈족과는 달리 이번에 들이닥친 습격은 하나의 군대와 다를 바 없었다.

익문이 눈을 부릅뜨고 언영을 노려보았다.

"자네!"

"아닙니다! 결코 제가 부르지 않았습니다! 소인도 모르는 일입니다!"

언영이 몸을 앞으로 내밀고 목청껏 부정했지만, 처음 보는 광경에 대경실색한 초족의 귀엔 들어오지도 않았다.

"대체 몇 척이나 되는 건가!"

"하나, 둘, 셋……. 열다섯 척은 되는 것 같습니다!"

"으앙!"

어린아이들이 부모의 품에 안겨 울음을 터뜨렸다. 다 큰 어른들도 이제 우리는 죽었다면서 자리에 주저앉아 땅을 치고 통곡했다. 그대로 오줌을 지리는 이도 있었다.

언영은 절박하게 해명했다.

"상황을 분명히 설명했고, 가서 조용히 죽겠다 했습니다!"

"그런데 이렇게들 몰려온다고?"

"그러니 어서 육지에 닿기 전에 저를 치십시오!"

"자네를 치면 이대로 우리 목숨이 날아갈 게 분명하지 않는가!"

말이 통하지 않을 것 같자 언영은 이번엔 목현을 똑바로 올려다보며 울부짖었다.

"형님, 어서 저를 치십시오!"

"……."

목현은 당혹스러운 표정으로 언영과 바다를 번갈아 쳐다보고 있었다. 그 또한 언영에게 나름 배신감을 느낀 것 같았지만, 그렇다고 해서 검을 바로 휘두를 생각은 없어 보였다. 언영이 다시 한 번 외쳤다.

"형님!"

"안 돼!"

바다 쪽에서 비명에 가까운 어린 여인의 목소리가 터졌다.

"안 돼요!"

하늘 위로 은색의 말이 날아올랐다. 밤하늘의 별을 하나하나 따내어 고운 털로 빚어낸다면 저런 색이 나올 것 같았다.

말이 바다를 밟으며 옆으로 튀기는 물방울마저 신성하게 보였다. 그 아름다운 모습 자체에 혼이 빼앗기느라, 초족 사람들은 말에 올라탄 멋진 여인의 정체에 대해 크게 신경 쓰지 않았다. 아니, 당연히 모르는 이라고 생각했기에 얼굴을 그리 자세히 살피지 않았다. 하지만 말이 육지를 밟고 점점 가까워지면서, 그녀의 얼굴은 차츰 선명히 보였다.

"그 검 당장 내려놓으세요!"

그리고 무엇보다, 익숙한 목소리였다.

"목린이……?"

주저앉아 있던 익문은 믿기지 않는다는 듯 속삭였다.

초족 사람들이 단체로 술렁이기 시작했다. 죽었다던 사람이 갑자기 눈앞에 나타난 것이다. 아니, 어쩌면 목린의 탈을 쓴 악귀일지도 몰랐다. 외양과 목소리만 같을 뿐이지, 그들이 기억하던 그 사랑스러운 섬 아가씨가 아니었다.

목린은 능숙하게 봄비를 타고 질주했다. 뒤에 한 가닥으로 땋은 머리가 펄럭거렸다. 안정감 있게 땅을 가로질러 정확히 언영과 목현 사이에 들어가 그 둘을 갈라놓았다.

목현 또한 충격에 빠진 눈으로 누이를 빤히 올려다보았다.

"목린아."

"어떻게 이러실 수가 있어요, 오라버니!"

사정을 모르는 초족 사람들이라면 그러려니 이해할 수 있었겠지만, 숨통을 끊으려 검을 쥐고 있는 이가 다름 아닌 목현임을 확인했을 때 목린의 머리끝까지 화가 치솟았다. 정신을 차렸을 때는 이미 봄비를 데리고 바다로 몸을 던지고 있었다.

목린은 안정감 있게 말에서 뛰어내렸다. 목린이 겁도 없이 떨어지자 멀리서 보던 익문은 숨을 들이켜며 뒤로 넘어갈 뻔했다. 목린은 언영의 앞에 서서 목현을 똑바로 노려보았다. 남편을 보호하듯이 두 팔을 옆으로 뻗었다.

"서방님은 제가 진정으로 사랑하는 사람이라고 말씀드렸잖아요! 알고 계시잖아요!"

하도 적막했기에 가까이에 있던 초족 사람들은 들을 수 있었다. 모두가 똑같이 눈을 휘둥그레 뜨고, 턱이 바닥에 닿을 것같이 입을 벌렸다. 익문은 그 자리에서 완전히 얼어붙었다.

뒤에 있느라 못 들은 초족 사람들도 앞쪽 사람들이 전해 주는 귓속말 덕분에 빠르게 무슨 말이 오갔는지 알아들었다. 배에 타고 있는 이들도 마찬가지였다. 지하에 있던 이들까지 모두 밖에 나와 목린, 목현, 언영 세 사람에게 집중하고 있었다.

"……."

입을 다물고 있는 목현의 얼굴엔 그 어떤 감정도 없었다. 그 사실이 더욱 목린의 화를 부추겼다.

"서방님께서 안 계신 삶은 상상도 할 수 없다고 제가 분명히 말씀드렸는데 어떻게 오라버니께서 이러실 수가 있어요!"

목린도 이런 식으로 언영에게 마음을 밝히게 될 줄은 몰랐다. 뒤에서 가만히 앉아 있을 그가 어떤 표정을 짓고 있을지 감히 상상도 되지 않았다. 아니, 상상될 것 같아서 얼른 다시 입을 열었다. 상상하게 되면 헤어 나오지 못할 것 같았기 때문이다.

이번에 목린은 그들의 대화를 경청 중이었던 초족 사람들을 향해 외쳤다.

"귀혈족 사람들은 나쁜 사람들이 아니에요! 정말 오로지 친해지고 싶어서 여기 왔을 뿐이에요! 물론 여러 가지 오해 때문에 좋지 않은 일도 있었지만, 이제라도 같이 시작할 수 있다고 생각해요! 저와 서방님처럼요!"

물론 지금 초족 사람들의 표정을 본다면 결코 그 말이 쉽게 나올 순 없었다. 그들은 마치 강한 태풍 속에 갇혀 있다가 빠져나온 사람들처럼 황망하게 서 있었다. 목린이 제시한 긍정이나 희망 같은 요소들은 찾기 어려웠다.

일단 목린은 언영을 구하는 데 먼저 집중하기로 했다. 두렵지만 용기를 내며 등을 돌려 그를 마주했다. 눈을 맞추기 위해 무릎을 꿇고 앉았다.

"서방님, 괜찮으세요? 그 사이 얼굴이 너무 수척해지셨어요……!"

허풍이 아니었다. 그녀의 머릿속에 소중하게 간직된 언영의 생기발랄한 미소는 흔적을 감춘 지 오래였다. 뺨이 살짝 패고 눈에는 하나도 생기가 없었다. 굵다란 몸을 칭칭 감으며 속박하고 있는 밧줄이 목린의 눈물샘을 건드렸다.

언영은 하늘에서 내려온 선녀를 처음 맞닥뜨린 것처럼 목린을 쳐다보고 있었다. 건조해진 그의 입술이 달싹거렸다.

"……목린아……."

"제가 얼른 풀어 드릴게요."

계속 그의 얼굴을 보면 오열이 터져 나올 것 같아, 목린은 얼른 언영의 뒤쪽을 향해 무릎으로 기어갔다. 일단 끈이라도 풀어 줘야 뭔가를 할 수 있을 것 같았다.

"어?"

그러나 매듭을 확인한 목린은 놀랄 수밖에 없었다.

멀리서는 정교하게 보였던 매듭이, 가까이서 확인했을 땐 아무것도 아니었다. 목린이 한 가닥만 대충 잡아당기자마자 바로 술술 풀렸다.

초족 사람들이 분노했다. 그중 한 사람이 언영을 삿대질하며 내질렀다.

"역시 도망칠 생각이었구나!"

그리고 그때, 목현이 마침내 침묵을 깼다.

"제가 처음부터 묶지 않았습니다."

목린도, 초족 사람들도, 배에서 듣고 있던 이들도 모두 휘둥그레 눈을 뜨고 그를 바라보았다. 오로지 언영만이 죄인처럼 얼굴을 아래로 떨구고 있었다. 목현은 그런 그의 정수리에 시선을 고정하며 차분한 목소리로 말했다.

"여기 있는 사람들을 모두 이기고 도망치는 건 매제에게 일도 아닐 터이니, 알아서 도망간 다음 다시는 내 앞에 얼씬도 하지 말라고 했습니다. 혹여 모르니 제 아내 또한 뒤에서 돕기로 하고. 아무리 봐도 누이가 이런 상황을 바라진 않을 것 같았기 때문입니다."

그리고 목현은 이번엔 목린과 똑바로 눈을 맞추며 덧붙였다.

"그런데 끝까지 고집하더군요. 물론 저 또한 마찬가지로 끝까지 고집할 생각이었고."

목린의 뺨이 조용히 불타올랐다.

그러니까 결국엔, 사실 그렇게 위험한 상황도 아니었던 것이다. 목 놓아 언영을 향한 고백을 외칠 필요도 없었고.

그때 마침 언영이 고개를 천천히 들기 시작했기 때문에 목린의 복잡한 머릿속 잡념은 순식간에 사그라들었다.

"목린아. 조금 전 그 말……."

"네, 서방님."

목린은 얼른 다시 언영의 앞으로 다가가 빠르게 속삭였다.

"사실이에요. 모두 사실이에요. 서방님, 사랑해요. 이렇게 죽으면 안 돼요……! 처음엔 무서웠지만, 그래도 결국 혼인을 앞당기자고 한 사람도 저였고……. 여러 가지 선택에 결코 후회는 없어요. 서방님이랑 함께하면서 새로운 행복을 배웠어요."

언영의 눈에서 잠시 희망이 싹을 피웠다가 다시 시들었다. 그가 고개를 푹 숙이고 자조했다.

"그래도 내가 잘못한 건 사실이야."

"그렇다고 제가 언제 죽으라고 얘기했어요!"

답답한 목린의 표정이 가득 일그러졌다. 그녀가 울음을 터뜨리며 말했다. 당황한 언영이 다시 얼굴을 들었다.

"그렇게 미안하다면, 평생 제 옆에서 사죄하시면 되잖아요!"

언영의 입이 바보같이 벌어졌다.

"……그래도 돼?"

"제발 그렇게 해 주세요."

목린이 호소했다.

언영은 떨떠름한 표정을 지었다. 그의 눈동자가 중심을 못 잡고 방황했다. 그가 고심하는 게 보였다. 정말 그래도 되는 건가. 그런 호사를 누려도 되는 건가.

"……알았어."

마침내 그가 내뱉었다. 한번 답하고 나니 봇물 터지듯 그녀를 향한 말이 튀어나왔다.

"알았어, 목린아. 알았어. 그럴게. 네 말대로 할게."

언영은 목린과 이마를 맞대고 계속 속삭였다. 목린은 그런 그의 두 뺨에 손을 둘렀다. 그리고 뜨겁게 입술을 포갰다.

충격받은 언영의 몸이 굳고 그의 눈이 떡 벌어졌다. 목린은 단순히 입술을 잠깐 붙였다가 떼지 않았다. 그의 입술을 빨고, 부드럽게 깨물고, 사랑스럽게 머금었다. 언영의 거대한 몸통이 행복해서 벌벌 떨렸다. 그는 쭈뼛쭈뼛 팔을 뻗어 목린의 등을 매우 조심스럽게, 소중하게 안았다.

다만, 나머지 사람들은 두 사람의 감동적인 재회를 여유롭게 볼 상황이 아니었다.

"잠깐, 그렇다면 귀혈족은 우릴 침략하려던 게 아니었단 말인가?"

익문이 황망하게 더듬거렸다.

"익문, 난 자네가 그런 생각을 하고 있었을 줄은 몰랐네."

배에서 훌쩍 뛰어내린 월진이 걸어 나오며 말했다. 그 뒤를 이어 다른 사람들도 우수수 배에서 달려 나왔다. 모두가 하나같이 무서운 용모를 가지고 있었다.

다리가 후들거릴 정도로 무서웠지만 익문은 애써 목소리를 짜냈다.

"모두 완전 무장을 하고 오지 않았는가! 수많은 군사를 거느리고 온 건 그럼 대체 어떻게 설명하려고!"

"처음 만나니까 멋있어 보이고 싶었어요……."

나란히 서 있는 근육질의 수염 난 남성들이 눈물을 글썽이며 토로했다.

"부족 이름도 뭔가 이상하잖아! 귀혈족이라니! 피를 즐길 것 같은 이름이잖나!"

"나아갈 혈(翅)자를 씁니다."

"웃기지 마! 노린 거잖아!"

사람들의 외침 가운데 월진이 차분하게 말했다.

"익문, 지금부터라도 함께 진실한 우애를 쌓는 게 어떻겠는가. 이제부턴 내게 말을 놓도록 하게. 원한다면 오히려 내가 말을 높이겠네."

월진은 익문이 무릎을 꿇으라 하면 망설임 없이 바로 꿇을 자세를 취했다. 그건 그녀의 뒤를 따라오고 있는 수십 명의 사람들 또한 마찬가지였다. 고맙기보단 오히려 당황스러워진 익문이 정신없이 물었다.

"나는…… 나는 솔직히 말하면 반대요! 인제 와서 대체 무얼 하겠다고! 게다가 함께 데리고 온 저들은 또 대체 누구요!"

"나의 아들이 걱정되어 달려온 이들이네."

걱정되어 달려온 사람들이라 하기엔 좀 너무 많았다. 시야에 다 들어오지도 않았다. 게다가 죄다 싸우러 온 사람들 같았다. 오히려 익문을 더 겁에 질리게 했다. 그가 창백한 표정으로 내질렀다.

"나는 그런 오해가 없었다면 무슨 수를 써서라도 목린이를 귀혈족에게 시집보내지 않았을 걸세! 그러니 진정한 화해를 원한다면 나는…… 나는…… 두 사람의 혼인을 없던 일로 하길 바라네!"

"아버지!"

언영의 품에 파묻혀 있던 목린이 불쑥 고개를 들고 외쳤다. 하지만 정신을 차린 익문의 표정은 냉담했다. 그는 여식의 외침을 못 들은 척하고 말했다.

"우리 목린이는 고향에서 훨씬 행복할 것이니. 두 사람 사이에 아직 아이도 없고 부부의 연을 맺은 지 1년도 채 되지 않았네. 덕복아! 네가 우리 목린이를 쭉 마음에 담아 뒀던 걸 알고 있다! 그래서 아직도 혼례를 마다하는 거 아니냐!"

초족 사람들의 눈이 전부 구석에 가만히 서 있던 덕복이라는 청년에게로 향했다. 초족이 바라보는 곳을 보고 나머지 육지에서 온 이들도 같은 청년을 바라보았다.

졸지에 오천여 개의 눈알의 관심을 한 몸에 받는 덕복의 얼굴에 난처함이 가득했다. 그의 얼굴이 불타오르고 있었지만, 반대로 입에서 나오는 말은 꽤 차분했다.

"부인하지는 않겠습니다. 하지만 족장님, 목린이는 귀혈족의 사내를 이미 마음에 담았습니다. 제가 들어설 자리는 없어 보입니다. 저는 오히려 저 둘의 행복을 지지……."

"방금 듣지 않았는가!"

대화가 원하는 방향으로 가지 않자 익문이 중간에 자르고 들어가 외쳤다.

"아버지, 저는 서방님 곁에 있을 거예요!"

목린이 두 팔로 언영을 더 가까이 끌어안으며 반발했다.

"안 된다! 바깥세상은 너무 무서운 곳이야! 이 아비랑 같이 계속 여기서 살자!"

"그러면 서방님께서 너무 괴로워하실 거예요!"

"그것은 내 알 바 아니다! 목린아, 너 이런 애 아니었잖니!"

목린의 품에 갇힌 언영 또한 더듬거리며 끼어들었다.

"목린아, 굳이 이러지 않아도……."

목린의 미간이 팍 좁아졌다.

"서방님은 조용히 계세요."

목린은 언영의 턱을 강하게 잡아끌어 그와 열정적으로 입을 맞추었다. 할 말이 있었던 언영의 머릿속이 새하얘졌다. 두 사람의 입맞춤을 바라보는 익문은 어이가 없어 입을 떡 벌렸다.

그리고 그때, 배에서 벌떡 일어나 상황을 불안하게 지켜보고 있던 언영의 동료들이 우렁차게 외쳤다.

"염치없지만 언영이에게 한 번만 기회를 주십시오!"

그들은 우람하고 위협적인 덩치에 걸맞지 않게 안절부절못하는 몸짓으로 계속 외쳤다. 놀란 나머지 사람들의 눈길이 모두 그리로 향했다.

"많이 답답한 면이 없지 않아 있지만 착한 놈입니다!"

제 일처럼 공감하고 이입하며 그들이 울먹였다. 그러자 그 측면에 있던 배에 탄 사람들도 자리를 박차고 일어났다. 그들도 익문을 향해 절절하게 외쳤다.

"누구에게나 솔직하고 꾸밈없는, 알고 보면 좋은 녀석입니다!"

그것을 시작으로 모두가 팔을 높이 쳐들었다. 남녀노소 굴하지 않고, 배에 올라타 있는 이들이나 땅으로 내려온 이들 모두 가슴을 들썩이며 쩌렁쩌렁 외쳤다. 어딘가 좀 이상한 면이 많지만 그래도 소중한 녀석을 위해 제 한 몸 다 바쳐 호소했다. 모두가 한마음이었다.

"발가락을 빨아 주는 걸 좋아한다지만 그 정도면 폭력도 아니고, 꽤 양호한 취향이라고 생각합니다!"

"맞습니다! 완벽한 놈은 아니지만, 가족이랑 친우들을 위해선 간도 쓸개도 다 빼 줄 놈입니다! 사윗감으로 최고입니다! 쭉 지켜봐 왔는데 부인을 정말 소중하게 대해 줍니다!"

"가슴도 정말 큽니다!"

"제가 마을에서 가장 존경하는 형님입니다!"

월진은 감히 그들 사이에 끼어들지 못하고 울적한 표정으로 익문을 내려다보았다. 하지만 그녀의 등 뒤에서 울려 퍼지는 외침은 커지면 커졌지, 줄어들지 않았다. 여기 있는 모두가 적어도 한 번은 언영에게 진 빚이 있었다.

"오라버니에게 기회를 주세요!"

언영의 세 누이도 함께 손을 맞잡고 울었다.

안 그래도 이 천 명 남짓의 걸걸하고 목청 큰 사람들이 모두 함께 모여 한마음에 소리를 질러대니, 그 소리가 주는 괴력이 어마어마했다. 나뭇잎이 흔들리고, 하늘을 누비던 새들은 도망치듯 달아났다. 초족 사람들 대부분은 단결된 자들의 하소연에 감동하기는커녕 되레 겁에 질렸다.

"으윽."

참지 못한 호민은 두 손으로 귀를 틀어막고 자리에 주저앉았다.

우레와 같은 함성은 널리 퍼져 바닷속까지 흘러들었다.

바닷속, 그다지 깊은 곳에 살고 있지 않는 '그것'의 귀에까지.

22장

본디 '그것'이 이렇게까지 위로 올라온 지는 얼마 되지 않았다. '그것'은 저 아래, 깊숙이 위치한 해저의 끝에 누워 아주 오랜 시간동안 잠에 취해 있었다. 물론 '그것'은 우리 인간과 너무나도 동떨어진 삶을 살아왔기에 이해하기 쉽도록 얘기하자면, '그것'이 바닷속에서 잠들어 있던 기간은 인간이 말하는 약 200년이었다.

목린과 언영이 태어나기 훨씬 전, 그들의 부모의 부모조차도 세상에 나타나기 훨씬 이전에. 그것은 북동쪽 저 멀리 어딘가를 단단히 쥐고 있었다.

그곳은 인간의 흔적이란 먼지만큼도 찾아볼 수 없는 장소로, 오로지 먹고 먹히는 관계의 교류만이 간간이 해저에서 벌어질 뿐이었다.

'그것'은 덩치와 힘만 따지자면 바다 속 최고의 포식자였으나 제 능력을 크게 드러내지 않았다. 이는 겸손함이 아니라 단순히 본래 가진 특성에 기인했다. '그것'은 단기간 동안 사냥을 많이 하고, 배에 쌓인 먹이들을 매우 천천히, 오래 소화했다. 소화에는 몇 주가 걸리기도 하고, 몇 달이 걸리기도 하였으며 또는 몇 년이 지나기도 했다.

200년 전, 휴식을 마치고 오랜만에 배를 채우려 '그것'이 몸을 일으켰을 때 가장 거슬렸던 상대는 '그것'의 바로 아래, 2인자 녀석들이었다. 혼자서 가끔씩 사냥을 하는 '그것'과 달리 그들은 떼를 지어 몰려다니고 또 날마다 배를 채우러 다녔다. 약한 물고기들에게 본질적인 두려움은 외려 그쪽이었다.

그리고 '그것'은 그들이 거슬렸다.

그들을 모두 잡아먹는 데까지는 꽤 오랜 시간이 흘렀다. '그것'에게도 쉽지 않은 결투였다. 하나 이를 통하여 앞으로 수년, 아니, 수십 년 혹은 수백 년은 거뜬히 갈만큼 배를 채웠다. 전투를 마무리 짓고 마지막으로 남은 놈의 꼬리를 아그작 깨물어 속에 집어넣었을 때는 구경을 하러 온 물고기들이 잔뜩 '그것'을 에워싸고 있었다.

주변으로부터 숭배를 받게 되었음에도 불구하고 '그것'은 큰 관심을 두지 않았다. 쉬고 싶었고, 이곳을 벗어나고 싶을 뿐이었다.

그래서 남쪽으로 헤엄치기 시작했다. 북동쪽에 낳아 둔 알은 별 신경을 쓰지 않았다.

아이가 깨어나면 알아서 찾아오겠지. 뒤따라오는 행렬이 줄기처럼 이어졌지만 하등 신경 쓰지 않았다. 쉬지 않고 헤엄쳐 적당한 곳에 자리를 잡고 누워 잠들었다.

아주아주 오랜 시간이 흘러, 바닷속 깊은 곳에서 '그것'은 눈을 떴다. '그것'이 눈꺼풀을 들자 그 주변을 맴돌고 있던 다른 어류들은 기쁨에 겨웠다. 아마 '그것'의 귀환이 그들의 삶에 긍정적인 변화를 불러오리라 예상했던 탓이다.

그들은 완전히 틀렸다.

'그것'은 주변에 헤엄치던 모든 이들을 한 입에 먹어치웠다. 재빠르고 민첩했다. 아무런 고통도 없이 이빨로 짓이겨 바로 죽여 주었다.

마침내 눈을 뜬 '그것'은 강한 허기를 느꼈다.

아주 깊은 해저서부터 위로 올라오기까지 오랜 세월이 흘렀다. 수년간 여기에서 해결하던 끼니 또한 점차 부족해지려는 차였다. 점점 위로 올라가 육지와 가까워졌다.

한 번은 허기를 이기지 못하고 이른 새벽에 바다 위로 아주 잠깐 나간 적도 있었다.

그리고 바다를 방황 중인 지금, 해저에서도 느껴질 정도의 엄청난 고함이 전해졌다. 호기심이 생긴 '그것'은 한 번도 나가 보지 못한 세상으로 쭉쭉 뻗어 올라갔다.

그리고 신기하게 생긴 새로운 먹이들을 찾았다.

＊ ＊ ＊

한순간이었다. 재앙이 그들의 눈앞에 나타났다.

지난번에 언영이 물리친 그것은 아무것도 아니었다. 이번에 나타난 악몽은 그것의 열 배는 되는 크기였다.

얼마 전 그것은 적어도 피부가 매끄러웠지만, 이번에 나타난 재앙의 피부는 역사를 말해 주고 있었다.

몇백 년 전에 살결에 박혀 빼내지 못한 인간 문물의 자재가 군데군데 박혀 있었다. 이 괴물은 기괴하고 신비로운 깊은 바다 가장 아래에 현재 인류가 도달할 수 있는, 가장 최소한의 흔적이었다.

그것의 눈으로 추정되는 시꺼먼 것이 단월도를 쳐다보았다. 다리로 추정되는 시꺼먼 것이 걸을 준비를 하고 있었다. 서서히 섬으로 다가오는 것이다.

가장 빨리 정신을 차린 이들은 사랑하는 이가 있는 사람들이었다.

"목린아! 목현아!"

익문이 울었다.

목현은 서둘러 목린을 향해 팔을 뻗었다. 일단 누이를 지켜야 한다는 생각이 가장 먼저 머릿속에 타올랐다.

"목린……."

목현으로부터 등을 지고 있는 목린이 고개를 푹 숙였다.

이어서 목린의 어깨가 발작적으로 떨리기 시작했다. 이어서 숨을 쉬기 버거워하는 소리까지 들리자 목현의 몸이 그대로 굳었다.

당황한 목현이 다가가기 전에 먼저 언영이 목린의 두 어깨를 세게 붙들어 잡았다. 들썩이는 목린의 어깨와 머리는 멈추지 않았다. 언영은 긴박한 얼굴로 목현을 향해 눈을 돌리고 빠르게 말했다.

"먼저 가서 장인과 나머지 섬사람들을 도와주십시오. 도움이 필요한 건 그쪽입니다. 저도 금방 목린이를 진정시키고 가겠습니다. 혼자서도 충분히 가능합니다."

"……."

망설이는 목현의 표정이 잠시 흔들렸다. 그의 눈동자가 안쓰러워 보이는 목린의 뒤통수와 언영을 목숨줄처럼 꽉 붙들고 있는 그녀의 손에 잠시 머물렀다.

마찬가지로 안절부절못하며 목린의 주변을 맴도는 하얀 말을 끝으로 눈에 담고, 목현이 경직된 표정으로 운을 뗐다.

"최대한 빨리해 주셔야 합니다."

"물론입니다."

목린과 눈을 맞춘 언영이 대답했다.

"목린아, 괜찮아. 괜찮아."

언영이 두 손으로 목린의 뺨을 감싸며 다정하게 속삭였다.

"괜찮아, 괜찮아."

언영은 목린의 얼굴이 마구 떨리지 않게 붙잡고, 이마를 함께 맞댔다. 목린의 시야에 오로지 그 혼자만이 들어차도록.

목린의 호흡과 눈동자 초점이 매우 천천히 제자리를 찾았다.

"초족 사람들하고 안전하게 같이 있어. 알았지? 내가 금방 해결해 주고 올게. 너희 사람들을 지켜 줄게. 별로 오래 안 걸릴 거야."

언영이 목린의 머리를 당겨 안으며 속삭였다. 목린은 대답하는 대신 더욱 언영의 품에 파고들었다.

"괜찮아. 내가 제일 잘하는 거잖아."

목린은 한 번 크게 훌쩍이고 눈을 들어 언영을 빼꼼 올려다보았다.

"할 수 있어요. 서방님 정말 강하시니까…… 부디 무사히 돌아오세요."

"약속할게."

목린이 천천히 다시 다리에 힘을 주고 일어섰다. 언영은 재촉하지 않고 묵묵히 목린을 기다렸다. 사람들의 아우성이 점점 커지고 그만큼 그의 등에도 식은땀이 흘렀지만, 끝까지 아닌 척했다.

"말에 탈 수 있겠어?"

"……."

목린이 자리에서 일어난 이후 언영은 목린의 허리를 안아 들어 그녀를 봄비의 위에 앉혔다. 일단 자세를 잡기는 했는데 안정적으로 달릴 수 있을까 싶어 언영이 살짝 불안하게 물었다. 목린은 고삐를 만지작거리며 대답을 미루던 와중에, 돌연 무언가가 생각난 듯 허리를 숙였다. 그리고 봄비의 옆에 매달려 있는 짐 꾸러미를 열었다.

"이거 입으세요. 제…… 제가 마을 사람들하고 같이 만들었어요."

목린은 그동안 열심히 만들었던 갑옷을 꺼내 들었다. 추운 날씨에도 볼품없는 얇은 옷 하나만 걸치고 있던 언영에게 딱 맞을 법했다.

"정말…… 고마워."

언영이 멍하니 그것을 넘겨받았다. 고개를 숙여 빤히 내려다보았다. 위에서 목린이 훌쩍거리는 소리가 들리지 않았더라면 그대로 평생 정신을 놓았을지도 몰랐다.

"봄비야, 가."

언영이 봄비의 뺨을 톡톡 두들기며 숙연한 목소리로 말했다. 봄비는 언영과 한 번 진지하게 눈을 맞춘 후에 결코 뒤를 돌아보지 않으며 괴물에게서부터 최대한 멀리, 초족 사람들이 모인 곳으로 목린을 데려갔다. 멀어지는 와중에도 목린은 눈물을 뚝뚝 흘리며 계속 뒤를 쳐다보았다. 그래서 언영이 먼저 매몰차게 등을 돌렸다. 그렇지 않으면 못 참고 서로를 향해 달려 나갈 것 같았다.

"……."

이미 많은 육지 사람들은 괴물의 앞에 바짝 다가가 검과 창을 휘두르고 화살을 쏘고 있었다. 섬사람들은 울면서 도망치느라 바빴고 귀혈족 사람들이 그들의 대피를 도와주고 있었다.

한꺼번에 솟구쳐 오는 수십 개의 타격에도 괴물의 껍질은 별 타격을 받지 않았다. 어느새 섬 위로 미끄러져 올라온 그것은 등에서 자라나는 기다란 촉완들을 널리 주변에 퍼뜨리기 시작했다.

그중에 하나가 쭉 뻗어 나가 산을 내려치자 나무들이 형편없이 부러지기 시작했다.

언영은 이를 악물었다.

목린의 추억을 차지하는 곳, 목린의 일부분을 저렇게 손쉽게 무너뜨리는 녀석을 절대 용서할 수 없었다. 이토록 전신의 핏줄에 앙분이 흐른 적이 있었던가. 그는 목린이 건넨 갑옷을 비장한 낯빛으로 걸쳤다.

목린이 시도 때도 없이 갖고 다니던 갑옷이다. 언영이 그립고 보고 싶어 잠이 오지 않는 나날엔 품에 바짝 끌어안고 잤다. 그러니 갑옷에는 온통 목린의 체취가 배어 있었다. 그것을 착용한 언영의 몸에도 또한 온통 그녀의 살 내음이 묻었다. 그의 젊은 피가 끓어올랐다. 언영은 웅장하게 내질렀다.

"목린이 냄새!"

흥분한 언영의 전투력이 세 곱절 상향했다. 그가 날아가듯이 뛰어갔다.

가까워질수록 어머니 월진의 고함이 가까이서 들렸다.

"이겨라! 어떻게 해서든 초족의 평화를 지켜야 한다! 우린 그들에게 평생 갚지 못할 빚이 있다!"

한편, 괴물의 바로 아래에서 월진을 선두로 수십 명의 귀혈족이 대형을 맞추며 하늘로 슝슝 날아올랐다.

"하하하하하하하하하하하!"

그들도 난생 보지 못한 적의 출현에 당황했지만, 긍정적인 태도만큼이나 이 상황에 중요한 것은 없음을 알았다. 활기찬 웃음과 함께 날아올라 꼬리와 촉완을 동강 내려 달려들었다.

다른 부족들도 각자 대열을 맞추어 이곳저곳에서 함께 공격했다. 언영은 눈을 빠르게 돌려 그중에서도 명족이 있는 위치를 파악했다.

직접 공격을 하기보다는 후방에서 괴물의 특성을 면밀히 관찰하고 있던 호민은 갑자기 언영이 어깨를 쥐어오자 눈에 띄게 화들짝 놀랐다.

"저건 뭐야. 왜 여기 나타난 거야?"

"아마 지난가을에 우리가, 아니, 내가 잘못 생각했던 것 같아."

호민이 창피함 탓에 고개를 들 줄 몰랐다.

그때 그들의 위에서 누군가가 촉완에 몸통이 돌돌 말려 압박당했다.

"기죽지 마. 우리 모두 똑같이 생각했잖아. 네 잘못이 아니야."

"미안해……."

"괜찮아. 다 함께 싸워서 이번에도 이기면 되잖아. 할 수 있어."

언영이 부드럽게 웃으며 호민의 어깨를 다독였다. 그리고 서서히 검을 들고 일어날 준비를 했다.

"지난번과 똑같이 죽이면 되는 거잖아. 안 그런가?"

"아마 같은 종이라면 그렇겠지만 언영아, 이번 녀석은 저번 것보다 배로 크고 역겨운 놈이야. 네가 잘하는 건 알지만 너무 앞서가진 마."

호민이 염려를 드러냈으나 언영은 이미 저 멀리 달려 나간 뒤였다.

* * *

 섬 위로 꿈틀꿈틀 기어 올라온 그것의 몸통 아래에서 단월도가 무참히 찌그러지고 있었다. 콧김 한 번에 나무 다섯 그루가 휘청거렸다. 발길질 한 번에 산사태가 벌어졌다. 그것의 배 속으로 사람들의 거처가 꿀렁꿀렁 들어갔다.

 순식간에 삶의 터전을 잃어버릴 위기에 처한 초족 사람들의 낯빛은 단순히 경악이라고 하기엔 부족했다. 그들의 과거, 현재, 그리고 미래마저 모두 사라지는 현장이었다.

 귀혈족의 안내를 따르며 안전한 방향으로 대피했다곤 하지만, 그건 단순히 저 괴물이 현재 눈앞에 있는 것에만 관심이 있기 때문일 뿐. 만일 방향을 돌린다면 또 어떤 재앙이 일어날지 아무도 알 수 없었다. 바닷속으로 풍덩 풍덩 떨어지는 수많은 나무, 흙, 바위를 바라보다보면 그들의 목숨도 곧 저 길을 따라갈 것만 같았다.

 그 말이 옳았다. '그것'의 눈에 섬은 하나의 먹이에 불과했다. 저 우뚝 솟아오른 것을 다 먹어치우면 앞으로 또 수년간 편히 잠에 들 수 있겠단 생각에 만족스러웠다.

 그것의 눈 사이 붉은 점을 찍어 내려고 사방팔방에서 날아다니는 수십 명의 사람들이나, 어떻게든 몸통에 구멍을 낼 각오로 고함을 내는 수백 명의 사람들 모두 그것의 눈엔 거슬리는 먼지일 뿐이었다. 손짓 한 번에 죽여 버릴 수 있고, 콧김 한 번에 날려 버릴 수 있었다. 빛을 내 보겠다고 불을 던지거나 칼날의 반사를 유도하는 행위조차도 가소로웠다.

호민은 이 광경을 처참한 표정으로 바라보았다. 내로라하는 각 부족의 족장들이 거의 다 집합해 전투를 지휘 중임에도 상황은 악화될 뿐이었다. 날아오는 수백 개의 검날과 화살, 바위들을 귀찮다는 듯 발길질로 대충 해치워 내며 괴물은 섬을 우걱우걱 씹어 먹고 있었다. 돌덩이들이 괴물의 이빨로 가볍게 조각났다. 사람들의 처절한 고함 속에서 재앙은 홀로 평화로운 식사를 즐기고 있었다.

호민은 손등으로 눈가를 벅벅 비볐다. 난생 처음 방문한 섬인데도 울분 속에서 눈물이 터져 나왔다.

"잘 싸우네."

이어서 그는 갑자기 옆에서 들려오는 태연한 투의 목소리에 소스라치게 놀랐다.

"아, 은도……."

황은도가 자리에 쭈그리고 앉아 팔을 괸 채를 전투를 가까이서 함께 구경 중이었다. 호민은 울음 섞인 목소리를 애써 가다듬었다.

"너도 따라왔구나."

"내가 굳이 끼어들지 않아도 될 것 같고."

"……그래도 한 명이라도 더 도와주면 고맙지. 이 섬 주민들 생계가 걸렸는데."

호민이 말끝을 흐리며 말했다. 보통 사람이었다면 넌 그런 생각이 입 밖으로 뻔뻔히 나오느냐고 한 마디 해 줄 법도 했지만, 상대는 은도였다. 그리고 은도는, 옛날에 스승님 아래에서 수련받을 때도 항상 저랬다. 하기 싫은 건 죽어도 안 했다. 어떻게든 꾀를 써서 피해 냈다. 주로 그 꾀의 피해자는 언영이어서 그가 순진하게 당해 대신 두 사람 몫까지 해야 하는 경우가 흔했고.

좋은 벗이라고 여기기는 하나 종종 이토록 이기적인 놈이었다. 그리고 원래 저런 녀석이니 저렇게 황당하게 말해도 이상하게 느껴지지 않았다. 그냥 대충 무시하며 호민이 떠나려던 찰나였다.

갑자기 들려오는 목소리가 그의 발목을 붙들었다.

"그렇겠지."

"응?"

호민은 깜짝 놀라 은도를 올려다보았다. 세상 편하게 앉아 결투를 관조하고 있던 은도가 자리에서 일어나고 있었다.

"네 말대로야."

호민은 그 자리에서 멈췄다. 나름대로 약 이십 년을 알고 지내 온 벗이다. 그가 평소와 다른 모습을 보여 주려 할 때면 알 수 있다. 이를테면 바로 지금.

"네가 봤을 때 여기서 내가 가장 도움이 되는 방법이 뭐지?"

은도는 호민을 똑바로 바라보며 웃음기 없이 물었다.

* * *

귀혈족 사람들 몇 명이 초족을 배로 이끌었다. 우선 사람을 살리는 것이 중요했다. 서둘러 가능한 많은 이들을 태우고 섬을 벗어날 생각이었다. 초족 사람들은 모두 엉엉 울면서 함선 안으로 폴짝 뛰어들었다.

익문과 목린 사이에서 작은 실랑이가 벌어졌다. 익문은 어떻게든 목린을 배를 태우려 했고, 그 자신은 족장으로서 섬에 남아 있으려 했다. 반대로 목린은 아버지를 배로 이끌고, 자신은 여기서 언영을 조금 더 지켜보려고 했다.

목린은 팔을 뻗어 괴물의 얼굴 근처에서 계속 공격을 가하는 중인 언영을 떨리는 손으로 가리켰다. 멀리서 봐도 언영만큼은 누구보다도 빨리, 잘 알아볼 수 있었다.

"서방님께서 저 괴물이랑 너무 가까운 데서 싸우고 계시잖아요. 저러다가 잡아먹히면 어떡해요? 제가 어떻게 여길 떠나겠어요……!"

"괜찮을 거다. 자신 있으니까 저렇게 싸우고 있지 않겠느냐?"

익문이 초조하게 말했다. 얼른 목린을 안전한 곳으로 보내 주고 싶었다.

"그게 아니라 어떻게든 저희 섬사람들을 지켜 주려고, 자신이 없어도 위험을 무릅쓰는 중일지도 모르잖아요……."

익문은 답하지 않고 입술을 꾹 다물었다. 사실 그도 들었다. 저 괴물이 처음 등장했을 때, 육지 사람들이 저렇게 거대한 놈은 난생 처음 본다고 하며 난처해하는 웅성거림을. 그 긍정적인 육지 사람들이 말이다.

그러니, 아마도 목린의 말이 맞을 터다. 아무리 육지 놈들이 겁을 모르는 녀석들이라 해도 저런 것까지 마냥 하하하하 웃으며 대응할 수는 없을 터였다.

그리고 그렇기에 더욱 더 목린을 안전한 곳으로 피신시켜야 했다.

"목린아."

자신의 부인을 안전한 곳에 보내 둔 목현이 누이와 아버지 앞으로 등장했다. 목현은 목린이 배에 탈 수 있게 얼른 손을 뻗어 주었다.

하나 목린은 목현의 손을 맞잡긴커녕, 아버지의 품에 안겨 있던 몸을 격렬히 비틀었다. 그리고 괴물을 향해 눈을 똑바로 뜨고 내뱉었다.

"가 봐야겠어요."

"목린아!"

"목린아!"

익문은 물론이고, 오랜만에 다시 만난 목린의 벗들과 목현 또한 그 말을 듣고 소리 질렀다.

"목린아, 가서 뭘 한다고 그래! 우리가 싸울 수 있는 것도 아니 잖아!"

"그래, 괜히 갔다가 다치기라도 하면……!"

"목린아, 제발 이 아비 곁에 있으렴!"

"목린아!"

목린은 피가 날 정도로 입술을 깨물었다.

사람들의 말이 맞았다. 저곳은 재앙이었다.

또한 목린은 저 괴물과 싸울 수 있는 능력이 하등 없었다. 갔다가 눈 깜박할 사이에 밟혀서 죽지나 않으면 다행이었다. 하지만 여기서도 저기서도 도움이 되지 않는다면, 차라리…….

"죽더라도 서방님 가까이서 죽고 싶어요."

충격적인 발언에 익문과 목현의 팔에서 힘이 풀렸다.

"죄송해요. 봄비야, 가자!"

들어서는 안 될 것을 들었다는 표정으로, 어안이 벙벙한 채 서 있는 초족 사람들을 빠르게 훑어본 후 목린은 봄비 위에 잽싸게 올라탔다. 봄비는 목린의 그 말을 기다리고 있었던 양 곧장 박차를 가하며 전투를 향해 몸을 던졌다.

"다 같이 살아 돌아올게요!"

* * *

언영에게 시간을 끌 여유 따위는 없었다. 빠르고 정확하게 지난 번처럼 약점을 뚫는다. 이것이 그의 유일한 작전이었다. 저번 전투에 참여했던 다른 이들도 마찬가지 생각을 품고 있었다.

하나 현재까지 그 누구도 붉은 점 근처에 가지 못했다.

이번에 만난 붉은 점은 이전에 만났던 녀석보다 훨씬 크기가 작았다. 실력뿐만이 아니라 운도 받쳐 줘야 명중이 될 법했다. 다시 말해, 능구렁이 같이 날아오는 촉완을 모두 피하고, 녀석의 입에서 언제 나올지 모를 독을 조심해야 하며, 그 와중에 저 작은 곳에 정확히 조준해야 한다는 뜻이다.

"으악!"

언영의 바로 옆에서 날뛰던 동료 하나가 괴물의 손짓 한 번에 둔탁한 소리와 저 멀리 날아가 버렸다. 아슬아슬하게 피한 언영이 이를 악물었다. 이로써 벌써 가까이에 있던 열여섯 명이 전부 떠나가 버린 거다. 부디 그들의 상태가 최악이 아니기를 바랄 뿐이었다.

징그럽게 꿈틀거리는 녀석의 촉완은 서걱 잘라낸다 한들 곧바로 다시 제 길이를 키웠다.

아래에서 월진이 지휘하고 있는 전사들이 이를 어떻게든 막기 위해 촉완이 자라나는 등에 온갖 뜨겁고 날카로운 것을 던져 대고 있었으나 효과는 미미했다.

그때, 언영의 옆으로 새로운 동료가 날아들었다.

"뭐야."

처음엔 믿지 못하겠다는 듯 중얼거렸다. 이어서 제 눈이 맞았다는 사실을 확인하자마자 언영은 고함을 내질렀다.

"뭐야! 네가 왜 여기 있어?"

"귀염둥이 보러왔지."

언영의 얼굴이 붉으락푸르락해졌다. 그가 폭발하며 무언가 내지르기 전에 은도는 얼른 다시 입을 열었다.

"네 생일이라 하길래 솔직히 털어놓으러 와 봤다."

"젠장, 지금 너랑 놀아 줄 시간 없으니까……."

"우리 일곱 살 때 자면서 요에 실수한 사람!"

은도는 언영의 말을 무시하며 외쳤다. 그리고 손에 끼고 온 것 중에 누가 봐도 가장 비싸 보이는 반지를 난데없이 빼냈다. 사방에서 꿈틀거리며 날아오는 괴물의 촉완을 가볍게 피해 낸 그는 갑자기 그 비싼 보물을 허공으로 휙 올려 던졌다. 어이가 없어진 언영이 욕설과 함께 당장 꺼지라고 외치려 하던 그때. 은도는 등에 차고 있던 월도를 쥐고 하늘에 있는 반지를 힘차게 반으로 쪼갰다.

"나 맞다! 미안하다, 언영아!"

은도가 휘두른 무기가 조그만 반지를 정확히 반으로 맞춰 갈랐다.

수백 년에 한 번 나온다는 광석이었다. 고작 조그만 돌로 보였던 것의 내부에서 세상을 녹일 정도로 눈부신 빛이 쏟아져 나와 괴물의 눈을 정통으로 공격했다.

괴물은 우선적으로 손 하나로 자신의 약점을 꼭꼭 숨겼다. 하지만 고통을 참지 못하고 어두운 동굴 같은 입을 크게 벌리며 찢어지는 비명을 내질렀다. 잠시나마 다리와 촉완이 무력화되고 괴물이 힘을 잃었다.

"지금이다! 뭐라도 던져라!"

수백 명의 전사들이 동시에 고함을 지르며 온갖 힘을 다 끌어냈다. 보이는 것이라면 다 던졌다. 원래 언영의 생일 기념으로 준비했던 발 조각상도 이때 날아갔다. 그들도 빛의 영향을 받아 제대로 눈을 뜰 수 없기는 매한가지였으나 현재의 괴물처럼 무방비하게 축 처지진 않았다. 끊어내도 쭉쭉 자라나던 촉완이 돌연 성장을 멈추었다.

전반적인 공격이 대부분 얼굴을 향했다. 약점을 가리고 있는 발을 잘라내기 위한 쉬지 않는 침투가 벌어졌다. 비명을 지르느라 쩍 벌어진 괴물의 구강을 공략하는 이들도 더러 있었다. 꿈틀거리는 혀를 절단시키려는 움직임이 이어졌다.

그를 눈치챈 괴물은 독을 내뿜을 자세를 취했다. 하나 이를 모를 사람들이 아니었다. 바다를 지키고 있던 초족의 배 중에 하나를 수십 명이 같이 들어 올렸다.

그리고 우렁찬 고함과 함께 괴물의 벌어진 입으로 던졌다. 세로로 돌아간 배는 양쪽 끝으로 괴물의 입 내부를 찍으며 고정되었다.

"어이쿠!"

배 바닥에 커다랗게 새겨진 '목린아 사랑해'를 보고 흠칫 놀란 사람들이 뒤로 물러섰다.

뿜어져 나온 독은 밖으로 나오지 못하고 배에 부딪쳤다. 괴물이 끔찍한 비명을 질렀다. 입이 다물어지지 않는다는 사실에 극히 당황한 듯했다. 턱이 부들부들 떨리고 있었다.

그리고 이어서, 괴물은 대체 자신의 입에 무슨 일이 벌어졌는지 확인하기 위해 무의식적으로 약점을 가리고 있던 힘이 풀린 발을 뗐다.

언영은 그 순간을 놓치지 않았다.

들고 있던 검을 제대로 쥐었다. 높이 몸을 날렸다. 정확히 그 부분으로 몸과 함께 검을 내리꽂았다. 소름 끼치도록 완벽한 자세였다.

칼날이 붉은 점 중앙에 정확히 박혀 들어갔다.

* * *

"봄비야, 미안해. 너까지 이런 위험에 빠뜨려서."

봄비가 작게 울었다. 빠르게 움직이는 다리의 속도를 늦추지 않았다.

"방해하지는 않을 거야. 그냥……. 그냥 서방님을 최대한 가까이서 응원하자."

목린은 거칠게 방향을 틀어 산꼭대기를 목적지로 잡았다. 높이 올라갈수록 보다 가까이서 언영을 볼 수 있으리라.

한겨울임에도 고삐를 잡은 손에 땀이 찼다.

아직 괴물의 손이 해를 끼치지 않은 길을 헤쳐 나갔다. 우거진 나무들이 시야를 막아서 현재 무슨 일이 벌어지고 있는지 볼 수 없었다. 하나 귓가로 밀려들어오는 괴물과 사람들의 고함은 그 어느 때보다도 생생했다. 목린은 손등 한쪽으로 젖은 눈을 거칠게 비볐다.

돌연 봄비가 움직임을 멈췄다. 목린이 당황하며 고삐를 흔들었다.

"봄비야, 왜 그래?"

봄비는 울음을 내며 오른쪽 위를 바라보았다. 목린 또한 그곳에 시선을 주었다. 다음 순간, 그녀의 동공이 크게 확장되었다.

옆에 있는 땅이 아래로 무너지며 목린과 봄비를 덮치려 하고 있었다.

나무, 흙, 바위들이 한데 뒤엉켜 파도를 만들었다. 목린은 봄비의 고삐를 급하게 당기며 방향을 틀려 했다. 하나 뒤쪽의 상황이 더 심각했다. 결국 목린에게 남은 길은 흙에 깔리지 않기 위해 필사적으로 앞으로 달리는 것뿐이었다.

봄비의 네 다리가 제대로 보이지 않을 정도로 빠르게 움직였다. 그 위에서 흔들리는 목린은 핏기 없는 얼굴로 허덕거렸다. 멀리서 들리는 사람들의 비명은 공포만 더 고조시켰다. 머리 위로 벌써 흙이 우수수 떨어졌다. 실시간으로 눈앞에서 길이 사라지고 있었다.

'조금만 더 힘내면 돼!'

다행히 조그맣게 보이는 저 앞은 아직 안전해 보였다. 목린의 상체가 절로 그쪽을 갈망하며 앞으로 숙여졌다. 봄비의 눈동자도 불타올랐다. 하나 눈앞에 처절하게 보였다.

"안 돼!"

무너지는 산이 달리는 봄비보다 더 빨랐다.

그래도 조금만, 아주 조금만 더 힘내면 될 것도 같았다. 봄비도 이를 알았다. 죽을힘을 다해, 수명을 줄이는 한이 있어도 달렸다. 격차가 점점 좁아졌다. 약간만 더 버티면 되었다. 아주 약간만……

목린의 땋은 머리카락이 공중을 갈랐다. 상황을 눈에 담은 목린의 눈에 절망이 고였다.

"아."

아무래도, 희망을 눈앞에 두고 결국 실패할 듯했다.

목린은 고삐를 쥐는 대신, 흙 속에서 조금이라도 더 따뜻할 수 있게 봄비의 목을 끌어안았다.

안전한 땅을 겨우 몇 발자국 앞에 둔 목린과 봄비의 위로 암흑이 쏟아졌다.

* * *

언영이 약점을 정확하게 찌르는 그 순간, 지켜본 모든 이들이 우레와 같은 함성을 내질렀다. 언영의 이름을 외치며 기뻐했다. 이번에도 승리! 그들의 가슴이 자긍심으로 불탔다.

"하아. 하아⋯⋯."

칼날이 모조리 깊숙이 붉은 점 위로 파묻혔다. 그 위에 붙어 있는 칼 손잡이를 쥐고 있는 언영의 거친 손이 부들부들 떨렸다. 그곳에 온 힘을 다해 매달린 채였다. 언영의 몸통이 닿지 못하는 괴물의 입 앞에서 대롱대롱 흔들리고 있었다. 이름을 부르는 소리들도 그에겐 아득하게 들렸다.

"주언영! 주언영! 주언⋯⋯."

하나 이상함을 느낀 전사들의 목소리는 점진적으로 사그라들기 시작했다. 언영의 눈동자에도 차차 의혹이 빛났다.

이전에 바다에서 물리쳤던 같은 종의 괴귀는 약점을 찌르는 순간 바로 번개에 맞은 양 즉각적으로 반응했다. 팔과 다리를 뻣뻣이 굳히더니 이어서 픽 쓰러지듯 바로 옆으로 무너지며 바닷속으로 영원히 잠적했다. 직접 만들어 놓은 난장판이 무색하게도 그렇게 짧고 조용한 최후였더랬다.

그 자리에 함께했었고 지금도 이곳에 있는 이들의 수군거림이 천천히 크기를 키웠다. 현재 그들이 마주한 것은 지난번과 매우 상이했다. 괴귀는 쓰러지기는커녕, 눈을 감고 가만히 있었다. 언영 덕분이라기엔 이미 은도의 반지로 공격당했을 때부터 감겨 있었던 눈꺼풀이었다. 가만히 있다곤 하나 다리에 온전히 힘이 들어가 있으니 기력을 잃은 것 또한 아니었다.

마치 시간이 멈춘 것 같았다.

언영은 혹시 몰라서 더욱 칼 손잡이에 힘을 주고 밀어 넣었으나 이미 끝까지 다 침투한 칼날로 더 이상 할 수 있는 것은 없었다. 이대로 놓고 땅으로 내려가야 하나, 아니면 계속 이렇게 매달려 있어야 하나 고심했다. 아니면 이 안으로 다른 것을 더 찔러 넣어야 하나. 손에 남은 무기가 없으니 얼른 주변에게 도움을 요청하려던 그때였다.

반지가 깨진 이후로 닫혀 버린 괴귀의 눈꺼풀이 번뜩 들어 올려졌다.

입 근처에 매달려 있던 언영은 자신을 내려다보는 붉은 눈동자를 본 순간, 소름이 돋았다.

예상치 못한 타격을 입은 그것의 눈은 아까보다도 더욱 징그럽게 제 모습을 드러내는 중이었다. 거미줄처럼 안구에 돋아난 핏줄이 지켜보는 사람들을 압살시켰다. 아무것도 안 하고 오로지 눈만 떴을 뿐인데, 언영은 돌연 무력감에 휩싸였다. 인생에서 처음 맞이하는 감정이었다.

"……."

본디 이 괴귀는 옆에서 난리치는 인간들을 먼지 취급도 하지 않았다. 자신에 비해 너무도 약한 적이라 일말의 부정적인 감정조차 들지 않았던 것이다. 만일 지나치게 성가시다면 후에 이 섬을 먹으면서 함께 배 속으로 집어넣으면 되리라, 그리 생각했다.

그랬던 그것에게 마침내 딱 하나, 거슬리는 인간이 생겼다. 바로 지금 그의 눈 밑에 매달려 있는 저 존재. 가소롭게도 건들면 안 될 곳을 찔러 버린 저자……. 그렇게도 관심을 원한다면 주면 된다고, 그것은 마침내 생각했다.

그리고 일이 벌어졌다.

"으아아악!"

얼굴을 제외한 그것의 몸통에 날카로운 가시가 갑자기 쑥쑥 자라나기 시작했다. 몸통에 여러 가지 방법으로 붙어 있던 사람들은 기함을 하면서 떨어져 나가는 수밖에 없었다. 잡고 매달릴 것이 없었다.

당연히 그들과 초족을 구해 주리라 믿어 의심치 않았던 유일한 방법이 통하지 않았음이 드러나자 모두의 얼굴에서 핏기가 종적을 감추었다. 물론 끓어오르는 전사의 피를 가진 이들은 그 와중에도 어떻게든 새로운 방법을 갈구해 다시 공격할 대책을 세우려 했다. 하나 이것은 단순한 시도로 끝났다.

감각이 돌아온 발로 '그것'이 산을 달려 오르기 시작했다.

그것이 제대로 달리자 폭풍 소리가 들리고 지진이 난 듯이 땅이 움직였다.

여태까지 보였던 움직임은 단순히 걷던 것, 아니, 기어 다니던 것에 유사할 뿐이었다. 제대로 빠르게 발을 굴려 산 위를 올라가는 그것을 앞에 두고 인간들은 아무것도 하지 못했다. 멍하니 지켜보다가 후에 그들에게 떨어지는 흙과 나무, 바위를 피하기 위해 도망쳐야만했다.

구구구구 무서운 소리를 내며 괴물은 언영과 함께 섬의 가장 위로 성큼성큼 향했다. '그것'은 언영이 그 누구의 도움도 받을 수 없는, 혼자라는 처절한 괴로움을 느끼게 하고 싶었다.

이 모든 것을 저지르면서 괴귀의 눈동자는 오로지 한 사람, 눈앞의 언영만을 평온하게 바라보았다. 언영은 얼어붙은 것처럼 움직일 수 없었다. 이렇게 빠르게 달리는데 여기서 칼 손잡이를 놓치고 떨어지면 그대로 압사당해 죽을 운명뿐이었다. 커다란 육신이 덜컹덜컹 앞뒤로 흔들리는 동안, 그는 칼 손잡이를 생명줄처럼 쥐었다.

* * *

목린과 봄비가 산에 깔리기 바로 직전. 옆에서 엄청난 힘이 날아와 둘을 앞으로 튕겨 냈다.

이기지 못한 봄비가 앞으로 넘어지고, 목린도 말에서 떨어져 데구르르 굴렀다. 머리에 흙이 엉겨 붙고 전신이 쑤셨다. 하나 산사태에 파묻혀 버리느니 이편이 곱절은 더 나음이 틀림없었다. 정신이 제대로 돌아오기도 전에 목린과 봄비는 갑작스러운 도움의 근원을 확인하기 위하여 고개를 돌려 뒤를 살폈다.

눈에 들어온 현장은 처참했다. 방금 전까지 그들이 목숨을 걸고 내달렸던 길이라고는 상상도 할 수 없을 만큼 변해 있었다. 봄비의 발자국은 모두 저 아래 어딘가에 숨어 버리고 말았다. 하나 봄비에게나 목린에게나 중요한 것은 그게 아니었다. 그들의 시야를 정말로 사로잡은 것은 바로 몸통이 반쯤 흙에 깔린 채 괴로운 울음을 내고 있는 륭이었다.

"륭아!"

목린은 온몸이 쑤신 것도 잊고 튀어 올랐다. 봄비도 걱정이 가득한 얼굴로 륭에게 급히 달려갔다.

"륭아, 괜찮니?"

아무래도 목린과 봄비가 그대로 당하려 하자 직접 자신의 몸을 떠밀어서 대신 희생한 듯했다.

목린은 륭의 목을 쓰다듬으며 눈물을 글썽였다. 륭은 괜찮다는 의미로 울었으나, 평소보다 훨씬 힘 빠진 느낌을 감출 수가 없었기에 외려 역효과만 낳았다. 봄비가 옆에서 안절부절못했다. 발을 빠르게 움직이며 륭을 덮고 있는 흙을 요란하게 파내기 시작했다.

목린도 소매를 걷으며 도울 준비를 했다.

"기다려! 금방 구해 줄……."

하나 목린의 목소리는 구구구구 하는 땅이 흔들리는 소리에 그저 볼품없이 묻혀 버렸다.

"뭐지?"

이 와중에 갑자기 지진이라도 찾아온 건가? 평소에 그런 재해는 잘 찾아오지도 않는 이 땅에 대체 무슨 불운이 들어와서 하필이면 이때, 사상 최악의 적을 대면하고 있을 때 지진이 터진단 말인가? 그렇다면 륭이 여기 묻혀 있을수록 더 위험할 수 있겠단 생각에 흙을 파는 목린의 손길이 빨라지려고 했다.

"왜 그래?"

하나 목린의 손을 치우려는 듯 륭이 거칠게 머리를 흔들었다. 그 기세가 매우 험악해, 당혹스러움을 숨기지 못하며 목린이 얼떨떨하게 앉아 있었다. 그리고 이어서 륭이 코끝으로 목린의 등 뒤를 계속 가리켰다. 콧김이 계속 격렬하게 나왔다. 목린도 차차 무슨 의미인지 알게 되었다. 누가 봐도 소리의 근원인 저 방향에 있는 사람들이 훨씬 더 위험하다는 뜻이었다.

"나도 그건 알지만……."

눈앞에 쓰러진 벗을 두고 그리 쉽게 떨쳐 버리듯 갈 수도 없었다.

목린이 망설이기만 하고 떠날 기미를 보이지 않자 륭은 대상을 바꾸었다. 이번엔 봄비를 향해 가 보라고 무서운 표정과 함께 머리를 흔들었다. 하나 늘 륭을 쏘아보기만 했던 과거가 허상인 것처럼, 지금은 봄비마저도 거의 울 것 같은 얼굴로 륭 곁에 남으려 했다.

늘 더 이성적인 듯 보였던 봄비마저도 그런 태도를 보이자 이번엔 륭도 적잖이 당황한 듯했다. 하나 그도 포기할 생각이 없었다. 결국 열심히 그의 몸 위에서 움직이는 목린의 작은 손을 물어 버릴 듯이 흉폭하게 굴었다. 끈질기게 달라붙었던 목린도 결국엔 포기할 수밖에 없었다.

"그러면 잠깐 가서 상황만 얼른 보고 올게. 얼마 남지 않았으니 금방 돌아올 거야."

목린이 울먹이면서 말했다.

"봄비야, 가자."

놀랍게도 목린보다도 봄비가 더 일어나길 힘겨워했다. 걱정이 담긴 봄비의 눈동자가 륭의 얼굴에 진득하게 달라붙어 떨어질 줄을 몰랐다. 결국엔 주인을 따라 움직이긴 하였으나 누가 봐도 자의의 움직임이 아니었다. 조금이라도 더 빨리 다시 륭에게 돌아가기 위해 봄비는 있는 힘껏 내달리기 시작했다. 그 위에서 목린도 마주하게 될 상황에 대한 마음의 준비를 했다.

* * *

괴귀는 언영을 데리고 순식간에 섬의 가장 꼭대기까지 올라탔다. 멀리서 보면 종말 직전의 광경이나 다를 바 없었다.

"……."

언영은 자신을 향한 충혈된 붉은 눈을 그대로 똑바로 노려보며 손으로는 칼 손잡이를 돌렸다. 안에 박힌 칼날이 움직이면서 붉은 점 속의 살이 더 갈라지는 느낌이 전해지긴 했지만 그뿐. 외적으로 이 괴귀에게선 아무런 변화가 없어 보였다.

산을 올라탈 다리는 괜찮지만 아직 언영을 잡아서 으깨 버릴 수 있는 발에는 감각이 채 돌아오지 않은 상황이었다. 물론 그렇다 하여 그것에게 하찮은 인간을 죽일 방법이 더 이상 남지 않은 건 아니었다.

힘을 억세게 준 그것의 턱이 떨리기 시작했다. 그러자 선체 바닥에 '목린아 사랑해'가 적힌 배도 천천히 휘기 시작했다.

언제라도 밖으로 터져 나올 수 있게 괴물의 입에서 독이 끓어올랐다.

"⋯⋯."

상황을 눈치챈 언영은 겉으로 애써 침착을 유지했다. 여기서 손잡이를 놓고 도망간다고 한들 이 재앙의 표적이 된 이상 살아서 도망칠 수 없을 터. 그리고 지금 그마저도 모든 것을 놓아 버린다면 이제 이 섬을 지킬 방법은 없었다. 수백 명의 삶의 터전인, 그리고 무엇보다 그가 가장 사모하는 사람을 만들어 준 이 아름다운 곳 말이다.

언영은 칼 손잡이까지도 점 안으로 스윽 밀어 넣었다. 다시 말해 그가 붙잡고 매달릴 곳이 줄어든다는 뜻이었으나 아무데나 희망을 걸어야 했다. 그의 근육질 팔이 부들부들 떨렸다. 한겨울임에도 땀이 났다. 하나 역시 아무런 변화 없는 괴귀의 모습은 또 행운이 언영에게서 등을 돌렸음을 여과 없이 보여 주고 있을 뿐이었다.

이는 목린이 이 세상에서 가장 대면하고 싶지 않았던 사태이기도 하였다.

시야를 잔뜩 차지하고 있던 나무들을 뚫고 목린과 봄비는 탁 트인 곳으로 나왔다. 이전에 언영이 그녀에게 다소 괴이한 방법으로 청혼하였던 장소이기도 했다. 섬의 전체적인 모습을 살피기 가장 좋은 곳이었는데, 다행히 아직 이곳은 훼손되지 않고 안전했다.

하나 이 사실에 안도할 새도 없이 목린은 심장이 관통당하는 듯한 타격을 얻어맞아야만 했다.

목린이 조금만 더 고개를 들면, 바로 눈앞에 언영이 있었다. 그렇게 거대하다고 여겨졌던 이가 보잘것없이 작은 크기로, 범접할 수 없는 크기의 괴귀와 눈을 맞추며 단둘이 대면하고 있던 것이다. 아까 처음 건넸을 때만 해도 반질반질하고 윤기가 나던 갑옷은 어느새 누구의 것인지 알 수 없는 피와 독이 흘러 만신창이가 되어 있었다.

아니, 그런 건 사실 아무 상관 없었다. 갑옷이야 다시 만들어 주면 되었다. 언영이 죽지만 않는다면 갑옷 따위는 다 찢어지든, 괴물의 입에 들어가 씹히든 알 바 아니었다.

목린도, 조금 전에 배를 타고 바다를 건너기 시작한 초족도, 저 아래에서 허망하게 고개를 들고 있는 육지의 무사들도 모두 이 순간에서 눈을 떼지 못했다.

목린의 눈에도 격하게 휘어지고 있는 불안한 선체가 보였다. 저것이 버티지 못하고 부러지면 끔찍한 일이 이어지리란 사실을 대충 보아도 짐작할 수 있었다. 목린의 얼굴에서 핏기가 사라졌다. 울면서 언영을 부를 힘조차 소멸되었다.

이 상황에서 목린이 할 수 있는 일이라곤 아무것도 없었다. 이렇게 가까이 있는데, 누구보다도 먼저 도움의 손길을 뻗어 줄 수 있는데……. 다른 사람이라면 분명 몸을 기꺼이 던지거나, 아니면 최소한 언영에게 무기라도 건네주면서…….

목린의 상념이 순간 거기서 끊겼다.

목린은 천천히 고개를 내렸다.

사실 정말 목린이 할 수 있는 것이 아무것도 없진 않았다.

예전에, 아주 예전에 언영이 목린에게 주었던 창이 여기까지 오는 길에 늘 함께했다. 방금 전까지도 봄비의 옆에 매달려 같이 달리고 있었다. 물론 이런 상황에 쓰이리라 예상하고 가져오진 않았다.

"……!"

배에서 으드득 금이 나는 소리 때문에 목린은 화들짝 놀라 고개를 들었다.

언영은 아직 목린이 근처에 있다는 사실을 모르고 있는 듯했다. 하긴 저렇게 가까이서 괴귀와 눈싸움 중이라면 다른 곳으로 관심이 쏠릴 리가 없었다. 그가 지금 어떤 심정인지는 오리무중이었으나, 겉으로는 끈질기게 눈을 부라리며 괴귀와 눈을 맞추는 패기는 보통의 용기에서 나올 수 없었다.

그런 그를 눈앞에 두고, 겁쟁이같이 아무것도 하지 않을 수는 없었다.

목린은 창을 쥐었다. 이를 느낀 봄비는 창을 더 힘차게 날릴 수 있도록 뒷걸음질 치기 시작했다. 그런 봄비의 귓가에 목린이 그 어느 때보다도 떨리는 목소리로 속삭였다.

"내가 말하면 앞으로 달려."

봄비가 하얀 얼굴을 짧게 끄덕였다.

말이 계속 뒤로 걷는 동안, 목린은 창을 제대로 쥐며 어디로 날려야 할지 고심했다. 눈을 맞춘다면 그 순간에야 잠시 희열을 느끼겠지만, 겨우 그 공격 하나로 죽어 버릴 놈도 아닐뿐더러 언영을 지키는 데는 큰 도움이 되지 못할 것이 자명했다. 혀를 찌르는 것이 좋을까? 아니면 그냥 언영에게 던져 주는 게 가장 나을 성싶기도 하다. 하나 그러다가 실수로 그가 타격을 입게 된다면…….

분주하게 돌아가던 생각은 선체가 더 무시무시한 소리를 내자 하얗게 불타 버렸다. 이젠 선체 바닥을 가르는 금이 점점 더 생겨나는 상황이 눈앞에 바로 보일 정도였다.

"서, 서방님!"

당황한 목린이 긴박하게 울부짖었다.

언영이 곧장 그녀를 돌아보았다. 그리고 두 사람이 눈을 마주쳤다. 목린은 평생 그 순간을 잊을 수 없었다.

그의 입은 다물어져 있었지만 그의 눈은 모든 것을 말하고 있었다. 도대체 왜 여기 있느냐 묻고 있는 듯했다. 당연히 목린이라면 여기서 가장 안전한 곳에 있을 거라 믿고, 마음 놓고 싸운 거니까. 목린은 답했다. 당연히 서방님 곁에 있으려고 왔어요. 물론 입을 열고 말하진 않았으나 지금의 언영의 눈처럼, 목린은 자신의 눈도 그 감정을 말해 주고 있으리라 믿었다.

하나 낭만적인 상황에 젖어 있을 때가 아니었다.

"보, 봄비야! 달려!"

달리라니. 갑작스러운 말에 언영의 표정이 살짝 변했다. 그리고 봄비는 절벽 끝을 향해 내달렸다. 목린은 당황한 그의 눈을 굳건히 올려다보았다. 조금만 더. 조금만 더 가까이 가면 도와드릴 수 있어.

그리고 그때, 배가 완전히 부러졌다. 선체가 입에서 떨어져 나가며 괴물은 온전한 자유를 되찾았다.

그것의 구강에서 뿜어져 나온 검붉은 독이 언영의 전신을 뒤집었다.

"안 돼!"

아래에서 지켜보던 이들이 처절하게 내질렀다. 그의 가족. 친우, 동료들 모두의 표정이 똑같았다.

"아이고!"

"무슨 일이지?"

조금 더 멀리서 상황을 지켜보던 초족 사람들은 상황이 제대로 보이지 않아 발만 동동 굴렀다. 원래 귀혈족의 배를 타고 안전한 곳으로 도피하던 그들은 괴귀가 언영을 데리고 섬 꼭대기로 데려가자 마음을 바꿨다. 위험해도 좋으니, 운항을 맡고 있던 귀혈족에게 다시 뱃머리를 돌리길 청했다.

자신이 나고 자란 섬도 아닌 곳을 위해서 이렇게나 열심히 싸우는 사람과 자신을 비교해 보자니, 가만히 도망치기에는 너무도 부끄러웠던 탓이다. 점점 가까워지는 처참한 모습을 보며 모두 입을 다물지 못하였다. 다른 이도 아닌 그 '주언영' 때문에 그들은 경악하고, 울고, 비탄에 빠졌다.

목린이 느낀 감정은 글로 써 담아 내기엔 너무도 묵직했다.

눈앞에서 지아비 몸에 독이 쏟아졌다. 이상한 악취가 올라오는 그것이 언영의 코와 입으로 콸콸 들어가고, 피부에 떨어졌다. 거의 동시에 언영의 허리가 꺾이며 구토를 참는 듯 입에서 욱- 하고 올라오는 소리가 났다. 그의 온몸이 떨렸다. 여전히 칼 손잡이를 잡고 버티는 저 모습은 기적에 가까워 보였다.

봄비는 계속 달렸지만, 목린은 이제 더 이상 뭘 해야 할지 알 수 없었다. 그가 이렇게 된 이상 모든 것이 끝난 것 같았다. 언영의 눈에서 영혼이 희미해지는 상황이 보였다. 그의 입술이 덜덜 떨리는 모습이 적나라했다.

그렇게 창을 잡은 손에서 힘이 풀리려고 했을 때.

언영이 자유로운 한 팔을 옆으로 뻗었다.

발작하듯이 흔들리는 그 팔은 특별한 행동을 취하지 않았다. 얼 핏 보면 단순히 살아남기 위한 마지막 발악이라고 보일 성싶었다.

하나 목린은 알았다. 이것은 마지막 기회였다.

창을 던질 마지막 자세를 취했다. 이제껏 배워 왔던 모든 연습을 몸에 실었다. 이번엔 절대 눈을 감지 않았다.

봄비가 절벽의 끝에 다다르고, 목린의 창은 손을 떠났다.

정성이 가득한 손길로 만들어진 날카로운 끝은 표적, 즉 언영의 손을 향해 정직하게 뻗어 나갔다. 얼핏 보면 그의 손을 찌르려는 시도인가 싶겠으나 아니었다. 언영의 손은 무언가를 잡을 것처럼 벌려졌고, 창은 그 중앙을 뚫고 들어오고 있었다.

언영은 억센 힘을 주며 날아오는 창을 손으로 직접 잡았다. 팔 뚝이 잠시 휘청이긴 하였으나 마지막 힘을 쥐어짰다. 창은 그의 손안에 안정적으로 들어왔다.

언영은 창을 쥔 손을 들어 올렸다. 그리고 괴귀의 붉은 점 안으로, 이미 파고 들어간 검 옆에 푹 찍었다. 그런 다음에는 창이 전부 들어갈 수 있게 여러 차례로 끊어서 더 깊게 밀어 넣었다.

검보다 훨씬 긴 길이를 자랑하는 창이기에 당연히 훨씬 깊숙하게 들어갔다.

창이 거의 끝까지 들어갔을 때, 괴귀의 몸에 변화가 벌어졌다.

그것이 당황한 듯 얼어붙었다. 언영은 이 순간이 익숙했다. 저번 가을에 한번 경험했다.

안도한 언영의 몸에서 힘이 스르르 풀렸다. 칼과 창을 잡은 두 손을 모두 놓았다.

마침 그 순간 괴귀 또한 마지막 발악으로 고개를 휘휘 저었다. 하여 언영은 던져지듯 멀리 날아갔다. 그가 입으로 토하는 수많은 양의 피가 그와 반대 방향으로 쏟아졌다. 그의 눈은 더 이상 열려 있지 않았다.

"서방님!"

보잘것없이 날아간 언영은 목린과 봄비의 머리를 뛰어넘어, 그보다 더 뒤로 무거운 소리를 내며 추락했다. 목린과 봄비는 기어가듯 그에게 달려갔다.

괴물은 입을 쩌억 벌리고 멍한 얼굴로 하늘을 올려다보았다. 턱 아래로 독이 줄줄 흘러내렸다. 흐리멍덩하게 충혈된 눈이 붉게 타오르는 태양을 머금었다. 앞서 마비되었던 앞발은 다시는 돌아오지 못했다. 앞발뿐만이 아니라 다른 곳도 감각을 상실하고 있었다. 제일 먼저 머리와 먼 꼬리부터 시작해서, 뒷발, 몸통, 목, 입, 그리고 얼굴…….

마치 태양에게 억울하다고 호소하는 듯하던 괴귀의 눈이 영원히 감겼다.

* * *

초족이 탄 함선은 다시 섬에 완전히 돌아왔다. 하나 그 누구도 쉬이 배에서 내리지 못하였다.

"끝난 건가?"

"그런 것 같은데?"

"하지만 그렇다면 왜……."

모두가 조용한가.

초족도 이제 육지 사람들을 잘 알고 있었다. 저런 괴물을 처치했다면 온순한 태도의 초족마저도 신나서 엉덩이를 들썩거렸을 것이다. 그러니 귀혈족은 말할 것도 없다.

하나 왜 아무도 승리를 조금도 기뻐하지 않는가.

그때, 초족 사람들에게 익숙한 목소리가 지르는 처절한 비명이 섬의 하늘을 찢었다.

"서방님!"

"서방님! 일어나세요! 서방님! 정신 차리세요! 서방님!"

"부인, 위험합니다! 몸을 만지진 마십시오. 독이 닿을 수도 있습니다!"

귀혈족 의원이 절벽 위에 있을 목린을 향해 목청껏 내질렀다.

괴물의 죽음에 기뻐하기도 전에 땅에 내려와 있던 그들은 모두 봐 버리고 말았다. 독을 전신에 두르고 피를 토하며 형편없이 날아가는 언영이라니. 그들이 이제껏 봐오던 그의 호방한 모습과 제일 괴리가 컸다.

축 늘어져 있는 바다 괴물의 최후에는 아무도 관심이 없었다. 꾸물꾸물 터져 나오던 괴물의 촉완에 파묻혀 가며 검을 휘두르던 이들도, 녀석의 발에 밟혀 죽을 뻔한 이들도 모두 절벽 앞으로 정신없이 달려 나갔다.

아래에선 아무것도 볼 수 없었지만 모두 일제히 고개를 들고, 목린의 울음소리를 들었다.

터무니없이 긍정적인 그들마저도 속으로는 마음의 준비를 해야 함을 알고 있었다.

"서방님, 죽으면 안 돼요! 저 목린이에요! 서방님 저랑 열다섯 명 낳고 오손도손 행복하게 살기로 했잖아요……. 서방님……."

목린은 눈앞에 보이는 것을 믿을 수 없었다.

그의 약한 모습은 무의식 속에서도 올린 적 없기 때문일까, 그는 꿈속에서조차도 늘 강인했다. 언제나 옆에서, 또는 앞에서 그녀를 헌신적으로 지켜 줄 든든한 나무 같은 사람이었다.

그러니까, 이런 일은 현실에서 벌어지면 안 되었다.

언영의 살짝 벌어진 입으로 계속 검붉은 피가 줄줄 나왔다. 입술의 색은 거의 녹색에 가까웠다. 그의 피부는 이미 산 자와 죽은 자 그 중간을 지나가고 있었다. 몸이 독과 싸우고 있었는지 힘없이 축 늘어진 팔다리가 아까까지만 해도 덜덜 떨리다가 멈췄다.

차라리 그렇게 발작하는 게 나았다. 그런 움직임까지 멈추니 그는 정말로 무덤에서 파낸 시체와 다를 바가 없었다. 그나마 다행히 그의 가슴이 경련하듯 가끔 살짝 들썩거렸다.

"서방님, 절 두고 가시면 어떡해요!"

목린은 언영을 내려다보며 처절하게 울부짖었다.

목린의 통곡이 절벽 아래 사람들의 귀를 후벼 팠다. 이제 그들도 인정할 수밖에 없게 되었다. 주언영이 떠났다. 누군가에겐 좋은 아들. 또 누군가에게는 좋은 오라버니. 혹은 좋은 벗, 좋은 동지, 좋은 경쟁자, 좋은 이웃. 고마웠던 영혼과의 이별이 다가온 것이다.

몸이 잠깐 불에 데거나 싸우다가 살갗이 찢어지는 고통은 별거 아니라며 너털웃음으로 넘겨 버리던 그들이, 지금 이 순간은 모두 한마음으로 모여 울었다. 오늘의 눈물은 결코 부끄러운 것이 아니었다.

"이 멍청아!"

귀혈족 의원이 근육질 팔을 허공에 휘두르며 울음을 터뜨렸다.

"언영아!"

현오와 다인을 비롯하여 언영과 함께 인연을 쌓았던 벗들도 모두 하늘을 올려다보며 통곡했다. 그에게 존경의 의미로 무릎을 꿇는 이도 있었다. 호민은 은도를 끌어안고 훌쩍거렸으며 은도는 유일하게 여기서 울지 않은 척, 슬프지 않은 척하며 눈을 과하게 깜박거렸다.

"오라버니!"

"언영아!"

언영의 가족 다섯 명도 서로를 끌어안고 오열했다.

숲속에서 혼자 누워있는 륭도 밖에서 들려오는 울음을 듣고 상황을 파악했는지 고개를 수그리고 눈물을 뚝뚝 흘렸다.

목린은 고개를 숙이고 쉴 새 없이 중얼거렸다.

"서방님, 사랑해요, 사랑해요, 사랑해요……."

어느새 들썩거리던 언영의 가슴마저도 차분해졌다. 그는 이제 정말로 꿈쩍도 하지 않았다. 기침하며 피를 토해내지도 않고 속눈썹의 떨림조차도 멈췄다. 들리지 않을 것을 알지만 목린은 그동안 속에 묵혀 두었던 고백을 계속 털어놓았다. 사랑해요. 사랑해요. 사랑해요.

갑자기 그때, 목린의 옆으로 누군가가 다가와 털썩 주저앉았다. 소스라치게 놀란 목린이 휙 고개를 돌렸다.

"일어나게!"

목린이 믿기지 않는다는 듯 속삭였다.

"아버지?"

"일어나게! 우리가…… 우리가 감사할 기회는 줘야 하는 거 아닌가. 자네, 목린이를 두고 갈 생각인가. 원래 그럴 사람이 아니잖나! 돌아오게! 제발!"

익문이 목린의 오른쪽에 나란히 앉아 꺼이꺼이 외쳤다.

"주 서방! 내가 미안했네! 처형까지는 너무 갔네! 돌아와서 우리 목린이를 행복하게 해 주게!"

"매제!"

갑작스런 아버지의 등장에 적응하기도 전에, 이번엔 목린의 왼쪽으로 목현이 달려와 앉았다.

목린은 주변을 두리번거렸다. 봄비와 목린이 온 방향은 이미 산사태로 막힌 상태였고, 익문과 목현은 그와 다른 방향으로 귀혈족의 도움을 받아 올라왔다. 부자는 각자 목린의 양쪽에서 언영의 죽음을 슬퍼했다. 두 사람이 여기까지 올라오길 도와준 귀혈족 사람들도 뒤에서 무릎을 꿇고 눈물을 터뜨렸다.

그뿐만 아니었다. 뒤늦게 합류한 초족 사람들도 근처로 달려와 함께 울기 시작했다. 소중한 영혼의 희생 앞에서 편을 나누는 것은 아무런 의미가 없었다. 난생처음 보는, 아마 이번 일이 아니었다면 평생 말을 섞을 일도 없었을 이들끼리 함께 부둥켜안았다. 낯선 이의 어깨를 오랜 친구라도 된 것처럼 다독여 주고, 서로의 눈물을 닦아 주었다.

윤근은 자기도 모르게 어느새 덕복과 함께 마주 안고 있었으며, 은평은 초족의 할머니와 나란히 앉아 울었다. 어떤 남성이 흐느끼면서 다인에게 다가가 팔을 벌렸다. 슬픔에 취한 다인이 품에 안기려고 했는데 어느새 아픈 다리도 잊고 달려온 현오가 욕설을 외치며 그를 주먹으로 날려 버렸다. 그리고 그가 직접 다인을 와락 끌어안았다.

목린은 이대로 가다간 몸이 전부 물로 변해 바다에 함께 떠밀려 갈 것 같다고 생각했다. 그만큼 눈물이 멈추지 않았다. 앞으로 어떻게 살아야 할지 상상만 해도 눈앞이 캄캄해졌다. 그만큼 어느새 언영은 그녀의 삶의 전부를 차지하고 있었다. 그의 빈자리는 단순히 현재뿐만이 아니라 앞으로의 목린의 미래, 그리고 과거의 소중한 추억까지 모두 앗아 갔다. 이제 그가 없는 세상을 살아갈 자신이 없었다.

한데 그때였다.

"열다섯 명……."

목린은 숨 쉬는 법을 순간 잊어버렸다.

"사실……이야……?"

불안정하게 후들거리는 언영의 손이 목린의 손목을 쥐었다. 초점이 흐릿하기는 했지만 그는 분명 눈을 뜨고 목린을 바라보고 있었다. 입에서 피가 주룩주룩 새어 나오는 모습은 처절했다. 그의 뚝뚝 끊기는 목소리를 듣자니 심장이 갈가리 뜯겨도 이보다 아플 순 없을 것 같았다.

익문과 목현이 숨을 들이켰다. 목린이 울부짖었다. 언영을 위해서라면, 언영의 기분을 조금이라도 좋게 해 줄 수 있다면 무슨 말이든 할 수 있었다.

"네! 서방님만 살아계신다면 어떻게든 낳을게요!"

"만세!"

두 팔을 번쩍 들어 올리며 언영이 순식간에 활기차게 일어나 앉았다.

절벽 아래에 있는 이들에게도 언영의 팔이 보였다. 순식간에 섬이 조용해졌다.

목현, 목린 그리고 익문도 그 자리에서 그대로 얼어붙었다. 언영이 살아 돌아왔다는 기쁨보다는, 혹여 귀신은 아닐까 하는 경악이 더 크게 그들의 얼굴에 스며들었다.

언제 독을 먹었냐는 듯 언영이 호방하게 웃었다. 어느새 혈색도 모두 돌아와 있었다. 익문의 등골에 소름이 돋아났다.

"하하하하!"

목린의 말에 기뻐하느라 바쁜 언영만이 혼자 주변 분위기를 모르고 혼자 웃음꽃을 피웠다.

"하하하하하하하!"

23장

"어떻게 그 독을 먹고도 멀쩡할 수 있지? 바로 피를 토하며 즉사해도 이상할 것이 없는데. 아무리 건강하다고 해도……."

초족과 귀혈족 각각의 의원은 눈 깜빡할 사이에 친해졌다. 둘이서 함께 부상자들을 안내하고 이끄는 과정에서 빠르게 우정을 쌓아 나갔다. 현재 그들은 불가사의한 한 가지 주제에 푹 빠져 있었다.

그들은 언영이 깨어났다고 해서 결코 방심하지 않았다. 다른 환자들을 치료하는 동안에도 꼭 언영을 옆에 가까이 두고 뒤늦게 발작을 하진 않는지, 열이 나진 않는지 틈틈이 확인했다.그 정도의 독을 먹고 이렇게 아무 일도 없었던 양 지나칠 수 있다니, 말도 안 되는 소리였다.

하나 언영은 그들이 알고 있는 상식을 목전에서 뒤집고 있었다.

"설마 이미 내성이 생겼었던가? 하지만 어떤 경로로?"

초족의 의원이 턱을 쓸며 중얼거렸다.

언영은 빠르게 회복하는 중이었다. 다시 코피를 흘리며 고꾸라질 것이라 예상했던 두 의원의 생각을 배반하고, 그는 어느새 자리에 편하게 앉아 느긋한 표정으로 목린과 눈을 맞출 여유까지 생겼다. 두 사람은 나란히 앉아 단단히 손을 깍지 끼고 있었다.

"언영아. 짐작 가는 바가 있느냐."

귀혈족의 의원은 너무 당황한 나머지 옛날처럼 언영에게 말을 낮추며 물었다.

"그 녀석이 뿌리는 독에 내성이 생겼을 만한 경험이 있어?"

"글쎄요. 독을 먹었던 일이라면…… 최근엔…….."

언영이 조금만 더 머리가 좋았더라면 지난여름에 있었던 일을 기억할 것이다.

'거기엔 산만 한 크기의 짐승의 갈아 낸 뼈, 벌레의 찌든 내장, 전설 속 괴물이 품은 맹독, 각종 짐승의 배설물까지! 온갖 위험한 것이 잔뜩 들어 있단 말이다!'

'예? 사, 사, 사실입니까? 그런 걸 왜 제자에게 주십니까?!'

하나 언영은 머리가 좋지 않았다.

"어쩌다가 한 번 주워 먹지 않았을까요? 하하하!"

언영이 웃으며 말했다. 언제 그의 죽음에 오열했냐는 듯, 귀혈족 의원은 한심하단 눈으로 언영을 쳐다보았다. 그것을 지켜본 순간 목린이 발끈하여 말했다.

"왜 그렇게 쳐다보세요! 서방님께선 제가 했던 사소한 행동이나 말 다 하나하나 빠짐없이 기억하시는걸요. 이렇게 사려 깊은 분은 또 없으세요. 정말 똑똑하시단 말이에요."

언영은 살짝 고개를 숙이고 코 아래를 한 손으로 가렸다. 그의 귀가 새빨갰다.

목린의 목소리가 꽤 컸기 때문에 주변에서 쉬고 있던 이들의 귀에도 들어갔다. 많은 사람들이 편히 모여 앉아 괴귀의 사체를 어떻게 처리해야 할지, 또 단월도를 예전 모습으로 돌려놓기 위해 그들이 어떻게 도우면 좋을지 얘기를 나누는 중이었다. 목린의 주장을 엿들은 그들이 모두 어이없다는 표정을 지었다. 그중에서도 현오가 장난기 섞인 표정으로 다가와 서서 물었다.

"언영이가 셈하는 거 보신 적 있으십니까?"

목린은 언영의 어깨가 움찔 떨리는 것을 보았다. 그리고 다시 현오를 올려다보며 고개를 갸웃했다.

"셈이요? 숫자 관련하여 말씀하신 건가요?"

"네. 언영이가 정말 셈을 못 해서 예전에 자기 스승님 속을 다 뒤집어 놨었지요."

"흐음……."

목린은 다시 언영 쪽으로 고개를 돌렸다. 얼굴이 새빨개진 언영은 고개를 들지 못하고 있었다. 목린은 대충 어깨를 으쓱이고 다시 자신만만하게 현오를 응시했다.

"그건 그 당시 서방님께서 어리셔서 그렇다고 생각해요. 지금은 무척 잘하실 거예요! 뭐든 물어보세요!"

"저, 목린아……."

언영이 목린의 어깨를 조심스레 쥐었다. 목린은 그 위에 자신의 손을 포개고 활기차게 말했다.

"괜찮아요. 분명 잘하실 거예요!"

"으음……."

말을 흐리는 언영의 목에서 식은땀이 났다. 옆에 있던 현오가 발을 까딱거리며 신나게 말했다.

"뭐든지요? 방금 그 말 꼭 기억하셔야 합니다. 뭐, 정말 뭐든지라면 오늘이 두 분이 처음 만난 지 며칠째 되는 날인지 셈을 하여 구해 보라는 터무니없는 질문도 가능……."

"1791일."

언영이 갑자기 현오의 말을 끊고 들어왔다.

그답지 않게 낮고 진지한 어투였기에 주변 이들이 잠시 할 말을 잃었다. 목린은 언영을 빤히 쳐다보았다.

현오가 얼른 정신을 차리고 웃었다.

"너 외워 뒀구나."

"……아니."

언영이 약간 쑥스러워하는 낯빛과 함께 고개를 저었다. 현오의 눈이 커졌다.

"뭐?"

"그러면 서방님, 제 생일은 앞으로 얼마 남았을까요?"

목린은 언영의 손을 꼭 잡고 다정하게 물었다. 언영은 그녀와 강렬하게 눈을 맞추며 뜨겁게 답했다.

"225일."

목린이와 관련 있다고 생각하니 갑자기 머리가 그 어느 때보다 세차게 돌아갔다. 우주의 지혜가 눈앞에 펼쳐지기 시작했다.

현오는 허겁지겁 주변을 돌아다니며 여기서 셈을 제일 잘한다는 사람을 수소문했다. 그가 발 빠르게 돌아다닌 끝에 한 초족 청년이 모두의 앞에 끌려왔다.

언영이 사실은 이제껏 제 비상한 두뇌를 멍청한 척 숨겨 왔을지 모른다는 상황에 분위기는 흉흉하기 그지없었다. 자신들이 아무리 멍청해도 그래도 주언영보다는 낮다고 자부하던 그들이었다.

그들은 하나같이 콧김을 훅훅 내뿜으며 주먹을 꽉 쥔 자세로 모여들었다. 초족 청년은 울지 않기 위해 안간힘을 썼다.

청년이 준 답은 앞서 언영이 말한 것과 정확하게 일치했다. 모두가 괴성을 지르며 자리에서 벌떡 일어났다. 말도 안 된다는 것이다. 청년은 자신이 위험에 처한 줄 알고 얼른 흐느끼며 자리에서 도망쳤다.

"뭐야, 너!"

"서방님 역시 대단하세요!"

목린이 환하게 웃으며 언영의 품에 다시 한번 와락 안겨들었다. 날카롭게 대답을 한 건 언제고, 다시 언영은 바보같이 히죽거리며 두 팔로 목린의 등을 감쌌다.

"……."

그리고 적당한 거리를 두고 익문이 두 사람을 매서운 눈으로 관찰하고 있었다.

언영이 모두를 구해 줬다곤 하지만 여전히 만족스러운 건 아니다. 지우지 못할 과거가 있으니. 그래도, 어떻게 삶이 늘 자기 좋은 대로 흘러갈 수 있겠는가. 무엇보다도 목린의 삶에 관한 문제였고, 목린이 저렇게나 좋아한다면……. 정말 저 멍청이를 버리고 못 살겠다면……. 역시…….

익문이 혼자 서서 멍하니 생각에 잠겨 있을 때, 세 어린아이가 쪼르르 걸어와 그에게 말을 걸었다.

"안녕하세요, 주화영이라고 합니다."

"주혜영이라고 합니다."

"주선영이라고 합니다."

한결같이 공손한 자세의 아이들은 익문에게 호감을 샀다.

"주 서방의 누이들이로구나."

그들을 바로 알아본 익문이 답했다. 첫째 화영이 예의 바르게 답했다.

"예. 저희 오라버니를 용서해 주셔서 정말 고맙습니다."

"고맙습니다."

"고맙습니다."

"아니……. 우리야말로 고맙구나."

어린 세 꼬마를 본 익문의 마음이 한결 누그러졌다.

사건이 해결된 뒤, 오늘 죽이게 된 괴물에 대해서 잘 아는 이가 익문에게 친절하게 경황을 설명해 주었다. 처음부터 끝까지 충격의 연속이었다. 처음에는 익문도 녀석이 바닷속에 쭉 살고 있었을지 모른다는 말을 제대로 믿지 않았다.

사실은 이들이 섬에 오면서 그 괴물도 같이 딸려 온 게 아닐까 생각했다. 하지만 괴물의 이빨 중 하나에 얼마 전 실종된 초족 사람의 옷이 껴 있던 것으로 보아 그 추측은 거짓으로 판명났다. 다시 말해 저 괴물은 언제라도 섬에 찾아올 수 있었단 뜻이다.

"만일 우리끼리만 있을 때 녀석이 바다 밖으로 나왔더라면……아마 지금쯤 한 명도 빠짐없이 잡아먹혔을 거다. 아니, 단월도라는 섬이 사라졌었겠지."

익문은 월진과 언영에게도 조금 전에 가서 고맙단 인사를 하고 돌아왔다. 사실 그러면서도 여전히 조금 무서웠다. 저쪽에서 '우리의 힘을 이용해 섬을 지키니까 좋냐'는 식으로 나와서, 갑자기 태도를 바꾸고 초족을 지배하려고 들진 않을지…….

하나 그런 걱정은 모두 쓸데없었던 것으로 판명 났다. 월진은 허리를 숙이려는 익문의 행동을 극구 만류하며 오히려 그를 정답게 끌어안았다. 언영도 해야 할 일을 했을 뿐이라며 겸손히 굴었다. 처음 보는 부족 사람들까지도 몰려와 익문에게 다정하고 공손하게 인사했다.

그런 이웃이라면…… 마음을 조금은 열어도 나쁠 것 없겠지.

"사실 오라버니를 구하는 데 도움이 될 수 있을까 싶어 저희 셋이 가지고 온 물건이 있습니다."

"있습니다!"

"오라버니를 살려 달라고 족장님을 설득하려고 갖고 왔는데, 필요 없어졌지만 그래도 드리고 싶어요!"

"싶어요!"

익문의 눈이 휘둥그레 커졌다. 그 자신을 손가락으로 가리키며 다시 한번 확인차 물었다.

"나? 나를 위해 준비한 것이냐?"

아이들이 열심히 고개를 끄덕였다.

"네, 족장님."

"허허……."

귀혈족이라지만 야무지고 귀여운 소녀들의 모습에 주름진 익문의 얼굴에도 자연스레 미소가 떠올랐다. 동시에 어렸던 목린이도 생각나 마음이 뭉클해졌다.

저 시절에 우리 목린이는 이 아비 주겠다고 그 조그만 손가락으로 야무지게 꽃 화관을 만들어 주곤 했었는데, 이 귀여운 아이들은 무얼 줄지…….

"받으세요!"

"받으세요!"

"받으세요!"

"끼아아아악!"

하지만 해골 화관을 받자마자 그런 가슴 따뜻한 회상은 산산이 조각나고 말았다. 혜영이 화관을 흔들자 해골들끼리 부딪치며 달각달각 소리가 났다.

"귀여운 소리도 나요!"

"끄아아아아악!"

"아버지!"

멀리서 비명을 듣고 상황을 파악한 목린이 달려왔다. 쓰러지는 익문을 뒤에서 안고 함께 앉았다.

"아버지! 정신 차리세요!"

"헉, 헉……."

"받다 보면 익숙해져요!"

* * *

"흐흐흐흐흐흐……."

늦은 밤, 사내의 이상한 웃음소리가 목린의 방을 채웠다.

목린은 원래 이 섬에 살았을 때의 자신의 방에서 잠을 청하기로 했다. 자연스럽게 언영도 같이 들어와 자게 되었다. 당연히 침상 크기가 맞지 않는지라 언영은 잔뜩 웅크린 채였다. 솔직히 이대로 언영이 다 나았다고 치부하고 넘어가도 괜찮은가 목린은 걱정이 앞섰지만, 아무리 봐도 그의 몸은 지극히 정상이었다. 하여 의원들도 팔팔한 그를 놓아줄 수밖에 없었다.

"흐흐흐흐……. 목린이가 나를 사랑해. 정말로 나를 사랑해. 나한테 사랑한다고 해 줬어. 그 많은 사람들 앞에서."

목린을 뒤에서 끌어안은 언영은 잠이 들긴커녕 더욱더 히죽거렸다. 이대로 죽어도 행복할 것만 같았다.

엉엉 울고, 온몸을 날리며 싸우고, 그렇게 기상천외하던 하루를 마치고 마침내 잠자리에 들려고 하니까 웃음이 끊이질 않는 거다. 어제까지만 해도 모든 게 끝이라고 생각했는데 갑자기 뒤집힌 상황은 물론이고……. 아니, 뭐니 뭐니 해도 목린이 그를 사랑한다고 해 주지 않았는가. 이보다 더 멋진 일이 또 뭐가 있다고.

하나 그의 품에 안겨 계속 저 웃음을 들어야 하는 목린은 죽을 맛이었다.

"부끄러워요……."

목린은 바닥에 얼굴을 대고 웅얼거렸다.

"언젠가 사랑한다고 말하려 하긴 했어요. 하지만 그런 식으로는 아니었는데. 그렇게, 남들 다 들을 수 있게……. 아버지랑 오라버니랑 마을 사람들이랑 다……."

어느 순간부터 목린은 울기 시작했다. 훌쩍거림이 점점 커졌다. 언영은 당혹스러워하며 목린의 팔을 뒤에서 쓰다듬었다.

"목린아……."

"게다가 알고 보니 서방님은 딱히 위험한 상황도 아니었고, 혼자서 난리 피운 것 같아서 얼마나 창피했는지 몰라요."

"미안해. 응?"

"그때 얼마나 무서웠는데……. 서방님 죽을까 봐……."

"목린아, 정말 미안."

언영은 목린의 볼에 자잘하게 입을 맞추며 손을 움직였다. 팔을 쓰다듬던 손은 서서히 부드럽게 항로를 바꾸었다. 더 깊숙이 안으로 들어와 말랑한 가슴이 끝에 살며시 닿은 그때. 두 사람을 에워싸던 침묵도 함께 산산이 조각났다.

목린은 몸통을 거의 엎드리며 언영의 손길을 피했다. 바닥에 얼굴을 완전히 묻고 울음 섞인 목소리로 말했다.

"가슴 안 줄 거예요. 서방님 혼자 서방님 가슴 만지고 노세요."

"아……!"

청천벽력과도 같은 소리였다.

"목린아……."

언영이 초조하게 목린의 몸을 쓰다듬었다. 그녀의 몸통을 제자리에 돌려보고자 힘을 쓰는 듯 안 쓰는 듯 조절하며 그녀를 자기 품에 당겼다. 하나 끌어당겨지려고 하면 목린은 다시 잽싸게 어깨를 틀고 숨었다. 언영은 환장할 노릇이었다.

"안 돼요."

작지만 단호하게 목린이 말했다. 언영은 불안해하며 더듬거렸다. 구름 위를 거닐던 기분이 끝내 바닥까지 삽시간에 추락했다.

"목린아, 나는…… 나는 내 가슴 재미없어."

"저는 재밌어요. 아……!"

질문에 생각나는 대로 내뱉은 목린이 뒤늦게 실수를 깨달았을 때는 이미 늦었다. 아주 잠깐 고요한 침묵이 앉았다가 다시 날아갔다.

"그래? <u>흐흐흐흐흐흐</u>……."

잠시 멍한 표정으로 입을 벌렸던 언영은 실실 웃으며 제 몸에 둘린 옷을 빠르게 풀어 헤치기 시작했다.

사르르 천이 벗겨지는 소리를 최대한 귀에서 내쫓으며 목린은 바닥에 얼굴을 비볐다. 앓는 신음이 뭉개져 나왔다. 인생 최대의 실수라고 자부할 수 있었다.

"흐ㅇㅇㅇ응……."

"목린아. 여기 있으니까 마음껏 만져."

어느새 상의를 벗고 상체를 드러낸 언영이 말했다. 목린의 어깨를 잡아 몸통을 돌려 버리고, 제 큼지막한 맨가슴을 그녀의 코앞에 바로 들이댔다. 목린은 기겁하며 짧은 비명을 질렀다. 언영은 물러나긴커녕 더욱 밀착해 가슴을 목린의 얼굴에 비비적거렸다.

"뭐 하시는 거예요!"

"다 네 거야."

"숨이! 안 쉬어져요!"

"내 가슴을 가져!"

목린은 간신히 옆으로 데굴데굴 굴러 피했다. 얼굴을 시뻘겋게 붉히고 씩씩거리며 일어났다.

"숨 막혀 죽는 줄 알았어요!"

그러더니 갑자기 밖으로 나갔다.

"여기서 잠깐 기다리고 계세요."

목린의 독특한 반응이 귀여워 언영은 굳이 토 달지 않고 얌전히 앉아 기다렸다. 옷을 다시 걸치는 것도 잊고 바른 자세로 곧게 허리를 펴고 앉아 기다리는데, 얼마 지나지 않아 다시 문이 열렸다.

"저 건들지 말고 이렇게 주무세요."

목린이 심각한 표정으로 쥐고 들어온 것은 다름 아닌 밧줄이었다.

바닥과 천장을 잇는 나무 기둥 같은 것이 방에 있고 목린은 언영을 그쪽에 기대게 했다. 그리고 언영이 움직이지 못하게 기둥과 함께 그를 단단히 결박했다.

진지하게 들어와선 하는 짓이 상반신을 벗은 남편을 밧줄로 묶어 두기라니. 하는 짓이 귀여워 언영의 입에서 피식피식 웃음이 절로 튀어나왔다. 굳이 목린의 앙증맞은 행동을 저지하지 않았다. 고개를 숙이고 있는 목린의 둥근 정수리를 사랑스럽다는 듯 내려다보았다.

그의 눈엔 목린이 마냥 귀여웠다. 목린을 얕잡아보는 것은 결코 아니다만, 그래도 그가 조금의 힘만 주거나 간단히 손만 움직여도 이쯤은……

'어?'

풀리지 않았다.

살짝 팔에 힘을 준 언영은 예상보다 단단한 결박에 꽤 놀랐다. 아니, 꿈쩍도 할 수 없을 정도였다. 그도 그럴 것이, 목린은 지난가을 다인에게 끈을 제대로 묶는 법도 배웠다. 절대로 풀 수 없고 검으로 잘라 내는 수밖에 없는 매듭 묶기였다.

"안 풀리죠?"

그의 약간 당황한 표정을 읽은 목린이 뿌듯하게 물었다. 어둠 속에서도 수줍은 미소가 빛이 났다. 목린은 몸을 살짝 뒤로 옮겨 언영으로부터 안전한 거리를 확보하고 자신이 방금 막 해 놓은 짓을 뿌듯하게 바라보았다.

언영의 근육질 상체는 기둥에 꽁꽁 묶여 있고 다리는 마치 반항하듯 양쪽으로 벌어져 있었다. 툴툴거리는 듯한 언영의 표정과 단단히 압박된 무거운 몸을 보면 마치 그를 함락한 듯해, 목린에게 흐뭇한 감정을 선사했다.

목린은 이어서 언영의 상체를 계속 빤히 바라보았다. 밧줄은 그의 몸통을 휘감고 있었지만, 완전히 틈 없이 가리고 있던 것은 아니었다. 그의 울퉁불퉁한 팔뚝, 터질 것 같은 오른쪽 가슴의 젖꼭지, 두꺼운 복근이 바깥에 살짝 나와 있기도 했다.

그중에서도 그의 젖꼭지가 눈에 들어왔다.

"왜, 왜 그래."

목린이 심각한 표정으로 가슴을 지그시 쳐다보자 당황한 언영이 최대한 몸을 비틀며 말했다.

"어딜 보고 있는 거야."

눈동자가 향하는 방향을 알고 있었으나 언영은 속으로 부정하며 속삭였다.

목린은 호기심 가득한 표정으로 무릎을 이용해 언영의 앞에 바짝 기어 왔다. 그리고 눈을 똥그랗게 들고 검지를 들며 말했다.

"만져 보고 싶게 생겼어요."

"뭐? 아!"

목린의 손끝이 언영의 젖꼭지를 살짝 톡 건드리고 떠났다.

손가락 끝이 아주 잠깐 닿았을 뿐인데 언영이 짧은 신음을 내며 무너졌다. 목린은 화들짝 놀라며 얼른 다시 손가락을 뒤로 내뺐다.

……그랬다가 다시 내밀었다.

"무슨 짓을 또 하려고! 안 돼. 안 돼, 목린아, 안 돼, 그 손 치워! 안 돼!"

여름의 악몽이 다시 눈을 뜨려 하고 있었다.

목린은 다시 눈을 반짝이며 다시 언영의 젖꼭지를 만졌다. 이번에는 아까보다 더욱 오랜 시간 검지로 꼬옥 누르고 지나갔다. 아까와 다를 바 없이 언영이 헐떡이며 허리를 크게 튕겼다.

목린의 눈에서 이채가 반짝였다. 언영은 그 모습이 무서웠다.

"목린아!"

목린은 한 손을 언영의 심장이 뛰고 있을 언영의 왼쪽 가슴에, 다른 한 손을 그의 팔에 두었다. 그리고 천천히 고개를 숙였다. 천천히, 아주 천천히 내려가 부드러운 입술로 아까까지 손으로 건드렸던 것을 조심스레 머금었다.

언영은 아픈 사람처럼 울었다. 답답함을 호소하듯 유일하게 자유로운 발로 바닥을 쿵쿵 내려치기도 했다. 그의 낮은 목소리와는 어울리지 않은 신음이 입에서 연이어 터져 나왔다.

그래도 목린은 계속 빨았다. 그가 그녀에게 해 주는 것처럼, 사랑을 담아 입에 머금고, 혀로 굴리고, 입술을 잔뜩 비볐다. 언영의 가슴에 짚은 손에서 그의 심장이 난동을 피우는 소리가 고스란히 와닿았다.

잔뜩 질척해지고 나서야 목린이 천천히 고개를 들었다. 벌벌 떨리는 그의 몸통을 뜯어보며 그와 느리게 눈을 맞추었다. 그의 얼굴이 어찌나 시뻘겋던지 목과 쇄골의 색깔부터 현저히 차이 났다.

"제발."

그는 거의 울 것 같은 표정을 하고 있었다. 반면에 바지 앞섶은 당장 터질 것 같이 부풀어 무언의 아우성을 내지르고 있었다.

그가 목린과 눈을 맞추며 간절한 목소리로 속삭였다.

"목린아, 풀어 줘, 제발……."

"사랑해요."

목린이 나긋나긋한 목소리로 고백했다.

"제가 많이 사랑해요, 서방님."

"아으……."

목린의 입술이 언영의 몸을 분주히 돌아다녔다. 그의 아름다운 입술부터 시작해서 굵은 목을 훑었다. 쇄골 위에 살포시 얹어 가기도 했다. 입을 맞출 때마다 사랑한다고 속삭였다.

"윽!"

"사랑해요."

언영을 사랑한다. 그를 향한 마음이 너무 커서 들어설 자리가 부족할 정도로.

"사랑해요."

그의 살결이 보이는 데라면 모조리 입을 맞추었다. 팔에도, 가슴에도, 몸통을 저 아래로 숙여 복부에도. 목린의 숨결이 성기 쪽에 스치자 언영이 이를 악물고 탁한 신음을 내뱉었다.

"사랑해요."

쾌감이 일었다. 이 상황에서 그의 몸이 동하고 있다는 게. 그녀를 향해서 그가 성적으로 반응을 보이는 저 모습을 보면서.

목린은 이제 그런 마음을 숨기고 싶지 않았다. 부끄러워하지도
않았다.

목린은 다리를 쩍 벌려 언영의 허리와 기둥에 두르며 그와 가
까이 마주 앉았다. 언영은 도무지 이 모든 것을 믿을 수 없다는
듯 경악한 표정을 지었다. 되레 아까 전 그 괴물과 싸울 때의 모
습이 훨씬 이성적이고 차분했다.

"이, 이게 대체, 뭐 하는……."

"서방님, 저…… 아래가 젖었어요."

목린은 부드러운 목소리로 속삭이며 언영의 목에 팔을 휘감
았다.

"서방님만 만졌는데도 이렇게 젖어요……."

언영이 집에 없었던 가을 동안에, 여자들에게 배워 온 것을 써
먹을 때가 왔다.

목린의 촉촉하게 젖은 속곳이 그에게 닿았다. 그리고 목린이
더욱 바짝 하체를 붙여 바지 속에 숨겨진 그의 양물에 조금씩
비비기 시작하자, 그는 고통과 쾌락이 섞인 비명을 내지르며 괴
로워했다.

"하아, 제발! 풀어!"

"안 돼요. 부끄러운 거 너무 많이 해서 못 풀어드려요."

목린이 언영의 어깨에 얼굴을 파묻으며 고개를 저었다. 표정만
보면 초야가 뭔지도 모르던 그 당시 앳된 소녀 모습과 똑같은데,
언영의 목에 팔을 두르고 매미처럼 달라붙어 질척거리게 하반신
을 비비는 태도는 요염하기 짝이 없었다.

"차라리 아까 그놈이랑 한 번 더 싸울래. 이, 이건⋯⋯."

언영에겐 낮에 벌어진 전투보다 지금 이 순간이 더 무서웠다. 그러자 목린이 울상을 지으며 물었다.

"서방님은 저보다 그 괴물이 더 좋다는 거예요?"

"아니, 아니, 아니! 그게 아니라⋯⋯."

언영이 더듬거리며 해명했다. 이어서 당장 덧붙였다.

"응? 풀어, 목린아. 아무 짓도 안 할게. 좀 불편해서 그래. 풀어만 주면 얌전히 잠만 잘게."

아무리 목린이 순진하더라도 저런 말에 속지는 않았다. 오히려 더 등골이 오싹해진 목린은 다시 순진한 태도를 되찾으며 몸을 살짝 뒤로 내뺐다. 갑자기 다시 부끄러움이 몰려왔다.

"서, 서방님 오늘 무리하셨으니까 이대로 주무세요."

"뭐? 이대로?"

그의 눈에서 불이 나고 있었다.

이미 파정해 버려 그의 바지가 흥건히 젖은 채였다. 하지만 다시 또 발딱 일어섰는지 크게 부풀어 있다.

"기, 기다리면 가라앉지 않을까요?"

목린이 언영의 목에 감았던 팔을 풀고 멀어지며, 기어들어 가는 목소리로 중얼거렸다.

언영을 향한 마음이 벅차올라 저지르기는 했는데 뒤늦게 당혹감이 치솟았다. 목린은 고개를 푹 숙이고 도망치듯 몸을 뒤로 조금씩 뺐다. 그에게 조금 미안하긴 했지만 이대로 끈을 풀어 줬다가 무슨 짓을 당하게 될지가 더 무서웠다.

그런데…….

언영의 얼굴이 시뻘게지고 이마 위로 핏줄이 돋아났다. 그가 이를 악물자 두꺼운 팔이 부들부들 심하게 떨렸다. 언영의 안면 근육이 모두 흉악스럽게 뒤틀렸다. 콧구멍이 벌렁거렸다. 무슨 일이 일어나려 하고 있었다.

목린은 멍하니 그 모습을 바라보았다.

잠시 뒤.

투두둑. 칭칭 감겨 있던 밧줄의 한 부분이 소름 끼치는 소리를 내며 뜯어졌다.

"말도 안 돼……!"

목린이 숨죽여 속삭였다. 뒤따르던 말은 짐승처럼 달려오는 언영의 입술에 파묻혀 나오지 못했다.

* * *

다음 날 아침. 목린과 언영은 거의 동시에 눈을 떴다.

그들의 단잠을 깨운 주범은 새어 들어오는 햇살도, 새들의 지저귐도 아니었다. 바로 집 앞에 모여 있는 수많은 사람들의 웅성거림이었다.

"무슨 일일까요?"

목린이 화들짝 놀라며 언영에게 물었다. 그리고 다급히 주변을 바라보았다. 혹시라도 밤에 있었던 언영과의 격렬한 관계 탓에 집이 무너져서 그런가 싶었는데, 다행히 벽은 멀쩡해 보였다.

대충 귀 기울여 들어봐도 알아들을 수 없는 말이 다였다. 아무래도 직접 나가서 상황을 살펴야할 듯했다. 목소리를 파악해 보니 초족이건, 귀혈족이건, 아니면 다른 부족이건 상관없이 다양한 이들이 모여 있었다.

도대체 어떤 사건이 벌어졌길래 이들을 아침부터 한곳에 모이게 한 걸까. 두 사람은 내심 불안에 빠졌다. 거의 옷만 바로 챙겨 입고 뛰어나왔다.

문이 열리자마자 사람들이 들이닥칠까 봐 크게 걱정했던 목린은, 처음 나와서 눈을 가장 먼저 마주친 사람이 대충 인사만 하고 고개를 돌렸을 때 허무함에 빠질 정도였다. 그러니까 이들이 목린을 보기 위해 모이진 않았다는 뜻이다.

한데 옆을 보니 언영을 향한 반응도 대충 비슷하다. 그렇다면 뭐지? 목린은 혼란에 빠졌다. 아버지를 뵙기 위해 집합하기라도 했단 말인가?

의문은 목린이 집 주변을 돌고 돌아 뒤로 향했을 때 풀렸다.

사람들이 둘러싼 중심에는 두 마리 말이 있었다. 다름 아닌 봄비와 륭이었다. 다행히 륭의 부상은 그리 깊지 않았다. 살짝 절뚝거리긴 하였으나 워낙 튼튼한 녀석이라서 큰 걱정은 쓸데없다는, 매우 긍정적인 결과가 나왔다. 지금도 륭은 멀쩡히 서 있었다.

두 발로.

두 말의 교합은 이제 막 끝나 가는 중이었다. 땅에 닿지 않은 륭의 두 앞발은 봄비의 몸통을 안았고, 봄비의 뒤를 기다란 기둥이 반복적으로 쑤시고 있었다. 이른 아침부터 뜨거운 연인이었다.

그리고 륭의 얼굴이 유독 더 뜨겁고 지쳐 보였다.

파정을 끝낸 륭은 봄비의 몸에서 떨어졌다. 그리고 당장이라도 쓰러질 것 같은 표정을 지었다. 마치 이곳에서 달아나고픈 모양새였다. 봄비를 그렇게나 좋아하던 평소 모습을 생각하면 별로 어울리지 않았다.

목린이 말의 교합을 본 건 이번이 처음은 아니었다. 지난가을에도 어쩌다가 한 번 눈에 담았다. 신기한 광경이라는 말에는 동의하지만, 고작 이 일 하나 때문에 이렇게나 많은 사람들이 모이는 것은 다소 황당하다고 생각했다. 이제 다 끝났으니까 돌아가 달라고, 아버지께서 잠에서 깨실까 걱정된다고 입을 열려던 차였다.

그때 갑자기 도망가는 륭의 앞을 봄비가 막아섰다. 신나게 달려온 봄비가 엉덩이를 상대의 앞에 내밀었다. 륭은 '또 하자고?'라는 표정으로 도무지 믿을 수 없다는 듯 입을 쩌억 벌렸다.

이를 구경하던 사람들이 하늘을 찌를 듯 폭소했다. 이 상황에 절대 웃을 수 없는 륭만이 겁에 질린 얼굴로 뒷걸음질 쳤다. 하나 봄비가 어딜 가냐는 듯 으르렁거리자 그것도 멈추고 몸을 웅크렸다.

륭은 죽을 것 같은 표정으로 다시 뒤에서 봄비를 안았다. 흘레붙기가 시작되자 사람들은 낄낄거렸다. 반응들을 보아하니 아무래도 지금 이 상황이 처음 벌어진 것은 아닐 성싶었다.

목린은 차마 고개를 들지 못하고 손으로 얼굴을 가렸다. 옆에서 언영이 배를 잡고 쓰러질 듯이 웃음을 터뜨렸다.

* * *

대지가 파릇파릇한 색상을 피워 내고, 새로운 시작을 만끽할 수 있는 계절, 봄이었다.

"와하하하!"

단월도의 어느 소박한 초가집에서 대낮에 호탕한 웃음소리가 울려 퍼지고 있었다.

"정말 고맙습니다! 평생 소중하게 간직하겠습니다!"

언영은 앉아 계시는 할머니를 정겹게 끌어안았다. 입이 다물어지지 않았다. 그의 옆에는 목린과 익문이 있었다. 목린의 얼굴에는 고운 미소가 꽃피어 있었고, 익문의 낯빛 또한 썩 나쁘지 않았다.

그리고 그들의 가운데에는 언영의 상체보다 조금 큰 아름다운 회화가 놓여 있었다.

목린과 언영 두 사람이 혼인한 지 이제 한 해가 지났다. 단월도 재건을 돕기 위해 둘 다 얼마 전부터 쭉 섬에 머물고 있었다. 그동안 목린은 직접 언영을 위해서 초족 의복을 며칠에 걸쳐 완성했다. 지금도 입고 있었다.

언영이 덩치가 크고 늠름하다는 건 줄곧 알고 있었지만, 이렇게 옷을 입혀 놓으니 나머지 초족 사람들과 확연히 차이가 두드러졌다. 종아리까지 내려오는 청색의 유(저고리)와 허리춤에 두른 두루마기는 그의 대지와도 같이 넓은 어깨와 훌륭한 골격의 상체를 돋보이게 했다.

처음 언영에게 이 옷을 입힌 날, 목린은 너무 좋아 두 손으로 얼굴을 감싸고 '서방님 정말 멋있어요……!' 하며 수줍게 감탄했다. 그 모습을 보고 몸이 바로 동한 언영이 찢다시피 옷을 벗으며 목린을 덮치려 해서 그간의 노력이 무용지물이 될 뻔했다.

아무튼, 두 사람은 이런 선물을 조금도 예상치 못하고 있었다. 그날의 전투를 감명 깊게 본 어느 할머님께서 언영과 목린의 모습을 한 폭의 그림으로 옮겼다. 익문의 안내에 따라 할머니의 거처로 발을 옮긴 부부는 입을 다물지 못했다.

그림 안에 그려진 건 언영이 쓰러지고 목린이 그의 옆에 주저앉은 그때였다. 혈흔으로 젖어 거대한 몸을 눕히고 있는 그는 역사에 오래오래 남을 위대한 영웅처럼 그려졌다.

무릎을 꿇고 사랑을 속삭이는, 비통에 잠긴 여인과 함께 어우러져 세상에 다시없을 웅장한 분위기를 내보이며 사람들의 마음을 관통했다.

"제가 살면서 본 그림 중에 가장 훌륭합니다! 유일하게 거슬리는 게 있다면 제가 이 정도로 멋있지는 않다는 점이에요. 하하하!"

그때 목린이 고개를 도리도리 저었다. 언영이 고개를 돌려 그녀를 쳐다보았다.

"응?"

"아니에요, 서방님 멋있어요."

두 시선이 얽히고 목린이 초롱초롱한 눈으로 말했다. 언영의 입이 헤벌쭉 벌어졌다. 몸을 목린 쪽으로 더 가까이하고 흥분하며 물었다.

"정말? 내가 이 정도로 멋있었어?"

"네. 서방님 그날 정말 멋있으셨어요. 지금도 멋있어요. 서방님은…… 늘 멋있어요……!"

초족 사람들 앞인지라 목린은 다소 부끄러워하면서도, 눈을 맞추고 끝까지 조곤조곤 말을 이었다.

"목린아……!"

언영은 감격에 차올라 바로 목린의 몸을 끌어안았다. 똥그래진 목린의 눈이 너무나도 귀여워 몸이 떨렸다. 그대로 입술을 내리꽂으려다가, 서로의 숨결이 얼굴이 닿는 가까운 거리에서 움찔 놀라며 정지했다.

얼마 전 목린이 그에게 말한 부탁이 퍼뜩 떠올랐다.

'서방님, 부탁이 하나 있어요.'

'응? 뭔데?'

'저…… 섬에서는 입 맞추는 행동을 자제해 주셨으면 좋겠어요.'

언영이 당황해하기 전에 그녀는 즉시 말을 덧붙였다.

'다름이 아니라, 아직 저희 섬사람들은 적응하기 어려워해요. 많이 놀라는 것 같아요.'

단월도에 있으면서도 언영은 아무 데서나 자리를 잡고 목린을 무릎에 앉힌 후 한 시진 이상 얼굴을 쭈압쭈압 빨아 주기 일쑤였다. 그러면 지나가던 사람들이 늘 못 볼 거 봤다는 표정으로 지나갔다. 물론 언영은 몰랐다.

언영은 고개를 획획 돌려보았다.

"……."

두 사람의 입맞춤 직전인 모습에 익문의 표정이 불편하게 흔들리고 있었다. 눈이 선하게 웃고 있는 할머니의 표정은 그보다 나았지만 그렇다고 지금 상황을 팔 벌려 환영하고 있는 건 아닌듯했다.

언영은 재빨리 머리를 굴렸다.

뽀뽀를 자제하길 바란다고 했지, 금한 적은 없다. 또한 남의 시선 탓이라면 아무도 없는 곳에 가서 하면 되는 것이다.

언영은 몸을 일으키며 목린을 번쩍 안아 들었다. 앉아 있던 목린이 당황하여 허둥지둥 그의 목에 팔을 감았다.

언영은 두 어르신을 돌아보며 비장하게 말했다.

"저, 목린이랑 뽀뽀 좀 하고 오겠습니다."

"뭐……?"

익문의 표정이 더욱 흔들렸다. 목린은 눈을 감으며 미간을 확 찡그렸다. 너무도 민망하여 여기서 바로 사라지고 싶어 하는 얼굴이었다.

언영은 목린을 안고 빠르게 집 밖으로 달려 나왔다. 아무도 없는 것을 보고 안도했다. 무엇보다 목린의 말에 귀 기울여 듣는 남편이 되어서 뿌듯하기 그지없었다.

귀혈족과 초족 사이에 그런 오해가 있었다는 사실을 배우고 나서부터 언영은 더욱더 목린의 말을 귀담아 듣는 데 애썼다. 그는 얼른 입 맞추고 싶어서 초조하게 물었다.

"목린아, 여긴 어때? 여기서 뽀뽀할까? 여긴 괜찮아?"

"……"

"아니면 저기 그늘에 가서 할까?"

"……"

"그러면 여기서 한 다음 저기로 가서 또 할까? 응? 응? 목린아?"

언영은 눈을 감고 화를 조절 중인 목린을 흔들며 연이어 물었다.

"응? 목린아? 응? 응? 응? 응? 응?"

"마음대로 할 거면서 왜 물어봐요!"

그리고 그 말이 끝나기가 무섭게 목린의 입술이 언영의 입술에 먹혀들어 갔다. 따스하고 담백하게 언영은 목린을 사랑해 주었다. 함께 맞닿아 서로의 달콤함을 음미하는 입술이 뜨거웠다. 이대로 녹아내릴 것만 같은 입맞춤이었다. 목린도 언영의 목에 팔을 두르고 열정적으로 응했다. 누가 더 적극적이고, 소극적이고 할 것 없이 똑같이 사랑을 주고받았다.

"저, 서방님. 드릴 말씀이 있어요."

여운이 가시지 않아 아직도 이마를 맞댄 상태에서 목린이 속삭였다. 농익은 분위기 속에서 언영이 부드러운 목소리로 뜨겁게 답했다.

"말해 봐. 목린이 말은 다 들어줄게."

"저……. 귀 좀……."

목린의 부탁대로 언영이 얼굴을 내밀었다. 목린의 입술이 조곤 조곤 그 뒤에서 움직였다.

잠시 뒤 언영의 눈이 찢어질 정도로 크게 벌어졌다.

"아직 아무한테도 말 안 했어요. 먼저 서방님께 알려 드리고 그 다음에 천천히……!"

목린이 황급히 내던졌다. 하지만 너무 흥분하여 콧김을 흉흉하 게 내뿜고 흰자가 엄청나게 보일 정도로 눈을 시퍼렇게 뜬 언영 은, 아무리 그를 마음에 담게 되었더라도 좀 무서웠다. 이대로 두 면 그대로 폭발할 것 같아 결국 목린은 꼬리를 내렸다.

"……알았어요. 말해도 돼요……."

"아기 생겼다아아아아아아아아아아!"

목린의 말이 끝나기가 무섭게 언영이 시원하게 내질렀다.

원래도 목린을 안 놓아주던 언영이지만 이번엔 특히나 더 심했 다. 양팔로 계속 끌어안고 옆에서 쉬지 않고 그녀의 이마와 정수 리, 볼에 입술을 쭈압쭈압 갖다 댔다. 보고 있는 사람이 이대로 목 린이 찌부러지진 않을까 걱정이 들 정도였다.

"축하해요!"

"축하한다!"

허락이 떨어지기 무섭게 공중제비를 돌며 섬 전체에 회임 소식 을 떠벌린 누구 덕분에, 목린이 한때 살았던 초가집 앞에서 곧장 잔치가 열렸다. 목린과 각별한 사람들은 물론이고 얼굴만 익숙했던 아주머니들도 음식을 바리바리 싸 들고 나타났다.

"목린이가 좋아하는 음식 많이 싸다 줄게."

"아니에요! 안 그러셔도 돼요."

언영의 품 안에서 구겨진 목린이 고개를 최대한 도리도리 저으며 거절했으나, 얼굴에 떠오른 순수한 기쁨을 감출 수 없었다. 언영이 그 모습을 내려다보며 뿌듯하게 웃었다. 목린의 몸을 쓰다듬으며 호탕하게 외쳤다.

"모두 감사합니다! 하하하! 이대로라면 순탄하게 열다섯 명까지 충분히 낳을 수 있을 것 같습니다!"

정적이 찾아왔다.

익문이 그 자리에서 어정쩡하게 굳었다. 목현의 부인 예서는 한 손으로 입을 틀어막고 다른 손으로는 남편의 손을 붙들었다. 단월도 주민들의 얼굴에 떠 있던 순박한 미소가 점차 희미해졌다.

"하하하하하!"

오로지 언영의 웃음소리만이 쾌활하게 울려 퍼졌다.

"열…… 열다섯이라니, 주 서방. 귀혈족은…… 그렇게 아이를 많이 낳나……?"

모두 당황해서 어쩔 줄 몰라 할 때 익문이 떨리는 목소리로 먼저 질문을 던졌다. 납득할 수 있는 말이 돌아오길 바랐는데 언영의 답변은 더욱더 가관이었다.

"원래는 스물을 바랐는데 줄였습니다! 하하하!"

초족 사람들이 비밀스레 웅성거리기 시작했다.

"줄여 준 건 고맙지만, 그, 우리 목린이가…… 버틸 수 있는지 잘 모르겠네. 우린 귀혈족이 아니라서 몸이 그렇게 강하지 않아."

"목린이는 장인께서 걱정하시는 것보다 훨씬 강합니다! 부족대회에서 결승까지 올라갔습니다!"

초족 사람들이 이젠 크게 술렁였다. 대회에 대해 잘 모르는 그들은 대충 엄청 험악한 싸움판을 머릿속에서 연상했다.

"아무리 그래도 그렇지……. 목린아, 네가 정말…… 바라는 일이냐……?"

"네……. 어떻게든 노력해 보려고요."

목린이 진지하게 말했다.

언영은 목린에게 원하는 것을 물으면 물었지, 그의 소망은 잘 요구하지 않았다. 늘 목린을 예뻐해 주며 그를 그녀에게 맞춰 주려고 애썼다.

특히 오해가 풀리고 난 이번 겨울 이후에는 더욱 그랬다. 여전히 서툴지만 그래도 더 귀 기울여 듣고, 신경 써 주려고 매 순간 애썼다.

그런 그가 유일하게 갖고 싶다고 노래를 부르는 게 바로 열다섯 명의 아기였다. 그래서 들어주고 싶었다. 그녀 또한 언영과의 아이가 기대되는 것은 마찬가지이기도 했다.

"목린아, 이 아비는 걱정되는구나. 그게 가능…… 할지……."

"괜찮아요. 서방님께서 옆에서 많이 도와주실 거예요."

목린이 싱긋 웃으며 말했다. 옆에 있는 언영은 어색해진 분위기도 모르고 목린의 뺨에 뽀뽀하며 좋아죽느라 바빴다.

* * *

아쉽지만 이별의 순간이 왔다.

목현은 남들보다도 더 먼저 바다에 나와 있었다. 그는 미리 배를 준비 중인 귀혈족 사람에게 다가가 물었다.

"실례지만, 제 매제가 어디 있는지 아십니까?"

"잘 모르겠습니다. 아마 부인과 함께 계시지 않을까요?"

"저도 그렇게 생각하였으나 목린이 또한 보이지 않아서."

목현은 언젠가 언영과 단둘이 마주 보고 대화를 나누고 싶었다. 혹시 모른다. 의외로 마음이 잘 맞을지도.

아직 마땅히 그럴 기회를 잡지 못해서 잠깐이나마 얘기하고자 이렇게 미리 그를 찾아다닌 것이다. 혹시 뒤에 오고 있나 싶어 후방을 확인하고 있을 때 귀혈족 사람이 정겹게 목현의 어깨를 두드렸다.

"저기 있습니다!"

그가 가리킨 방향은 위쪽이었다.

절벽이다.

언영이 목린을 들고 있었다. 어딘가 모르게 익숙한 위치, 익숙한 각도, 익숙한 자세였다.

불안감이 엄습했다.

"첫째를 순산해 줘!"

순산해 줘- 순산해 줘- 해 줘- 해 줘- 해 줘- 줘- 줘-

"……."

귀혈족 사람이 발랄하게 물었다.

"찾으셨다 말씀드릴까요?"

"……되었습니다."

목현은 손으로 얼굴을 쓸며 조용히 자리를 피했다.

* * *

"으아아아아아아아악!"

추운 겨울, 단월도의 어느 초가집 안.

사내의 괴성이 바깥까지 기어 나와 눈바람 사이를 누볐다.

"목린아! 내가 정말 미안해! 다시는 열다섯 명 낳자고 하지 않을게! 아인 필요 없어! 난 너만 있으면 돼! 목린아! 목린아아아!"

언영은 진통이 시작된 목린의 손을 부여잡고 소리 질렀다. 눈물을 질질 짜내는 그의 얼굴은 완전히 무너진 지 오래였다.

몇 주 전, 목린은 보다 안정적인 정신 상태를 위하여 단월도에 있는 고향 집으로 돌아왔다. 아무래도 태어날 때부터 줄곧 알아온 이들과 익숙한 자연에 둘러싸여야 더 마음이 편할 테고, 그러면 더 좋은 순산을 기대할 수 있으니 말이다.

목린이 아무 문제 없이 간단히 아이를 낳을 수 있으리란 언영의 기대는, 임신 초기부터 허물어졌다. 목린은 자주 앓고 힘들어했다. 하필이면 단월도에서만 재배되는 과일을 먹고 싶다고 해서, 언영이 바로 배를 타고 구하러 떠난 적도 있었다. 그랬기에 마지막을 앞두고 단월도에 온 것이기도 했다.

그리고 오늘은, 목린의 임신 과정이 예상과 달랐음을 깨달은 후로부터 언영이 그동안 가장 두려워한 바로 그날이었다.

"목린아, 정말 미안해! 네가 이 정도로 힘들어할 줄은 몰랐어! 다 내 잘못이야! 제발 견뎌 줘! 부탁이야! 난 너 없이 못 살아!"

옆에서는 산파와 그녀의 도우미들이 아이를 받을 준비를 끝내 가고 있었다. 물을 떠 오고, 피를 닦을 천을 가져왔다.

바닥에 드러누운 목린의 얼굴은 비를 맞고 온 것처럼 이 한겨울에 흠뻑 젖어 있었다. 언영은 부들거리는 목린의 손과 깍지를 끼고 고래고래 소리를 내질렀다. 눈을 감고 있는 목린을 보니 괜히 초조해진 것이다.

"족장 자리는 나중에 누이들한테 넘기면 돼! 후계자는 필요 없어! 목린아! 말을 해! 제발! 잠들지 마! 안 돼애애애애애!"

애써 아득바득 고통을 속으로 인내하고 있던 목린의 입술이 아주 천천히 벌어졌다. 미간을 좁히며 그녀가 중얼거렸다.

"……시끄러워……."

"……아, 미안."

언영은 당혹스러워하며 얼른 몸을 뒤로 뺐다.

목린이 종종 언영에게 조용히 해 달라고 한 적은 있어도, 저렇게 이를 긁듯이 짜증을 낸 적은 없었다. 너무도 낯선 모습에 적응을 어려워하며 그가 쭈뼛거릴 때, 갑자기 목린이 목을 꺾으며 비명을 질렀다. 삼킬 수 없는 고통이 들이닥쳤다.

"아아아!"

"목린아아아아아아아아아아!"

당황한 언영이 내지른 고함에 목린의 비명이 완전히 묻혔다.

목린은 허덕거리며 아무거나 잡고 버틸 것을 찾았다. 팔을 사방에 휘젓다가 가까이 얼굴을 들이밀고 있는 언영의 머리카락을 잡았다. 그러자 되레 언영이 더 적극적으로 나섰다.

"왜? 이거 뜯고 싶어? 마음껏 가져! 마음껏 뜯어가! 난 너를 위해선 대머리도 될 수 있어, 목린아!"

그는 울먹이면서 목린의 손에 제 손을 겹쳤다. 그리고 머리를 스스로 뜯으며 부르짖었다.

"가져가! 얼른 가져가! 얼른 내 머리 뽑아가! 목린아아아아아아!"

"아아아아악!"

목린은 얼굴을 잔뜩 찡그렸다. 귀가 너무 아팠다.

다른 이들도 모두 같은 생각을 했는지 머지않아 초족 여인들 다섯 명이 함께 들어왔다. 그들은 언영의 팔과 몸통을 뒤에서 잡고 방에서 끌어내기 시작했다. 언영이 심하게 몸을 뒤틀며 토해냈다.

"왜 이래, 이거 놔! 목린아! 목린아아아아!"

"제발 좀…… 데려가요……!"

"목린아아아아아아아! 사랑해!"

언영은 마지막까지 시끄럽게 퇴장했다. 굳게 닫힌 문 앞에 멀거니 서서 울었다. 안에서 목린의 비명이 들리면 주먹으로 내려치며 지금 무슨 일이 벌어지고 있냐고, 목린이 괜찮은 거냐고 울부짖었다. 하지만 사람이 안에서 나오며 아예 소리 지르는 것까지 금하자 그마저도 멈춰야 했다. 그는 작게 흐느끼며 목린이 앓고 있는 방향만 하염없이 바라보았다.

"목린이…… 어흐어…… 흐억……."

언영은 비틀거리며 문 앞 마루 위를 걸어 다니기 시작했다. 도저히 가만히 서 있어선 견딜 수 없는 고통이었다. 그러다가 줄곧 여기 함께 가만히 있었던 목현과 눈이 마주쳤다.

"형님……."

"진정하세요, 매제. 목린이는 잘 해낼 겁니다."

"형니이이임……."

목현은 마루에 걸터앉아 있었다. 언영은 허리를 축 늘어뜨리더니 목현의 품에 자연스럽게 기댔다. 목현의 몸이 뻣뻣해졌다. 이건 또 무슨 상황인가.

안에서 목린이 또 한 번 비명을 내질렀다. 돌덩이만 한 언영의 어깨가 겁쟁이처럼 움찔거렸다. 목현은 저도 모르게 그를 도닥여 주기 시작했다.

언영이 훌쩍거렸다.

"형니이임……. 다 소인의 잘못이겠지요……?"

"예. 다 매제 잘못입니다."

"으허으으어……."

목현이 다소 덤덤히 말했고 이는 언영의 오열을 더 부추기는 결과만 낳았다. 목현은 얼른 고개를 저으며 덧붙였다.

"농이었습니다. 누구의 잘못도 아닙니다. 매제께서도 목린이도 이런 일이 처음이지 않습니까."

"흐아으어어……."

"뚝. 그만. 괜찮아요. 하아, 내가 어쩌다가……."

5년 전 초족들에게, 나중에 주언영을 품에 안고 달랠 일이 생긴다고 전하면 과연 몇 명이나 그의 말을 믿을까. 살다 살다 이런 일이 올 줄은 몰랐다고 목현은 이마를 쓸며 생각했다.

아이를 낳고 있는 여인의 주변이 너무 소란스러우면 안 됐다. 끝까지 주변을 지키고 있는 이는 언영과 목현뿐이었다. 목린의 친우들을 비롯한 주민들은 종종 찾아와 기웃거렸다. 목린의 아버지 익문 또한 계속 자리를 지키고 싶어 했지만 두 사내가 말렸다. 추운 날씨에 그를 고생시키고 싶지 않았다.

목현은 자신의 허벅지에 거의 엎드려 있는 언영의 어깨를 토닥였다.

"매제, 자고 있습니까?"

"아닙니다……."

언영이 천천히 숙였던 등을 폈다. 그와 눈이 마주친 목현의 얼굴에 경악이 스며들었다. 악귀를 본 양 몸을 뒤로 뺐다.

"매제, 눈이."

"예?"

"눈이……. 앞은 보이는 겁니까?"

울다 지친 언영의 눈은 퉁퉁 부어 눈동자가 보이지 않았다.

"예. 괜찮습니다."

언영은 몸을 일으키며 씩씩하게 대답했다.

"여기 계속 앉아 계시느라 힘드셨을 터이니 소인이 물을 한 잔떠 오겠습니다."

그렇게 말하며 걸음을 내딛는데 앞에 보이는 길에 확신이 없어 조금씩 비틀거렸다. 목현은 팔을 뻗으며 얼른 내뱉었다.

"아니, 아닙니다. 잘못 걸려 넘어지기 전에 돌아오세요."

그리고 그때였다.

아기의 울음소리가 터져 나오기 시작했다.

줄곧 차분함을 가장하던 목현도 이번엔 벌떡 일어섰다. 언영과 목현 둘 다 헐레벌떡 닫힌 문 앞에 달려와 섰다. 아기의 울음은 계속 들리는데 아직 들어와도 된다는 허락을 받지 못해 초조함만 더해졌다.

참다못한 언영이 결국 부숴 버릴 듯 문을 열어젖히려고 하던 그때였다. 안에서 분만을 도와주던 여인 중 하나가 얼굴을 바깥으로 빼꼼 내밀었다. 땀 때문에 얼굴에 머리카락이 더덕더덕 달라붙은 모습이 내부에 있었던 기나긴 사투를 대변했다. 그녀가 헐떡거리며 말했다. 지쳤지만 들뜬 목소리였다.

"들어와도 되어요. 아드님이 무사히 태어났습니다. 이렇게 큰 아기는 난생 처음 보아요!"

언영이 바로 달려들었다. 키가 커서 안에 들어가기 위해 머리를 살짝 숙여야 했다.

"목린아아아!"

"까아아아악!"

퉁퉁 부어서 눈이 사라진 언영을 보고 목린이 비명을 질렀다. 언영은 또다시 눈물을 질질 짜며 두 팔 벌려 달려가기 시작했다.

"목린아!"

"꺄악! 오지 마!"

"목린아, 진정하렴! 네 남편이야!"

목현이 언영의 뒤에서 외쳤다. 그제야 목린도 조금씩 진정했다.

"서방님……!"

목린의 작은 얼굴은 피로함이 눅눅히 배어 있었지만, 기쁨으로 반짝거리는 눈이 그 어느 때보다 초롱초롱했다. 허리를 펴고 앉은 그녀의 품에는 방금 막 태어난 사랑스러운 아기가 안겨 있었다.

언영은 목린의 바로 앞에 풀썩 주저앉았다. 그는 조심스럽게 손을 뻗었다. 굳은살 박인 손끝이 아이의 쭈글쭈글한 피부에 스쳤다. 언영의 몸에 전율이 일었다.

"너, 너……. 목린이 이렇게 아프게 하고……. 너……."

언영이 더듬거렸다. 한 방 맞은 것처럼 부어오른 그의 눈에서 또다시 눈물이 터져 나오기 시작했다. 목린이 희미하게 웃었다.

"저는 괜찮아요, 서방님."

"너…… 얼굴도 쭈글쭈글 못생겼으면서 감히……."

입으로는 그렇게 말했지만 아담한 아이의 머리와 얼굴을 쓰다듬는 언영의 손길엔 애정과 감동이 듬뿍 넘쳐나고 있었다.

"너무 작아……."

그가 감격 어린 표정으로 믿기지 않는다는 듯 중얼거렸다. 까칠한 손가락이 아이의 조그만 볼을 아주 살짝, 정말 살짝 눌렀다.

"어떻게 이렇게 작지……."

"여기 계신 분들 모두 이렇게 큰 신생아는 처음 본다고 하셨어요."

"……."

언영은 대답 않고 자신과 목린 사이에서 태어난 사랑의 결실을 물끄러미 내려다보았다. 눈두덩이가 퉁퉁해진 탓에, 이마에 주름이 잡힐 때까지 눈을 부릅떠 눈동자를 드러냈다. 하지만 그마저도 눈물이 계속 흘러서 쉽지 않았다. 자꾸 시야가 흐릿해졌다. 그의 근육질 몸이 바람에 휘날리는 수풀처럼 떨렸다.

목린이 그 모습을 가만히 쳐다보다 입을 열었다. 그녀 또한 눈물이 나오려는 것을 애써 참았다. 그녀가 울면 언영이 왜 우냐고, 우리 목린이 울지 말라고 오히려 본인은 더 울면서 그녀를 달랠 것을 알고 있었기 때문이다. 감동이 벅차오르는 목소리로 말했다.

"서방님이랑 우리 아이 둘 다 눈이 부어서 못 뜨는 거 봐요. 두 사람 정말 똑같이 생겼어요."

"내가 이렇게 못생겼어……? 그런데도 내가…… 좋아……?"

언영이 사뭇 진지한 목소리로 물으며 목린과 시선을 맞췄다. 목린은 눈을 동그랗게 뜨고 그를 쳐다보았다. 그리고 웃음을 참는 듯 입술을 오므렸다. 그 상태에서 따스한 눈웃음을 치며 열심히 고개를 끄덕거렸다. 결국 그녀의 눈 끝에도 살짝 이슬이 맺혔다.

언영은 다급히 목린의 뒤통수를 안고 고개를 꺾어 목린과 입술을 부딪쳤다. 부드럽게 온갖 애정을 담아 목린에게 쏟아부었다.

나머지 한 손으로는 아기의 손을 끈끈히 붙잡았다.

뜨거운 애정 행각 탓에 안에 있던 다른 사람들이 큼큼거리며 헛기침을 했다. 사람들에게 알려 줘야겠다며 도망치듯이 밖으로 달아났다.

그렇게 아기가 두 사람의 품에 안전히 도착했다.

24장

조그만 소년은 허리를 숙인 상태에서 주변을 경계했다. 그 자세를 유지하며 앞으로 조심조심 뛰어갔다. 동작만 보면 암살 명령을 받고 움직이는 도적이었고, 아이는 혼자서 꽤 그 행동에 몰두하고 있었다. 흠이 하나 있다면 이곳은 소년에게 가장 안전한 장소인, 바로 그의 거처라는 사실이지만 말이다.

그렇게 기척을 숨기며 걸어간 소년은 대문 앞에 도착했다. 이제 저걸 열고 밖으로 뛰쳐나가 뒤도 안 돌아보고 줄행랑을 치면 됐다. 그러면 모든 게 성공일 것이다.

그렇게 생각했었다.

"잡았다!"

"아아, 아버지!"

뒤에서 두툼한 손이 날아오더니 소년의 허리춤을 낚아챘다. 소년의 몸이 깃털처럼 가볍게 튀어 올랐다. 어느새 그는 장신의 남자의 팔에 껴 팔다리를 흔들고 있었다. 거의 다 됐었는데!

"또 수련 빠지려고 그러지!"

언영이 아들을 내려다보며 일침을 가했다.

"아니에요! 아니라니까요!"

상연은 처음엔 고개를 열렬히 저으며 부정했다. 하나 아버지의 엄한 무표정을 마주하니 대들고픈 생각이 일순에 쪼그라들었다. 그의 아버지는 결코 무서운 아버지는 아니었다. 하지만 무서워 보이는 척은 잘했다. 어머니가 그런 무표정을 보고 설레 한다는 것을 알게 된 뒤로는 더욱 엄숙한 표정을 짓는 데 몰두했다. 물론, 대부분의 경우 웃음을 참느라 입술을 꿈틀거리거나 콧구멍을 벌렁대는 탓에 실패했지만.

그러나 언영은 정말로 조금이나마 화가 난 상태였으므로, 지금의 표정은 나름의 설득력이 있었다. 일곱 살밖에 되지 않은 어린 소년은 금방 꼬리를 내렸다.

"맞기는 맞는데 그게 다 이유가 있어서라니까요! 은평 스승님은 매번 저한테 틈만 나면 이상한 동작을 가르쳐 주시려고 한단 말이에요!"

"모든 건 배워 뒀을 때 쓸모 있다."

"아니요, 그런 춤은 절대 쓸모없을 것 같습니다!"

상연은 강력히 반발했다.

언영은 한숨을 내쉬며 상연을 다시 땅에 내려놓았다. 그리고 그는 무릎을 구부리고 앉아 가까이서 아들과 눈을 맞추었다.

아까보다 훨씬 다정한 목소리로 언영이 낮게 말했다.

"그래도 들어. 너 자꾸 빠진다고 하면 네 어머니께서 많이 걱정하셔. 그러다가 나중에 네가 정말 듣고 싶은 수련 있을 때 어머니께서 극구 반대하신다?"

"……."

상연의 마음이 흔들렸다. 언영도 아들의 낯빛을 보고 눈치챘다. 하지만 그건 아주 찰나의 순간에 불과했다.

"……그래도 은평 스승님 수업은 정말 안 될 것 같습니다. 자꾸 저한테 이상한 동작을 따라 해 보라 시키신단 말입니다."

"……."

언영은 아들을 가만히 쳐다보았다. 기세등등한 상연의 눈에서 절대 마음을 바꾸지 않을 고집을 보았다.

"알았어, 알았어. 그건 내가 내일 당장 은평이한테 말해 줄 테니까 오늘만이라도 가."

상연은 아무 답도 하지 않았다. 이럴 때마다 언영은 기분이 이상했다. 분명 어린 시절의 그와 아주 빼닮은 얼굴을 가지고선 하는 행동의 절반은 언영이 옛날엔 감히 상상도 하지 못했던 능수능란한 잔꾀였다.

언영은 상연의 어깨를 정답게 한쪽 팔로 안으며 바짝 붙었다.

"저번에 갖고 싶다고 했던 검 구해다 줄게."

"정말요?"

이제야 상연의 얼굴이 활짝 펴졌다.

"그래."

"알겠습니다!"

결국 이렇게 해결을 보긴 했다만, 언영은 계속 찝찝하기만 했다. 눈을 똥그랗게 뜨고 있는 아들을 여전히 한쪽 팔로 안고 나머지 손으로 얼굴을 거칠게 쓸었다. 이 조그만 사고뭉치는 여태껏 언영이 마주한 모든 사람과 그 밖의 짐승들을 포함해서 가장 곤란한 상대였다.

"애를 진짜 어쩌지. 야, 너 때문에 머리카락 빠지고 목린이가 나한테 정떨어지면 다 네 잘못이야."

그런데 돌아오는 대답이 또 언영을 한 대 후려쳤다.

"그게 왜 제 잘못이에요! 못생겨지는 아버지 잘못입니다!"

"뭐?!"

언영이 자리에서 벌떡 일어났다. 언영의 허리에도 오지 않는 상연은 순간 아버지의 덩치에 흠칫 놀라며 허리춤에 끼고 있던 목각 검을 빼 들었다.

사실 상연 또래의 귀혈족 아이들은 이미 그 나이에도 진짜 무기를 달고 다녔지만, 그런데도 이런 장난감을 상연이 갖고 있는 이유는 어머니 목린이 아들이 다칠까 봐 너무나도 걱정했기 때문이다.

상연은 언영의 허벅지를 쿡쿡 찔러냈다.

"맞아라! 맞아라!"

"아아. 아아아. 나 죽는다."

언영이 몸을 비틀며 아픈 척을 했다. 그에 맞서 상연은 더욱 열심히 목각 검을 휘둘렀다.

"죽어라!"

"잠깐만. 그래도 아버지한테 죽어라가 뭐냐!"

"거의 죽어라!"

"그래. 그건 좀 낫다."

"어머니께서 너무 슬퍼하지 않으실 정도로 죽어라!"

언영은 맞지도 않은 가슴 쪽을 부여잡으며 장난에 더욱 몰입했다. 무릎을 꿇으며 무너지는 척을 하려고 했을 때 옆에서 들리는 목소리가 언영의 귀를 녹였다.

"두 사람 뭐 하는 거예요?"

소리 나는 쪽을 돌아본 언영은 그 순간 너무 눈이 부셔서 손으로 시야를 가려야만 했다.

"아아아악!"

측면에서 경국지색이 강림하고 있었다. 갈수록 더 예뻐지는데 벌써 이렇게 눈이 부시면 어쩌겠다는 건지 알 수 없었다.

"어머니!"

"상연아, 그 검 내려놔! 위험해!"

전혀 날카롭지 않은 목검이라고 한들 목린의 반응은 진지했다. 상연이 허리 위로 조금의 날카로운 것만 들고 있어도 기절초풍했다. 팔을 뻗으며 콩콩 뛰어왔다.

그리고 그런 어머니를 본 아들은 절대 '어머니께선 너무 겁이 많으십니다!' 하고 받아치지 않았다. 되레 어머니의 관심을 더욱 갈구하듯, 소매를 걷더니 손목에 난 아주 흐릿한 상처를 보여 주었다.

"어머니, 저 여기 다쳤어요."

"어머나!"

목린이 자리에 앉아 상연과 눈을 맞추었다. 아들의 팔을 부드럽게 잡으며 걱정스러운 목소리로 속삭였다.

"많이 아팠겠다."

옆에서 이 광경을 지켜보고 있던 언영은 어이가 없다 못해 부족할 지경이었다.

"고작 저런 걸 가지고 꾀병은⋯⋯."

귀혈족으로서의 체면이 있는데 말이다.

하지만 툴툴거리는 언영과 달리 목린은 진지했다. 상연의 손을 잡아 주며 걱정스러운 목소리로 말했다.

"그러면 오늘 수련은 쉬어야겠다."

"그건 무슨 소리야. 고작 저런 상처 가지고?"

황당해진 언영은 이번엔 크게 말했다.

언영과 목린은 서로를 많이 사랑했고, 두 사람은 상연을 만나자마자 바로 그 아이 또한 사랑하게 되었다. 하지만 고작 감정 하나로 모든 걸로 해결된다는 건 허상인지라, 여기까지 오는 과정에서 많은 탈이 있었다.

'옳지! 옳지! 하하하하하!'

상연이가 태어난 지 갓 일 년도 되지 않았을 때, 언영은 상연과 '귀혈족의 아버지'답게 놀아 주고 있었다.

그는 자리에 걸터앉아 자신의 머리보다 훨씬 높게 아기를 던져 주었다. 옆에선 다인이 불을 휘두르며 노래를 열창했다.

'자, 우리 모두 어깨를 펴고! 드넓은 들판으로 달려 나가자! 저 높은 강산 위 용의 아가리! 다 같이 힘을 합쳐 찢어 버리자!'

'까하하!'

위아래를 오르락내리락하며 상연은 두 팔을 번쩍 들고 환하게 웃었다. 정말이지 사랑스러운 모습이었다.

'상연이 재밌어? 하하하하하! 어, 목린아!'

측면에서 걸어오는 아내를 본 언영의 입이 크게 찢어졌다.

목린이 두 손으로 얼굴을 감싸며 그들 쪽을 바라보고 있었다. 저승으로 떠났다가 돌아온 사람이라도 만난 것처럼 낯빛이 끔찍했다. 얼마 지나지 않아, 목린은 옆으로 풀썩 쓰러지며 기절했다. 다인과 언영이 경악하며 튀어 올랐다.

'목린아! 정신 차려!'

'목린아!'

귀혈족과 초족이 아기를 키우는 방식은 너무나도 극단적으로 차이 났다.

목린을 기절시키면서까지 상연을 키우고 싶지는 않은 언영은 자기 방식대로 놀아 주는 것을 얼른 관두었다. 그리고 목린에게 어떻게 하면 좋겠냐고 열심히 의사를 물었다.

목린이 답했다.

'그냥 가만히 앉아서 안아 주고 있으면 좋겠어요.'

그래서 가만히 앉아 있기로 했다.

따뜻한 태양을 받으며 두 사람이 함께 마루에 걸터앉았다. 목린은 방금 막 잠든 상연을 아주 조용히 얌전하게 안고 있었다. 언영은 그가 안고 있겠다고 했지만 목린이 무슨 일이 일어날지 모른다며 거절했다.

언영이 조심스럽게 물었다.

'이렇게…… 가만히 앉아 있는 거야? 처음부터 끝까지?'

'네.'

목린은 상연의 머리카락을 쓰다듬으며 고개를 끄덕였다.

그 모습은 눈이 부시도록 아름다웠지만…… 그와 별개로 언영은 몸이 근질근질했다. 그로선 절대 이해할 수 없는 행동이었다. 그래서 뒷머리를 긁적이고 눈치를 보며 물었다.

'그런데 이러면 상연이가 너무 지루해하지 않을까? 한 번 날려 주……'

날린다는 말에 목린의 동공이 무섭게 떨리기 시작했다. 언영은 얼른 팔을 내저으며 부정했다.

'아니야! 날리진 않을 거야! 진정해, 목린아! 그러니까, 함께 뛰면서 산에 올라갔다 온다든가……'

목린의 눈이 여전히 떨렸다.

'싸움을 보여 준다든가……'

이젠 어깨까지 같이 떨렸다.

'아니면, 아니면 멀리서 번쩍번쩍한 불구경이라도……! 목린아! 정신 차려! 그냥 구경이잖아!'

그렇게 얼마간은 목린이 원하는 방식을 따랐다. 하나 오랜 시간이 지나지 않아 귀혈족의 마을에 살면서 끝까지 이렇게만 애를 키울 수는 없다는 결론에 두 사람 다 도달했다.

이에 대해 어떻게 합의를 봐야 할까 전전긍긍하던 중에 목린이 먼저 양보했다.

'상연이는 계속 이 마을에서 살아갈 거고, 아마 이 부족을 다스리게 될 테니까요. 이쪽 문화에 맞춰 기르는 게 옳다고 생각해요.'

물론 말이야 쉬웠다.

상연이 뭐만 하려고 하면 옆에서 두 손을 꽉 쥐고 떨었다. 얼굴도 너무 창백해져서 상연이 말하고 걷고 어느 정도 생각할 수 있을 정도까지 자랐을 땐, 그가 직접 걸어가 '어머니 괜찮으세요?'라고 물었다.

일곱 살이 된 상연이 잠시 마을을 떠나 반년 동안 수련을 받으러 가게 된 날이, 근래에 있었던 가장 큰 사건이었다.

'우리 상연이한테 너무 힘들지 않을까요……?'

'상연이도 벌써 일곱 살이야.'

'겨우 일곱 살인데…….'

상연이 잠시 가족과 떨어져 살아야 한다는 소식에 목린은 요즘 계속 틈만 나면 울먹거렸다.

'잘못해서 크게 다치기라도 하면 어떡해요, 우리 상연이.'

'내가 일곱 살 때는 저 산꼭대기에 혼자 올라가서!'

언영이 과거 자신의 영웅담을 자랑스럽게 늘어놓으려던 순간 상연이 목린의 품에 와락 안겼다.

'어머니, 저 무서워요.'

'이것 봐요! 상연아, 괜찮아. 그런 거 열심히 하지 않아도 돼.'

황당해진 언영의 입에 크게 벌어졌다.

정말 진지하게 말하자면, 언영 또한 상연이 귀혈족의 문화를 꼭 따라야 할 필요는 없다고 느꼈다. 상연은 귀혈족이기 이전에 그저 하나의 사람이었다. 후에 한 부족을 이끌게 될 족장이 된다고 해도 이건 매한가지였다. 아버지로서 아들이 원하는 대로, 하고 싶은 것을 하면서 크면 더 바랄 게 없었다. 아들이 초족처럼 자라고 싶다고 하면 흔쾌히 알았다 할 생각이었다.

하나 언영의 아들이자 월진의 손자 아니랄까 봐, 기실 상연은 또래 아이들 중에 최고의 실력을 자랑했다. 허현오가 전에 한 번 우스갯소리로 말했다. 어째 상연이가 주언영보다 주언영을 더 닮았다고. 그리고 그 문장은 모든 것을 설명했다.

생긴 것도 언영을 그대로 갖다 놓은 수준이라 목린의 흔적은 보이지도 않았다. 얼굴도 언영보다 조금 더 날카로우면 날카로웠지, 결코 목린이 보인다고 할 수 없었다. 상연의 움직임을 볼 때마다 마을 웃어른들은 과거로 돌아가 언영을 다시 보는 것 같다는 말을 아끼지 않았다. 어린 나이부터 이렇게 두각을 나타내니 분명 훌륭한 거목이 될 거라는 찬사가 주변에서 쏟아졌다.

하나 어머니의 관심이 좋은 상연은 언제부턴가 조금만 다쳐도, 조금만 힘들어도 목린에게는 울면서 달라붙었다. 언제나 놀 궁리에 빠져 있으면서 말이다. 그리고 아무것도 모르는 순진한 목린만이 늘 상연을 걱정했다.

그렇게 게으름을 피우면서도 마을 아이들 중에 최강인데, 제대로 각 잡고 움직이면 어떤 실력이 나올지는 언영도 감히 상상하기 무서웠다. 게다가 목린 앞에서 꾀를 부리는 걸 보면 머리도 나쁘진 않아 보였다. 처음에 언영은 '다행이다! 내 머리를 이어받진 않았구나!' 하며 진심으로 감격하였으나 그것도 잠시. 순진하게 속아 넘어가는 목린을 보면 매번 안타까웠다. 아무리 말해 줘도 목린은 믿지 않았다.

'우리 상연이, 힘들면 스승님께 꼭 말하고. 너무 위험한 건 하지 말고. 알았지?'

'네, 어머니!'

'조심히 잘 다녀와야 해⋯⋯!'

결국 목린은 끝까지 참다가 상연을 안고 울음을 터뜨렸다. 언영은 잠시 목린을 달래 주는 것도 까먹고 황당해서 입을 멍하니 벌렸다. 얼른 갔다 오라고 엉덩이를 팡팡 때려 주는 어미가 있으면 모를까, 겨우 이런 일로 눈물을 보이는 귀혈족 어머니는 역사상 없었다고 단언할 수 있었다.

'괜찮아, 괜찮아.'

언영은 목린을 일으켜 세우고 자기 품에 안았다. 목린의 정수리에 계속 입을 맞춰 주고 등을 쓰다듬었다.

'어머니⋯⋯.'

목린이 이렇게 울 줄은 몰랐던 상연이 당황한 표정으로 부모를 올려다보았다.

'어머니, 울지 마세요! 제가 제일 강합니다! 제가 다 이겨서 올 거⋯⋯.'

상연은 말을 잇다 말고 아버지의 으스스한 무표정에 흠칫 물러났다.

'주상연.'

'예, 예. 아버지.'

'잘 갔다 와라.'

'예······.'

'거기선 네 그 귀여운 변명도 통하지 않는다.'

'······.'

상연은 침을 꿀꺽 삼켰다.

그리고 그날 밤.

'우리 상연이 걱정돼서 어떡해요. 밥은 잘 먹었을까요? 가는 길에 어디 다치지는 않았을지······.'

'괜찮을 거야.'

'제가 걱정할 걸 아니까, 일부러 자기가 가장 강하다고 거짓말도 할 줄 알고······. 마음만은 벌써 다 컸어요.'

'······.'

언영은 건성으로 대답하며, 그의 한쪽 팔에 안겨 있는 목린의 이마와 볼에 쪽쪽거렸다. 목린과 나란히 누워 있는 그의 심장이 쿵쿵 뛰었다.

지금 언영의 머릿속에 아들을 생각할 틈 같은 것은 없었다. 오늘만을 기다렸다. 앞으로의 일정을 모두 비워뒀다. 밤낮 가리지 않고, 뜨거웠던 예전의 초야처럼 목린이와 종일 흘레붙을 수 있다. 흥분한 그의 숨이 거칠어졌다. 품에서 목린의 기척이 느껴지니 절로 몸이 더 불끈불끈 달아올랐다.

언영은 여전히 훌쩍이는 중인 목린의 가슴에 다정하게 토닥여 주는 척, 은근슬쩍 손을 올렸다. 그리고 한 번 쓰다듬으며 살짝 주물렀다. 군침이 돌았다. 얼른 홀딱 벗겨 버린 다음 쪽쪽 빨고 싶었…….

언영의 행복한 상상은 목린이 바로 상체를 세워 앉으면서 끝이 났다. 어둠 속에서도 목린의 분노한 얼굴은 제 감정을 분명히 드러냈다.

'서방님은 상연이가 힘들어하고 있을 텐데 지금 이런 거 할 마음이 생겨요?'

목린의 날카로운 목소리가 언영의 귀를 후볐다.

'아니, 저, 나는…….'

언영도 얼른 헐레벌떡 상체를 일으켰다. 손을 뻗어 목린을 품에 안고 달래듯 해명하려고 했다. 하지만 목린이 제 몸을 끌어안고 진저리치듯 좌우로 고개를 내저었다. 언영의 등에서 식은땀이 흘렀다.

'아니, 목린아. 내 말 좀 들어 봐.'

'나빴어요……!'

'여태까지 모든 애들이 다 안전하게 돌아왔다고! 귀혈족한텐 식은 죽 먹기 같은 일이야. 진짜라니까? 걱정할 필요 하나 없어! 지금쯤 신나게 배 긁으면서 자고 있을 거라고.'

'하지만 우리 상연이는 다른 귀혈족보다 약하잖아요.'

'누가! 대체 누가 그래?'

언영이 두 팔을 벌리며 물었다. 목린은 휙 몸통을 돌리며 언영을 외면했다. 그리고 무시무시한 말을 내뱉었다.

'상연이 돌아올 때까지 따로 잘 거예요.'

'목린아!'

이전에도 한 번 각방을 쓴 적이 있었다. 잡아먹겠다고 해서 목린이 기절했던, 두 사람이 혼인하고 얼마 지나지 않았을 때의 일이었다. 며칠 안 됐던 그 기간은 언영을 처절한 기분으로 내던졌다. 다시는 경험하고 싶지 않은 기억이었다.

언영은 곧바로 무릎을 꿇고 애원했다.

'내가 잘못했어, 목린아! 미안해! 정말 미안해! 제발 각방만은 안 돼!'

'아들 목숨이 위험한데 가슴 생각이나 하는 남편이랑은 같이 눕고 싶지 않아요!'

'미안해. 손만. 응? 손만 잡고 잘게! 손만 잡고 아무 짓도 하지 않을게. 제발 각방만은 안 돼! 목린아! 목린아! 목린아!'

하나 아들의 일 앞에서 목린은 꿋꿋했다. 자리에서 일어나 정말로 나가려는 목린을 붙들고, 언영은 차라리 자신이 나가겠다며 그녀를 돌려세웠다. 마지막으로 그가 사라질 때까지도 냉랭하던 목린의 눈빛을 본 언영은 억장이 무너졌다.

그날 밤 어떻게 잤는지도 언영은 기억이 나지 않았다. 대충 보이는 아무 방에나 들어가서 처참한 표정으로 널브러졌다. 퀭한 눈으로 멀거니 앉아 있다가 해가 뜰 때 즈음 잠이 들어서, 다시 눈을 떴을 땐 약간 늦은 아침이었다.

언영은 허둥지둥 일어나 밖으로 뛰쳐나갔다. 목린이 가장 있을 법한 장소인 부엌으로 가 보았더니 역시나, 눈물로 얼굴이 퉁퉁 부은 목린이 밥을 짓고 있었다. 언영의 눈에는 저 얼굴도 마냥 예뻤다.

'목린아……'

언영을 본 목린은 바로 홱 고개를 돌려 버렸다. 심장이 결렬되는 것 같았지만 언영은 꾹 참고 목린을 향해 저벅저벅 걸어갔다.

'나…… 너무 외로웠어.'

이어서 솥을 닦고 있는 목린을 뒤에서 안으며 애처롭게 속삭였다. 튼실한 두 팔 안에 그녀의 허리를 꽉꽉 가두었다.

하지만 목린의 등에 더 기대려던 언영은 목린의 외침에 화들짝 놀라 떨어져야만 했다.

'손대지 말아요!'

'목린아……!'

언영이 흔들리는 표정과 함께 속삭였다. 보통은 아까처럼 그렇게 애정 어린 행동으로 달라붙으면 목린의 화는 쉽게 스멀스멀 녹아내렸다.

하지만 이번만큼은 예외였다. 목린이 다시 또 닭똥 같은 눈물을 떨어뜨리며 훌쩍거렸다.

'우리 상연이야말로 지금 분명 외롭게……!'

'전혀 외롭지 않을 게 분명하다니까!'

새로 만난 스승님과 친우들 사이에 둘러싸여 외로움을 느낄 새도 없는 건 물론, 시간도 무척이나 빨리 갈 것이 자명했다.

'여기서 나가세요!'

'이리 줘. 내가 할게.'

'나가요!'

목린은 바위 같은 언영의 몸을 두 손으로 낑낑 밀어냈다. 형편 없는 힘이었지만 너무 정신적으로 타격을 받은 나머지 언영은 그 대로 밀려나 밖으로 내쫓겼다.

그날 밤도 또 각방을 썼다.

그리고 다시 다음 날, 언영은 전날과 다른 입장을 취하며 다가 갔다.

'목린아, 미안해.'

'……'

'네 말이 맞아. 상연이가 걱정되는 것도 당연했어. 사실 우리 귀 혈족 입장에선 별일 아니지만, 네게는 엄청난 근심을 안겼겠지. 정말 미안해.'

목린은 답을 하지 않고 가만히 언영을 올려다보았다. 언영은 불 안한 표정으로 침을 꿀꺽 삼켰다.

'저, 목린아……'

그러나 더는 참을 수 없어 두 팔을 양쪽으로 살짝 벌리며 성큼 목린 쪽으로 한 발자국 다가갔다.

'……'

목린이 움찔 놀라며 뒷걸음질 쳤다. 언영이 반사적으로 외쳤다.

'목린아!'

'아직 화 풀린 거 아니에요.'

목린이 홱 고개를 돌리며 반대쪽으로 몸을 틀었다. 힘이 풀린 언영의 팔이 아래로 축 내려갔다.

이후로도 며칠간 목린은 사과의 여지를 내비치지 않았다.

'너 왜 그래, 표정이?'

목린이와 황홀한 나날을 보내고 돌아오겠다고 하던 언영이 죽을 낯빛으로 나타나자 현오가 당황해서 물었다.

'무슨 일 있었어?'

언영은 답하지 않았다. 대신 얼굴을 손으로 비비다가 되레 상대에게 물었다.

'너는 무슨 일인데.'

'뭐?'

'너는 무슨 일인데 그렇게 낯빛이 좋아.'

'아⋯⋯.'

현오의 입술 끝이 행복감을 못 이기고 올라갔다.

'그래, 너한테만 특별히 먼저 알려 주마.'

'뭔데 그래.'

'나와 다인이, 드디어 혼인하기로 했다.'

이렇게 될 줄 누가 알았을까.

얼굴을 쓸던 언영의 손이 힘없이 아래로 툭 떨어졌다.

'너희 둘⋯⋯ 그런 관계였어? 언제부터?'

'뭐라고?!'

현오가 두 손을 올려 자신의 머리카락을 쥐어짰다.

'칠 년이 넘었다, 칠 년이!'

언영은 나자빠질 정도로 등을 뒤로 뺐다.

'뭐어어어어?'

"뭐어어어어'? 지금 누가 할 소린데. 그러고도 네가 벗이냐?!'

'전혀 알려 주지 않았잖아!'

'그걸 말해 줘야 알아? 전에 검에 다는 장신구도 나랑 다인이한테 똑같은 거 네가 선물해 줬잖아.'

'그건 목린이가 고른 거야.'

언영은 납득하지 못해 발을 구르며 흥분하는 현오를 한참 동안 진정시켜야 했다. 목린이도 모자라 이제 현오한테까지 미움받게 되었다.

집으로 돌아온 언영은 마침 마구간에 있다가 나오는 목린과 눈이 바로 마주쳤다. 놀란 목린이 조그마한 어깨를 움찔거리며 바로 등을 틀었다. 언영의 심장이 철렁 내려앉는 듯했으나 여기서 그가 더 할 수 있는 건 없었다. 대신 혼인 소식은 알려야 할 것 같아서 돌아선 그녀의 등을 보며 입을 열었다.

'현오랑 다인이 혼인한대.'

'네? 정말이에요?'

그저 잠깐 그 말만 내뱉고 떠나려고 했던 언영은 목린이 두 손을 모으며 그에게 쪼르르 돌아오자 당황했다. 어린 소녀처럼 목린은 귀엽게 몸을 들썩거렸다.

'잘되었어요. 내일 바로 언니한테 찾아가야겠어요!'

두 손을 모은 채 좋알거리는 목린을 언영은 빤히 내려 보았다. 방긋 미소 지으며 들떠 있던 목린은 뒤늦게 자신의 행동을 돌아보았다. 언영과 눈을 마주치며 얼굴을 발그레 붉혔다.

'아······.'

목린은 바로 몸통을 어색하게 휙 틀었다.

'아직 용서한 거 아니에요.'

그리고 아기 다람쥐처럼 우다다다 빠른 걸음으로 도망갔다.

언영은 머리카락을 쥐어짰다. 이대로 가만히 있을 수는 없었다. 용서받기 위해서 뭐라도 해야 했다. 목린이가 좋아하는 게 뭐가 있지? 내가 잘하는 게 뭐가 있지? 언영은 계속 자신을 향해 질문을 던졌다.

그리고 한 가지 답에 도달했다.

* * *

노을이 질 즈음에 목린은 룡과 봄비네 가족에게 먹이를 주고 마구간을 나왔다.

다시 방으로 들어가려고 하는데 한쪽에서 우지끈 장작을 패는 소리가 들렸다. 목린의 발걸음이 천천히 그쪽으로 향했다.

'······?!'

노을이 언영의 벌거벗은 상체를 강렬하게 덮고 있었다. 목린의 눈이 또르르 굴러떨어질 것처럼 커졌다.

울퉁불퉁 튀어나온 그의 두꺼운 등 근육이 높게 도끼를 들고 장작을 내려칠 때마다 유혹적으로 질겅질겅 움직였다. 굵은 뼈대를 둘러싼 두꺼운 몸에 군살이라고는 없었다. 빽빽이 배를 차지하는 복근 사이로 땀 몇 방울이 미끄러져 흘러갔다.

이후 언영은 지쳤는지 들고 있던 도끼를 바닥에 쿵 내려놓았다. 그리고 살짝 미간을 찡그린 표정으로 눈을 감고, 하늘을 향해 얼굴을 젖혔다. (아직 탈모 낌새는 전혀 발견되지 않으니 상연이 말대로 못생겨질 걱정은 안 해도 되게 해 주는)머리카락을 두 손을 이용하여 뒤로 쓱 멋있게 쓸어 넘겼다. 그 상태에서 가만히 사색에 잠겼다. 그의 근육질 가슴이 차분히 호흡에 따라 앞뒤로 움직였다.

멍하니 바라볼 수밖에 없는 예술이었다.

'…….'

그 상태에서 언영은 들썩이려는 눈썹을 힘을 주고 참으며, 아주 조금 실눈을 떠 목린의 반응을 살폈다.

정말 다행히도, 목린은 그의 기대에 걸맞게 그 자리에 가만히 서 있었다. 얼굴을 새빨갛게 붉히며 노을 아래 남편의 아름다움을 떨리는 표정으로 감상하고 있었다.

언영은 속으로 쾌재를 외쳤다. 이대로 원만하게 화해까지 가면 됐다. 흥분을 이기지 못하고 턱이 달달 떨리며, 결국 자세의 안정성이 천천히 깨지기 시작했다.

목린은 비정상적으로 들썩거리는 언영의 커다란 가슴을 보고 환상 속에서 빠져나왔다. 화들짝 놀라며 그의 가슴을 이상한 것 쳐다보듯 바라보다가, 도망치듯 자리를 부리나케 떠났다. 언영이 뒤늦게 팔을 뻗었지만 소용없었다.

'안 돼!'

언영이 속으로 내질렀다.

그나마 목린의 마음을 녹여 줄 수 있는 유일한 방법, 몸으로 유혹하기마저도 처참히 실패했다. 언영의 거인 같은 어깨가 방금 막 부모에게 혼나고 온 어린아이의 것처럼 불쌍하게 축 늘어졌다.

언영은 다시 옷을 주워 입는 것도 잊고 위에만 벗은 채로 터덜터덜 마당을 거닐었다. 오늘도 그 외로운 방에서 혼자 울적하게 잠들 생각을 하니 걸음걸이에도 힘이 없었다.

그러다가 원래는 두 사람의 방인 목린의 방 앞을 지나던 차였다. 문이 살짝 열리고 있었다.

언영은 흠칫 놀라며 뒷걸음질 쳤다. 목린과 다시 마주하는 어색한 순간은 그도 그렇게 환영하진 못했다.

'……?'

하지만 문이 조금 열리고 한참이 지나도, 그녀는 안에서 나오지 않았다. 하지만…… 문을 닫지도 않았다. 언영의 눈이 천천히 커지기 시작했다.

'혹시…… 들어와도 된다는 의미……?'

그리고 그 생각에 장단을 맞추듯, 안에서 목린이 작은 기침을 했다. 언영의 입이 헤벌쭉 벌어졌다.

'아하하하하하하하!'

그는 우당탕 달려 나갔다.

'아하하하하하하!'

두 팔을 하늘 위로 번쩍 들고 온 그는 거슬리는 문을 두 손으로 잡아 아예 뽑아 버렸다. 그러자 등을 보이고 새침하게 누워 있는 목린이 보였다.

아직 상황을 파악하지 못한 목린은 천천히 언영 쪽으로 고개를 돌렸다.

'아직 완전히 용서한 건 아니지만, 그래도 미안해하는 태도가 보여서…….'

싱글벙글 웃으며 문을 망가뜨리는 언영을 보고 목린은 말을 잇지 못했다. 언영은 문을 바닥에 내던진 다음 다시 두 손을 하늘 위에 펼치며 목린에게 달려갔다.

'하하하!'

'옷을 왜, 왜 입지 않고 있어요!'

'하하하하하!'

언영이 위에서 그녀를 덮치려고 했다. 등을 돌린 채 목만 돌려 얼굴을 삐죽 내밀었던 목린은 이제 완전히 엎드린 채, 앞으로 기어가 도망가려고 했다. 팔뚝을 써서 한 뼘 정도 조금 앞으로 움직였을까, 그때 목린의 두 종아리가 모두 뒤에서 잡혔다.

'아!'

언영은 도망가려던 목린을 아래로 질질 끌어 내렸다. 벌어진 목린의 양쪽 허벅지가 그의 허리에 닿았다. 그는 몸통을 숙여 목린의 옷을 북북 찢어발겼다. 목린은 대체 뭐 하는 거냐고 비명을 지르면서도 약간 기대 어린 눈으로 그의 행위를 지켜보았다.

그렇게 상연도, 언영과 목린도 다른 장소에 다른 방식으로 훌륭히 몸을 쓰고 돌아왔다. 상연은 약간은 철이 들긴 했는지, 옛날만큼 징징거리지는 않았지만 그래도 역시 어린애인지라 어머니에게 이런 식으로 간혹 가다 투정을 부렸다.

"우리 상연이, 많이 아팠지?"

목린은 상연을 안고 뺨에 입을 맞춰 주려고 했다. 그러자 상연이 노골적으로 싫어하며 고개를 휘저었다.

뽀뽀는 아버지께서 어머니한테 쉬지 않고 하는 일이었다. 너무 질리게 보다 보니 이젠 징그럽게 느껴질 지경이었다. 어머니를 사랑하지만 뽀뽀는 사양이었다.

"싫어요!"

"아, 요즘 애들은 별로 안 좋아하니?"

목린은 곧바로 몸을 뒤로 빼며 가슴께에 손을 얹었다. 그녀의 눈썹이 귀엽게 아래로 처졌다.

"미안해……."

"아니, 어머니, 저는…… 그러니까……."

"주상연."

상연은 겁에 질려 뒷걸음질 쳤다. 아비인 언영이 무섭게 그를 내려다보고 있었다. 그가 내뿜는 스산한 기운이 마치 주변이 불타고 있는 무서운 착각을 일으켰다. 재밌는 아버지는 가끔 이렇게 변하실 때가 있었다.

"아버지, 그게……!"

"감히 어머니의 뽀뽀같이 귀한 것을 거절해?"

곧게 뻗은 언영의 어깨가 잔잔히 떨렸다. 그의 동공에 음울함이 깔렸다. 이제 상연은 거의 울음을 터뜨릴 기세로 외쳤다.

"잘못했어요! 잘못했어요, 아버지!"

"에이, 그럴 수도 있지요. 너무 상연이 혼내지 마세요."

목린이 언영의 팔을 잡으며 말했다. 그러자 언영의 표정이 다시 태양을 만난 해바라기처럼 활짝 펴졌다. 그가 목린을 돌아보며 신나게 제안했다.

"목린아. 기분 상했지? 내가 대신 뽀뽀해 줄게!"

"아⋯⋯!"

언영의 팔이 목린의 허리를 휘감았다. 목린이 당황하며 고개를 저었다.

"아니요, 괜찮아요!"

"흐흐흐, 이리 와!"

"안 돼요!"

최근에 목린은 충격적인 소식을 들었다.

거리를 거닐던 목린은 지난번에 상연의 낭독 수업 스승을 만났다. 반갑게 다가가니 그분은 영웅을 만난 것처럼 활기차게 기뻐하더니, 지난번에 상연이 발표했다던 시를 주섬주섬 꺼내 보여 주었다. 두근두근하는 마음을 애써 가라앉히며 읽어 내리는 목린의 안색이 갈수록 파리해졌다.

[아버지께서는 어머니께 맨날 뽀뽀를 하신다.

아침에도 낮에도 밤에도 뽀뽀를 하신다.

하루는 자다가 너무 용변이 급해 밖에 나왔는데, 그때도 아버지께서 어머니께 뽀뽀하는 소리가 문을 뚫고 들려왔다.

우리 마을의 평화는 어머니의 얼굴이 지킨다.

어머니 최고, 어머니, 아버지, 사랑합니다.]

수년 동안 귀혈족과 같이 살 맞대고 살았지만 이런 건 아무리 봐도 적응되지 않았다.

'상연이의 낭독을 듣고 모두가 일어나 박수갈채를 날렸습니다.'

'……'

'족장님 부부께서 이리도 금슬이 좋으시니, 저희도 뿌듯하여요!'

'네. 고맙습니다……'

목린은 허리를 최대한으로 꺾고 입술을 들이대는 언영의 가슴 팍을 낑낑 밀어냈다.

"나중에 많이 해요. 상연이 앞에서는 좀 그래요……."

"……뭐, 네가 원한다면."

언영이 아쉬운 듯 입맛을 다시며 물러섰다.

예전의 그 혈기 넘치던 청년 시절보다 세월이 조금 지난 지금, 언영의 성격과 외향 모두 조금이나마 더 묵직하고 차분해졌다. (비록 여전히 목린에게 홀려서 놓치는 경우가 잦았음에도)목린의 말에 하나하나 귀 기울이려 애썼다.

언영이 목린의 허리에 둘렀던 팔을 내려놓았다.

"어!"

하지만 아래로 떨어지려던 그의 손을 목린이 다시 잡아 들었다.

"서방님, 손이!"

목린은 다급하게 외쳤다. 그녀의 눈길이 향한 곳은 바로 오늘 아침, 언영의 손가락에 난 새 상처였다. 언영은 대수롭지 않게 어깨를 으쓱였다.

"응? 이거 별거 아냐. 그냥 잠깐 스친 건데."

"어떡해요. 서방님 멋있는 손이……."

언영의 얼굴이 붉어졌다.

그는 목린의 얼굴을 조금이라도 더 가까이서 보기 위해 몸통을 아래로 살짝 숙이며 물어왔다.

"내 손이 멋있어?"

"서방님은 다 멋있으세요."

목린은 언영의 까칠한 손이 마치 보석이기라도 한 양 소중하게 어루만지며 말했다.

언영은 절로 입술이 꿈틀거렸다. 이런 일로 아프다고 떼를 쓰면 귀혈족으로서의 자격 박탈이겠지만, 막상 힘없는 애 취급을 당하니…… 그렇게 기분이 나쁘진 않았다.

상연이 녀석이 왜 저러는지 묘하게 알 것 같기도 하고…….

"얼굴도 멋있으시고, 어깨도 멋있으시고, 또…… 정말 다 멋있으세요."

뭔가 더 말하려고 했던 목린이 끝에 황급히 얼버무렸다.

하지만 바로 앞에 서 있었던 언영은 똑똑히 볼 수 있었다. 얼굴이 멋있다고 했을 때 목린은 언영의 얼굴을 보았다. 어깨가 멋있다고 했을 때 그녀의 눈동자는 그의 어깨를 향했다. 그리고 얼버무렸을 때의 눈동자는 그보다 더 아래, 어깨보다, 가슴보다, 복부보다도 아래인 그곳을 빠르게 훑고 지나갔다.

시선만으로도 절정에 차오를 수 있음을 언영은 오늘 배웠다.

"아!"

언영이 두 팔로 목린을 와락 끌어안으면서 그녀의 몸이 그와 세게 부딪쳤다. 언영은 더 틈을 주기는커녕 꽉꽉 목린을 팔에 가두고 상연을 향해 고개를 돌렸다.

"훈련은?"

"아니야, 상연아. 오늘은 가지 않아도……."

언영의 품에서 빼꼼 얼굴을 내밀고 목린이 끼어들었다. 상연은 두 사람을 징그럽다는 듯 쳐다보고 휙 고개를 돌렸다.

"갔다 올 겁니다! 어차피 여기 계속 있어도 아버지께서 어머니께 뽀뽀하시는 것밖에 못 볼 텐데……."

"상연아!"

눈만 겨우 내보인 목린이 당황하여 외쳤다.

"다녀오겠습니다!"

"그래! 하하! 잘 다녀와라!"

"상연아아!"

* * *

흐느끼는 듯한 여인의 교성과 먹이를 앞에 둔 짐승 같은 숨소리가 함께 섞여 음탕한 소리를 자아냈다. 마지막으로 격정적으로 푹푹 이어지는 허리 짓을 끝으로 언영이 옹골찬 육체를 살짝 떨며 사정했다.

마지막까지 쏟아 낸 뒤 그는 후련하다는 듯 옆으로 몸을 돌려

벌러덩 누웠다. 살짝 벌어진 종마와도 같이 두꺼운 허벅지 사이로, 세 번째 다리라고 부를 수 있을 정도로 우람한 것이 반동에 맞추어 크게 덜렁거렸다. 물렁물렁한 상태에서도 지나치게 거대하고 징그러웠다.

목린은 언영의 옆에 찰싹 달라붙었고 언영은 눈을 감고 기분 좋게 웃으며 한쪽 팔로 그녀를 와락 끌어안았다. 목린의 손가락이 언영의 복근과 가슴 근육을 더듬고, 발가락은 짓궂게 움직이며 그의 허벅지를 부러 살살 긁었다. 언영은 웃음을 참으며 후희를 즐겼다.

"서방님. 원하는 게 하나 있어요."

목린이 언영의 가슴 위에 뺨을 기대며 속삭이듯 귀엽게 말했다. 언영은 광대가 터질 것 같이 흐뭇하게 웃으며 목린의 동그란 뒷머리를 쓰다듬었다. 그녀와 눈을 맞추고 다정하게 답했다.

"뭔데? 뭐든 다 들어줄게."

"정말이에요?"

"당연하지."

애초에 그의 귀여운 여인은 이렇게 무언가를 요구해 오는 경우가 별로 없었다. 그러니 언영으로서는 오히려 지금이 환영할 만한 상황이었다. 동서남북 온갖 곳을 다 파헤쳐서 바로 대령해 줄 터이니, 얼른 그 원하는 것을 말해 주길 바랐다.

"저 둘째 갖고 싶어요. 상연이 동생이요."

"……"

언영은 입술이 말려 올라간 그 상태에서 얌전히 굳었다.

침묵이 조용히 흘러갔다.

잠시 뒤 눈은 여전히 웃은 채 얼어붙은 상태에서 언영의 입술만 잠깐 모양을 바꾸었다.

"뭐?"

"서방님 이제 약초 그만 드시고 우리 같이 둘째 만들어요!"

목린이 언영의 위에 팔딱 몸을 뒤집어 누우며 활기차게 외쳤다. 그와 동시에 정신을 차린 언영도 목소리를 높였다. 당황한 표정으로 급하게 반대했다.

"그건 안 돼! 절대 안 돼!"

"네? 다 들어주신다고 하셨잖아요!"

"그건 맞지만……. 그래도 안 돼! 그것만은 안 돼! 상연이 하나만으로도 벅차."

"전엔 열다섯 명 갖고 싶다고 하셨잖아요."

"그땐 내가 뭘 몰랐을 때잖아?"

목린이 시무룩한 표정으로 얼굴을 아래로 떨구었다. 언영은 목린의 벌거벗은 등을 살살 쓰다듬으며 다정하게 말했다.

"알잖아. 목린이 네가 걱정돼서 그래."

목린이 아이를 가졌던 열 달, 그리고 나머지 회복하는 기간에 언영은 살면서 평생 겪을 모든 마음고생을 맛보았다. 특히나 목린이 그렇게 힘들어할 거라곤 전혀 예상치 못했기에 충격이 더욱 컸다. 그것도 모르고 열다섯이나 낳자고 하여 얼마나 미안하고 후회했는지 모른다.

그 길을 다시 한번 걸으라니, 말도 안 되는 소리였다. 너무 무서워서 의원이 수태를 막는 약초를 줬음에도, 그러니 괜찮다고 누누이 말해 줘도 혹시 몰라서 처음 얼마 동안엔 관계도 가지지 못했다.

"그래도 이번엔 처음이 아니라 더 마음의 준비가 되어 있어요. 의원님께도 여쭈어봤는데 목숨을 걸 정도로 위험한 일은 아닐 거라 하셨고요. 그때보다 제 몸 상태도 훨씬 좋아요."

"찾아가서 물어봤어?"

"네!"

언영은 손으로 얼굴을 쓸었다. 목린이 아양을 떨며 사랑스럽게 칭얼거렸다. 아, 정말 지금 이 모습은 예뻐 죽겠는데 마냥 기뻐할 수도 없고, 그런데 정말 예뻐서 환장할 노릇이고…….

"서방님, 이번엔 저 닮은 아기 낳고 싶어요."

순간 목린을 닮은 여자아이를 상상한 언영의 입꼬리가 바보같이 벙긋 올라갔다. 하나 그것도 잠시, 얼른 다시 이성을 가다듬고 그가 말했다.

"그게 마음대로 되는 게 아니잖아? 또 나만 닮은 녀석 나오면 어떡하려고."

"그러면 셋째도 낳아요."

언영이 그 자리에서 얼어붙었다. 목린이 얼른 덧붙였다.

"농이었어요. 한 명만 더 시도해 봐요."

"나는……."

"네? 서방님……."

목린이 귀엽게 칭얼거리며 그의 성기를 가볍게 손으로 쥐었다.

그 이후로 아침까지 그의 이성은 멀리 날아가 돌아오지 않았다.

* * *

따뜻한 봄 바다 앞에 모인 초족 사람들이 들썩이고 있었다.

귀혈족 이외에도 다른 부족들과 함께 긍정적인 교류를 시작한 지 벌써 여섯 해 정도가 지났다. 그리고 바로 이번 봄, 처음으로 단월도가 부족 연합 대회 개최를 맡게 되었다.

여러 가지 이유로 자신 없어 하는 초족 사람들을 위해서 귀혈족은 특별히 사흘 정도 더 일찍 도착하여 그들을 도와주겠다고 손을 건네 왔다. 그리고 바로 지금, 그들은 귀혈족의 방문을 설렘 반 두려움 반인 마음과 함께 기다리고 있었다.

익문, 목현, 그리고 목현의 아내 예서와 두 사람이 낳은 아들이 특별히 더 앞으로 나와 바다를 지켜보는 중이었다.

목현은 익문의 얼굴을 잠시 가만히 쳐다보다가 입술을 뗐다.

"아버지. 기다리시는 표정이 이전보다 한결 편해지신 것 같습니다."

익문은 아들의 말을 듣고 고개를 저으며 고개를 숙였다.

"아무래도 주 서방의 누이들이 이제 다 컸으니……."

지난 수년간 언영의 열정적인 어린 누이들이 익문에게 선물을 준답시고 괴상망측한 것을 건네곤 했다. 아이들은 어려서 자신들이 좋아하는 것은 어른도 좋아할 것이라는 기대를 품고 있었다. 그런 순수한 생각을 알고 있었기 때문에 익문은 지난 세월 동안 그들의 선물을 얌전히 받아 주었다.

하나 이젠 언영의 막냇누이인 선영까지도 사리 분별은 할 수 있을 정도로 성장했고, 다시는 진짜같이 생긴 피를 흘리는 괴물 인형을 받고 기쁜 척을 하지 않아도 된다는 사실 덕에 익문의 표정은 눈에 띄게 밝았다.

"온다!"

여러 사람들이 한꺼번에 푸른 물결을 삿대질하기 시작했다. 그 위에 배가 모습을 드러내고 있었다. 오십 명 정도 들어갈 수 있는 크기의 선함은 새파란 바다를 가로지르며 당당하게 존재감을 키웠다.

익문은 초조하지 않은 척 입술을 깨물었지만, 당장이라도 뛰어나가고 싶은 마음이 근질근질한지 제자리에서 살짝 뛰었다.

"아버지!"

"목린아!"

저 멀리 딸의 목소리가 들리기 시작하자 익문은 두 손을 머리 위로 치켜들었다.

목린 또한 선박의 가장 앞부분까지 뛰어나와 손을 흔들었다. 그 옆에 상연과 언영까지 같이 합세해서 초족을 향해 환하게 인사했다. 언영은 목린의 어깨를 한쪽 팔로 감싸 안으며 호탕하게 웃었다.

"하하하하하! 보고 싶었습니다!"

"하하하하하!"

그가 웃자 뒤에 있던 나머지 귀혈족도 함께 웃었다.

배가 가까이 올수록 익문의 눈에 목린이 더욱 선명하게 보였다. 그녀의 옆에서 얼른 뛰어나가고 싶어 발을 동동 구르는 상연이나, 옆에서 헤벌쭉 웃고 있는 언영이나, 그리고.

언영의 팔에 안겨 있는, 귀여운 아기까지.

"조부님!"

"조심하거라! 다친다!"

배가 멈추기도 전에 상연이 바다로 뛰어내렸다. 얕은 바다라 무릎까지만 살짝 젖었다. 전혀 괘념치 않아 하며 상연은 익문 일행을 향해 신나게 달려갔다.

아이의 얼굴에서 목린의 흔적은 하나도 보이지 않았다. 머리부터 발끝까지 언영의 아이였지만 그래도 목린이 낳았는데 어떻게 사랑스러워 보이지 않을 수 있을까. 익문은 두 팔을 벌려 달려오는 손자를 맞이했다. 볼 때마다 더 커지고 더 강해지는 것 같아서 신기하다고 생각하면서.

"상연아. 어서 오렴!"

"조부님! 조부님 드리려고 몰래 가져왔습니다!"

상연은 허리에 달고 있던 작은 주머니 안을 부스럭거리더니 이내 속에서 칼자국이 징그럽게 새겨진 짐승의 날카로운 뿔을 꺼냈다.

"……."

"머리에 차고 다니세요! 족장답고 매우 멋질 겁니다!"

"……정말 고맙구나."

익문은 떨떠름해하며 받았다.

"앞으로 몇 년은 더 참으셔야 할 것 같습니다."

목현이 옆에서 조용히 속삭였다.

"아버지!"

뒤이어 목린이 그들 쪽으로 빠르게 걸어오기 시작했다. 높게 틀어 묶은 그녀의 머리카락이 귀엽게 딸랑거렸다.

"목린아! 천천히 와도 된단다!"

"상아도 데려왔어요."

어느새 언영에게서 아기를 건네받은 목린이 밝게 말했다. 익문의 표정이 환해졌다.

"상아야! 보고 싶었다!"

"끼아!"

눈이 얼굴에 절반만큼 크다 해도 좋을 만큼 크고 초롱초롱한 아기가 두 팔을 위로 번쩍 펼쳤다. 상아가 해맑게 웃자 주변에서 바라보던 모든 이들의 입에서 절로 앓는 소리가 났다.

익문은 꿀이 떨어지는 눈과 함께 중얼거렸다.

"우리 목린이 어렸을 때랑 어찌나 똑같은지."

목린이 익문의 팔에 상아를 건네주었다. 아기는 눈을 똥그랗게 뜨고 익문을 유심히 올려다보았다. 그러더니 아담하고 통통한 손을 천천히 앞으로 뻗었다.

"아. 그아. 걍."

"옳지, 옳지. 나를 알아보는구나. 하하하……. 으아아아악!"

상아는 턱 아래로 자라는 익문의 하얀 수염을 덥석 쥐고 잡아당겼다. 목린이 비명에 가까운 목소리로 외쳤다.

"상아야!"

"으아아아아아아악!"

상아는 신난 표정으로 익문의 수염을 위아래로 흔들고 놀았다. 잔인한 광경과는 어울리지 않은 순수한 미소가 그녀의 얼굴에 둥둥 떠 있었다. 목린과 언영이 간신히 힘을 써서 떼어냈다.

* * *

대회는 순조롭게 시작되었다. 귀혈족이 많이 도와준 덕분에 목현은 별 무리 없이 초족을 잘 이끌 수 있었다. 목린의 가족 중에서는 이번에 언영이 대회에 나가게 되었는데, 첫 시합에서부터 누이인 화영이를 만나 장렬히 패배했다.

많이 기대했던 상연이 축 처진 표정으로 툴툴거렸다.

"아버지 바보……."

"……."

언영은 입을 악물고 꾹 참았다.

일찍 탈락해 버린 언영 탓에 목린네 가족은 일찌감치 함께 자리를 잡고 둥글게 앉아 있었다. 상아는 언영의 무릎에 앉아서 반짝거리는 눈으로 주변을 계속 살폈다. 지나가는 사람들마다 모두 아기가 정말 예쁘다고, 어머니를 닮아 엄청난 미인이 될 것 같다고 한마디씩 하고 지나갔다. 그러면 언영이 어깨를 들썩이며 뿌듯하게 웃었다. 상아의 조그만 손을 쉬지 않고 조물조물하며 즐거워했다.

그때 옆에 가만히 앉아 주전부리를 씹고 있던 상연이 활기찬 목소리로 물었다.

"아버지, 어머니! 궁금한 것이 하나 있습니다."

"으응?"

"아버지 어머니는 어쩌다가 만나셨습니까? 이렇게 떨어져서 사셨는데……."

순진한 눈으로 물어보는 상연과 달리 그의 두 부모의 표정이 살짝 어두워졌다. 어색한 침묵이 그들을 둘러쌌다.

먼저 입을 연 사람은 목린이었다. 그녀는 서둘러 낯빛을 정리하고 부드럽게 웃었다.

"아버지께서 보고 싶단 이유로 매번 배를 끌고 찾아오신 거란다. 바쁘고 할 일도 많으셨을 텐데 어떻게든 짬을 내어 사 년 동안이나……."

목린의 말끝이 흐려졌다.

"서방님?"

"빠!"

얼굴이 굳은 언영의 눈가가 빠르게 붉어지고 있었다. 상아의 눈에도 이상하게 보였는지 그녀는 조그만 손을 뻗어 언영의 가슴팍을 짧게 때렸다.

그의 바위 같은 어깨가 천천히 떨리기 시작했다. 상연은 살짝 등을 뒤로 빼며 조심스럽게 물었다.

"아버지?"

"상연아. 너는 절대로 이 아비를 따라 하면 안 된다."

"예?"

근엄한 아버지의 답에 상연은 눈을 끔벅였다. 그리고 잇따르는 첨언에 눈을 휘둥그레 떴다.

"나와 네 어머니의 혼인은 약탈혼이나 다름이 없었다."

"예에에?"

상연이 자리에서 헐레벌떡 일어나며 소리쳤다.

귀혈족이 어떤 부족이던가. 사랑과 우애를 가장 중요시하는 부족이 아니었던가. 약탈혼이라 함은, 한쪽의 일방적인 강제성에서 벌어지는 일이었다. 그런 짓을 한 놈은 사지가 찢겨 죽어 마땅했다. 한데 다른 이도 아닌, 이 부족의 지도자가 그런 끔찍한 짓을 벌였고 또 이제껏 그 누구도 그를 끌어내릴 생각을 하지 않았다니. 이는 단순히 아버지를 향한 배신감으로 그치지 않았다. 부족 전체에 대한 회의감이었다.

"아니야! 아버지께서 말씀하신 그런 게 아니란다."

목린이 두 팔을 허둥지둥 흔들며 부정했다.

"순탄치 않은 관계였던 건 사실이지만 설명할 수 있는 사연이 있어서……."

"아니긴 뭐가 아니야!"

눈이 시뻘게진 언영이 고함을 내지르고 목린은 초조하게 말했다.

"서방님!"

"아버지, 실망입니다!"

"싫다는 어머니를 내가 억지로 데려왔다! 내가 네 어머니를 강제로 범했다아아! 내가 천하의 나쁜 놈이다!"

"아니에요, 서방님! 주변에서 다 쳐다보고 있어요!"

목린이 두 손으로 얼굴을 가리며 외쳤다.

사실이었다. 다소 자극적인 언사는 주변 이들의 귀를 사로잡았다. 모두 힐끔거리며 그들 쪽을 구경하고 있었다.

어린 상아는 초족 옷을 입은 언영의 품에서 계속 꾸물거렸다. 평소 입는 옷과 달리 넓게 벌어지고 얇은 깃 부분을 작은 손으로 움켜쥐었다. 그리고 안을 들여다보았다.

부풀어 터질 것 같이 큰 아버지의 커다란 맨가슴을 본 상아의 입이 쩍 벌어졌다. 턱으로 침이 떨어졌다.

"다시는 아버지라고 부르고 싶지 않습니다!"

상연은 언영을 똑바로 노려보며 외쳤다. 누가 언영의 아들 아닐까 봐, 무서울 때는 나이가 생각나지 않을 정도로 그 눈빛이 예사롭지 않았다.

언영은 묵묵히 고개를 끄덕였다.

"변명의 여지가 없다. 네가 원한다면 그렇게 해라. 미안하다, 아들아!"

"한집에서 살고 싶지도 않습니다! 다시는 마주치기도 싫습니다! 어머니와 상아하고 집을 나가겠습니다!"

"상연아, 자리에 앉아 내 말 좀 들어 보렴!"

목린은 상연의 손을 쥐며 절박하게 말했다.

"어머니께서는 왜 숨기고 계셨습니까!"

"네가 더 크면 말해 줄 생각이었단다. 하지만 지금 네가 생각하는 것과는 조금 달라!"

"그런 줄도 모르고 저는 자랑스럽게 아버지께서 어머니께 뽀뽀하는 내용의 시를 지었습니다!"

언영의 눈이 순간 신나게 번쩍였다.

"그게 사실이야? 나는 못 들었는데……."

상연의 험악한 눈빛에 언영이 잠깐 말을 멈췄다.

"……물론 계속 못 들어도 돼."

"그런 시를 지었다는 것이 부끄럽습니다! 어머니께서 한 번이라도 언질을 주셨더라면!"

"그게 왜 네 어머니 때문이냐! 오롯이 내 잘못이다! 어머니한텐 목소리를 높이지 마라!"

언영이 정색하고 호통쳤다.

그 모습이 무서워 상연은 움찔 떨었다. 어깨를 떠억 벌리고 무시무시한 표정을 짓고 있는 언영은 아들인 상연이 봐도 두렵게 생겼다. 하지만 겁에 질렸던 것도 잠시. 어린 소녀였던 어머니께서 저런 남자의 협박을 받았을 것을 생각하니 울분이 터졌다. 그래서 입을 크게 벌리고 대항하기 바로 직전이었다.

분연히 말문을 트려던 순간 상연은 굳어 버리고 말았다.

"……!"

그 소리는 아주 작아서, 귀가 매우 밝거나 가까이 있는 이가 아니면 들을 수 없었다.

쫍쫍쫍.

"……?"

동시에 얼어 버린 상연과 언영을 목린이 의아해하며 쳐다보았다. 목린은 몸을 기울여 언영의 어깨를 가볍게 톡톡 쳤다.

"서방님?"

그리고 그때, 얼굴을 가까이 한 목린의 귀에도 들리기 시작했다.

쭙쭙쭙쭙.

"어……?"

소리는 언영의 옷 안에 머리를 넣고 있는 상아 쪽에서 나고 있었다.

목린의 떨리는 손가락이 언영의 깃을 더 벌렸다. 조그만 머리통이 서서히 모습을 보이기 시작했다.

상아는 열심히 언영의 젖꼭지를 빨고 있었다. 그녀의 구겨진 미간에서 열중하고 있는지를 확인할 수 있었다.

목린은 손으로 입을 틀어막았다.

"으악……."

상연은 뒷걸음질 쳤다. 주변에서 그들을 쭉 지켜보던 사람들까지도 흠칫 놀랐다. 먹던 것, 잡고 있던 것 등등을 손에서 툭 떨어뜨렸다.

"……."

언영은 멍하니 상아를 내려다보았다. 입이 벌어지고 눈동자가 거세게 떨렸다. 쭙쭙쭙. 아무리 빨아도 젖이 나오지 않자 상아는 조그만 손으로 언영의 두꺼운 흉부를 열심히 눌렀다.

"상아야!"

뒤늦게 정신 차린 목린이 얼른 팔을 뻗어 상아를 잡았다. 언영으로부터 떼어내려고 살짝 힘을 주어 당겼으나 아기는 거칠게 다리를 휘둘러 발버둥 쳤다. 그 작은 몸에서 나오는 반항이라는 게 믿기지 않을 정도로 강했다.

"조심해! 상아 다쳐."

언영이 두 손으로 상아를 안전하게 끌어안았다. 그러자 정말 젖을 주는 모양새가 되었다. 상연이 울면서 멀리 달려가 버렸다.

"으앙, 이상해!"

"상연아! 가지 마!"

목린이 팔을 뻗으며 외쳤다.

"서방님! 서방님도 정신 차리세요!"

언영의 영혼이 밖에 나가 있었다. 넋을 놓은 그의 눈이 흐리멍덩했다. 목린이 어깨를 흔들어도 똑같았다.

"서방님!"

"아아아아아앙!"

아무리 빨아도 젖이 나오지 않자 상아가 마을이 떠나가라 울었다.

* * *

대회는 무사히 끝이 났다.

상연은 잠시 방황하다가 목현에게 달려갔다. 귀혈족에겐 이제 진저리가 난다며 초족으로 받아달라고 곧은 자세로 부탁했다. 목현은 상연을 가만히 쳐다보다가 물었다.

'네 아버지 때문이니?'

'예. 어떻게 아셨습니까?'

'그럼 누구 때문이겠느냐.'

목현은 잠시 생각해 보겠다는 말을 뒤로하고 목린에게 찾아갔다. 목린은 목현에게 자초지종을 설명했다.

'어떡해요, 오라버니.'

'……일단 지금은 매제 얼굴을 보기도 싫어하고, 너는 만나면 거짓말만 할 거라 믿고 있더구나.'

목현은 한숨을 쉬더니 이내 자신이 어떻게든 육지로 돌아가기 전에 설득해 볼 터이니 걱정하지 말라고 했다.

그리고 지금의 목린은 언영을 데리고 숲에 들어가고 있었다. 그와 단단히 손으로 깍지를 꼈다. 상아는 익문에게 잠시 맡기고 왔다. 시원한 숲 냄새가 그들을 감쌌다. 하지만 마냥 청록색의 향연에 감탄만 하기엔, 언영은 호기심을 지울 수 없었다.

"어디 가는 거야?"

처음부터 지금까지 목린은 그들이 어디를 향하고 있는지 말해주지 않았다. 자신 있게 다리를 휘저어 가는 걸 보면 목적이 분명한데 알려 줄 마음은 없는 듯했다.

"얼마 전에 갑자기 생각났어요."

그리고 알 수 없는 말을 했다.

목린이 발걸음을 멈춘 곳은 그녀가 어린 시절부터 갖가지 조그만 물건들을 숨겨 두던 비밀 장소였다. 갈참나무 아래. 다행히 수년 전 괴물의 습격을 받지 않은 곳이었다. 목린은 익숙하게 바닥에 떨어져 있던 나뭇가지를 쥐어 땅을 파냈다. 목린의 추억이 그 안에 있었다.

언영 또한 고개를 빼꼼 내밀고 구경하다가, 목린이 날카로운 석경 조각을 겁도 없이 손으로 직접 잡으려고 하자 팔을 뻗으며 다급히 막았다.

"조심해! 그러다 긁혀."

"서방님, 원금화 생각나세요?"

손을 그대로 멈추고, 여전히 아래를 보는 상태에서 목린이 조용히 물어왔다. 놀란 언영이 말없이 눈을 깜박였다. 너무도 난데없이 나온 말이라 반응이 늦어졌다.

"제가 예전에 여기서 보았다고 했었잖아요."

"그걸 어떻게 잊을 수 있겠어."

따지고 보면 모든 일의 시초였다. 덕분에 언영은 목린에게 꽃을 구해다 주기 위해 섬으로 왔다. 모든 오해가 풀리고, 알고 보니 깊은 바닷속에 계속 살면서 언제 섬으로 올라올지 몰랐던 괴물을 죽이는 쾌거까지 이루었다. 만일 하나라도 틀려졌다면 지금쯤 단월도와 목린이 사랑하는 사람들은 먹혀 버렸을지도 모를 일이었다.

하나 평화를 되찾은 이후에도 몇 번의 수색이 계속되었지만 목린이 봤다던 원금화는 끝내 찾을 수 없었다. 기대를 끝까지 놓지 못한 언영이 약 사 년 전 마지막으로 뒤져 본 게 끝이었다. 그전에도, 그 이후에도 이렇다 할 소식은 전혀 없었다.

"목린이 네가 끝까지 더 찾아보고 싶다면 내가 쭉 도와줄 수 있어."

그뿐만 아니었다. 언영은 목린을 위해서라면 뭐든 할 수 있었다. 하지만 목린은 고개를 저었다.

"아니요. 괜찮아요."

그리고 덧붙였다.

"그날 무슨 일이 있었는지 알 것 같아요."

"……?"

"제가 원금화를 보았던 날, 그날은 유독 날씨가 좋았대요. 햇빛도 쨍쨍하고. 그리고 제 손에 피가 엄청 묻어 있었대요."

그리 말하는 목린의 손이 석경과 더 가까워졌다. 언영이 빠르게 외쳤다.

"조심하라니까!"

"그래서 말인데, 이 석경을 가지고 놀다가 햇빛이 반사되고, 꽃이 반짝이니 어린 저는 황금색 꽃이 있다고 착각한 것이 아닐까요?"

언영이 그 자리에서 멈췄다. 목린은 은은한 미소를 보이며 어깨를 으쓱였다.

"아닐 수도 있지만요. 뭐 이제 와서 그게 중요하진 않은 것 같아요."

목린은 다 털어 버린 표정으로, 편안한 웃음과 함께 주변을 두리번거리며 운치를 관찰했으나 언영은 그러지 못했다. 무슨 답을 해 주어야할까? 아니라고, 운명의 연인을 보내 준다는 원금화는 분명히 존재한다고 말하기엔 그들은 이미 커 버린 어른이었다. 그렇다고 저 말에 동의하자니 그동안 꽃을 찾아온 시간이 너무도 허무해지는 것 아닌가.

그때 하늘을 보며 목린이 중얼거렸다.

"흔하디흔한 민들레가 아니었을까 싶어요."

목린에게 원금화가 얼마나 큰 의미로 다가왔을지는 알 수 없다. 하지만 이렇게 수년이 지난 지금도 기억하고 있다는 건 아무래도 줄곧 퍽 신경 써 왔다는 뜻 아니겠는가. 위로해 주어야겠지. 언영의 입술이 달싹거렸다.

그런데 그보다 목린이 더 빨리 입을 벌렸다.

"그리고 전 민들레가 좋아요. 민들레 같은 사랑도 좋아요."

언영의 말이 목 뒤로 쑥 넘어갔다. 목린은 그제야 다시 고개를 돌려 언영과 눈을 똑바로 맞추었다.

"서방님께 제가 원금화를 드리고 싶었던 건…… 왜인지 모르게 멋있게 들렸기 때문이에요. 엄청나게 운명적인 사랑처럼 느껴지잖아요. 드물고, 격정적이고, 신비스럽고, 비극과 기쁨이 공존하는……. 하지만, 분명 그런 사랑도 가슴 떨리겠지만, 그래도 저는 그런 경험을 할 수 있을 만큼 배짱이 있지 않아요. 오히려……."

목린의 입꼬리가 부드럽게 올라갔다.

"늘 주변에 함께 있지만, 그런데도 눈에 들어오면 얼굴에 미소가 절로 지어지고, 마음을 푸근하게 해 주는……. 그런 굴곡 없는 사랑도 저는 좋아요. 결코 부족하지 않다고 생각해요."

그리고 곧바로 첨언했다.

"아니, 그런 사랑을 할 수 있어서 행복해요."

그들의 사랑이 최고라고 인정받을 필요 없었다.

어차피 서로가 알고 있으니 그걸로 되었다.

"서방님, 그러니까 제가 이런 호사를 누릴 기회를 주셔서 정말 고마……."

언영이 격정적으로 입을 맞췄기 때문에 그녀는 뒷말을 이을 수 없었다. 언영은 한 손으로는 목린의 뒤통수를, 다른 한 손으로는 목린의 몸통을 안고 절박하게 끌어안았다. 처음부터 수줍은 시도도 없이 바로 뜨겁게 들어왔다. 목린도 언영의 목에 열렬하게 팔을 두르고 함께 영혼을 섞었다.

어느새 언영은 나무에 기대어 앉고 목린이 옆으로 안겨 있는 자세가 되었다. 목린이 이제 첫사랑을 시작한 소녀처럼 수줍게 올려다보면, 언영이 다정다감하게 미소 지으며 마치 아기를 재우듯 그녀의 몸을 톡톡 두들겼다.

"잠깐 눈 좀 붙일게요."

"그래."

목린이 마음 놓고 언영의 어깨에 얼굴을 반쯤 파묻었다. 언영의 손끝이 목린의 발그레한 뺨과 도톰한 입술을 떠날 줄을 몰랐다. 잠든 그녀의 얼굴이 새끼 토끼처럼 순했다.

언영이 한참을 넋을 놓고 감상하고 있는데, 그때 부스럭거리는 소리가 나더니 덩굴 사이로 누군가가 모습을 드러냈다. 이미 알고 있던 언영이 태연하게 고개를 들었다.

'저기 들어가서 무슨 짓을 하려고!'

아버지를 다시는 보지 않겠다 떵떵거리고 얼마 되지 않아, 상연은 바로 그 맹세를 어겨야만 했다. 그의 의지가 부족해서는 아니었다. 타당한 이유가 있어서였다. 바로 아버지를 감시하고 어머니를 지켜내기 위함이다.

상연은 숲으로 단둘이 들어가는 두 사람을 보고 기함하며 뒤따랐다. 물론 귀가 좋은 언영은 처음부터 그의 존재를 느끼고 있었지만, 굳이 말을 걸지 않았다.

민첩하게 따라가면서도 상연의 머릿속은 빠르게 굴러갔다. 아버지가 어머니를 만지려고 하면, 또 뽀뽀하려고 하면 어디를 공격해야 좋을지. 어떻게 공격해야 한 방에 성공할 수 있을지…….

어머니께서 먼저 아버지께 민들레 얘기를 꺼내며 고백하기 전까지는.

의도치 않게 모든 것을 엿들은 상연의 기분이 이상해졌다. 물론 아직 아이인지라 두 어른 사이에 오간 모든 대화를 이해하고 받아들일 수는 없었다. 하지만 사랑은 인간이 뗄 수 없이 살아가는 것. 직감으로 알 수 있는 것. 어머니께서 아버지를 사랑하고 계심을, 그것도 매우 열렬히 사랑하고 계심을 바로 알 수 있었다.

"쉿."

혼란스러워하는 상연을 바라보며 언영이 검지를 제 입에 갖다 댔다. 잘못해서 목린이 깨기를 바라지 않았다.

상연은 짧게 고개를 끄덕이고 최대한 사뿐사뿐 깃털처럼 가볍게 걸어왔다. 언영이 그 모습을 흐뭇하게 바라보았다.

"어머니 정말 예쁘시지?"

"네…….""

마침내 상연이 바로 앞에 다가와 무릎을 꿇고 앉았을 때 언영이 작게 물었다. 상연은 눈이 감긴 목린의 얼굴을 홀린 듯 바라보며 속삭이듯이 답했다.

그때 언영이 짧게 기침을 하며 말문을 열었다.

"상연아."

"예, 아버지."

"저번에 그 얘기는……. 상연이 네가 좀 더 크면 더 자세히 설명해 주마."

"……."

상연은 천천히 눈동자를 돌려 언영을 바라보았다. 언영의 표정이 그 어느 때보다도 무게 있고 진지했다.

"나를 따라 하지 말라는 말은 진심이다. 어머니께선 이미 용서했다고 하시지만 나는 과분한 사랑을 매일같이 받고 있어."

"……."

"그래서 내가 할 수 있는 것은 하나다. 마찬가지로 주변 이들에게 베풀면서, 내가 느낀 기쁨을 더 널리 뿌리는 것."

"네."

"너도 그럴 줄 아는 사람이 되면 좋겠구나. 다른 건 바라지 않아."

상연이 고개를 끄덕였다. 어느새 평소의 아버지를 존경하는 표정이 다시 돌아와 있었다.

"예, 명심하겠습니다. 아, 아버지. 드리고픈 말씀이 있습니다."

"뭔데?"

상연은 바로 입을 여는 대신, 새근새근 자는 목린을 잠시 쳐다보더니 얼굴을 살짝 붉혔다.

"아버지."

"응?"

"크면 어머니와 혼인하고 싶습니다."

"뭐라고!"

〈完〉

저 자신을 작가라고 구체화하기엔 아직은 조금 낯간지러운 마음이 없잖아 있습니다. 그래도 예체능 분야를 공부했고 이렇게 글로 나름 먹고살 돈을 벌 수 있다면, 작가까지는 아니더라도 적어도 예술가라는 호칭 정도는 괜찮지 않을까요?

하나의 평범한 예술가로서 저는 '예술은 고통에서 나온다'라는 말을 그다지 좋아하지 않습니다. 엄밀히 말하자면 싫어하는 축에 더 가깝지요. 저 말이 진실이라고 가정한다면 이 세상 모든 예술가의 인생은 배로 더 끔찍해질 것이라 단언합니다. 그들이 굶주리고 풍요로운 생활을 누리지 못하는 이유가 '고통을 충분히 받지 못해서'라는 결론이 도출되니까요.

그렇다면 그들은 도대체 얼마나 더 큰 고통을 느껴야 성공하는 걸까요? 베토벤처럼 청력이라도 잃어야 하는 걸까요? 다시는 회복하지 못할 치명적인 부상이 불가피할까요? 〈죽은 시인의 사회〉에 나오는 유명한 말이 하나 있지요. '의학, 법률, 경제, 기술은 삶을 유지하는 데 필요해. 하지만 시와 미, 낭만, 사랑은 삶의 목적인 거야.' 삶의 목적인 예술을 창조하는 데 그렇게나 큰 고통이 수반되는 세상이라면 우리는 그 사실에 순응할 것이 아니라, 현재 이 사회가 제대로 돌아가는 것인지 진지하게 의심을 해봐야 할 것입니다.

사실, 엄밀히 따지면 『목린』이 고통에서 나왔다는 말도 일리는 있습니다. 원래 쓰고 있었던 작품이 있었는데, 역사 고증을 제대로 하고자 하는 엄청난 의욕에 사로잡힌 나머지, 집필 과정 동안 엄청난 스트레스를 받았지요. 그래서 숨을 좀 돌리고자 뒤 내용 생각하지 않고 쓰기 시작한 것이 『목린』입니다. 그렇다면 정말 예술은 고통 속에서 더 잘 나오는 걸까요?

물론 『목린』을 쓰게 된 계기는 스트레스고, 그 상황을 피하고자 했던 게 집필하는 과정에 추진력을 불어넣긴 했습니다. 하지만 『목린』은 제가 여태까지 쓴 모든 창작물 중에 가장 밝고 희망적입니다. 물론 창작자들이 자신의 현 감정 상태에만 충실한 작품을 만들지는 않지만요. 그래도 이 문제에 관하여 한 가지 머릿속에 떠오른 생각이 있습니다.

우리는 나이를 먹어 가면서 복잡한 인간관계에 진저리를 칩니다. 처음 첫사랑을 시작하면서 아무것도 모르는 어린 연인들은 상대와 맞지 않는 점들도 적극적으로 고쳐 나가려 애씁니다. 하지만 그 과정에서 대부분은 '사람은 바뀌지 않는다'라는 교훈을 뼈저리게 얻고 말지요. 나이를 먹어 갈수록 연인들은 상대를 바꾸려는 노력을 잘 하지 않습니다. 서로를 알아가는 소위 말하는 썸 타는 기간은 점차 줄어들고, 이 사람은 아니라는 생각이 들자마자 새로운 사랑을 찾으러 금방 냉정하게 떠나가지요.

이런 태도가 결코 잘못되었다고 생각하지는 않습니다. 사실 이와 유사한 행동은 어린 아기들에게서도 보이는 장면이에요. 초등학생도 새 학기 새로운 반에 들어서자마자 자신이 속할 '무리'를 파악하기 시작합니다. 자신과 맞지 않는 이들을 피하려는 경향, 자신과 맞는 이들과만 어울리려는 성향은 본인의 삶의 질을 높이려는, 즉 자기방어에 가까운 모습이 아닐까요? 그저 사람의 본능입니다. 그리고 결혼이야말로 가장 나와 맞는, 나 자신을 가장 편하게 보여 줄 수 있는 사람과 해야 하지 않을까요?

이러한 태도, 인간관계에 있어서 사람을 0 또는 10으로 나누는 극단적인 태도는 제가 20대 초반일 때 정점에 치달았습니다. 모든 관계는, 특히 성인이 되어서 쌓는 관계는 모두 비즈니스이며 부질없다, 혼자가 최고다라는 생각에 온전히 지배당한 상태였지요.

하지만 굳이 사람을 오로지 0 또는 10으로 나눌 필요가 있었을까 싶습니다. 그 사이엔 1도 있고, 2도 있고, 4도 있고, 8도 있는데 말이죠.

제가 고등학교 2학년이었을 무렵에 싫어했던 같은 반 여학생이 있었어요. 마음에 들지 않는 면이 있었기 때문에 싫어했습니다. 그러니 그 사람은 제게 0이었지요. 사람을 0 또는 10으로 결정짓는 데까지는 엄청나게 짧은 시간이 걸렸습니다. 좋은 점도 살펴보기엔 터무니없이 부족했지요. 그리고 그로부터 수년 뒤, 겹치는 지인이 있으니 SNS를 하다가 그 사람의 계정이 제 추천에 떴습니다. 우연히 확인해 본 저는 놀랐어요.

글쎄, 그 사람은 제가 알고 있는 제 또래 친구들 중에 가장 멋진 사람이 되어 있었습니다. 여기서 '멋있다'라는 말은, 그 친구가 돈을 많이 벌어서 예쁜 명품 사진을 올리고, 아름다운 외모를 자랑한다는 뜻이 아닙니다. (물론 그 친구는 외모도 정말 사랑스러운 친구지만요.) 그 친구가 하는 말에서, 그 친구의 태도에서, 진솔함과 겸손함이 묻어났다는 의미예요. 저는 당연히 놀랄 수밖에 없었어요. 무슨 일이 이렇게 그 아이를 변하게 했을까?

하지만 생각을 좀 더 깊이 해 보니 알 수 있었습니다. 그 친구는 그렇게 많이 변하지 않았습니다. 사실 학창 시절에 장점도 많았던 애였어요. 그 장점이 그대로 이어져 지금 하는 일을 하는 것뿐이었어요. 다만 제가 당시에 그 장점을 철저히 무시하고, 못 본 척했을 뿐입니다.

그 사람을 0으로 규정했던 저는 아주 당연하게도 그 애와 친분이 없었습니다. 그리고 사람은 누군가가 자신을 싫어할 때, 본능적으로 빨리 알아차립니다. 그래서 그 친구도 알았을 거예요, 제가 싫어한다는 걸. 아니, 아마 저를 기억하지도 못하겠지요. 그러니 저는 아주 간단한 오랜만이라는 인사 하나 남기지 못했습니다. 아쉽다고 생각했지만, 결국엔 제 업보였어요.

어제 박완서 작가님의 타계 10주년을 기념해 나온 책 『모래알만한 진실이라도』를 완독했습니다. 작가님께서 쓰신 에세이 중에 몇

개를 추려 묶어 낸 도서인데, 그중에서 '행복하게 사는 법'이라는 장에서 이런 구절이 나옵니다.

'모든 불행의 원인은 인간관계가 원활치 못하는 데서 비롯됩니다. 내가 남을 미워하면 반드시 그도 나를 미워하게 돼 있습니다. 남이 나를 좋아하지 않는다고, 나는 잘못한 거 없는데 그가 나를 싫어한다고 여기는 불행감의 거의 다는 자신에게 있습니다. 자신이 그를 보고 좋아하지 않고 나쁜 점만 기억했기 때문입니다.'

나는 남한테 관심 없다, 콧대 높이고 다녔던 시절에 오히려 누구보다도 남에 관심이 많았습니다. 상대의 나쁜 점을 어찌나 그렇게 쓸데없이 잘 기억하고 다녔는지 모릅니다. 혼자 속으로 우쭐대던 그 시간에 공부를 더 하거나, 좋아하는 사람들과 더 어울리고 다녀야 했습니다.

『목린』의 끝에 가서 익문은 진실을 깨닫고, 섬을 구해 준 육지의 부족들에게 보답하고자 마음을 열기로, 언영을 사위로서 받아들이기로 합니다. 하지만 귀혈족과 초족은 영원히 섞이지 못할지도 모릅니다. 목린이와 언영이 같은 개개인이 사랑에 빠지는 건 쉬울지 몰라도, 두 사회가 하나가 되는 것은 굉장히 복잡한 일이에요.

하지만 괜찮아요. 10까지 욕심낼 필요 없어요. 7이나 8이면 충분합니다. 아니, 5도 괜찮아요. 1일 수도 있겠지요. 하지만 서로의 다름을 인정하고, 상대를 존중한다면 가식적인 10보다야 낫지 않을까요?

언영을 구하러 단월도로 향하는 과정에서 목린이 은도에게 말합니다. 어떻게 사느냐는 오로지 은도의 선택이지만, 그래도 운명을 찾는 데에 있어서 너무 시야를 좁히지는 말라고. 사실은 은도가 어떻게 행동하냐에 따라 운명의 여부가 달려 있다고.

다양한 사람들과 정을 쌓은 언영을 보고 교훈을 얻은 목린이, 다른 건 다 무시하고 운명적인 10만 찾아다니는 은도에게 하는 조언입니다. 목현이 또한 닫혀 있던 언영을 향한 마음의 문을 천천히 열게 되지요. 이 또한 0에서 점차 숫자를 늘려가는 과정이 아닐까 싶습니다.

그러니 제가 『목린』을 쓸 수 있었던 이유는 결국 고통이 아니라, 고통을 딛고 얻어 낸 따뜻한 깨달음 덕분이 아닐까요? 이기적인 미숙함 덕분에 사랑도 잃어 보고, 친구도 잃어 보고, 수많은 좋은 사람들과 연이 끊겼습니다. 가슴이 너덜너덜해질 정도로 울어 보고, 차라리 상대가 나를 싫어하는 게 낫지, 나를 아예 기억조차 못 하게 될까 봐 두려움에 빠진 경험도 수도 없이 많습니다.

그래도 이러한 경험 덕분에, 저는 그다음에 만나게 될 새로운 좋은 인연들을 더 소중히 대하는 법을 배웁니다. 결국에는 따뜻함이 돌아온다는 확신. 살아 보니 세상은 내 생각보다 훨씬 더 좁으니 다시 만날 인연이라면 다시 만날 테고, 그때는 더욱 잘 대해 주겠다는 각오. 더 멋있고 성공한 사람이 되어서 그때는 너에게 상처를 주지 않겠다는 결심. 이러한 믿음이 언제부턴가 제 여린 마음을 단단히 잡아주고 있습니다. 그리고 그 생각을 글로 담아서 사람들의 어깨를 긴 팔로 도닥여 주는 것이 작가의 몫이겠지요.

『목련』이 세상에 나오길 도와주신 출판사 관계자분들, 처음 연재 시절부터 응원해 주시던 독자님들, 그리고 여기까지 함께해 주신 독자님들 모두 감사드립니다! 약 40만 자면 결코 짧은 글이 아닌데 그런데도 끝까지 와 주신 여러분 덕분에, 오늘도 저는 보람을 느낄 수 있을 것 같아요.

최겸아 올림